MIRA®

Der Preis dieses Bandes versteht sich einschließlich der
gesetzlichen Mehrwertsteuer.

Umwelthinweis:
Dieses Buch wurde auf chlor- und säurefreiem Papier gedruckt.

sehr gut

Danielle Stevens

Wo die Nelkenbäume blühen

Roman

MIRA®

MIRA® TASCHENBUCH
Band 25727
1. Auflage: Februar 2014

MIRA® TASCHENBÜCHER
erscheinen in der Harlequin Enterprises GmbH,
Valentinskamp 24, 20354 Hamburg
Geschäftsführer: Thomas Beckmann

Konzeption / Reihengestaltung: fredebold&partner GmbH, Köln
Umschlaggestaltung: pecher und soiron, Köln
Redaktion: Bettina Lahrs
Titelabbildung: Thinkstock/Getty Images, München
Satz: GGP Media GmbH, Pößneck
Druck und Bindearbeiten: CPI – Ebner & Spiegel, Ulm
Printed in Germany
Dieses Buch wurde auf FSC®-zertifiziertem Papier gedruckt.
ISBN 978-3-86278-865-1

www.mira-taschenbuch.de

PROLOG

Indischer Ozean, Juli 1887

Wie ein Pfeil schoss der Rumpf des Dampfseglers *Fortuna* über den Wellenkamm hinweg. Einen Augenblick lang hing er scheinbar schwerelos in der Luft, ehe er sich schließlich absenkte und von aufspritzender Gischt begleitet ins Wasser eintauchte. Als der Ruf: „Land in Sicht!“ erklang, kamen die meisten Passagiere an Deck und drängten sich an die Reling. Jeder wollte als Erster einen Blick auf die Insel werfen, die für die meisten von ihnen das Land ihrer Träume darstellte. Doch anstatt sie zu sehen, nahmen sie zunächst einmal den charakteristischen Geruch wahr, der Sansibar schon aus vielen Kilometern Entfernung ankündigte – den schweren aromatischen Duft der Gewürznelken.

„Schau nur, Papa!“, rief ein kleines Mädchen, das von seinem Vater auf dem Arm gehalten wurde, sodass es über alle Köpfe hinwegblicken konnte, entzückt. Es deutete auf die Küstenlinie Sansibars, die verschwommen im dunstigen Morgenlicht in Sicht kam. Sein hübsches Gesicht war vor Aufregung gerötet. „Das Paradies!“

Nach und nach schälte sich die Insel aus dem saphirblauen Indischen Ozean. Blütenweißer Sandstrand, sanft gewellte Hügel und hoch gewachsene Kokospalmen – ein Bild wie aus einem Traum. Begeisterung und Vorfreude ließen die Augen der Menschen erstrahlen. Die Strapazen der langen Reise waren vergessen. Sie lachten und tuschelten. Frauen umarmten sich, Männer klopften sich gegenseitig auf die Schultern. Ihre Kinder, vom Fieber der Erwartung ergriffen, hielten sich an den Händen und tanzten Ringelreihen. Ein jeder wurde von der ausgelassenen Stimmung an Bord der *Fortuna* angesteckt. Sogar die Lippen des ersten Maats, dessen Miene üblicherweise mürrisch und verschlossen war, umspielte der Anflug eines Lächelns.

Nur auf eine Person – eine junge Frau, die sich ein wenig abseits des Trubels hielt – schien der Enthusiasmus der Reisenden nicht abzufärben.

Reglos stand sie da. Die graublauen Augen blickten scheinbar ins Leere, doch in Wahrheit nahmen sie alles auf, was sich um sie herum abspielte. Mit einer unbewussten Handbewegung strich sie sich eine Strähne ihres honigblonden Haares, die sich aus ihrem Flechtzopf gelöst hatte, zurück hinters Ohr. Sie schloss die Augen. Was würde die Zukunft ihr bringen? Erwartete sie am Ende ihrer Reise das Land ihrer Träume? Oder würde Sansibar für sie die Insel der Enttäuschungen werden?

Was auch immer zutreffen mochte – die Antwort auf diese Frage lag nur noch wenige Seemeilen entfernt …

1. TEIL

1. KAPITEL

Gegenwart

Lena Bluhm hatte die Augen fest geschlossen, als die winzige Propellermaschine auf die Landebahn aufsetzte. So lange sie zurückdenken konnte, litt sie unter Flugangst. Doch so schlimm wie dieses Mal war es schon lange nicht mehr gewesen.

Jedes Jahr steigen mehr als vier Milliarden Menschen in ein Flugzeug, Lena! Und die weitaus meisten von ihnen kommen heil ans Ziel.

Sie hielt den Atem an, als der Pilot so scharf bremste, dass Lena in ihren Sicherheitsgurt gepresst wurde. Ihre Finger krallten sich in den Kunstlederbezug der Armlehnen. Ihr stand der kalte Schweiß auf der Stirn. Es beruhigte sie keineswegs, dass der Boden sie nun zurückhatte. Immer und immer wieder gingen ihr die Worte des Selbsthilfebuches durch den Kopf, das sie anlässlich ihres ersten Englandurlaubs von Andy geschenkt bekommen hatte. *Die meisten Flugzeugunglücke geschehen entweder beim Start oder bei der Landung.*

Für einen winzigen Augenblick ließ der Gedanke an Andy sie alles andere vergessen – sogar ihre Angst. Doch der Moment währte nur so lange, bis sie die Augen öffnete und durch das Fenster das Flughafengelände an sich vorüberrasen sah. Sofort kniff sie die Lider wieder zu und hielt den Atem an. Und sie entspannte sich erst, als die Maschine ausrollte und schließlich zum Stehen kam.

„Jetzt haben Sie's geschafft, *min Deern*", sagte die silberhaarige Dame, die neben Lena saß und deren Dialekt sie als alteingesessene Hamburgerin auswies. Sie lächelte aufmunternd. „Wissen Sie, ich reise seit mehr als zwei Jahren quer durch die Weltgeschichte. Mein Heinz-Georg, Gott hab ihn selig, hat mir auf dem Sterbebett das Versprechen abgenommen, all die Orte zu besuchen, die wir uns immer schon gemeinsam ansehen wollten. Inzwischen kann ich kaum noch zählen, in wie vielen Flugzeugen ich gesessen habe – und es ist nie auch nur das Geringste passiert." Freundlich tätschelte sie Lenas Hand. „Fliegen ist viel ungefährlicher als Autofahren, glauben Sie's mir ruhig."

Höflich erwiderte Lena das Lächeln der Frau. „Ich weiß", sagte sie. „Dummerweise hilft mir dieses Wissen aber nicht dabei, meine Angst in den Griff zu bekommen."

Echte Erleichterung verspürte sie dann auch erst, als der Pilot über Bordfunk verkündete, dass die Maschine die endgültige Parkposition erreicht habe und man nun bereit für den Ausstieg sei.

Keine fünf Minuten später setzte Lena zum ersten Mal in ihrem Leben einen Fuß auf sansibarischen Boden. Feuchtheiße tropische Luft, der ein schwerer, würziger Duft anhaftete, schlug ihr entgegen.

„Gewürznelken", erklärte Lenas Sitznachbarin, die gleich hinter ihr das Flugzeug verlassen hatte. „Ihr Anbau mag heutzutage nicht mehr die größte Einnahmequelle der Menschen hier sein, doch der Stellenwert der Gewürzproduktion ist noch immer sehr hoch."

Lena nickte. Ihr war nicht nach einem Vortrag über die Wirtschaft Sansibars zumute. Ihr gingen ganz andere Dinge im Kopf herum. Allem voran die Frage, ob ihr das, weswegen sie hergekommen war, tatsächlich gelingen konnte.

Ob sie das Buch zu Ende zu bringen vermochte …

Leise seufzend fuhr sie sich mit dem Handrücken über die noch immer feuchte Stirn. Vielleicht hatte Patrick von Anfang an recht gehabt, und sie ließ sich völlig umsonst auf dieses irrwitzige Abenteuer ein. Immerhin war er ihr bester Freund und meinte es sicher nur gut, wenn er sie vor den Gefahren und Enttäuschungen warnte, die diese Reise möglicherweise für sie bereithielt. Doch seltsamerweise hatten seine Worte genau das Gegenteil von dem bewirkt, was er sich erhofft hatte. Bestärkt in dem Wunsch, sich auf Spurensuche zu begeben, hatte Lena kurz entschlossen sogleich einen Flug nach Sansibar gebucht.

Nur hier hatte sie eine Chance, auch die andere Seite von Andy kennenzulernen. Den Teil von ihm, den sie nur aus seinen Erzählungen kannte und der so wichtig war, um zu Ende zu führen, was Andy einst begonnen hatte.

Andy …

Es war das zweite Mal innerhalb kurzer Zeit, dass er sich in ihre Gedanken schlich, doch der Schmerz traf sie immer wieder vollkommen unvorbereitet. Trotz der tropischen Temperaturen wurde ihr für einen Moment eiskalt. Ihr Herz setzte einen Schlag aus, und ihr Magen zog sich schmerzhaft zusammen.

Er ist tot, du nicht – lerne endlich, damit zu leben!

Doch wie sollte das gehen? Andy Bennett war ihre große Liebe gewesen. Und nichts und niemand auf der Welt konnte die Lücke schließen, die er in ihrem Herzen hinterlassen hatte.

Nur quälend langsam bewegte sich die Schlange, die sich vor der Einreisekontrolle im Flughafengebäude gebildet hatte, vorwärts. In der vergangenen halben Stunde waren noch zwei weitere Maschinen gelandet, und es gab insgesamt nur vier Schalter, von denen zwei geschlossen waren. Zeit genug für Lena, weiter ihren Gedanken nachzuhängen.

Andy und sie hatten in einer gemütlichen Altbauwohnung im Hinterhaus eines Wohnhauses in Berlin-Mitte gewohnt. Vom Schlafzimmer aus blickte man auf die üppige Krone einer Linde, deren Zweige fast bis zum Fenster reichten. Im Sommer hatte Lena früher gern am offenen Fenster gesessen und den Geräuschen des Lebens, wie sie es nannte, gelauscht. Dem Lachen der Kinder, die unten im Hof miteinander herumtollten, den ersten Fortschritten der jungen Klavierschülerin aus dem dritten Stock, den lautstarken Streits und kaum weniger lautstarken Versöhnungen des Pärchens zwei Etagen unter ihr. Doch seit Andy fort war …

Erneut musste sie ihre Gedanken von ihm weglenken, als sie spürte, wie das inzwischen so bekannte Gefühl von Lähmung von ihr Besitz ergriff. Nein! rief sie sich innerlich zur Ordnung. Du hast dich jetzt lange genug einfach nur treiben lassen. Fang endlich an, dein Leben wieder selbst in die Hand zu nehmen!

Leichter gesagt als getan.

Sie erreichte den Schalter der Passkontrolle und gab ihre Ausweispapiere ab. Der dunkelhäutige Mann warf nur einen flüchtigen Blick darauf, ehe er zu ihr aufblickte und ihr ein strahlendes Lächeln schenkte. „*Karibu Zanzibar* – Willkommen auf Sansibar!"

Suchend blickte sie sich nach jemandem um, der sich für ihren Impfpass interessierte. In jedem Reiseführer und auch im Internet hatte sie immer wieder den Hinweis gefunden, dass in Tansania und speziell auf Sansibar der Impfpass eines jeden Einreisenden akribisch überprüft wurde. Doch niemand sprach sie darauf an, und so machte sie sich schließlich schulterzuckend auf den Weg zur Gepäckausgabe.

Etwa eine halbe Stunde später bahnte Lena sich, ihren Trolley hinter sich herziehend und die schwere Handtasche über der Schulter, einen Weg durch das Gedränge in der Ankunftshalle des Kisauni Airport. Immer wieder drängten sich dunkelhäutige Männer um sie herum und boten ihr auf Englisch mit melodiösem afrikanischen Akzent ihre Hilfe an – gegen Gebühr, selbstverständlich. Ihr kam es vor wie ein Spießrutenlauf, und so war sie froh, als sie endlich ins Freie trat.

Suchend blickte sie sich nach einem Taxi um. Doch das einzige, das sie entdecken konnte, wurde gerade von der alten Dame aus Hamburg herangewinkt. Lena schluckte einen Fluch herunter und fing an zu laufen. Vielleicht war es ja möglich, sich das Taxi zu teilen.

Sie hatte das Fahrzeug fast erreicht, als es plötzlich Fahrt aufnahm und sich in den fließenden Verkehr einfädelte. Aufstöhnend stellte Lena ihre schwere Tasche auf dem Gehweg ab. Das fing ja wirklich gut an!

Sie zückte ihr Handy und schaltete es ein. Warum, das wusste sie selbst nicht so genau. Nicht dass sie einen Anruf erwartete. Von wem auch? Patrick hatte sie vor etwas mehr als zehn Stunden zum Flughafen Tegel gebracht, und außer zu ihm pflegte sie seit Andys Tod zu niemandem mehr engeren Kontakt.

Auf dem Display erschien ein Bild von Andy und ihr, wie sie glücklich in die Kamera strahlten. Das Foto war bei ihrem letzten gemeinsamen Urlaub vor zwei Jahren in Irland aufgenommen worden. Wie immer, wenn sie es sah, zog sich ihr schmerzhaft das Herz zusammen. Dennoch brachte sie es nicht über sich, das Hintergrundbild zu ändern. Allein der Gedanke erschien ihr wie ein kleiner Verrat an Andy.

Ein Pop-up öffnete sich und verkündete, dass irgendjemand insgesamt gut ein Dutzend Mal angerufen hatte, seit sie in Berlin in den Flieger gestiegen war. Gerade als sie nachsehen wollte, wer sie da so hartnäckig zu erreichen versuchte, ging wieder ein Anruf ein.

„Ja?"

„Lena? Alles okay bei dir? Du klingst ein bisschen gestresst."

Als sie Patricks Stimme hörte, atmete sie tief aus. „Ich habe zehn Stunden Flug hinter mir, es ist furchtbar heiß und stickig und zu allem Überfluss ist mir soeben das einzige Taxi weit und breit vor der Nase weggefahren – was erwartest du also?" Die Worte waren ihr kaum über die Lippen, als sie ihren Ausbruch auch schon wieder bereute. „Hör zu, es tut mir leid. Ich finde es ja lieb von dir, dass du so besorgt um mich bist, aber das ist wirklich nicht nötig. Ich komme schon zurecht. Wirklich."

Einen Moment lang herrschte Schweigen am anderen Ende der Leitung, dann räusperte Patrick sich. „Natürlich", sagte er, doch sie kannte ihn lang genug, um an seinem Tonfall zu erkennen, dass er eingeschnappt war. „Du musst selbst wissen, was du tust. Aber ich stehe auch dazu, dass ich diese ganze überstürzte Aktion, einfach deine Koffer zu packen und nach Sansibar zu fliegen, für einen Fehler halte. Ich kann deine Beweggründe ja verstehen, aber du hättest dich wenigstens von zu Hause aus vorbereiten können."

Lena unterdrückte ein Seufzen. Sie hatten diese Diskussion in den vergangenen zehn Tagen immer wieder geführt – stets mit dem Ergebnis, dass sie beide auf ihrem jeweiligen Standpunkt beharrten. Ihr stand wirklich nicht der Sinn danach, ausgerechnet jetzt noch einmal über dieses Thema zu debattieren.

„Patrick, ich weiß, du meinst es nur gut, aber …“ Nun entfuhr ihr doch ein Seufzen. „Wir unterhalten uns später, okay? Ich melde mich bei dir. Pass auf dich auf, ja? Bis bald.“

Sie beendete das Gespräch, ohne ihn noch einmal zu Wort kommen zu lassen. Nicht dass sie Patricks Sorge nicht zu schätzen wusste. Er war Andys Agent und sein bester Freund gewesen, und als sie in Andys Leben getreten war, hatte er sie ohne zu zögern in den Kreis ihrer Freundschaft mit aufgenommen. Zudem war er ihr gerade in den letzten schweren Monaten eine unschätzbare Stütze gewesen. Doch bei dem, was ihr nun bevorstand, konnte er ihr nicht helfen. Sie musste lernen, ihr Leben wieder in den Griff zu bekommen und auf eigenen Beinen zu stehen.

Sie war so in Gedanken versunken, dass sie das Taxi, das vor ihr am Straßenrand hielt, zuerst gar nicht bemerkte. Als sie es schließlich doch wahrnahm, drängte sich gerade ein Mann an ihr vorbei und öffnete die Tür auf der Beifahrerseite, um einzusteigen.

„Hey!“, rief sie empört. „Hey, Sie da, das ist mein Taxi!“

Der Mann drehte sich zu ihr um, und für einen Moment stockte Lena der Atem. Was für unglaubliche Augen! Graublau mit goldenen Sprenkeln darin, wie der Himmel über Berlin an einem trüben Tag, wenn gerade die Sonne durch die Wolkendecke bricht; umrahmt von einem Kranz erstaunlich dichter dunkler Wimpern.

Lena blinzelte heftig, um das seltsame Gefühl abzuschütteln, das von ihr Besitz ergriffen hatte. Doch sie erreichte lediglich, dass sie auch den Rest ihres Gegenübers bemerkte, der kaum weniger eindrucksvoll war.

Schwarzbraunes welliges Haar umrahmte ein eher blasses, scharf geschnittenes Gesicht mit ausgeprägten Wangenknochen und kantigem Kinn. Der Mann trug einen leichten anthrazitfarbenen Anzug, der die Farbe seiner Augen noch betonte und der definitiv nicht von der Stange stammte. Die Hitze schien ihm nicht das Geringste auszumachen, denn Lena konnte auf seiner Stirn nicht die kleinste Schweißperle entdecken.

Er hob eine Braue, was seiner Miene eine gewisse Arroganz verlieh. „Entschuldigung – wie bitte?", fragte er auf Englisch.

„Oh." Erst jetzt wurde ihr klar, dass sie in ihrer Aufregung ganz automatisch Deutsch gesprochen hatte. Sofort wechselte sie ins Englische. „Ich sagte, dass Sie dieses Taxi nicht haben können."

„Ach, und warum nicht, wenn ich fragen darf?"

„Weil ich vor Ihnen an der Reihe bin", entgegnete Lena fest und reckte das Kinn. „Ich warte schon viel länger als Sie!"

Schmunzelnd schüttelte er den Kopf. „Sie haben dagestanden und Löcher in die Luft gestarrt", korrigierte er sie dreist. „Hören Sie, Miss, obwohl es mir ein großes Vergnügen wäre, dieses Thema noch weiter mit Ihnen zu diskutieren, muss ich an dieser Stelle leider abbrechen. Termine, Sie verstehen?"

Er schenkte ihr noch ein letztes strahlendes Lächeln, ehe er in den Wagen stieg und die Tür hinter sich zuschlug. Wie paralysiert blieb Lena zurück und schaute tatenlos zu, wie das Taxi – *ihr* Taxi – mit dem unverschämten Fremden darin davonfuhr.

Lange hatte Lena am Taxistand des Flughafens nicht warten müssen, ehe wieder ein Wagen aufgetaucht war. Die Fahrt zu ihrem Hotel dauerte trotzdem noch einmal eine Stunde, obwohl der Kisauni Airport kaum mehr als einen Katzensprung südöstlich von Sansibar Stadt entfernt lag. Doch je näher sie ins Zentrum der Inselhauptstadt vorrückten, desto dichter wurde das Gewirr von Fahrrädern, Autos und Mopeds, die sich auf den engen Straßen drängten.

Endlich, als sie gerade glaubte, die Hitze im Inneren des Fahrzeugs keine Sekunde länger ertragen zu können, lenkte der Fahrer den Wagen an den Straßenrand. Lena stieg aus und schaute sich um, während sie darauf wartete, dass ihr Gepäck ausgeladen wurde. Ihr Hotel befand sich in einem hohen Gebäude mit fleckiger Steinfassade, das sicher schon bessere Tage gesehen hatte. Sie hätte sich durchaus eine bessere Unterkunft leisten können, immerhin musste sie sich um Geld keine Gedanken machen. Dank Andys Lebensversicherung war sie gut abgesichert. Doch sie brauchte keine luxuriöse Umgebung. Und außerdem fühlte sie sich nach wie vor schlecht dabei, Geld mit vollen Händen auszugeben, das sie nur besaß, weil Andy …

Zwei Stufen führten hinauf zu einer Tür, die jedem Kirchenportal zur Ehre gereicht hätte. Das dunkle Holz war reich mit Schnitzereien und bronzefarbenen Beschlägen verziert.

Lena bezahlte den Taxifahrer und gab ihm ein Trinkgeld, das ihm ein Strahlen aufs Gesicht zauberte. Er bedankte sich überschwänglich und bestand darauf, ihr das Gepäck noch bis ins Hotel zu tragen. Dagegen hatte Lena definitiv nichts einzuwenden, so müde und zerschlagen, wie sie sich fühlte. Sie checkte an der Rezeption ein, die im Grunde genommen nur aus einem Schalter bestand, der in die Wand des Treppenhauses eingelassen war. Und als sie wenig später, nachdem sämtliche Formalitäten erledigt waren, endlich ihr Zimmer betrat, ließ sie sich, ohne sich lange umzusehen, auf das weiche Bett fallen. Nur zwei Minuten die Augen zumachen und entspannen, sagte sie zu sich selbst.

Doch sie hatte die Lider kaum geschlossen, als sie auch schon in einen leichten Dämmerschlaf sank.

Es war dunkel. Sterne glitzerten am Himmel, und der fast volle Mond tauchte die Landstraße in seinen silbrigen Schein. Aus den Lautsprechern des Autoradios drang leise ein alter Song von Sade: *Smooth Operator*. Die Musik verschmolz mit den Geräuschen des Motors und dem *Flapp-Flapp* der Reifen auf dem Asphalt zu einer beinahe schon hypnotischen Melodie. Mit geschlossenen Augen saß Lena auf dem Beifahrersitz, streichelte mit der Hand über ihren prall gewölbten Bauch und ließ sich einfach treiben.

„Es war nett bei Thomas und Sandra, findest du nicht?"

Lena lächelte, ohne die Augen zu öffnen. „Ja", sagte sie. „Aber Sandras Lasagne war grauenvoll!"

Andys Lachen, tief und kehlig, erfüllte den Wagen. „Ja", stimmte er atemlos zu, „sie war tatsächlich ungenießbar – aber nicht halb so schlimm wie die Rote Grütze! Ich habe auf etwas gebissen, das ich für eine Kirsche hielt, sich dann aber als ein Klumpen Gelatine entpuppte!"

Nun konnte auch Lena nicht mehr an sich halten. Sie lachte und lachte, bis ihr die Tränen kamen. Ihr Herz sprudelte über vor lauter Liebe und Zuneigung. Dies war einer dieser Momente, in denen sie sich fragte, womit sie so viel Glück verdient hatte.

Sie wischte sich mit dem Handrücken über die Augen – in diesem Moment sah sie den Geisterfahrer, der frontal auf sie zugeschossen kam.

„Andy, pass auf!"

Doch es war zu spät.

Das Kreischen von Metall und das Splittern von Glas war das Letzte, was Lena wahrnahm.

Dann wurde sie von vollkommener Dunkelheit umfangen.

Mit einem erstickten Keuchen schreckte Lena aus dem Schlaf hoch. „Andy …"

Sie setzte sich auf – und ließ sich stöhnend zurücksinken, als ihr klar wurde, wo sie sich befand. Der Unfall lag mehr als ein Jahr zurück, doch die Träume, die sie seit jener Nacht verfolgten, hatten nichts von ihrem Schrecken verloren.

Ihr Herz hämmerte wie wild, und ihr stand der kalte Schweiß auf der Stirn. Mit zitternden Knien stand sie auf und ging ins Badezimmer hinüber. Dort drehte sie das kalte Wasser auf und wusch sich das Gesicht. Seufzend ließ sie sich den Wasserstrahl auch über die Handgelenke laufen. Danach fühlte sie sich ein wenig besser. Doch an Schlaf war nicht mehr zu denken, und das kleine Zimmer, in dem es gerade einmal genug Platz für das schmale Einzelbett, einen Schrank und einen Nachttisch gab, erschien ihr zunehmend beengt und erdrückend.

Was ist los mit dir? Du hast nicht den weiten Weg hierher gemacht, um jetzt im Hotel die Füße hochzulegen! Wolltest du dich nicht auf die Suche nach Andys Wurzeln machen? Jene Orte entdecken, an denen er die schönste und aufregendste Zeit seiner Kindheit verbracht hat? Um das zu Ende zu bringen, was er nicht mehr vollenden konnte?

Ja, genau das war es, was Lena wollte. Andys Worte, wenn er von seiner Jugend auf Sansibar gesprochen hatte, klangen ihr noch in den Ohren nach. Seine Begeisterung, das Glänzen in seinen Augen, sein Enthusiasmus, wenn er von der Freundlichkeit und Offenheit der Menschen schwärmte. Er war nie wieder hierher zurückgekehrt, hatte immer nur davon gesprochen, es irgendwann einmal zu tun – gemeinsam mit ihr. Vielleicht würde auch sie hier endlich wieder etwas anderes empfinden können als Trauer und Verzweiflung.

Worauf wartest du noch? Du hast das Leben lang genug wie einen trägen Strom an dir vorüberziehen lassen – es wird Zeit, dass du endlich wieder darin eintauchst und selbst daran teilnimmst, statt es von außen zu beobachten!

Sie konnte förmlich spüren, wie neuer Tatendrang sie erfüllte, nahm ihre Handtasche auf und verließ das Hotelzimmer.

Es dämmerte bereits, als sie etwas später hinaus auf die Straße trat, doch es war noch immer drückend warm und die Luft war schwer und feucht, sodass sie sich fast anfühlte wie zäher Sirup. Innerhalb von Sekunden klebte Lena der Stoff ihres T-Shirts auf der Haut. Eine Kakofonie der verschiedensten Geräusche drang auf sie ein. Das Hupen der Autofahrer vermischte sich mit dem Schrillen von Fahrradschellen und dem Geschrei von Straßenhändlern, die lautstark ihre Waren anpriesen.

Und wie geht's nun weiter, du Genie? In Ermangelung einer Antwort wandte Lena sich einer inneren Eingebung folgend nach rechts. Bald war die Straße gesäumt von kleinen Garküchen, die ihre Speisen direkt von der Theke nach draußen verkauften. Es roch nach gegrilltem Fisch, nach Zimt, Kardamom, Kümmel und Nelken. In den Auslagen standen Schüsseln und Schalen mit gewürztem Reis und weißlich-gelbem Brei.

Eine rundliche dunkelhäutige Frau hielt ihr ein Schälchen von dem Brei entgegen. „Wollen probieren, *Miss'us*? *Ugali very delicious! Yummy, yummy!*"

Lena lehnte mit einer knappen Handbewegung ab und eilte hastig weiter. In einer ruhigen Ecke holte sie die Ledermappe mit Andys Aufzeichnungen, die sie immer bei sich trug, aus der Handtasche. In einem der älteren Einträge hatte er einige Kindheitserinnerungen beschrieben. Dabei hatte er auch ein Haus in Stone Town – der berühmten Altstadt von Sansibar Stadt, die auf Kiswahili *Mji Mkongwe* hieß – erwähnt, in dem seine Familie einige Jahre gelebt hatte. Wenn es ihr gelang, dieses Haus zu finden, würde sie vielleicht auch mehr über Andys sansibarische Verwandtschaft erfahren. Womöglich wohnte sogar noch einer von ihnen dort, oder zumindest jemand, der ihr sagen konnte, wo die Familie heute zu finden war.

Leider war nach dem Tod von Andys Mutter sämtlicher Kontakt zu den auf Sansibar lebenden Verwandten abgerissen. Für Andys Vater waren die Erinnerungen an die glückliche gemeinsame Vergangenheit auf der Insel zu schmerzhaft gewesen, und als halbwüchsiger Junge hatte Andy keine andere Wahl gehabt, als diese Entscheidung zu akzeptieren.

Daher hatte Lena kaum einen Anhaltspunkt, wohin sie sich wenden sollte. Sie war nach langen Monaten lähmender Untätigkeit völlig überstürzt aufgebrochen, weil sie es zu Hause einfach nicht mehr ausgehalten hatte. Deshalb war sie nicht dazu gekommen, irgendetwas vorzubereiten oder einen Plan zu fassen. Dass sie noch Impfschutz gegen Gelbfieber besaß, war ebenso ein glücklicher Zufall gewesen wie die Tatsache, dass sie bereits über ein gültiges Visum für Tansania verfügte. Andy und sie hatten eigentlich nach Afrika reisen wollen, doch die Nachricht von ihrer Schwangerschaft hatte sie ihre Pläne aufschieben lassen – wie leider so viele andere, was Lena heute zutiefst bereute.

Bei einem Straßenhändler kaufte sie sich eine Stadtkarte in englischer Sprache und ließ sich anhand des Plans erklären, wo sie hinmusste. Es sah ganz einfach aus, und es war zudem nicht sonderlich weit von ihrem augenblicklichen Standort entfernt.

Mit aufgeregt klopfendem Herzen marschierte sie los, immer tiefer hinein in das Gewirr aus engen Gassen und Straßen. Bald schon drang sie in Regionen vor, in die sich offenbar nur selten ein Tourist verirrte. Leinen, an denen frisch gewaschene Wäsche im Wind flatterte, waren zwischen den Hausfassaden gespannt. Aus den offenen Fenstern drangen Gesprächsfetzen, hier und da lärmte ein vereinzeltes Fernsehgerät. Es wurde zunehmend dunkler. Der Himmel nahm die Farbe von altem, vertrocknetem Papyrus an, und die Schatten in den Gassen wurden länger. Als sie an eine Straßengabelung gelangte, hielt Lena nach einem Hinweis Ausschau, in welche Richtung sie sich wenden musste. Doch es gab weder Straßenschilder noch sonst etwas, das ihr die Orientierung erleichtert hätte.

Im schwachen Dämmerlicht studierte sie noch einmal ihre Karte. Eigentlich konnte es nicht mehr allzu weit sein. Wenn sie den Straßenhändler richtig verstanden hatte, dann musste sich das Haus, in dem Andys Familie gelebt hatte, ganz in der Nähe befinden. Kurz entschlossen wandte sie sich nach rechts.

Es dauerte nicht lang, und die Gegend wurde wieder etwas belebter. Dunkle Gesichter verschmolzen mit den Schatten hinter glaslosen Fensterlöchern, und Lena spürte, wie neugierige Blicke ihr folgten. Wirklich wohl fühlte sie sich nicht. Ihr hellblondes Haar und der blasse Teint wiesen sie eindeutig als Fremde aus, die nicht hierhergehörte.

Die Häuser standen nun weiter auseinander, und ihre Architektur erinnerte Lena an die hässlichen Plattenbauten von Berlin-Marzahn und Neukölln – nur dass sie sehr viel heruntergekommener aussahen. Der Straßenbelag wies Schlaglöcher auf, in denen sich brackiges Wasser gesammelt hatte. Dunkelhäutige Kinder in abgerissener Kleidung spielten, indem sie kleine Boote aus geflochtenen Palmwedeln darauf treiben ließen.

Hier sollte Andy einmal gewohnt haben? Lena konnte es sich beim besten Willen nicht vorstellen. Es gab nur eine logische Erklärung: Sie musste sich irgendwo im Gewirr der Gassen verirrt haben.

Ein flaues Gefühl machte sich in ihr breit. Es war verrückt gewesen, einfach so loszuziehen. Was hatte sie sich bloß dabei gedacht? Vielleicht war sie wirklich zu überstürzt von Berlin aus aufgebrochen. Sie hatte am Abend vor ihrer Abreise nur einmal kurz im Internet recherchiert. Und das hatte sie jetzt davon.

Sie atmete tief durch und zwang sich zur Ruhe. Sie durfte nicht die Nerven verlieren, denn damit war niemandem geholfen. Am besten war es wohl, sich auf den Rückweg zum Hotel zu machen. Morgen, bei hellem Tageslicht, sah die Welt sicher schon wieder ganz anders aus.

„*Hujambo!*"

Lena drehte sich um, als sie eine helle Stimme hinter sich vernahm, und erblickte ein kleines, dunkelhäutiges Mädchen, das mit großen, schwarzbraunen Augen zu ihr aufschaute.

„*Hujambo?*", wiederholte es ernst. Die Puppe, die es fest an die Brust gedrückt hielt, schien mit viel Liebe und Geschick aus alten Lumpen gefertigt worden zu sein. Das Haar sah aus wie die Oberfläche eines Scheuerschwamms.

„Was?" Lena beugte sich hinab und schüttelte lächelnd den Kopf. „Tut mir leid, aber ich verstehe dich nicht." Um die Bedeutung ihrer Worte zu verdeutlichen, zuckte sie die Schultern und machte ein ratloses Gesicht.

Es war nicht wirklich zu erkennen, ob die Kleine begriff. Seufzend blickte Lena sich um. Gab es denn hier niemanden, der ihr helfen oder für sie übersetzen konnte? Sie entdeckte einen Verkaufsstand, der ein bisschen aussah wie ein Kiosk, wie sie ihn aus Berlin kannte. Kurz entschlossen bedeutete sie dem Mädchen, ihr zu folgen, was dieses auch bereitwillig tat. Seine Augen fingen an zu leuchten, als es die Auslagen mit den Süßigkeiten und den Plastikspielzeugen betrachtete, und Lena wurde es ganz warm ums Herz. Allzu oft konnten es sich die Familien, die hier lebten, sicher nicht leisten, ihren Kindern ein kleines Geschenk zu machen. Und wenn, dann waren es zumeist selbst gebastelte Spielzeuge wie die Puppe der Kleinen.

Der Mann hinter dem Verkaufsstand sprach bedauerlicherweise auch kein Englisch, worauf sein verständnisloser Gesichtsausdruck schließen ließ, als Lena ihn ansprach. Doch sie brauchte kein Kiswahili zu beherrschen, um sich mit ihm zu verständigen. Mit einem fragenden Gesichtsausdruck griff sie nach einem Karton mit Süßigkeiten, der auf dem Tresen stand. Der Mann lächelte verstehend und nickte, und so hielt Lena den Karton dem Mädchen hin.

Artig, fast ein wenig schüchtern, griff die Kleine hinein und nahm sich einen Schokoladenriegel. Sie lächelte strahlend und deutete mit dem ausgestreckten Zeigefinger auf einen quietschroten Plastikball, der in einem Netz an der Wand hing.

„Ninaweza kupata mpira, tafadhali??“

Erneut benötigte Lena keinen Dolmetscher, um zu begreifen. Mit Händen und Füßen verständigte sie sich mit dem Verkäufer darauf, dass sie den Ball kaufen wollte. Der überreichte ihn ihr mit einem breiten, teilweise zahnlosen Grinsen.

Ob es richtig war, sich so zu verhalten? Lena wusste es nicht. Aber eines wusste sie ganz genau: Sie wollte dem Mädchen unbedingt eine kleine Freude machen. Der Ball und der Schokoriegel kosteten sie zusammen nur ein paar Münzen, und das glückliche Strahlen auf dem Gesicht des Kindes, als Lena ihm das Spielzeug überreichte, war es allemal wert. Was konnte daran falsch sein?

Doch als die Kleine mit ihrem neuen Ball davoneilte, hatten sich bereits drei kleine Jungen bei Lena eingefunden, die sie alle ebenfalls aus großen schokoladenbraunen Augen anschauten. Leise seufzend griff sie erneut nach dem Süßigkeitenkarton und spendierte nun auch den dreien eine Runde Leckereien. Aber schon kamen die nächsten Kinder angerannt, und im Schlepptau hatten sie ein paar Halbwüchsige, die sofort anfingen, die Kleinen zu verscheuchen und Lena nun ihrerseits zu bedrängen.

Und sie hatten es ganz sicher nicht auf buntes Spielzeug abgesehen.

„*Tafadhali! Tafadhali!*"

„Nicht doch", keuchte Lena und stolperte zwei, drei Schritte zurück, bis sie sich mit dem Rücken an der Wand der Bretterbude wiederfand. „Lasst mich!"

Doch so leicht ließen die Jugendlichen sich nicht abschütteln. Inzwischen hatten sich auch einige Straßenverkäufer zu ihnen gesellt, die Lena ihre Waren aufdrängen wollten.

Von dieser Seite Sansibars hatte Andy ihr nie erzählt. Wenn er von seinen Jugendjahren auf der Insel berichtete, war stets nur die Rede von blütenweißen Sandstränden und freundlichen, offenen Menschen gewesen.

„Bitte", stieß sie atemlos hervor und versuchte, die Hände abzuschütteln, die von allen Seiten nach ihr griffen und an ihr zerrten. Sie öffnete ihre Geldbörse, die sie noch immer in der Hand hielt, und schüttete den Inhalt – eine Handvoll Tansania-Schilling-Münzen – achtlos zu ihren Füßen auf den Boden.

Der Effekt trat sofort ein und war umfassend. Die Straßenkinder und Bettler ließen von ihr ab und warfen sich in den Staub, um möglichst viele Münzen zu ergattern. Es war ein Gezeter und Gezerre, und immer mehr Menschen kamen heran, um zu sehen, was hier vor sich ging.

Halb stolpernd, halb laufend eilte Lena davon. Tränen verschleierten ihr den Blick, doch sie blieb nicht stehen. Erst als sie die verwinkelten Gassen der Altstadt wieder erreichte und der Lärm hinter ihr langsam abebbte, wagte sie es, ihre Schritte zu verlangsamen.

Wenige Minuten später trat sie hinaus auf eine deutlich belebtere Straße, auf der auch Autos fuhren. Sie wischte sich den Staub und die Tränen aus dem Gesicht. Als sie ein Taxi sah, winkte sie es sofort heran, kletterte mit noch immer zitternden Knien auf den Rücksitz und nannte den Namen ihres Hotels.

Während die Lichter der Stadt an ihrem Fenster vorüberflogen, wanderten Lenas Gedanken zurück zu Andy und ihrem ungeborenen Kind, das mit ihm gestorben war, und ihre Augen füllten sich mit Tränen.

Ach, wenn du doch jetzt bei mir sein könntest! Du und unser kleiner Krümel …

Lena hatte gar nicht gemerkt, wie die Zeit vergangen war, als der Taxifahrer sich zu ihr umwandte und verkündete: „*Miss'us?* Wir sind da, Miss'us. *Zanzibar Jumba Hotel.*"

Sie blinzelte, kramte ein paar Tansania-Schilling hervor, die sie noch in ihrer Geldbörse hatte, und hoffte, dass es ausreichte, um die Taxifahrt zu bezahlen.

Es reichte.

Sie stieg aus und hastete ins Hotel, ohne auf die neugierigen Blicke der Passanten zu achten. Ebenso wenig blieb sie stehen, als der Portier am Empfangsschalter ihr nachrief, dass ein junger Mann aus Deutschland für sie angerufen habe. Nein, Lena blieb erst stehen, nachdem sie die Tür ihres Zimmers hinter sich geschlossen hatte.

Dann sank sie kraftlos am Türrahmen herab, das Gesicht in den Händen geborgen, und ließ ihren Tränen freien Lauf.

Am nächsten Morgen drang helles Sonnenlicht durch die Fensterläden ihres Zimmers. Lena konnte sich nicht daran erinnern, zu Bett gegangen zu sein. Doch als sie erwachte, fand sie sich – noch immer vollständig angezogen – auf der Matratze wieder. Kein Wunder, dass sie sich so verschwitzt fühlte und die Kleidung ihr klamm am Körper klebte.

Als sie sich umdrehte, um aufzustehen, erblickte sie zu ihrer Überraschung einen mageren schwarz-weißen Kater, der leise schnurrend neben ihr auf dem Kissen döste. Er musste in der Nacht auf der Suche nach einem sicheren Schlafplatz über die angrenzenden Dächer und durch das halb geöffnete Fenster hereingekommen sein. Offenbar war das Tier überzeugt, dass von Lena keine Bedrohung ausging, denn als sie sich aufsetzte, hob es nur träge die Lider und schloss sie gleich wieder.

Lächelnd kraulte Lena dem Kater das weiche Fell. Irgendwie war es tröstlich, ihn hier bei sich zu haben. So fühlte sie sich nicht mehr gar so schrecklich allein in diesem fremden Land, in dem sie niemanden kannte und dessen Sitten und Gebräuche ihr fremd waren.

Andy hatte früher immer davon gesprochen, sich eine Katze oder einen Hund anzuschaffen. Lena war dagegen gewesen. Sie beide – Andy als Schriftsteller und sie als Lehrerin der Sekundarstufen I und II – waren beruflich stark eingespannt gewesen. Zu stark, als dass sie die notwendige Zeit hätten aufbringen können, die ein Haustier erforderte.

Schon spürte sie wieder, wie ihr Blick verschwamm. Andy zu verlieren hatte ein Loch in ihr Herz gerissen, dass anstatt zu heilen, von Tag zu Tag größer zu werden schien. Als ihr ein Schluchzen entfuhr, schlug sie sich erschrocken die Hand vor den Mund.

Nein, sie würde sich nicht wieder ihrem Kummer und ihrer Zukunftsangst ergeben! Sie straffte die Schultern und blinzelte die Tränen fort. Deshalb war sie nach Sansibar gekommen: Sie wollte das Buch zu Ende schreiben, an dem Andy gearbeitet hatte, bevor er starb.

Aber vor allem wollte sie wieder zurück zu sich selbst finden.

In jener schicksalhaften Nacht hatte sie durch den Unfall alles verloren, was ihr im Leben lieb und teuer war: Andy, ihr ungeborenes Kind und bis zu einem gewissen Grad auch sich selbst. Lena wusste, wenn sie es jetzt nicht schaffte, wieder auf die Beine zu kommen, dann würde es ihr wahrscheinlich niemals gelingen.

Der Kater musterte sie aus großen, grüngoldenen Augen. Es fühlte sich an, als könne er hinter die Fassade blicken und erkennen, was wirklich in Lena vorging.

Einmal strich sie dem Tier noch übers Fell, dann stand sie auf und ging ins Bad, um zu duschen. Der kleine Raum war mit türkisblauen Fliesen ausgestattet, und als das Wasser aus dem Duschkopf auf sie niederprasselte, war ihr, als würde sie unter einem tropischen Wasserfall stehen.

Als sie eine halbe Stunde später, in einen flauschigen Bademantel gehüllt, wieder ins Zimmer trat, fühlte sie sich um einiges frischer und ausgeruhter als zuvor. Der Kater war immer noch da. Er saß auf dem Fensterbrett und ließ sich die Sonne auf den Pelz scheinen. Lena trat zu ihm und sah eine Weile zu, wie die Stadt unter ihr langsam zum Leben erwachte.

Es hatte geregnet, und ein unwirkliches Leuchten lag über allem. Der Staub war weggewaschen worden und gab den Blick frei auf das, was darunter lag: eine leicht heruntergekommene orientalische Schönheit, die ihr Alter unter bröckelndem Putz zu verstecken suchte. Sie hatte schon viel erlebt und gesehen im Laufe der Jahrhunderte: Perser, Portugiesen, Araber. Großen Prunk auf der einen, das Grauen und die Unmenschlichkeit der Sklaverei auf der anderen Seite.

Von der Regenrinne fiel ein einzelner funkelnder Wassertropfen herab und landete auf dem Kopf des Katers, der sich schüttelte und mit einem angewiderten Miauen vom Fensterbrett zurück ins Zimmer sprang.

Genau wie er schüttelte nun auch Lena die unschönen Erinnerungen an den vergangenen Abend ab und beschloss, noch einmal ganz von vorn anzufangen. Doch dieses Mal würde sie nicht so blind und planlos vorgehen.

Während ihr neuer Mitbewohner es sich wieder auf dem Bett gemütlich machte, schlüpfte Lena in ein schlichtes, graublaues Baumwollkleid und ging zur Tür. Sie hielt den Knauf schon umfasst, als sie zögerte und schließlich doch noch einmal umkehrte. Nachdem sie eine Kaffeetasse mit leicht gesprungenem Rand zum Trinknapf umfunktioniert und mit frischem Wasser gefüllt hatte, tätschelte sie dem Kater den Kopf. „Wenn du nichts dagegen hast, werde ich dich Krümel nennen."

Mit einem Lächeln auf den Lippen verließ sie das Zimmer.

„Sie sind also auf der Suche nach Verwandten Ihres Verlobten? Hm ...“ Nachdenklich kaute der junge Mann hinter der Rezeption auf seiner Unterlippe. „Bennett, sagten Sie? Der Name kommt mir entfernt bekannt vor, aber ich komme nicht darauf, woher. Nun, wie auch immer. Am besten wird es sein, wenn Sie es zuerst bei den hiesigen Behörden versuchen.“ Er seufzte. „Allzu viel Hoffnung sollten Sie sich aber nicht machen. Da es auf Sansibar keine gesetzliche Meldepflicht gibt, wäre es schon ein großer Zufall, wenn sich ausgerechnet die Familie Ihres Verlobten hätte registrieren lassen ...“

Lena atmete tief durch und zwang sich zu einem Lächeln. „Ich habe nicht damit gerechnet, dass es leicht wird.“

„Wie sieht es mit Ihren Sprachkenntnissen aus? Ich nehme nicht an, dass Sie Kiswahili sprechen?“

„Leider nicht.“ Seufzend schüttelte Lena den Kopf. „Kennen Sie vielleicht jemanden, der bereit wäre, mir zu helfen? Ich würde ihn selbstverständlich für seine Mühe entschädigen.“

„Das wird nicht nötig sein.“ Er winkte ab. „Ich hatte Nachtschicht und habe in einer halben Stunde Feierabend. Wenn Sie bereit sind, so lange zu warten, werde ich mit Ihnen zur Stadtverwaltung gehen und für Sie übersetzen.“

Lena war überrascht. Und erfreut über so viel Hilfsbereitschaft. „Das würden Sie für mich tun?“

„Es bedeutet für mich keinen großartigen zusätzlichen Aufwand. Meine Wohnung befindet sich in der Nähe der Stadtverwaltung, und schlafen kann ich auch in ein paar Stunden noch.“

„Das ist wirklich ausgesprochen nett von Ihnen, Mister ...“

„Suleiman Nwosu“, entgegnete er lächelnd. „Sie können mich ruhig Suleiman nennen. Und ich freue mich, wenn ich helfen kann. Allerdings sieht unser Boss es gar nicht gerne, wenn wir privaten Umgang mit den Gästen pflegen. Ich hoffe, Sie haben nichts dagegen, dass wir uns draußen treffen? Sagen wir, in vierzig Minuten vor dem kleinen Café am Ende der Straße?“

Lena nickte. „Sehr gern. Und ... wie sagt man Danke schön auf Kiswahili?“

„*Asante*", entgegnete er. „Und darauf sage ich: *Si kitu* – gern geschehen."

„Soll das heißen, sie kann mir nicht helfen?"

Suleiman übersetzte Lenas Frage für die bildschöne Einheimische hinter dem Schalter in der Stadtverwaltung. Die schüttelte bedauernd den Kopf und antwortete mit einem Redeschwall, von dem Lena nicht das Geringste verstand. Doch das war auch nicht nötig, um zu begreifen, was die Worte zu bedeuten hatten.

„Es tut ihr leid", erklärte Suleiman nun auch erwartungsgemäß. „Sie sagt, dass sie leider nichts für Sie tun kann."

Im Grunde hatte Lena auch nichts anderes erwartet. Seit mehr als vier Stunden wurden Suleiman und sie nun schon von einem Büro zum nächsten geschickt. Aber niemand konnte ihnen wirklich brauchbare Informationen geben. Es war zum Verzweifeln! Entgegen ihrer Behauptung hatte Lena sich das alles doch irgendwie einfacher vorgestellt. Dass es sich so schwierig gestalten würde, etwas über Andys Familie auf Sansibar herauszufinden, damit hatte sie im Traum nicht gerechnet.

Und so langsam fing sie an zu glauben, dass es ihr gar nicht mehr gelingen würde.

„Mir tut es übrigens auch leid", sprach Suleiman weiter. „Aber wenn ich nicht bald ins Bett komme, bin ich heute Nacht zu nichts zu gebrauchen. Wenn ich nicht arbeiten müsste, würde ich Ihnen gern weiterhelfen, Miss Lena, aber …"

Sie schüttelte den Kopf. „Ach was, ich bin Ihnen äußerst dankbar für alles, was Sie getan haben. Mehr kann ich nun wirklich nicht von Ihnen verlangen!" Seufzend fuhr sie sich durchs Haar. „Was soll's, gehen wir. Hier kommen wir ohnehin nicht weiter."

Sie waren schon fast bei der Tür, als die hübsche Amtsmitarbeiterin sie noch einmal zurückrief. Wieder wechselte Suleiman einige Worte mit ihr, die Lena nicht verstand – doch sie war sicher, dass der Name Bennett mindestens einmal gefallen war.

„Was ist los?“, fragte sie. „Was hat sie gesagt? Ist ihr doch noch etwas eingefallen?“

Suleiman nickte. „Ja“, sagte er. „Es könnte wichtig sein oder auch nicht. Aber sie erinnert sich daran, einmal von einer Gewürzfarm auf der anderen Seite der Insel bei Jambiani gehört zu haben, die einem Mann namens Bennett gehört.“

„Wirklich?“ Aufgeregt umklammerte Lena seinen Arm. „Bitte, fragen Sie sie, ob sie noch weiß, wo genau diese Farm zu finden ist. Das könnte unsere erste heiße Spur sein!“

Ungeduldig wartete sie, während Suleiman sich mit der Stadtangestellten unterhielt. Die nahm eine Karte, wie sie vom Tourismusbüro an Touristen ausgeteilt wurde, und zeichnete darauf einen Lageplan. Diesen überreichte sie dann Suleiman, der ihn an Lena weitergab.

„Hier“, sagte er. „Sie ist beinahe sicher, dass der Name *Bennett's Clove and Spice Farm* lautet, aber natürlich kann sie nicht sagen, ob das Anwesen inzwischen den Besitzer gewechselt hat.“

Doch Lena wollte keine Einwände hören. Sie fühlte sich wie elektrisiert. Endlich eine Spur! Am liebsten hätte sie Suleiman die Karte einfach aus der Hand gerissen und draußen das erstbeste Taxi herangewinkt, um gleich hinaus zu dieser Gewürzfarm zu fahren. Doch sie zügelte sich mühsam und wartete, bis Suleiman sich von ihrer freundlichen Helferin verabschiedet hatte.

„Wenn Sie möchten, fahre ich morgen nach meiner Schicht mit Ihnen raus nach Jambiani und …“

„Das ist wirklich lieb von Ihnen, Suleiman“, fiel Lena ihm aufgeregt ins Wort. „Aber ich kann beim besten Willen nicht bis morgen warten, das verstehen Sie doch sicher.“

„Aber natürlich.“ Er lächelte. „Viel Erfolg – ich hoffe, Sie finden die Antworten, nach denen Sie suchen.“

Lena blinzelte überrascht. *Die Antworten, nach denen Sie suchen …* Wie hatte er das bloß gemeint? Erstaunlicherweise passten die Worte genau zu ihrer momentanen Situation. Denn war sie nicht genau das: auf der Suche nach Antworten? Antworten auf die Frage, wie es mit ihrem Leben weitergehen sollte? Und ob das alles ohne Andy überhaupt noch einen Sinn hatte? Mühsam schüttelte sie diesen letzten Gedanken ab. Andy hätte nicht gewollt, dass sie so dachte. Aber es war so verdammt schwer, sich vorzustellen, ohne ihn weiterzumachen.

Sie blinzelte die Tränen weg, die ihr wie von selbst in die Augen gestiegen waren; dann trat sie nach draußen und winkte sich ein Taxi heran.

2. KAPITEL

Die Fahrt von Stone Town nach Jambiani entführte Lena erneut in eine völlig neue, fremde Welt. Sobald sie den Trubel der Stadt hinter sich gelassen hatten, ließ der stetige Verkehrsstrom nach, bis er nur noch ein tröpfelndes Rinnsal war und schließlich vollends versiegte. Dafür wurde es zunehmend grüner. Bäume wuchsen nun bis dicht an die Straße heran, und hin und wieder flitzte ein kleiner Affe, schnell wie ein Blitz, über den Asphalt.

Für die Strecke, die einmal quer über die Insel zu führen schien, brauchten sie gut eine Stunde. Als sie Jambiani erreichten, fuhr der Taxifahrer, der glücklicherweise gebrochen Englisch sprach, an den Straßenrand und drehte sich zu Lena um.

„Geben viele Spice-Farms hier in der Gegend. Wie sagte Miss'us war der Name?"

„*Bennett's Clove and Spice Farm*", erwiderte Lena. „Haben Sie nicht vielleicht doch schon einmal davon gehört?"

Nachdenklich runzelte der dunkelhäutige Mann die faltige Stirn; dann erhellte sich seine Miene plötzlich, und sein breiter Mund verzog sich zu einem Grinsen, das den Blick auf gleich mehrere Zahnlücken freigab. „Aber natürlich!", rief er aus und klopfte sich mit der flachen Hand auf die Stirn. „Ich denke, ich jetzt weiß, welche Farm Miss'us meint!" Er wandte sich wieder nach vorn und ließ den Motor an. „Ist nicht weit. *Hakuna matata* – kein Problem!"

Sie fuhren noch einmal knapp fünfzehn Minuten, und die Umgebung wurde noch grüner. Lenas Herz machte einen aufgeregten Hüpfer, als sie ein Schild passierten, auf dem in fetten Lettern „Bennett's Clove and Spice Farm" stand.

Das war es also! In ihrem Bauch flatterten tausend Schmetterlinge auf. Zugleich kamen ihr aber auch Zweifel. Was, wenn diese Spur ins Leere führte? Wenn Andys Verwandte die Farm zwischenzeitlich verkauft hatten? Oder – schlimmer noch –

wenn überhaupt niemand dort etwas von Andy wusste? Wie sollte es dann weitergehen?

Ruhig Blut, Lena. Das sehen wir alles, wenn es so weit ist.

Dann erblickte sie zum ersten Mal das Farmhaus.

Es handelte sich um ein zweigeschossiges Gebäude. Eine breite Außentreppe führte hinauf zum oberen Stockwerk, das von einer überdachten Veranda umgeben war, die sich auf hohe Pfähle stützte. Ebenfalls auf Pfeilern ruhte auf der Vorderseite das Dach, welches mit getrockneten Palmblättern gedeckt war. Hohe Kokospalmen wuchsen bis dicht an das Haus heran, und die Zufahrt, in der bereits zwei Fahrzeuge standen – ein ziemlich altersschwach aussehender Pick-up mit deutlichen Roststellen und ein ziemlich neu aussehender Jeep –, war gesäumt von Sträuchern, an denen Blüten in sattem Gelb und feurigem Rot leuchteten. Auf den ersten Blick wirkte das Haus sehr einladend auf Lena, fast ein wenig herrschaftlich, doch als sie nun aus dem Taxi stieg, offenbarte sich ihr, dass es schon bessere Tage erlebt hatte.

Die weiße Fassade war fleckig und überall blätterte der Putz ab. Die Holzbalustrade der Veranda wies Schäden auf, die, wenn überhaupt, nur notdürftig repariert worden waren. Und es gab noch weitere Anzeichen des Verfalls. Schwarze Stellen und Löcher in der Dachkonstruktion deuteten darauf hin, dass es einen Brand gegeben haben musste. Um ein Hineinregnen zu verhindern, hatte man die Lücken behelfsmäßig von unten mit Planen abgedeckt.

Das war es also? Das Haus, in dem Andy die schönste Zeit seiner Kindheit erlebt hatte? Der Gedanke ließ ihr den Atem stocken. Fast rechnete sie damit, dass sich die Tür öffnete und ein hübscher blonder Junge hinaustrat und ihr dieses warme Lächeln schenkte, das sie am erwachsenen Andy so geliebt hatte.

Als die Tür dann tatsächlich aufschwang, war es jedoch kein kleiner Junge, der auf die Veranda kam, sondern eine schlanke dunkelhäutige Frau, die zu einem schwarzen Kostüm einen auffälligen schwarzen Hut mit breiter Krempe trug. Sie bemerkte Lena nicht – ihre volle Aufmerksamkeit galt jemandem, der noch im Halbdunkeln des Hausflurs stand. Ihre ganze Haltung drückte Protest aus.

„Was bilden Sie sich eigentlich ein, hier aufzutauchen?", schrie sie – dann folgte ein wütender Schwall auf Kiswahili, den Lena nicht verstand. Mit ausgestreckter Hand deutete die Frau zur Treppe. „Verschwinden Sie, ehe ich mich vergesse!"

Inzwischen waren noch weitere Menschen hinaus auf die Veranda getreten. Zwei ebenfalls aufgebracht aussehende halbwüchsige Jungs und ein älterer Mann. Dann noch eine ältere Frau, die offenbar versuchte, die aufgeheizte Stimmung zu beschwichtigen – vergeblich.

„Soll ich auf Miss'us warten?"

Lena hatte den Taxifahrer ganz vergessen. „Nein, nein", erwiderte sie, holte hastig ihre Geldbörse hervor und beglich die Rechnung für die Fahrt. „Ich bleibe erst einmal hier."

Der Mann zuckte die Schultern und überreichte ihr zusammen mit ihrem Wechselgeld eine Visitenkarte. „Einfach anrufen, wenn ich Miss'us wieder abholen soll", sagte er, ehe er sich mit einem raschen *kwa heri* – auf Wiedersehen – verabschiedete, Gas gab und die Auffahrt hinunterbrauste.

Einen kurzen Moment lang blickte Lena ihm nach, dann wandte sie ihre Aufmerksamkeit wieder dem Geschehen am Haus zu, wo die Auseinandersetzung noch immer im vollen Gange war. Sie fragte sich, wer wohl der Verursacher von all dem sein mochte. Und als hätte eine höhere Macht sie gehört, trat die Person, der all die Aufregung galt, genau in diesem Moment hinaus ins Tageslicht.

Lena riss die Augen auf. Das konnte doch nicht wahr sein! Nein, unmöglich!

Doch selbst aus der Entfernung war ein Irrtum kaum wahrscheinlich. Das wellige schwarzbraune Haar, das blasse, markant geschnittene Gesicht und die hellen Augen …

Lena blinzelte überrascht, doch das Bild, das sich ihr darbot, änderte sich nicht. Keine Frage, bei dem Mann handelte es sich um den unverschämten Schönling vom Flughafen. Was für ein erstaunlicher Zufall! Sie hatte nicht damit gerechnet, ihn jemals wiederzusehen, schon gar nicht hier draußen, auf einer kleinen Gewürzfarm mitten im Nirgendwo.

Doch er war da – und machte nicht weniger Eindruck auf sie als bei ihrer ersten Begegnung. Anstelle eines Maßanzugs trug er heute eine schwarze Hose zu einem figurnah geschnittenen weißen Hemd und einem schlichten schwarzen Sakko. Obwohl sie es nicht wollte, konnte Lena nicht umhin festzustellen, dass er verdammt gut aussah.

Vergiss den Kerl und konzentriere dich darauf, weshalb du eigentlich hier bist!

Aber das war leichter gesagt als getan. Denn seine Verärgerung, die ihm förmlich ins Gesicht geschrieben stand, machte ihn nur noch attraktiver.

„Sparen Sie sich Ihre Anfeindungen, Aaliyah", knurrte er jetzt. „Sie wissen genau, dass ich am Ende doch gewinnen werde. Der alte Sturkopf hat mir viel zu lang Steine in den Weg gelegt mit seiner lächerlichen Weigerung, in einen Verkauf einzuwilligen."

Die Lippen der Frau fingen an zu zittern. „Sie … Sie …" Im nächsten Moment prasselte ein weiterer aufgebrachter Hagel auf Kiswahili auf den Schönling herab, den dieser ebenso energisch in derselben Sprache erwiderte.

Schließlich brüllten alle wild durcheinander, und Lena fürchtete schon, dass sie bald mit den Fäusten aufeinander losgehen würden.

Doch dazu kam es nicht.

Der Schönling stieß etwas hervor, das wie ein wütender Fluch klang, drängte sich zur Treppe und eilte mit wenigen ausgreifenden Schritten nach unten. Auf dem Weg zu seinem Wagen kam er an Lena vorbei, ohne sie jedoch eines Blickes zu würdigen. Kurz darauf heulte der Motor des Jeeps auf, und der Wagen schoss in einer gewaltigen Staubwolke die Zufahrt hinunter.

Verwirrt schaute Lena ihm einen Augenblick nach, ehe sie sich wieder daran erinnerte, warum sie hergekommen war. Inzwischen hatten auch die Menschen oben auf der Veranda ihr Eintreffen bemerkt.

Die Frau in dem schwarzen Kleid, die ihren Hut inzwischen abgenommen hatte, eilte die Treppe hinunter und auf sie zu. „Verzeihung", sagte sie höflich auf Englisch. Es war offensichtlich, dass sie sich nicht recht erklären konnte, was Lena wollte. „Kann ich Ihnen helfen?"

„Das hoffe ich, ja", entgegnete Lena und zwang ein Lächeln auf ihre Lippen. Für ein paar Minuten hatte sie ihre Nervosität beinahe vergessen, doch jetzt kehrte sie mit einem Schlag zurück. Ihr Herz hämmerte, und ihr zitterten die Knie. „Ich bin auf der Suche nach jemandem namens Bennett."

„Dann können Sie nur Rafe Bennett, den Besitzer dieser Farm, meinen. Einen anderen Bennett gibt's in der Gegend nicht. Aber …" Misstrauisch kniff sie die Augen zusammen. „Was wollen Sie von ihm? Wenn es um Geld geht, muss ich Sie enttäuschen: Rafe Bennett ist tot. Wir haben ihn heute zu Grabe getragen – außer einem Berg von Schulden hat er nichts hinterlassen!"

„Tot?" Lena schluckte. Die Worte der Frau machten all ihre Hoffnungen mit einem Schlag zunichte. Ihr war, als hätte ihr jemand den Boden unter den Füßen weggerissen. „Oh nein …"

Offenbar stand der Schock Lena ins Gesicht geschrieben. Die zuvor verschlossene Miene der Frau nahm einen besorgten Ausdruck an. „Was ist denn los, Kindchen? Ist alles in Ordnung mit Ihnen? Sie sind ja weiß wie die Wand!" Sie nahm Lena beim Arm und führte sie vorsichtig die Treppe hoch, hinauf auf die Veranda.

Sofort eilten weitere Helfer herbei, und gemeinsam bugsierte man sie auf einen bereits reichlich abgewetzten, aber sehr bequemen Lehnsessel. Ein hübsches junges Mädchen mit einer Hautfarbe wie Milchkaffee, das sein Haar unter einem locker gebundenen Turban verbarg, fächelte Lena mit einem Palmwedel Luft zu, während jemand anders einen Becher Wasser brachte und ihr in die Hand drückte.

Obwohl Lena der ganze Wirbel um ihre Person ein wenig unangenehm war, empfand sie zugleich auch eine tiefe Dankbarkeit. Das alles – die lange Reise, all die fremden Eindrücke und nun auch noch die Nachricht, dass ihre einzige Spur sich womöglich im Sande verlaufen würde – war zu viel für sie. Sie verdankte es nur der Freundlichkeit dieser Menschen, die sie nicht einmal kannte, dass sie nicht einfach zusammengeklappt war.

„Geht es wieder?" Die Frau im schwarzen Kleid war wieder da, ging vor ihr in die Hocke und musterte sie forschend. Lena schätzte sie auf etwa Mitte bis Ende vierzig. In ihr krauses schwarzes Haar, das sie zu einem Knoten im Nacken zusammengefasst trug, mischten sich bereits grauweiße Strähnen, doch ihr rundliches Gesicht war bemerkenswert faltenlos, sah man einmal von ein paar Lachfältchen um den Mund herum ab. Sie hatte volle Lippen und warmherzige Augen, deren Farbe an geschmolzene Schokolade erinnerte. Ein nettes, freundliches Gesicht. Attraktiv, wenn auch nicht im klassischen Sinne schön.

Lena nickte und brachte ein schwaches Lächeln zustande. „Ja, es geht schon besser. Tut mir leid, wenn ich Sie erschreckt haben sollte. Ich war einfach ... nun, geschockt trifft es wohl am ehesten. Als Sie vorhin sagten, dass Rafe Bennett gestorben ist ..." Lena atmete tief durch. „Ich habe die ganze Reise von Deutschland hierher auf mich genommen, um nach der Familie meines Verlobten zu suchen. Aber wie es scheint, bin ich zu spät gekommen. Kannten Sie Rafe Bennett gut? Aber, Entschuldigung, ich habe mich noch gar nicht vorgestellt." Sie streckte der Frau die Hand entgegen. „Mein Name ist Lena. Lena Bluhm."

„Freut mich sehr, Lena Bluhm", entgegnete die Frau, und ihre Lippen teilten sich zu einem strahlenden Lächeln. „Ich heiße Aaliyah Maalouf." Sie deutete auf einen Mann und einen Jungen, die ebenfalls ganz in Schwarz gekleidet waren. „Und dies sind mein Mann Fadhil und mein Sohn Hashim. Ich habe den Haushalt für Mr Bennett geführt, und mein Mann war seine rechte Hand bei der Leitung der Gewürzfarm. Daher würde ich sagen, dass wir ihn ziemlich gut gekannt haben." Sie seufzte. „Er war kein ganz einfacher Mann, stur und verstockt, und dazu, was Fremde betraf, äußerst kontaktscheu. Aber wir haben gelernt, mit ihm zurechtzukommen. Immerhin hat er uns Arbeit und ein Dach über dem Kopf gegeben.“ Sie machte eine weitgreifende Handbewegung in die Runde. „Wir alle hier haben für Mr Bennett gearbeitet. Und mit seinem Tod brechen für uns sehr unsichere Zeiten an.“ Sie schüttelte den Kopf. „Aber ich rede immerzu nur von mir. Sie sagten, Sie sind extra aus Deutschland gekommen, um Mr Bennett zu treffen. Warum?“

„Das ist eine ziemlich komplizierte Geschichte“, antwortete Lena seufzend. „Mein Verlobter hat in seiner Jugend einige Zeit hier auf der Insel verbracht. Er hat mir immer von seinem Onkel und dessen Gewürzfarm erzählt, und wie glücklich er hier gewesen ist.“

„Mr Bennett's Neffe? Sie meinen doch nicht etwa den kleinen Andy, oder?“

Ein trauriges Lächeln umspielte Lenas Lippen. Sie befand sich also tatsächlich am richtigen Ort – nur leider ein paar Tage zu spät. „Doch, genau der. Andy Bennett und ich waren verlobt.“

Aaliyahs erfreuter Gesichtsausdruck verdunkelte sich. „*Waren?* Was ist geschehen? Haben Sie sich getrennt?“

„Nein. Andy ist …“ Tränen stiegen ihr in die Augen, und ein Kloß bildete sich in ihrer Kehle, der sich auch durch heftiges Schlucken nicht vertreiben ließ. „Es gab einen Autounfall. Das Ganze liegt jetzt fast genau ein Jahr zurück. Andy und ich wurden schwer verletzt. Er fiel ins Koma und …“ Sie schüttelte den Kopf.

Ein paar Minuten lang weinte sie stumm. Ihre Schultern bebten, doch kein Laut verließ ihre Lippen. Dann ebbte die Woge der Trauer langsam ab, und sie wischte sich mit dem Handrücken über die Wangen. „Tut mir leid, ich wollte nicht …“

„Unsinn, es gibt keinen Grund, sich zu entschuldigen“, widersprach Aaliyah sanft. „Es tut mir leid zu hören, was mit Andy geschehen ist. Ich erinnere mich noch gut an ihn, obwohl ich selbst noch jung war, als er mit seiner Familie hier auf Sansibar lebte. Damals führte meine Mutter noch den Haushalt für die Bennetts. Andy war ein netter Junge. Wirklich eine schlimme Geschichte, das mit dem Unfall. Es tut mir sehr leid für Sie. Aber offen gestanden verstehe ich noch immer nicht, was Sie von Mr Bennett wollten."

„Er war, soweit ich es nachvollziehen kann, Andys einziger noch lebender Verwandter. Er hat mir oft von einem Onkel erzählt, dem auf Sansibar eine Gewürzfarm gehörte. Seine Eltern sind schon vor vielen Jahren verstorben, und Geschwister hatte er keine. Kurz vor dem Unfall war Andy gerade dabei, ein Buch über seine Jugend auf Sansibar und die Geschichte seiner Familie hier zu schreiben. Doch er kam nicht mehr dazu, es zu vollenden."

„Und jetzt wollen Sie das Buch für ihn zu Ende bringen", mutmaßte Aaliyah.

Lena nickte. „Ja. Das Problem ist nur, dass ich Sansibar nur aus Andys Erzählungen kenne. Daher hatte ich gehofft, dass sein Onkel mir dabei helfen könnte, die Lücken in seinen Aufzeichnungen zu schließen." Bedauernd zuckte sie die Achseln. „Aber das hat sich ja jetzt wohl erledigt."

„Einen Augenblick, ja?" Aaliyah stemmte sich hoch und wandte sich auf Kiswahili an die anderen. Ganz sicher war Lena sich nicht, doch sie glaubte, irgendwo in dem Redeschwall immer wieder den Namen Andy herauszuhören. Als Aaliyah sich schließlich wieder zu Lena umdrehte, lag ein Strahlen auf ihrem Gesicht. „Wir werden Ihnen helfen, Lena."

Sie blinzelte überrascht. „Sie? Aber wie?"

„Die meisten von uns Älteren haben Andy gekannt. Wir könnten seine Notizen mit Ihnen durchgehen und Dinge ergänzen. Und was die Geschichte der Familie betrifft – meine Urgroßmutter Fathiya kann Ihnen mit Sicherheit einiges über die Bennetts erzählen."

Lena konnte es kaum glauben. Das wäre ja zu schön, um wahr zu sein. Würde sie so endlich mehr über Andys Vergangenheit erfahren? „Wollen Sie das wirklich für mich tun?"

Aaliyah nickte eifrig. „Aber natürlich – das heißt, wenn uns dieser Engländer bis dahin nicht von der Farm verjagt hat."

Bei den letzten Worten war ihre Miene hart geworden. Lena

hob eine Braue. „Wer ist das? Und warum sollte er Sie von hier vertreiben?"

„Ein Hotelier", ergriff zum ersten Mal Aaliyahs Mann Fadhil das Wort. „Er hat in den letzten Jahren immer wieder versucht, Mr Bennett zu einem Verkauf der Farm zu bewegen, um hier ein Luxushotel zu errichten."

„Zum Glück war Mr Bennett ein sturer Hund", sagte ein älterer Mann und lachte heiser. „Der hätte die Farm nie hergegeben. Für kein Geld der Welt!"

„Tja, damit ist uns jetzt aber auch nicht geholfen", erklärte Aaliyah. „Und es bringt auch nichts, wenn wir uns immerzu verrückt machen. Heute haben wir Andys Verlobte zu Besuch und damit erst einmal einen Grund zu feiern." Lächelnd wandte sie sich an Lena. „Sie tun uns doch den Gefallen und bleiben zum Abendessen?"

„Nichts lieber als das", erwiderte Lena wahrheitsgemäß. Sie war so erleichtert, weil es nun tatsächlich voranzugehen schien, dass ihr schier ein Stein vom Herzen fiel.

Einen Tag nachdem sie zum ersten Mal einen Fuß auf sansibarischen Boden gesetzt hatte, war sie tatsächlich hier angekommen und gespannt darauf, was die Zukunft ihr bringen würde.

Es dämmerte bereits, als Lena mit Aaliyah, ihrer Familie und den anderen Arbeitern der Gewürzfarm am Lagerfeuer saß. Das Knistern der Glut vermischte sich mit dem Zirpen der Grillen und dem Rascheln des Windes, der durch die Baumkronen strich. Eine Frau namens Ngabile war inzwischen zu ihnen gestoßen. Aaliyah und sie hatten ein leises, wehmütig klingendes Lied auf Kiswahili angestimmt, und ein paar Männer klatschten und stampften im Takt dazu. Die Melodie nahm Lena gefangen, und ihre Gedanken trieben einfach davon in die Nacht. Noch nie hatte Lena so viele Sterne gesehen wie an dem rasch dunkler werdenden Himmel, der sich über ihnen spannte.

„Ich erinnere mich noch gut an Andy", sagte Ngabile, nachdem der Gesang verklungen war. „Wir haben oft zusammen am Strand gespielt. Ich war sehr traurig, als seine Eltern mit ihm zurück nach England gegangen sind, weil seine Mutter krank wurde. Er muss damals so um die zwölf oder dreizehn gewesen sein."

„Weißt du noch, das eine Mal, als er und Said diesen entlaufenen Hund von einem Fahrradausflug nach Chwaka Bay mitgebracht haben?" Aaliyah lachte. „Die beiden haben keinen Schritt mehr ohne dieses Tier gemacht! Als ein paar Tage später der Besitzer auftauchte, flossen Tränen."

Lena sog all diese Geschichten und Anekdoten regelrecht in sich auf. Sie hatte sich Andy schon lange nicht mehr so nah gefühlt wie an diesem Abend. Mit diesen Menschen hatte er seine Kindheit verbracht. Niemand auf der Welt kannte ihn länger als sie, nicht einmal Lena selbst oder Patrick.

„Ach, wir haben schon schöne Zeiten hier erlebt", schwärmte Ngabile. „Zu schade, dass es damit bald vorbei sein wird."

„Nun mal den Teufel mal nicht gleich an die Wand", wandte Aaliyah ein. „Es stimmt zwar, dass es nicht besonders gut für uns aussieht, aber irgendwie werden wir schon verhindern, dass die Farm diesem Engländer in die Hände fällt."

„Entschuldigen Sie bitte." Lena räusperte sich angestrengt. „Sie haben mir heute Mittag ja schon erklärt, dass dieser Hotelier hier ein Luxushotel errichten will. Was ich nicht verstehe: Warum sollte ihm das gelingen? Ich meine, Rafe Bennett wird die Farm doch sicher jemandem hinterlassen haben."

„Natürlich", entgegnete Ngabile seufzend. „Und zwar uns allen." Als Lena sie erstaunt anschaute, zuckte sie die Schultern. „Ja, er hat die Farm all seinen Mitarbeitern gemeinsam vererbt. Allerdings gibt es da ein Problem, denn die Farm ist bis unter die Dachkante verschuldet. Kurz vor seinem Tod hat die Bank Mr Rafe den Kredit gekündigt und eine Zwangsversteigerung in die Wege geleitet."

„Aber dagegen muss man doch vorgehen können", sagte Lena. „Immerhin haben sich die Voraussetzungen durch Bennetts Tod doch vollkommen verändert. Haben Sie schon versucht, mit der Bank zu sprechen?"

Ngabile lachte. „Sicher – aber die lassen nicht mit sich reden. Die Zwangsversteigerung wird stattfinden. Und wir haben kein Geld, um dabei mitzubieten." Sie schüttelte den Kopf. „Es ist, wie es eben ist. Die Geschäfte laufen schon seit Jahren nicht mehr. Der alte Rafe war so etwas wie ein Einsiedler, und von Geschäften hatte er nicht viel Ahnung. Das war auch der Grund, warum ich mich entschieden habe, mir eine andere Arbeit zu suchen. Die Spice-Farm hat einfach keine Zukunft. Es ist bitter, aber was bringt es, sich etwas vorzumachen?"

„Und es gibt keine anderen Interessenten als diesen ... Engländer?"

Aaliyah schüttelte bedauernd den Kopf. „Nein. Schauen Sie sich doch mal hier um. Das Anwesen war früher einmal eines der größten und schönsten an der ganzen Ostküste, und die Bennetts lebten nicht schlecht von den Einkünften aus dem Gewürzanbau. Doch das ist lange her. Und spätestens seit dem Tod seiner Frau hat Mr Rafe die Dinge schleifen lassen."

Lena nickte. Sie hatte ja gesehen, in welch schlechtem Zustand sich das Wohnhaus befand. Und das waren nur die Schäden, die gleich auf den ersten Blick auffielen. Was mochte sich noch alles unter der Oberfläche verbergen?

„Wer würde ein so heruntergekommenes Anwesen kaufen, wenn er nicht vorhat, alles abzureißen und etwas Neues auf dem Grund und Boden zu bauen?", sprach Aaliyah weiter. „Dies ist kein reiches Land, Lena. Wer Geld hat, investiert es in den Tourismus, denn damit lässt sich heutzutage etwas verdienen. Ich verstehe das. Nur leider bedeutet es auch, dass wir alle hier unsere Arbeit verlieren werden."

Nachdenklich starrte Lena ins Feuer. Nach einer Weile stimmte Ngabile wieder ein Lied an, und Aaliyah und die anderen stimmten leise mit ein. Der Gesang schien eine Geschichte zu erzählen, und obwohl sie die Worte nicht verstand, spürte Lena die tiefe Traurigkeit, die sie transportierten.

Sie selbst war auf eine schwer zu beschreibende Art und Weise zugleich traurig und euphorisch. Das alles erschien ihr wie ein seltsamer, exotischer Traum. Sie war nach Sansibar gekommen, um die sprichwörtliche Nadel im Heuhaufen zu suchen – und hatte sie tatsächlich gefunden. Hier saß sie nun am Feuer mit Menschen, die Andy in seiner Jugend allesamt gekannt hatte. Doch wie es aussah, würden sie sich schon bald in alle Winde zerstreuen, wenn dieser englische Hotelier die Spice-Farm kaufte und ein Hotel an ihrer Stelle errichtete.

Irgendwie musste sie verhindern, dass es dazu kam – nur wie?

Du könntest die Farm selbst kaufen.

Es war nur ein Gedanke, aber er elektrisierte Lena. Warum eigentlich nicht? Als Begünstigte hatte sie nach Andys Tod die volle Summe aus seiner Lebensversicherung erhalten: zweihunderttausend Euro. Hinzu kamen die Rechte an seinen Büchern, die Andy ihr testamentarisch vermacht hatte. Seine Jugendromane waren zwar keine Bestseller gewesen, doch sie verkauften sich noch immer recht gut.

Mit dem Geld, das ihr zur Verfügung stand, konnte sie ein Leben in Wohlstand führen, ohne sich jemals Sorgen um finanzielle Dinge machen zu müssen, selbst wenn sie sich entschloss, ihre Arbeit als Lehrerin nicht wieder aufzunehmen.

Aber wollte sie das? Wollte sie zurück nach Berlin und dort praktisch in den vorzeitigen Ruhestand treten?

Die Antwort lautete: Nein.

Und was würde Andy von ihr erwarten?

Daheim in Berlin erinnerte sie alles immer nur an ihn. Vor allem an jene letzten Monate, als er reglos und bleich in seinem Krankenbett gelegen hatte. Ohne jede Hoffnung, dass er jemals wieder aufwachen würde …

Fröstelnd schlang sie die Arme um ihren Körper. Nein. Sie hatte es lang genug in Berlin versucht, um zu wissen, dass die Geister der Vergangenheit sie niemals in Frieden lassen würden. Im Grunde hatte sie nur die Wahl gehabt, sich in ihr Schicksal zu ergeben und langsam, aber sicher zugrunde zu gehen oder sich aufzurappeln und irgendwo noch einmal ganz von vorn anzufangen.

Warum nicht hier? Warum nicht auf Sansibar?

Auch später, als sie auf dem Rückweg nach Stone Town in dem Taxi saß, das Aaliyah ihr gerufen hatte, ging ihr diese Frage nicht aus dem Kopf. War dies ihre große Chance oder einfach nur ein Strohhalm, an den sie sich klammerte, um ihrem Leben wieder einen Sinn zu geben?

Ohne lange darüber nachzudenken, nahm sie ihr Handy und wählte Patricks Nummer.

„Lena?", meldete er sich nach dem x-ten Klingeln mit verschlafener Stimme. „Sag mal, weißt du eigentlich, wie spät es ist?"

Erst jetzt warf sie einen Blick auf die Uhr im Armaturenbrett des Taxis und bekam ein schlechtes Gewissen. Schon nach zwei. Das bedeutete, dass es zu Hause in Berlin auch schon ein Uhr durch war.

„Tut mir leid, ich habe nicht auf die Zeit geachtet. Leg dich wieder hin, ich rufe morgen noch mal an."

„Nein, nein", widersprach Patrick hastig. „Nicht nötig. Du weißt doch, dass ich immer für dich da bin, wenn du mich brauchst. Was hast du also auf dem Herzen, Liebes?"

Sie atmete tief durch. „Ich habe die Farm gefunden, von der Andy immer gesprochen hat."

Einen Moment lang herrschte Schweigen am anderen Ende der Leitung. „Dann hast du ja erreicht, was du wolltest – herzlichen Glückwunsch. Aber …" Sie konnte förmlich vor sich sehen, wie Patricks Stirn sich in Falten legte, wie immer, wenn er angestrengt nachdachte. „Das ist noch nicht alles, oder? Was ist los, Lena? Raus mit der Sprache."

Nun war es Lena, die zögerte. Patrick hatte keinen Hehl daraus gemacht, dass er ihre Reise nach Sansibar für ein völlig verrücktes und unsinniges Unterfangen hielt. Was mochte er erst von ihrer Idee halten, möglicherweise die Spice-Farm zu kaufen?

„Andys Onkel ist vor Kurzem gestorben und hat die Gewürzfarm seinen Arbeitern hinterlassen – leider bis unters Dach verschuldet." Kurz fasste sie für Patrick zusammen, was sie von

Aaliyah und den anderen erfahren hatte. „Der Farm droht nun die Zwangsversteigerung, und die Angestellten fürchten um ihre Existenzen."

„Das ist wirklich traurig, aber ... was hat das mit dir zu tun, Lena?"

„Nun, ich dachte, da ich doch die Auszahlung von Andys Lebensversicherung erhalten habe und ..."

„Nein, Lena, nein!", fiel Patrick ihr energisch ins Wort. „Das ist hoffentlich nicht dein Ernst! Du willst nicht das Geld aus der Lebensversicherung für irgendeine heruntergewirtschaftete Gewürzfarm am andern Ende der Welt verpulvern! Lena, bitte!"

Sie schüttelte den Kopf. Was hatte sie erwartet? Patrick war immer der Vorsichtige, der Vernünftige ihres Dreiergespanns gewesen. Manchmal, wenn Andy mit einer aufregenden neuen Romanidee vorgeprescht war, hatte Patrick ihn gebremst und ihm klargemacht, dass sein Metier die Jugendromane waren. Und Andy hatte immer auf ihn gehört – auch wenn Lena glaubte, dass er insgeheim manchmal sehr unglücklich damit gewesen war.

Und auch dieses Mal schien Patrick nicht zu verstehen, worum es eigentlich ging.

„Andy hat dieses Stück Land geliebt, Patrick. Und er kannte die meisten der Menschen, die ich heute kennengelernt habe. Wenn er davon gewusst hätte, dann hätte er doch niemals zugelassen, dass die Gewürzfarm dem Erdboden gleichgemacht wird und die Arbeiter vertrieben werden. Denkst du nicht, er hätte sich gewünscht, dass ich, jetzt, wo er nicht mehr dazu in der Lage ist, diese Aufgabe für ihn übernehme?"

„Nein", entgegnete Patrick nach kurzem Überlegen. Er seufzte. „Hör zu, Liebes, es mag sein, dass Andy nostalgische Gefühle für diese Farm und die Menschen, die auf ihr leben, gehegt hat. Aber eines weiß ich ganz gewiss: Er hätte nicht gewollt, dass du dich Hals über Kopf in ein Abenteuer stürzt, dessen Tragweite du heute noch gar nicht überblicken kannst." Er machte eine kurze Pause, um Lena Gelegenheit zu geben, über seine Worte nachzudenken, ehe er weitersprach. „Wenn du unbedingt eine Immobilie kaufen willst, die für dich eine Verbindung zu Andy besitzt, dann kauf doch das Haus, in dem sich eure Wohnung befand. Ich weiß zufällig, dass der derzeitige Besitzer es aufgrund eines finanziellen Engpasses abstoßen muss. Sicher würde er dir einen guten Preis machen."

„Du meinst also, ich sollte nach Berlin zurückkommen?"

„Nein – ich denke, dass du nie von hier hättest weggehen sollen!"

Nachdenklich schaute Lena zum Fenster hinaus, nachdem sie das Gespräch beendet hatte. Sie fühlte sich hin- und hergerissen. Natürlich war Patricks Meinung ihr wichtig, doch da war auch diese leise, aber beharrliche Stimme in ihrem Kopf, die ihr einflüsterte, dass es ein großer Fehler wäre, nach Berlin zurückzukehren.

Patrick wusste ja nicht, wie nah sie manches Mal am Abgrund gestanden hatte – im wahrsten Sinn des Wortes. In jener Nacht, kurz bevor sie den Entschluss gefasst hatte, nach Sansibar zu reisen, war sie auf die Balustrade der Dachterrasse ihres Wohnhauses geklettert und hatte nach unten in den verlassenen Hinterhof geblickt.

Es hatte nur ein winziger innerer Ruck gefehlt, der Flügelschlag eines Schmetterlings ... Schließlich war sie, erschrocken über sich selbst, zurückgetaumelt. Doch sie wusste auch, dass sie früher oder später wieder diesen Punkt erreichen würde. Und wer konnte schon sagen, ob sie noch einmal die Kraft aufbringen würde, sich zurückzuhalten?

Nach diesem Vorfall war ihr klar geworden, dass sich etwas ändern musste. Sie hatte die Veränderung damit begonnen, zum ersten Mal nach Andys Tod sein Arbeitszimmer zu betreten.

Alles war noch genau so gewesen, wie er es zurückgelassen hatte. Stapel mit Unterlagen auf dem alten Jugendstilschreibtisch, den sie auf einem Garagenflohmarkt in Prenzlauer Berg gekauft hatten. Überall pappten neonfarbene, mit seiner krakeligen Handschrift bekritzelte Notizklebezettel. Der Papierkorb quoll über, und im Drucker lagen, noch unangetastet, die Ergebnisse seiner letzten Recherchen.

Beim Anblick des Klemmfotohalters, in dem zwei Bilder steckten, hatte der Schmerz ihr die Kehle zugeschnürt. Das eine Foto zeigte Andy und sie bei ihrem letzten gemeinsamen Ausflug an die Ostsee. Bei dem anderen handelte es sich um das grobkörnige Ultraschallbild, mit dem sie Andy an dem Tag, als sie von ihrer Schwangerschaft erfuhr, überrascht hatte.

Der Raum sah so aus, als ob Andy ihn gerade erst verlassen hätte und jeden Augenblick zurückkehren könnte. Lena wusste nicht, wie lange sie einfach nur reglos dagestanden hatte. Minuten? Stunden? Als sie sich endlich aus ihrer Starre löste, fing sie an, aufzuräumen. Dabei fielen ihr Andys Aufzeichnungen für das Projekt in die Hände, an dem er vor dem Unfall gearbeitet hatte.

Recherchen über die Geschichte seiner Familie, Erinnerungen an seine Kindheit und Jugend auf Sansibar. Unter den Sachen fanden sich alte Briefe, Karten und Zeitungsartikel. Fotos, die Andy als Jungen und als Teenager zeigten.

Wie von einem Sog wurde Lena mitgerissen. Es war, als würde sie einen Teil von Andy kennenlernen, der ihr bis dahin fremd gewesen war. Natürlich hatte er ihr oft von seiner Zeit auf Sansibar erzählt. Doch es war ihr immer fern erschienen, wie ein Märchen aus Tausendundeiner Nacht. Als sie nun seine Aufzeichnungen studierte, wurde ihr zum ersten Mal bewusst, dass es real war. Ein fester Bestandteil von Andys Vergangenheit. In diesem Moment war ihr klar geworden, dass sie mehr darüber erfahren wollte.

Ihre Stelle als Lehrerin am Lessing-Gymnasium war zwar nur mit einer Vertretungskraft besetzt worden, sodass sie im Prinzip jederzeit an ihren Arbeitsplatz zurückkehren konnte. Doch innerlich hatte Lena zu diesem Zeitpunkt bereits längst mit ihrem alten Leben abgeschlossen.

Wie konnte sie sich, nach allem, was ihr widerfahren war, wieder vor eine Klasse stellen und so tun, als sei überhaupt nichts geschehen?

Nein, das war schlichtweg unmöglich.

Trotzdem rechnete sie es ihrem Schulleiter und direkten Vorgesetzten Herrn Bäumler, hoch an, dass er sie davon zu überzeugen versucht hatte, sich noch etwas Bedenkzeit zu lassen, als sie ihn anrief, um ihm ihre Entscheidung mitzuteilen. Doch Lena wollte mit offenen Karten spielen und keine Stelle besetzt halten, die sie ohnehin nie wieder antreten würde.

Als Nächstes hatte sie ihren Flug gebucht und einen entfernten Bekannten angerufen, von dem sie wusste, dass er schon längere Zeit in ihrem Viertel eine bezahlbare Bleibe suchte. Er war erstaunt, aber erfreut über ihr Angebot gewesen, ihre Wohnung möbliert, zunächst einmal für die nächsten drei Monate mit der Option auf Verlängerung, übernehmen zu können.

Sie erreichte das Hotel, zahlte die Fahrt und stieg aus dem Wagen. Dann blieb sie noch einen Moment lang draußen auf dem Bürgersteig stehen und ließ den Blick schweifen.

Es war ruhig geworden. Aus einigen der offen stehenden Fenster in der Umgebung drangen noch vereinzelt Gesprächsfetzen, irgendwo dröhnte ein Radio, doch der große Lärm des Tages war versiegt wie eine ausgetrocknete Quelle. Die schwüle, drückende Hitze indes war geblieben.

Kannst du dir vorstellen, hier zu leben? fragte sie sich selbst. Ihr Verstand zweifelte, doch ihr Herz sagte Ja. Aber auf welche Stimme sollte sie hören? Auf die der Vernunft oder die ihres Herzens?

Lena straffte die Schultern und betrat das Hotel. Sie war froh, dass Suleiman gerade nicht hinter seinem Schalter saß. Ihr stand der Sinn jetzt nicht nach langen Berichten. Morgen würde sie ihn auf den neuesten Stand bringen. Jetzt wollte sie nur noch nach oben auf ihr Zimmer.

Sie war nicht wenig überrascht, den schwarz-weißen Kater auf ihrem Kopfkissen dösend vorzufinden. Das Tier streckte sich gähnend, als es Lena bemerkte, sprang vom Bett und strich ihr schnurrend um die Beine.

„Hey, Krümel“, sagte sie, bückte sich und nahm den Kater

hoch, der sofort den Kopf reckte und ihn an Lenas Kinn schmiegte.

Lena lachte und setzte das Tier, nachdem sie ihre Bettdecke zurückgeschlagen hatte, auf dem Polstersessel neben dem Fenster ab. „Hier kannst du schlafen, wenn du willst", sagte sie. „Das Bett gehört mir, verstanden?"

Der Kater stieß ein kehliges Gurren aus, dann rollte er sich auf der Sitzfläche des Sessels zusammen und schlief sofort wieder ein.

Lena, die nicht glaubte, dass sie so bald auch nur ein Auge zubekommen würde, holte Andys Aufzeichnungen und Recherchen aus ihrer Handtasche und setzte sich so, dass ihr Rücken am Kopfteil des Betts lehnte. Dann öffnete sie die Mappe und zog die Farbkopie eines stark vergilbten Blatts Papier daraus hervor, die ganz zuoberst lag.

Es handelte sich um die Kopie eines Briefes. Das Original war schon über einhundert Jahre alt; an den Falzstellen war das Papier inzwischen so dünn, dass man hindurchsehen konnte, wenn man es gegen das Licht hielt. Daher lag der Brief, wie alle anderen Originalunterlagen, die Andy für seine Recherchen zusammengetragen hatte, in ihrem gemeinsamen Schließfach bei der Bank.

Lena hatte den Brief schon viele Male gelesen, doch jedes Mal, wenn sie es tat, fühlte sie sich der Person, die diese Zeilen verfasst hatte, ein Stück näher.

Liebes Irenchen,

nun sind wir endlich auf Sansibar angekommen, und es ist vollkommen anders, als ich es mir vorgestellt habe. Als wir im Hafen von Bord der Fortuna gingen, um uns von Henriette zu verabschieden, war es, als würden wir eine andere Welt betreten …

3. KAPITEL

Mji Mkongwe, Sansibar, Juli 1887

Vom Minarett der Moschee aus rief der Muezzin mit seinem Gesang die Gläubigen zum Gebet. Es war ein Laut, wie Annemarie Derksen ihn in ihrem achtzehnjährigen Leben noch nie zuvor vernommen hatte. Doch dies war bei Weitem nicht der einzig neue Eindruck, der sich ihr dargeboten hatte, seit sie vor etwas mehr als einer halben Stunde mit ihren beiden Reisegefährtinnen von Bord der *Fortuna* gegangen war, um sich von Henriette zu verabschieden, für die die Reise von hieraus noch weitergehen sollte.

„Annemie, Celia, schaut!“, rief diese nun und deutete aufgeregt auf einen von Eseln gezogenen Karren, dessen Pritsche voll beladen war mit gewaltigen Elefantenstoßzähnen, deren Oberfläche wie Perlen in der Sonne schimmerte.

Mit ihren siebzehn Jahren war Henriette Lüderitz die jüngste in ihrem Dreierbund, besaß jedoch ungleich mehr praktische Lebenserfahrung als ihre beiden Gefährtinnen. Sie hatte bereits mehrere Jahre als Kindermädchen für eine angesehene Lübecker Tuchhändlerfamilie gearbeitet, als sie der Ruf ihres Vaters aus Afrika ereilte. Pastor Johannes Lüderitz, der es als sein Lebenswerk betrachtete, Heidenkinder zum Christentum zu bekehren, war in der Fremde erkrankt. Um ihn zu pflegen hatte Henriette ihre Anstellung aufgegeben und ihre Ersparnisse für eine Überfahrt nach Sansibar eingesetzt. Von hier aus sollte es weitergehen nach Dar-es-Salam und dann tiefer hinein ins wilde Hinterland des schwarzen Kontinents.

Annemarie bewunderte Henriette, die während der gemeinsamen Zeit an Bord des Dampfseglers zu einer Freundin geworden war. Ihr Mut, fern der Heimat, allein und ohne jegliche Unterstützung ein solch gewaltiges Unterfangen anzugehen, imponierte ihr. Sie selbst hatte das elterliche Nest nur äußerst unwillig verlassen. Und das, obwohl die Reiseberichte über

Sansibar, das exotische Eiland vor der Küste Tanganjikas, das Paradies verhießen.

Es war indes nicht die Aussicht auf ein Leben in der Fremde, das sie schreckte, und auch die scheußlich steife hamburgische Gesellschaft würde sie nicht vermissen. Nichtsdestotrotz blickte sie ihrer Zukunft auf Sansibar mit gemischten Gefühlen entgegen. Und der Grund hierfür hatte einen Namen: Albrecht Rosenthal.

Keine zwei Monate war es her, da hatte ihr Vater, ein angesehener und wohlhabender Hamburger Kaufmann, ihr eröffnet, dass er sie mit dem Sohn seines Geschäftspartners Laurenz Rosenthal verloben wolle. Dieser Laurenz Rosenthal hatte sich auf den Handel mit exotischen Gewürzen spezialisiert und betrieb seine Geschäfte vom fernen Sansibar aus, während er in Hamburg sowie in Amsterdam und London lediglich kleine Außenposten unterhielt.

Um die Geschäftsbeziehungen zu festigen sollte sie Laurenz Rosenthals Sohn Albrecht heiraten – einen Mann, den sie noch nie gesehen hatte, den sie lediglich von ein paar Fotografien kannte, die einem Brief seines Vaters beigelegen hatten.

Nun war eine solche Art der Eheschließung im Grunde nicht ungewöhnlich. Viele ihrer alten Schulfreundinnen waren derartige von ihren Familien arrangierte Ehen eingegangen und damit sehr glücklich. Gaben nicht ihre eigenen Eltern das beste Beispiel hierfür ab? Annemaries Mutter Carola – eine geborene von Schöndorff – hatte den wesentlich älteren Heinrich Derksen geheiratet, um ihrer Familie aus einer finanziellen Bredouille zu helfen. Und die beiden wirkten, soweit Annemarie dies beurteilen konnte, sehr glücklich miteinander.

Dennoch – echte Freude wollte bei Annemarie nicht aufkommen. Was, wenn sie Albrecht gegenüberstand und feststellte, dass sie ihn nicht ausstehen konnte?

Dann wirst du die Zähne zusammenbeißen und ihm trotzdem eine gehorsame und treu sorgende Ehefrau sein!

Sie unterdrückte ein Seufzen und zwang sich, ihre Gedanken in eine andere Richtung zu lenken. Und das war nicht einmal schwierig angesichts der unzähligen fremden Eindrücke, die auf sie einstürmten.

Da war zum einen die Luft, so schwülheiß wie in Hamburg nicht einmal an einem besonders strahlenden Hochsommertag. Sie schien in der Mittagssonne zu flirren, und Annemarie, in ihrem schweren Rock und der Bluse mit dem steifen Futter, beneidete die einheimischen Frauen, die weite, an Tuniken erinnernde Kleidung trugen.

Ein intensiver Duft nach Gewürzen lag über allem. Annemarie hatte das Gefühl, ihn nicht nur zu riechen, sondern auch zu schmecken und sogar zu atmen. Es war schier überwältigend.

Und dann all diese Menschen! Die verschiedenen Facetten der Hautfarben reichten von hellem Zimt- über warmes Milchkaffeebraun bis hin zu dunkler Schokolade. Manches Gesicht, das ihr begegnete, war so schwarz wie das Gefieder eines Raben, andere – gerade die vielen Menschen arabischer Herkunft – wirkten beinahe europäisch hell. Annemarie konnte sich gar nicht sattsehen.

„Pfui, wie sind die Leute schmutzig hier! Und dieser Gestank!“ Angewidert rümpfte Celia ihr schmales Näschen. Sie war ein feingliedriges, zierliches Persönchen mit schwarzbraunem Haar, wasserblauen Augen und so heller Haut, dass sie fast durchscheinend erschien. Auf den ersten Blick wirkte sie wie ein zartes, hübsches Püppchen. Doch Annemarie wusste inzwischen, dass sie längst nicht so lieb und sanft war, wie sie nach außen hin vorgab. Ganz im Gegenteil. Auf der Reise hatte Annemarie einige äußerst hässliche Eigenschaften an Celia von Thun festgestellt.

Diese war nicht nur sehr in sich selbst verliebt und neigte dazu, auf Menschen, die sie für weniger standesgemäß hielt, herabzublicken. Nein, Celia besaß eine grausame Ader und hielt mit ihrer Meinung auch dann nicht hinter dem Berg, wenn sie drohte andere damit zu verletzen.

Henriette war zu Anfang der gemeinsamen Überfahrt häufiger zum Ziel ihres Spotts geworden, weil sie keine feinen Kleider trug und harte körperliche Arbeit gewohnt war. Doch vermutlich war es Celia irgendwann langweilig geworden, da ihr Opfer ihrem Urteil keinerlei Bedeutung beizumessen schien.

Auch jetzt lächelte Henriette nur milde. „Es kann ja nicht jeder so hinreißend schön sein wie du, Celia."

„Nein", entgegnete sie huldvoll. Die Ironie in Henriettes Worten war vollkommen an ihr vorübergegangen. „Da hast du natürlich recht. Und nun lasst es uns endlich hinter uns bringen, ja? Ich hasse Abschiede, und außerdem möchte ich zurück zur *Fortuna*. Mein Verlobter müsste jeden Moment eintreffen, um mich abzuholen. Ich kann es kaum erwarten, ihn endlich kennenzulernen."

Ihre Worte ließen Annemarie zusammenzucken.

Einen kurzen Moment lang hatte sie vergessen können, dass auch ihr die Begegnung mit ihrem zukünftigen Ehemann bevorstand. Ihr Magen krampfte sich schmerzhaft zusammen, und ihr Herz fing an wie verrückt zu flattern.

Henriette entging nicht, wie nervös sie war. Sie nahm Annemaries Hand und drückte sie. Dabei schenkte sie ihr ein ermunterndes Lächeln, das so viel sagte wie: „Alles wird gut".

Trotz der gefahrvollen Weiterreise, die ihr bevorstand, wirkte Henriette so sicher, so ruhig. Warum konnte Annemarie nicht ein bisschen mehr wie sie sein? Oder wenigstens wie Celia? Die zerbrach sich ganz gewiss nicht den Kopf darüber, ob sie ihren Verlobten mögen würde oder nicht. Solange er ihr den Lebensstandard ermöglichte, an den sie gewöhnt war, würde Celia zufrieden sein. Und als Besitzer einer großen Gewürzplantage an der Ostküste Sansibars sollte dies für einen Mann wie Jonathan Bennett kein Problem sein.

„Celia hat recht, es wird Zeit, Lebewohl zu sagen." Sanft lächelnd umarmte Henriette zuerst Annemarie, dann Celia. „In ein paar Stunden schon sitze ich auf der nächsten Fähre nach Dar-es-Salam. Und von dort aus geht es gleich nach Tabora, wo mein Vater mich erwartet."

Nur mit großer Mühe gelang es Annemarie, die Tränen zurückzuhalten. Sie würde Henriette vermissen. Erst jetzt wurde ihr wirklich richtig bewusst, wie sehr.

Henriette war für sie während der gemeinsamen Reise zu einem Ruhepol geworden. Egal ob Annemarie sich ängstlich, nervös oder angespannt fühlte, Henriette hatte stets die richtigen Worte gefunden, um sie zu beruhigen. Doch nun trennten sich ihre Wege, und Annemarie musste allein zurechtkommen.

Sie schluckte. „Versprich mir, dass du mir schreibst, sobald du in Tabora angekommen bist", bat sie ihre Freundin. „Bitte! Bis ich nicht von dir gehört habe, werde ich keine ruhige Minute haben!"

„Unsinn!" Henriette stupste sie sanft mit dem Ellbogen an. „Wenn du deinen Verlobten erst einmal kennengelernt hast, wirst du überhaupt nicht mehr an mich denken." Sie lächelte. „Aber natürlich werde ich dir trotzdem schreiben. Schließlich will ich auch erfahren, wie es euch ergangen ist."

„Nun komm endlich, Annemarie!", drängte Celia. „Wir müssen langsam wieder zurück zum Schiff. Schließlich haben wir nicht ewig Zeit! Wahrscheinlich warten unsere Empfangskomitees schon auf uns."

Nur schweren Herzens trennte sie sich von Henriette. Und als sie es schließlich tat, rollte eine einzelne Träne ihre Wange hinab.

Ob sie sich jemals wiedersehen würden?

Als sie die Anlegestelle der *Fortuna* erreichten, wurde Celia bereits von einem kleinen Willkommenstrupp erwartet. Neben einigen Dienern, die das Gepäck auf den eleganten Zweispänner luden, waren da ein livrierter Fahrer und Jonathan Bennett selbst – ein großer dunkelhaariger Mann mit forschem Kinn und stechenden grauen Augen. Obwohl er schon seit vielen Jahren auf Sansibar lebte, neigte seine blasse englische Haut noch immer dazu, sich zu röten.

Er begrüßte Annemarie mit ausgesuchter Höflichkeit, doch sein abschätzender Blick entging ihr nicht. Der Abschied von Celia verlief weit weniger herzlich als der von Henriette. Die junge Frau war viel zu sehr mit sich und ihrem zukünftigen Ehemann beschäftigt, um sich um Annemarie zu kümmern. Und weder sie noch Bennett hatten Bedenken, sie allein am Hafenkai zurückzulassen, als sie aufbrachen.

Verunsichert blickte Annemarie sich um. Bisher war niemand erschienen, um sie abzuholen. Dabei hatte ihr Vater den Rosenthals doch sicher geschrieben, wann genau sie auf Sansibar eintreffen würde.

Der Kai vor der Anlegestelle der *Fortuna* leerte sich zusehends. Die letzten Waren, die an Bord des Dampfseglers aus Hamburg mitgebracht worden waren, wurden abgeladen und neue Waren, für Kaufleute in Deutschland bestimmt, in den Frachtraum gebracht.

Eine halbe Stunde verstrich, eine Stunde, und Annemarie wurde bereits ganz mulmig zumute, als endlich doch noch ein Wagen auftauchte. Ein älterer Mann mit schütterem, grauem Haar kletterte vom Kutschbock und eilte auf Annemarie zu.

„Annemarie? Annemarie Derksen?“ Als sie schüchtern nickte, atmete er erleichtert auf und ergriff Annemaries Hand. „Mein liebes Kind, bitte entschuldige, dass ich dich habe warten lassen. Die Nachricht deines Vaters hat uns verspätet erst vor wenigen Stunden erreicht.“ Sein warmes Lächeln ließ die letzten Reste von Befangenheit, die Annemarie empfunden hatte, verschwinden. „Eigentlich wollte Albrecht dich persönlich vom Schiff abholen, aber dazu blieb nun keine Zeit mehr. Ich hoffe, du bist nicht allzu enttäuscht, dass du mit deinem Schwiegervater vorliebnehmen musst.“ Er schüttelte ihre Hand. „Ach Gott, ich habe mich ja noch gar nicht vorgestellt: Ich bin Laurenz Rosenthal, Albrechts Vater.“

„Freut mich sehr, Sie kennenzulernen, Herr Rosenthal“, entgegnete Annemarie mit einem scheuen Lächeln.

„Ach was, Herr Rosenthal! Laurenz für dich, mein Kind. Immerhin bist du ja, sobald Albrecht und du verheiratet seid, praktisch so etwas wie eine Tochter für mich!“ Jovial legte er ihr einen Arm um die Schulter. „Komm, setz dich schon einmal in den Wagen, während ich deine Truhen und den Schrankkoffer auflade. Du bist sicher erschöpft von der langen Reise und der Klimaumstellung."

Dankbar kam Annemarie seiner Aufforderung nach. Sie war froh. Ihr Schwiegervater schien wirklich ein netter Mann zu sein. Wenn sein Sohn auch nur ein bisschen Ähnlichkeit mit ihm hatte, dann konnte er doch gar nicht so übel sein – oder?

Sie fuhren los, und Annemarie blickte neugierig zum Fenster hinaus. Die Stadt war so geschäftig wie ein riesiger Bienenstock. Enge Gassen wurden gesäumt von Häusern, bei denen es sich, anders als Annemarie erwartet hatte, keineswegs um niedrige Lehmhütten handelte. Zwei oder drei Stockwerke hoch ragten die Gebäude mit ihren steinernen Fassaden in die Höhe. Die oberen Stockwerke wurden umrahmt von Balkons mit prachtvoll geschnitzten Balustraden, von denen einige hervorspringende Gauben besaßen. Und manche der Eingangspforten waren regelrechte Kunstwerke, mit ihren filigranen Ornamentschnitzereien und bronzenen Beschlägen.

Vor einem besonders imposanten Hauseingang zügelte Laurenz Rosenthal nach kurzer Fahrt die Pferde und lenkte sie auf einen mit Kopfsteinen gepflasterten Hinterhof.

„Brr …"

Annemarie stieß den Türschlag auf und stieg aus der Kutsche. Staunend blickte sie sich um. Mitten im Hof wuchs ein gewaltiger Gewürznelkenbaum, dessen Krone Schatten spendete. Seine Äste reichten bis an die Fassade des dreistöckigen Wohnhauses und über ein deutlich niedrigeres zweites Gebäude hinweg, das Kontor.

Auch hier ging es geschäftig zu. Annemarie sah Menschen der verschiedensten Hautfarben. Einige trugen Bündel aus feinstem Tuch auf ihrem Rücken, wieder andere schoben Handwagen mit Säcken voller Kaffeebohnen oder kostbarer Gewürze. Und über allem lag der durchdringende Duft jener von der Sonne und über dem Holzfeuer getrockneter Blütenknospen, für die Sansibar auf der ganzen Welt bekannt war.

Der Duft der Gewürznelke.

Laurenz wurde von allen Arbeitern und Angestellten freundlich gegrüßt, und er grüßte zurück. Das Interesse der meisten aber galt Annemarie, der die ganze Aufmerksamkeit eher unangenehm war, wenn sie sie auch verstand. Immerhin würde sie den Sohn ihres Dienstherren heiraten und damit eines Tages selbst die Dame des Hauses sein.

Mit einem knappen Winken rief Laurenz einen etwa vierzehnjährigen Jungen zu sich und wechselte einige schnelle Worte auf Kiswahili mit ihm, woraufhin dieser sofort im Haus verschwand und kurz darauf mit einigen Dienstboten zurückkehrte.

„Wir mögen hier am anderen Ende der Welt leben", erklärte Laurenz nicht ohne Stolz, „aber das bedeutet nicht, dass wir auf jeglichen Komfort verzichten müssten." Er deutete auf einen hochgewachsenen Weißen in Livree, dessen dunkles Haar mit viel Pomade zurückgekämmt war. „Dies ist Wilhelm, unser Butler, der uns vor vielen Jahren aus Hamburg in die Ferne begleitet hat. Solltest du irgendwelche Wünsche haben, mein Kind, dann wende dich vertrauensvoll an ihn." Lächelnd tätschelte er Annemarie den Arm. „Er stellt dir die übrigen Angestellten vor – ich hole derweil Albrecht."

Annemarie stutzte. Obwohl Wilhelm ihr höflich zunickte, spürte sie doch eine gewisse Spannung zwischen ihnen.

Die übrigen Hausangestellten wirkten sehr freundlich, aber ein wenig schüchtern. Die meisten von ihnen waren Swahili, also jene Nachfahren persischer oder arabischer Händler, die sich seit dem 8. Jahrhundert an der ostafrikanischen Küste niedergelassen und sich mit den einheimischen Ethnien vermischt hatten. Eine junge Frau mit Haut so dunkel wie Ebenholz wurde Annemarie als Zohra, ihr persönliches Mädchen, vorgestellt. Zohra knickste artig und hauchte ein schüchternes „Gnädiges Fräulein".

Laurenz kehrte aus dem Kontor zurück – er wirkte aufgebracht. „Wo zum Teufel steckt der Junge?" Missbilligend schnalzte er mit der Zunge. „Wilhelm?"

„Der junge Herr erwähnte heute Morgen, dass er sich eine Sklavenauktion ansehen wollte. Vielleicht ist er …"

Er verstummte, als das Klappern von Pferdehufen auf dem Kopfsteinpflaster erklang. Im nächsten Augenblick trabte ein prächtiger Rotfuchs durch den Hofeingang, in dessen Sattel ein großer junger Mann mit blondem Haar, rundlichem Gesicht und roten Wangen saß.

„Suchst du nach mir, Vater?"

Annemaries Herz fing an, heftiger zu klopfen. Das war er also: Albrecht Rosenthal, ihr zukünftiger Ehemann.

Mit einem eleganten Satz stieg er vom Pferd und reichte die Zügel einem Kontorangestellten, der gerade in der Nähe stand. Dann ging er auf seinen Vater zu, ohne Annemarie auch nur anzusehen.

Die Blicke, die zwischen Albrecht und Laurenz hin und her gingen, sprachen nicht unbedingt von großer Zuneigung.

„Du weißt genau, was ich über den Sklavenhandel denke, Junge!" Laurenz' Worte klangen scharf wie Peitschenhiebe. „Es ist ein schmutziges Geschäft, und ich erwarte von dir, dass du dich in Zukunft von Subjekten wie diesem Chandler fernhältst."

Albrecht Rosenthal lächelte kühl. „Reg dich besser nicht so auf, Vater – du weißt doch, dein Herz." Seine Worte mochten die eines besorgten Sohnes zu seinem Vater sein. Doch die Art und Weise, wie er sie aussprach, ließen sie eher wie eine Beleidigung klingen.

Das entging auch Laurenz nicht, der erbleichte. Gerade noch rechtzeitig schien er sich Annemaries Anwesenheit wieder bewusst zu werden. Er lächelte gezwungen. „Wir unterhalten uns später weiter darüber", sagte er zu seinem Sohn. „Jetzt solltest du dich erst einmal um deine Verlobte kümmern."

Annemarie zuckte kaum merklich zusammen, als Albrecht ihr nun zum ersten Mal Beachtung schenkte. Unter seinem durchdringenden Blick fühlte sie sich wie ein Lamm auf der Schlachtbank. Urplötzlich schien ihr der Gedanke, den Rest ihres Lebens an der Seite dieses Mannes zu verbringen, schier unerträglich. Tränen stiegen ihr in die Augen, doch sie blinzelte sie tapfer fort und zwang ein Lächeln auf ihre Lippen.

Innerlich aber schrie sie.

„Was geht dort hinten vor?“ Henriette stellte sich auf die Zehenspitzen und versuchte über die Köpfe der Menschen hinwegzublicken, die an der Anlegestelle im Hafen von Dar-es-Salam von der Fähre strömten.

„Eine Sklavenkarawane vermutlich“, erwiderte der englische Gentleman, mit dem sie zusammen von Sansibar übergesetzt war. „Sie sollten sich das lieber nicht ansehen, Madam. Ein solcher Anblick ist nichts für empfindsame Gemüter.“

Doch mit seinen warnenden Worten erregte er erst recht Henriettes Neugier. Sie hatte zu Hause schon von den berüchtigten Sklaventrecks gehört, die oft von tief aus dem Landesinneren bis an die Ostküste reichten. Als sich ihr nun die Gelegenheit bot, etwas Derartiges mit eigenen Augen zu sehen, schlug sie die wohlgemeinte Warnung des Engländers in den Wind und bahnte sich einen Weg durch die Menge. Doch sie wünschte sich bald, sie hätte es nicht getan.

Die Menschen waren mit Halseisen und Ketten aneinandergeschmiedet, ihre ausgemergelten Körper schleppten sich mehr vorwärts, als dass sie gingen. Fliegen umschwirrten die Gesichter mit den glanzlosen Augen, die stumpf ins Leere blickten.

Männer, Frauen, sogar Kinder waren unter jenen armen Seelen, die unbarmherzig von den Sklavenhändlern über das Hafengelände gezerrt wurden. Wie viele Kilometer sie auf ihrer leidvollen Reise bereits zurückgelegt haben mochten, darüber wollte Henriette lieber gar nicht nachdenken.

Ihr schmerzte das Herz vor lauter Mitgefühl. Wie konnten Menschen anderen Menschen nur so schreckliche Dinge antun? Zu Hause im Kaiserreich hatte man ja keine Ahnung von den Grausamkeiten, die sich hier in aller Öffentlichkeit abspielten! Und von den Befürwortern der Sklaverei wurde gar propagiert, dass Schwarzafrikaner minderwertige Menschen seien, die Schmerz und Leid nicht auf dieselbe Weise fühlten wie Europäer.

Hatte jemand, der so etwas behauptete, schon einmal eine Sklavenkarawane gesehen? Henriette konnte es sich nicht vorstellen. Am liebsten hätte sie vor Empörung aufgeschrien, doch Entsetzen und Mitleid schnürten ihr die Kehle zu. In diesem Moment wusste sie, dass ihre Entscheidung, ihrem Vater nach Afrika zu folgen, die einzig richtige gewesen war. Sie musste etwas unternehmen, um diesen armen Menschen zu helfen. Denn keinem Mann, keiner Frau und keinem Kind sollte eine solch menschenunwürdige Behandlung widerfahren. Das musste ein Ende haben.

Jambiani, Sansibar, Juli 1887

„Jetzt ist es nicht mehr weit", erklärte Jonathan Bennett und schenkte Celia ein kühles Lächeln. „Alles, was du da draußen erblickst, gehört mir – alles, so weit das Auge reicht."

Neugierig schaute Celia zum Fenster hinaus. Im ersten Moment war sie ein wenig enttäuscht. Überall nur Grün und noch mehr Grün. Ihr zukünftiger Ehemann sagte ihr prinzipiell recht gut zu, doch ihr behagte der Gedanke nicht, mitten im Urwald zu leben. Sie wünschte sich Komfort und Behaglichkeit. Konnte es hier draußen, fernab jeglicher Zivilisation, so etwas überhaupt geben?

Doch dann wich das Buschwerk ein wenig zurück und gab den Blick frei auf die eigentliche Plantage. Als Celia die Arbeiter sah, fingen ihre Augen an zu glänzen. Schweiß schimmerte auf der dunklen Haut der Männer, die dort schufteten, und die Rücken der Frauen, die schwere Körbe schleppten, waren tief gebeugt.

Das gefiel ihr schon besser.

„Gehören all diese Neger auch uns?"

Jonathan nickte. „Aber ja", sagte er. „Jeder einzelne von ihnen."

Celia überlief ein wohliger Schauer. Von ihren zahlreichen Verehrern im Kaiserreich war sie geradezu mit Geschenken überschüttet worden, sodass ihr allerlei Schmuck und Tand gehörte. Doch einen Menschen hatte sie noch nie besessen. Es verlieh ihr ein schwer zu beschreibendes Gefühl von Macht.

Plötzlich war Celia zuversichtlich, dass ihr das Leben auf der Gewürzfarm sehr gut gefallen könnte.

Ja, wirklich ausgesprochen gut …

4. KAPITEL

Gegenwart

Es gibt also wirklich keinen anderen Weg, als die Zwangsversteigerung der Farm abzuwarten?"

„Leider nicht." Ronald Jamisson, der Notar, der den Nachlass von Rafe Bennett verwaltete, seufzte. „Ich habe bereits in Ihrem Namen angeboten, einen Großteil der vorhandenen Schulden auszugleichen, aber die Bank besteht auf einer Zwangsversteigerung. Das war leider auch nicht anders zu erwarten und hat vor allem formelle Gründe." Er zögerte kurz. „Und da ist noch etwas …"

„Ja?"

„Hören Sie, Miss, ich will Ihnen ja nicht zu nahe treten … aber haben Sie sich Ihr Vorhaben auch wirklich gut überlegt?"

Lena seufzte. Vier Tage waren vergangen, in denen ihre Idee, die Spice Farm zu kaufen und sich eine neue Existenz auf Sansibar aufzubauen, immer konkretere Formen angenommen hatte. Es mochte verrückt sein, dieses Vorhaben auch nur in Betracht zu ziehen, doch der Gedanke ließ sie einfach nicht mehr los.

Im Grunde zog sie nichts nach Berlin zurück. Nach dem Unfall war sie nicht wieder an ihre Schule zurückgekehrt. Nicht, als es ihr wieder besser ging, und auch nicht, nachdem Andy …

Nach und nach hatte sich in ihrem Leben etwas breitgemacht, das sich am besten mit dem Wort Trostlosigkeit beschreiben ließ. Nachts bekam sie kaum ein Auge zu, und wenn sie schließlich Schlaf fand, dann nicht ohne von jener schicksalhaften Nacht zu träumen. Und morgens brachte sie kaum noch die Energie auf, aus dem Bett zu steigen.

Ohne Andy und ohne ihr gemeinsames Kind, das nie das Licht der Welt erblicken durfte, schien ihr nichts mehr von Bedeutung. Sie fühlte sich leer, ließ sich dahintreiben wie ein Blatt im Wind. Sie wollte das alles hinter sich lassen! Deshalb hatte sie sich so überstürzt auf den Weg nach Sansibar gemacht …

„… Mr Bennett außer Schulden bedauerlicherweise nichts hinterlassen. Und wenn ich Sie richtig verstanden habe, besitzen Sie keinerlei Erfahrung im Gewürzanbau."

Die Stimme des Notars holte Lena wieder in die Gegenwart zurück. Sie hatte nur einen kleinen Teil von dem, was er gesagt hatte, mitbekommen. Sie schüttelte den Kopf. „Nein, Mr Jamisson, ich verstehe nichts vom Gewürzanbau. Aber ich verfüge über eine rasche Auffassungsgabe. Was ich bis jetzt nicht weiß, kann ich lernen. Und ich habe erfahrene Helfer, die mir mit Rat und Tat zur Seite stehen werden."

Der grauhaarige Mann wirkte skeptisch, doch er zuckte die Schultern. „Letztendlich liegt die Entscheidung natürlich bei Ihnen, Miss Bluhm. Wenn Sie wünschen, werde ich Sie informieren, sobald der Termin für die Versteigerung der Farm feststeht."

„Bitte tun Sie das", entgegnete Lena. „Am besten gebe ich Ihnen meine Handynummer. Unter der bin ich in der Regel immer erreichbar."

Ronald Jamisson verabschiedete sich höflich von Lena. Doch er konnte kaum verbergen, dass auch er – wie Patrick – ihr Vorhaben für vollkommen verrückt hielt. Nun, dachte Lena amüsiert, vermutlich ist es das auch. Doch das änderte nichts daran, dass sie fest entschlossen war, es in die Tat um zusetzen.

Mit Patrick hatte sie seit jener Nacht in der vergangenen Woche nicht mehr gesprochen. Nicht etwa, weil er nicht versucht hätte, sie zu erreichen. Doch Lena wollte nicht, dass er ihr in diese Sache hineinredete. Deshalb ignorierte sie seine Anrufe beharrlich.

Draußen vor der Tür stand Lenas Mietwagen, ein klappriger alter Renault. Nach anfänglichen Bedenken, was den Verkehr in Sansibar Stadt betraf, hatte sie Suleiman darum gebeten, ihr einen fahrbaren Untersatz zu besorgen. Auf diese Weise konnte sie zwischen dem Hotel und der Spice-Farm hin- und herpendeln, ohne auf ein Taxi angewiesen zu sein. Und obwohl auf den Straßen der Stadt mitunter das reinste Chaos herrschte, kam Lena zu ihrem eigenen Erstaunen gut zurecht.

Lena setzte sich hinters Steuer, ließ den Motor aber noch nicht an. Seufzend schloss sie die Augen und lehnte den Kopf an das Seitenfenster. Und was nun? Bis zur Versteigerung würde es laut Mr Jamisson noch bis zu zehn Tagen dauern, und bis dahin gab es für sie nichts zu tun. Sie konnte die verbleibende Zeit also ebenso gut nutzen, um sich ein wenig mit der Insel, auf der sie in Zukunft zu leben gedachte, vertraut zu machen.

Lena fuhr los.

Auf halber Strecke zwischen Sansibar Stadt und Jambiani gab es ihres Wissens nach ein Schutzgebiet – den Jozani-Chwaka-Bay-Nationalpark. Das sollte ihr erstes Ziel für den heutigen Tag sein.

Entlang der Grenzen des Parks verliefen mehrere relativ breite, gut befestigte Straßen. Der Wald reichte bis dicht an den Straßengraben heran. Nur einmal begegnete Lena einem entgegenkommenden Fahrzeug, ansonsten war die Gegend wie ausgestorben.

Als sie an einer Weggabelung ein Schild mit der Aufschrift „Jozani Forest Reserve" entdeckte, bog sie von der Hauptstraße in einen kleinen Seitenweg ab. Doch schon nach kurzer Zeit merkte Lena, dass dies unmöglich der richtige Weg sein konnte. Der Untergrund wurde zunehmend schlammiger, und die Wedel der Farne spannten sich weit über die stetig schmaler werdende Fahrbahn.

Nein. Lena hielt an und holte tief Luft. Dann kurbelte sie das Seitenfenster herunter und beugte sich hinaus. Zuerst schaute sie nach vorne, doch ihr wurde schnell klar, dass es in dieser Richtung kein Vorankommen gab. Also zurück?

Eines stand fest: Ein Wenden war auf dem schmalen Pfad vollkommen unmöglich. Sie musste also rückwärtsfahren, bis sie wieder auf die Hauptstraße stieß.

Also schön.

Sie legte den Rückwärtsgang ein und drehte sich so auf dem Fahrersitz, dass sie durch die Heckscheibe sehen konnte. Dann gab sie Gas.

Zuerst ging es gut voran. Doch schon nach ein paar Metern spürte sie, wie die Hinterachse absackte.

Oh nein. Bitte nicht!

Sie ging vom Gas, ehe sie es noch einmal versuchte. Dieses Mal schienen die Räder kurz zu greifen, ehe sie wieder zurückrutschten.

Inzwischen stand Lena der Schweiß auf der Stirn. Sie unterdrückte einen Fluch. *Okay, jetzt nur nicht die Nerven verlieren. Steig aus und schau nach, was los ist. Und dann finde eine Lösung!*

Sie atmete tief durch, öffnete die Tür und kletterte aus dem Wagen. Sofort sank sie bis zu den Knöcheln in den matschigen Waldboden ein, und ihre Schuhe füllten sich mit Brackwasser.

Was sie draußen sah, war nicht unbedingt dazu angetan, ihre Stimmung zu heben. Ihrem Wagen war es nicht viel besser ergangen als ihren Füßen. Die Hinterräder hatten sich in einem Schlammloch festgefahren, und mit jedem ihrer Versuche, sich daraus zu befreien, hatte sie es nur noch schlimmer gemacht.

Sie schloss kurz die Augen und zwang sich, die Ruhe zu bewahren. *Also schön, was nun?*

Doch sosehr sie auch hin und her überlegte, sie kam immer wieder zu demselben Schluss: Was sie brauchte, war ein anderer Wagen, um ihren herauszuziehen. Allein hatte sie nicht die geringste Chance. Doch leider hatte sie auf der ganzen Fahrt hier heraus nur einen einzigen anderen Wagen gesehen. Das waren nicht unbedingt die besten Voraussetzungen für eine baldige Rettung.

Komm schon, denk nach! Denk nach!

Natürlich, ihr Telefon! Sie würde einfach im Hotel anrufen und Suleiman um Hilfe bitten. Aber die Anzeige auf dem Display ihres Smartphones machte alle ihre Hoffnungen mit einem Schlag zunichte: kein Empfang!

Sie war auf sich allein gestellt.

„Was soll das heißen, Jamisson? Wieso gibt es plötzlich noch einen weiteren Interessenten für die Spice-Farm?“ Stephen

Alistair bedachte sein Handy, das in der Freisprecheinrichtung seines Jeeps steckte, mit einem finsteren Blick. Dabei war das Gerät nun wirklich nicht für die schlechten Nachrichten verantwortlich, die er gerade erhalten hatte.

Ronald Jamisson, der Notar, der Rafe Bennetts Erbe verwaltete, seufzte. „Ich kann Ihnen nur sagen, dass heute Mittag eine junge Frau – eine Lehrerin – bei mir in der Kanzlei war. Wenn ich es richtig verstanden habe, verfügt sie über ausreichend Kapital, um sämtliche Gläubiger zu befriedigen. Und sie will die Farm wohl weiterführen."

„Was?" Ungläubig schüttelte Stephen den Kopf. Nur ein vollkommener Narr konnte auf den irrsinnigen Gedanken kommen, dass *Bennett's Clove and Spice Farm* jemals wieder schwarze Zahlen schreiben würde. Stephen selbst dachte nicht im Traum daran, sich auf ein solches Wagnis einzulassen. Ihn interessierte einzig und allein das Grundstück der Gewürzfarm. Und nun – endlich! – bestand eine realistische Chance, es in die Finger zu bekommen.

Er konnte schon gar nicht mehr zählen, wie oft er versucht hatte, Rafe Bennett, diesen alten Sturkopf, zur Vernunft zu bringen. Vergeblich. Der Mann war einfach nicht dazu zu bewegen gewesen, einen Verkauf auch nur in Betracht zu ziehen. Allgemein nicht, und schon gar nicht an einen Alistair.

Seufzend fuhr Stephen sich durch sein welliges schwarzbraunes Haar. Die Ursache für den alten Zwist zwischen den Bennetts und den Alistairs lag weit in der Vergangenheit. Einst mochte es triftige Gründe dafür gegeben haben, doch das war zwei Generationen her. Er konnte nicht nachvollziehen, dass eine Fehde über so eine lange Zeit anhielt.

Doch nun war mit Rafe Bennett der mehr als einhundert Jahre andauernde Streit zu Grabe getragen worden …

Stephen konnte nicht behaupten, dass er dies bedauerte, auch wenn er sich andere Umstände gewünscht hätte. Durch die Zwangsversteigerung stand endlich der Weg frei, Rachels und seinen alten Traum zu verwirklichen. Und er würde sich dabei nicht von irgendeiner Lehrerin ins Handwerk pfuschen lassen. Nein, ganz gewiss nicht! Dafür hatte er viel zu lange auf diesen Moment warten müssen.

Rachel hat viel zu lange warten müssen …

Wie immer rief der Gedanke an seine Schwester zwiespältige Gefühle in ihm hervor. Trauer, Wut, Bedauern, Selbstvorwürfe, aber auch Liebe, Zärtlichkeit und Wärme.

Wenn er die Lider schloss, konnte er sie beinahe vor sich sehen. Ihre stolze Haltung, das eigensinnig vorgereckte Kinn, das Funkeln in ihren graublauen Augen. Und wie begeisterungsfähig sie gewesen war! Mit ihrem wallenden kupferfarbenen Haar und ihrem forschen Auftreten hatte sie die meisten Männer in ihrem Umfeld eingeschüchtert. Doch das hatte sie nie gekümmert. Wie waren noch gleich ihre Worte gewesen? „Ein Mann, der mich nicht so nimmt, wie ich bin, kann mir gestohlen bleiben."

Stephen schluckte. Er hatte sie stets geliebt, nein, er liebte sie immer noch. Auch wenn die Rachel, die ihm geblieben war, kaum noch Ähnlichkeit mit der Person aus seinen Erinnerungen besaß.

Und das ist deine Schuld! Wenn du besser auf sie aufgepasst hättest …

Er schüttelte den Kopf, um die Geister der Vergangenheit zu vertreiben, die ihn von Zeit zu Zeit heimsuchten.

Im Vorüberfahren fiel ihm am Straßenrand etwas auf, und er hielt an. Ein paar übermütige Spaßvögel hatten wieder einmal das Hinweisschild auf den Nationalpark so gedreht, dass es direkt auf den alten Forstweg deutete. Dieser war normalerweise mit einem Tor gesichert, sodass niemand irrtümlich hineinfahren konnte. Doch dummerweise stand es jetzt weit offen.

Stephen fluchte. Einheimische wussten natürlich, dass der Weg selbst mit einem Geländewagen nicht befahrbar war. Früher einmal war er von der Forstverwaltung genutzt und instand gehalten worden. Doch seit es ein paar Kilometer weiter südlich eine neue Straße gab, die etwas höher gelegen war und sich während der Regenzeit nicht immerzu in eine Sumpflandschaft verwandelte, holte die Natur ihn sich Stück für Stück zurück.

Schon mancher Tourist hatte sich von dem umgedrehten Hinweisschild in die Irre führen lassen, war in den alten Forstweg eingebogen – und hatte sich mit seinem Wagen natürlich hoffnungslos festgefahren. Und die Reifenspuren auf dem weichen Waldboden deuteten darauf hin, dass auch heute wieder jemand den Chaoten auf den Leim gegangen war.

„Hallo!“, rief Stephen laut – zuerst auf Kiswahili, dann auf Englisch – und folgte dem Weg ein Stück weit zu Fuß. „Ist da jemand?“

Die Reaktion ließ nicht lange auf sich warten. „Ja! Hier!“, erklang eine weibliche Stimme. „Ich fürchte, ich könnte ein bisschen Hilfe gebrauchen!“

Stephen entdeckte den Wagen hinter der nächsten Wegbiegung. Es handelte sich um ein französisches Modell älterer Bauart – robust und solide, aber absolut ungeeignet für die Fahrt auf schlammigem Untergrund. In dem verzweifelten Versuch, sich mit geballter Motorkraft aus ihrer Notlage zu befreien, hatte die Fahrerin des Renaults es nur noch schlimmer gemacht. Das Heck des Wagens steckte bis zur Hinterachse im Matsch fest. Keine Chance, da aus eigener Kraft wieder herauszukommen. Zum Glück hatte Stephen immer ein Abschleppseil im Wagen. Wenn man lange genug auf Sansibar lebte, lernte man schnell, dass man besser stets auf alle Eventualitäten vorbereitet war.

Doch einen Moment nahm er sich noch Zeit, um die Aussicht zu genießen. Denn im Gegensatz zum Hinterteil des Wagens bot das der Fahrerin, über das sich eng sitzende Jeans spannten, einen äußerst ansprechenden Anblick.

Widerwillig riss er seinen Blick los und krempelte seufzend die Ärmel hoch. Seine Hose und seine Schuhe würden dran glauben müssen, so viel stand fest. Doch er konnte eine Frau in Not schlecht im Stich lassen.

„Mein Jeep steht vorne an der Straße“, rief er. „Ich hole ihn schnell, und dann ziehe ich Sie hier raus.“

Die Frau, die Stephen bisher den Rücken zugewandt hatte, drehte sich um und setzte zum Sprechen an, stutzte aber, als sie ihn erblickte. Und auch Stephen erlebte eine Überraschung.

„Ich kenne Sie doch!", stieß er erstaunt hervor. „Ja, natürlich! Die streitbare Amazone vom Taxistand am Flughafen!"

Die Worte waren heraus, ehe er sich bremsen konnte. Doch genau so war sie ihm im Gedächtnis geblieben.

Normalerweise erinnerte er sich nicht an flüchtige Begegnungen. Es gab so viele Dinge, an die er zu denken und die er zu organisieren hatte. Für unnötigen Ballast war in seinem Kopf kein Platz, und deshalb hatte er sich angewöhnt, Überflüssiges gar nicht erst auf seiner internen Festplatte abzuspeichern.

Diese junge Frau aber war ihm im Gedächtnis geblieben. Warum?

War es die helle Haut oder das glatte blonde Haar, das sie zu einem Zopf zusammengebunden hatte, der ihr bis zur Mitte des Rückens reichte? Unwahrscheinlich. Als Hotelier hatte er jeden Tag mit Touristinnen zu tun, und nicht wenige von ihnen wiesen ganz ähnliche Attribute auf. Was also dann? Die faszinierenden smaragdgrünen Augen, die ihn jetzt empört anfunkelten? Die fast ein wenig knabenhafte Figur, die im Grunde so gar nicht seinem Typ entsprach? Er konnte es sich nicht so recht erklären. Fest stand nur, dass sie offenbar Eindruck auf ihn gemacht hatte.

Reiß dich zusammen, Stephen!

„Wie haben Sie mich gerade genannt?" Sie bedachte ihn mit einem entrüsteten Blick.

Er schüttelte den Kopf. „Vergessen Sie's. Ich hole jetzt besser den Jeep, ehe Ihr Wagen am Ende noch im Schlamm versinkt."

Sie entgegnete nichts, doch ihr Stirnrunzeln sprach Bände.

Hastig wandte Stephen sich ab. Er war dankbar dafür, dass sich ihm eine Gelegenheit eröffnete, wieder zur Besinnung zu kommen. Wer immer sie auch sein mochte, für seinen Geschmack reagierte er viel zu heftig auf sie.

Komm wieder runter, Champ! Sie ist auch nur eine von diesen Touristinnen, die sich abgesehen von einer nahtlosen Bräune für nichts interessieren. Das Leben und die Kultur der Menschen hier auf der Insel sind ihr vollkommen egal.

Der überwiegende Teil der Hotelgäste, die in einem seiner Häuser an der Küste logierten, gehörten zu dieser Kategorie. Stephen lebte von ihrem Geld. Das bedeutete jedoch nicht, dass er sie auch mögen musste. Er war kein Dummkopf, und er war weder blind noch taub. Frauen mochten ihn, auch wenn er die Gründe hierfür nicht unbedingt nachvollziehen konnte. Sie flirteten auf Teufel komm raus mit ihm, wenn er abends an die Hotelbar kam, und tagsüber am Pool gingen sie kaum weniger offensiv vor. Am Anfang hatte er sich von so viel weiblichem Interesse noch geschmeichelt gefühlt. Doch inzwischen empfand er es nur noch als störend und lästig.

Die Frauen wollten den Menschen Stephen Alistair ebenso wenig kennenlernen wie die Insel Sansibar. Alles war austauschbar. Ein Leben wie Plastik, billig und schnell, ohne jede Tiefe.

Stephen war auf Sansibar geboren und aufgewachsen. Seine Eltern und Großeltern hatten schon hier gelebt. Nur für sein Studium war er für ein paar Jahre ins Ausland gegangen, um die London School of Economics zu besuchen. Er liebte die Insel, aber trotzdem stand ihm alles manchmal bis zum Hals. Dann wollte er am liebsten einfach all dem den Rücken kehren. Doch genau das durfte er nicht tun. Denn er besaß eine Verantwortung.

Seinen Angestellten gegenüber.

Rachel gegenüber.

Er holte tief Luft und kniff die Augen so fest zu, dass farbige Sterne auf seinen Netzhäuten explodierten. Als er sie wieder öffnete, fand er sich direkt neben seinem Wagen wieder. Gott allein wusste, wie lange er einfach nur dagestanden und ins Leere gestarrt hatte.

Ärgerlich über sich selbst öffnete er die Fahrertür und rutschte hinters Steuer. Dann ließ er den Motor an, legte einen Gang ein und lenkte den Jeep vorsichtig rückwärts in den Forstweg. Es dauerte nicht lange, bis der Renault wieder in Sichtweite kam. Als Stephen nah genug heran war, nahm er das Abschleppseil vom Rücksitz und stieg aus, wobei er den Motor einfach weiterlaufen ließ.

Er war froh, dass die Unbekannte wieder im Wagen saß, sodass er sich für den Moment nicht ihrem irritierenden Anblick ausgesetzt sah. *Was ist bloß los mit dir? Hast du dich von einem Moment auf den anderen in einen Waschlappen verwandelt? Eine hübsche Frau bringt dich doch sonst nicht so leicht aus der Ruhe!*

Mit geübten Handgriffen befestigte er das Abschleppseil an der hinteren Stoßstange des Renaults und überprüfte mehrfach den Knoten, ehe er schließlich zufrieden nickte und zum Jeep zurückging.

Seine Vermutung, was den Zustand seiner Kleidung betraf, bewahrheitete sich. Als er wieder einstieg, war das Leder seiner Schuhe von ockerfarbenem Schlamm überzogen und seine Jeans mit Spritzern übersät. Fatima, seine Haushälterin, würde die Hände über dem Kopf zusammenschlagen, wenn sie die Bescherung sah.

Ein Lächeln huschte über seine Lippen. Manchmal konnte man fast annehmen, Fatima, die schon für seine Familie gearbeitet hatte, als er noch ein kleiner Junge gewesen war, sei die eigentliche Herrin in seinem Haus. Und auf gewisse Weise traf das vermutlich auch zu.

Er setzte sich wieder hinters Lenkrad und beugte sich aus dem Seitenfenster, um besser nach hinten sehen zu können. „Sind Sie so weit?"

„Ja", lautete die gedämpfte Antwort aus dem anderen Wagen. „Was muss ich tun?"

„Lassen Sie den Motor an, legen Sie den Rückwärtsgang ein und warten Sie", wies Stephen sie an. „Wenn Sie merken, dass sich etwas tut, geben Sie vorsichtig Gas. Aber nicht zu viel, sonst fahren Sie sich wieder fest, und die ganze Mühe war umsonst."

Da sie nichts erwiderte, ging er davon aus, dass sie verstanden hatte. Dann konnte es ja losgehen.

Es war nicht das erste Mal, dass Stephen einen Wagen aus dem

Schlamm ziehen musste. Gerade während der Regenzeit zwischen Ende März und Anfang Juni konnte es leicht passieren, dass man sich auf einer schlecht befestigten Straße festfuhr – und von denen gab es auf Sansibar noch immer nicht wenige.

Langsam ließ er den Jeep anrollen, bis er spürte, dass das Abschleppseil sich spannte; dann drückte er das Gaspedal ein bisschen tiefer durch.

Zunächst rührte sich nichts. Sein Motor heulte auf hoher Drehzahl, und Stephen spürte, dass die Reifen kurz davor standen, durchzudrehen. Dann endlich, als er schon befürchtete, dass sie doch einen Abschleppdienst benötigen würden, gab es einen leichten Ruck nach vorn. Er hörte, wie hinter ihm Gas gegeben wurde, und im nächsten Moment sah er im Rückspiegel, dass der Renault aus dem Schlammloch rollte.

Geschafft! Triumphierend schlug er mit der flachen Hand aufs Lenkrad. *Na, wer sagt's denn?*

Lena atmete auf. Das letzte Stück bis zurück zur Straße war ein Kinderspiel. Der Jeep mit dem unverschämten Kerl vom Flughafen am Steuer zog ihren Renault mit einer Leichtigkeit, als ob es sich um ein Spielzeugauto handelte.

Dann endlich hatten sie es geschafft. Aufstöhnend barg Lena das Gesicht in den Händen und bemühte sich, die Tränen der Erleichterung zurückzuhalten. Als sie die Hände wieder fortnahm, stand *er* neben ihrem Seitenfenster, und ihr brach der Schweiß aus.

Bisher hatte sie es vermeiden können, ihn allzu genau zu betrachten. Das war jetzt nicht mehr möglich.

Er sah anders aus als bei ihren Begegnungen am Flughafen und später auf der Gewürzfarm. Anstelle eines Designeranzugs trug er perfekt sitzende verwaschene Jeans und ein dunkelgraues T-Shirt mit dem Aufdruck „*Haba na haba, hujaza kibaba* – Auch kleine Schritte führen zum Erfolg". Lena fragte sich, ob er absichtlich mit seiner Kleidung die Farbe seiner Augen betonte oder ob das lediglich Zufall war.

Keine Frage, er sah verteufelt gut aus, und sie konnte leider auch nicht verhindern, dass ihr Herz bei seinem Anblick schneller klopfte. Doch was bedeutete das schon? Es war eine rein körperliche Reaktion. Schließlich kannte sie diesen Mann überhaupt nicht und wusste daher auch nichts über ihn.

„Ein paar Rowdys machen sich regelmäßig einen Spaß daraus, arglose Touristen in die Irre zu führen, indem sie das Hinweisschild auf den Nationalpark umdrehen“, erklärte er nun, wobei er sich lässig mit den Armen auf den Rahmen ihres Seitenfensters stützte. Dabei kam er ihr so nah, dass sein männlicher Duft sie einhüllte und ihr den Atem raubte.

Zu nah! Viel zu nah!

Doch es gab keinen Raum für sie, zurückzuweichen, und so blieb ihr nichts anderes übrig, als die Zähne zusammenzubeißen.

„Dann haben Sie also bereits eine Routine entwickelt, was derartige Rettungsaktionen betrifft“, versuchte sie mit einem Scherz über ihre Befangenheit hinwegzutäuschen. Doch sie hörte selbst, wie gekünstelt ihre Worte klangen, und hätte sich am liebsten geohrfeigt.

Er jedoch lachte. „So würde ich es nicht unbedingt ausdrücken, aber es ist schon mal vorgekommen, ja. Allerdings hatte ich bisher noch nicht das Vergnügen, für eine so hübsche junge Lady den Retter spielen zu dürfen. Sie sehen also, in gewisser Weise ist das hier trotzdem eine Premiere für mich.“

Obwohl sein Kompliment mindestens ebenso wenig originell war wie ihr Scherz, spürte Lena, wie ihr das Blut ins Gesicht stieg. Ihre Wangen glühten, und sie senkte den Blick in der Hoffnung, dass er ihre Verlegenheit nicht bemerken würde.

Ein völlig vergebliches Unterfangen.

„Wie auch immer“, sagte sie ausweichend. „Wären Sie nicht zufällig vorbeigekommen, ich hätte mir wirklich nicht zu helfen gewusst. Wie kann ich Ihnen nur dafür danken?“

Sie hatte die Frage nicht wirklich ernst gemeint. Es war eine Floskel, auf die man in der Regel eine Antwort wie „Nichts zu danken“ oder „Keine Ursache“ erwartete.

Doch bei ihm war sie damit wohl an der falschen Adresse. „Nichts leichter als das", entgegnete er mit einem herausfordernden Lächeln. „Lassen Sie sich einfach morgen Abend von mir zum Essen ausführen – das ist mir Lohn genug."

„Zum Essen?" Vollkommen überrumpelt starrte Lena ihn an. „Aber ... ich kenne doch nicht einmal Ihren Namen!"

„Nun, daran soll es wirklich nicht scheitern." Er reichte ihr durchs Fenster seine Hand. „Stephen", sagte er. „Stephen Alistair. Und mit wem habe ich das Vergnügen?"

„Ich heiße Lena", erwiderte sie lahm. „Lena Bluhm."

„Ein hübscher Name für eine bezaubernde Frau." Er lächelte einnehmend. „In welchem Hotel sind Sie abgestiegen? Ich hole Sie dann morgen Abend so gegen acht Uhr ab."

Mechanisch nannte Lena ihm den Namen und die Anschrift.

„Wunderbar! Dann sehen wir uns also morgen. Ich freue mich."

Sie wollte etwas erwidern, doch ihr fehlten die Worte. Und sie fand ihre Sprache erst wieder, als er bereits in seinem Wagen saß und davonfuhr.

Wütend auf sich selbst und ihre Unfähigkeit, die Situation zu beherrschen, schlug sie mit der flachen Hand aufs Lenkrad. „Verdammt!"

Ob es eine gute Idee gewesen war, ihm durch ihr Schweigen Einverständnis zu signalisieren? Sie war sich beinahe zu einhundert Prozent sicher, dass dem nicht so war. Doch jetzt war es zu spät, um daran noch etwas zu ändern.

5. KAPITEL

„Ich weiß nicht – vielleicht sollte ich mir besser eine Ausrede einfallen lassen“, überlegte Lena laut, als sie am nächsten Tag auf der Gewürzfarm bei Aaliyah in der Küche saß. „Andy ist gerade einmal seit etwas mehr als sechs Monaten tot. Ich kann doch nicht einfach zur Tagesordnung übergehen und mich mit anderen Männern treffen, so als hätte es ihn nie gegeben!“

Missbilligend schnalzte Aaliyah mit der Zunge. Vor ihr stand, ebenso wie vor Lena, eine Tasse mit Kaffee, den sie jedoch beide bisher nicht angerührt hatten.

Draußen war die Sonne bereits im Sinken begriffen. Ihre rotgoldenen Strahlen tauchten den Raum in ein diffuses Licht. Doch auch das konnte nicht verbergen, dass die Kücheneinrichtung schon bessere Tage erlebt hatte.

Obwohl mit viel Liebe instand gehalten, sahen einige der Möbel doch aus, als könnten sie jeden Moment zusammenbrechen. Der Stuhl, auf dem Lena saß, quietschte bei jeder Bewegung, und eines der Beine des Küchentisches war durch einen roh in Form geschnitzten Ast ersetzt worden.

Alles in allem war es ein Bild des Jammers, das deutlich zeigte, in welch angespannter finanzieller Lage sich die Farm befand. Nichtsdestotrotz fühlte Lena sich wohl. Was sicher nicht zuletzt daran lag, dass die Menschen hier – allen voran Aaliyah – sie mit offenen Armen empfangen hatten.

„So sollten Sie nicht denken, Lena. Niemand erwartet von Ihnen, dass Sie Andy vergessen. Aber nur weil er tot ist, können Sie doch nicht aufhören, Ihr eigenes Leben weiterzuleben.“

Lena runzelte die Stirn. Tief in ihrem Herzen wusste sie, dass Aaliyah recht hatte. Dennoch plagte sie ihr Gewissen. Es erschien ihr einfach nicht richtig, jetzt schon mit einem anderen Mann auszugehen – selbst wenn es sich nur um eine harmlose Verabredung zum Abendessen handelte, die weder Stephen Alistair noch ihr selbst etwas bedeutete.

Wie naiv bist du eigentlich? Hast du schon vergessen, wie dein Herz geflattert hat, als du ihn wiedergesehen hast? Wem willst du erzählen, dass du dich nicht für ihn interessierst?

Seufzend fuhr sie sich durchs Haar. Sie war vor ein paar Stunden hier hinausgefahren, weil sie die Anspannung, allein auf ihrem Zimmer darauf zu warten, dass er um acht Uhr vor dem Hotel vorfuhr, nicht mehr ausgehalten hatte.

Dass sie so nervös war, behagte ihr nicht. Er war nur ein Mann, der ihr aus einer Notsituation geholfen hatte. Nach heute Abend würden sie sich vermutlich niemals wiedersehen. Und dass sie seine Einladung angenommen hatte, war reine Höflichkeit gewesen – oder?

„Lassen Sie uns lieber über etwas anderes sprechen“, sagte sie. „Der Notar hat mir mitgeteilt, dass jeder Interessent bei der Versteigerung die Gelegenheit erhält, für die Farm zu bieten.“

Aaliyah hob eine Braue. „Sie sind sich wirklich sicher, dass Sie sich das gut überlegt haben?“

Es waren fast dieselben Worte, die sie auch von Mr Jamisson gehört hatte. Doch die Tatsache, dass Aaliyah ihr ebenfalls zur Vorsicht riet, bestärkte Lena sogar noch in ihrem Eindruck, dass diese Menschen es einfach verdienten, dass sie sich für sie einsetzte.

Außerdem ging es hier ja praktisch um Andys Erbe. Wären die Dinge anders verlaufen und wäre Andy noch am Leben, dann würde zumindest ein Teil von alldem hier nun ihm gehören – mit allen Konsequenzen. Und sie war sich sicher, dass er für den Erhalt der Gewürzfarm gekämpft hätte, selbst wenn es nötig gewesen wäre, ein kleines Vermögen aufzubringen.

War das nicht Grund genug, die Dinge selbst in die Hand zu nehmen?

„Natürlich bin ich mir nicht sicher“, entgegnete sie mit einem Lächeln. „Doch was im Leben ist schon wirklich planbar? Nein, dieser verdammte Unfall damals hat mir mehr als deutlich vor Augen geführt, dass es keinen Sinn hat, alles immer nur auf später zu verschieben. Ich lebe jetzt, in diesem Moment. Und genau jetzt bin ich davon überzeugt, dass es die einzig richtige Entscheidung ist, die Spice-Farm zu kaufen."

Aaliyah wirkte dennoch skeptisch. „Und trotzdem ist es mir wichtig, dass Sie erfahren, auf was Sie sich einlassen. Es ist heutzutage so gut wie unmöglich, eine Gewürzfarm zu einem profitablen Unternehmen zu machen. Früher sicherlich, vor hundert oder mehr Jahren, als exotische Gewürze zum Teil noch mit Gold aufgewogen wurden. Aber heute ... Die meisten Farmer sind froh, wenn sie einigermaßen über die Runden kommen. Dieses Geschäft ist schon lange nicht mehr einträglich."

„Darum geht es mir auch gar nicht", versuchte Lena zu erklären. „Das Geld, mit dem ich die Farm kaufen würde, stammt aus Andys Lebensversicherung. Ich ..." Sie schüttelte den Kopf, unfähig, ihren Gedanken in Worte zu fassen. „Es erscheint mir einfach nicht richtig, mir damit ein schönes Leben zu machen, verstehen Sie? Ich habe das Geld schließlich nur, weil Andy tot ist."

Aaliyah nickte langsam. Ihr Gesicht wirkte sorgenvoll. „Vielleicht überrascht es Sie, aber ich kann Sie sogar sehr gut verstehen – was nicht bedeutet, dass ich es für richtig halte, was Sie vorhaben." Sie nahm einen winzigen Schluck von ihrem Kaffee und verzog das Gesicht. „Kalt."

„Was würden Sie an meiner Stelle tun?" Es war eine Frage, die man für gewöhnlich keinem Menschen stellte, den man gerade erst kennengelernt hatte.

Doch Aaliyah schien es ihr nicht übel zu nehmen. Nachdenklich krauste sie die Stirn. „Das ist nicht so leicht zu beantworten, denn meine Situation unterscheidet sich doch recht deutlich von der Ihren. Für mich ist die Farm mein Zuhause. Ich lebe hier mit meiner Familie, mein Sohn kennt nichts anderes. Natürlich wäre es für mich eine Katastrophe, mit ansehen zu müssen, wie das alles hier dem Erdboden gleichgemacht wird. Aber Sie ..." Sie schüttelte den Kopf. „Immer wenn ich versuche, die ganze Angelegenheit von einem neutralen Standpunkt aus zu betrachten, komme ich zu demselben Schluss: Sie wären verrückt, sich diesen Klotz ans Bein zu binden. Die *Bennett's Clove and Spice Farm* ist Lichtjahre davon entfernt, ein rentables Unternehmen zu sein. Sie *können* sich eigentlich nur die Finger verbrennen, wenn Sie sich darauf einlassen."

Lena nickte. Sie wusste, dass Aaliyah vermutlich recht hatte. Doch das änderte nichts an der Tatsache, dass ein Teil von ihr fest entschlossen war, bei der Versteigerung der Spice-Farm mitzubieten.

„Es ist fast sechs – haben Sie schon entschieden, was Sie bezüglich Ihrer Verabredung tun wollen?"

Lena seufzte. Überhaupt nichts war entschieden. Doch Aaliyahs Worte hatten sie nachdenklich gestimmt. Dass sie den Unfall überlebt hatte und Andy nicht, war kein Grund, sich schuldig zu fühlen. Und es gab ihr auch keine Entschuldigung dafür, sich selbst aufzugeben.

Andy hätte nicht gewollt, dass sie sich in ihrer Trauer vergrub und darüber die Welt um sich herum vergaß. Nein, er hätte gewollt, dass sie glücklich war.

Auch ohne ihn.

„Es wäre vermutlich ziemlich unhöflich, so kurzfristig abzusagen", sagte sie.

Aaliyah nickte zufrieden. „So gefallen Sie mir schon besser, Lena. Machen Sie sich einen schönen Abend und amüsieren Sie sich."

Lena lächelte. Ja, warum eigentlich nicht? Es schien ihr eine kleine Ewigkeit her zu sein, seit sie das letzte Mal Spaß gehabt hatte. Ob sie das überhaupt noch konnte, sich amüsieren?

Nun, du wirst es vermutlich sehr bald feststellen …

Eine Stunde später stand Lena in ihrem Hotelzimmer vor dem Spiegel und musterte sich kritisch. Der Inhalt ihres Koffers gab nichts her, was für besondere Anlässe geeignet war. Es fanden sich vor allem dünne Blusen, T-Shirts und Hosen in verschiedenen Längen darin.

Gezwungenermaßen hatte sie sich für ein paar kakifarbene Leinenshorts und ein ärmelloses Top aus cremefarbener Seide entschieden. Prüfend hielt sie ihr Haar abwechselnd wie zu einer Hochsteckfrisur hoch oder ließ es einfach offen über die Schultern fallen. Beides entsprach nicht wirklich dem, was ihr vorschwebte.

Aber warum machte sie sich eigentlich überhaupt all die Mühe? Es ging hier schließlich nur um ein zwangloses Abendessen. Stephen Alistair erwartete gewiss nicht von ihr, dass sie sich festlich kleidete. Zumindest hoffte sie das.

Hör endlich auf, dich wegen dieses Mannes verrückt zu machen. Er muss sich eben mit dem zufriedengeben, was er bekommt!

Sie schloss die Augen und atmete tief durch.

Krümel, der sich inzwischen heimisch bei ihr eingerichtet zu haben schien, sprang von seinem Stammplatz auf der Couch und strich Lena schnurrend um die Beine, so als wolle er ihr Mut machen. Nun, was das betraf, konnte sie alle Unterstützung brauchen, die sie bekam. Denn mit jeder Minute, die verstrich, wurde ihr mulmiger zumute, und die Zweifel kehrten zurück.

War es wirklich eine gute Idee, sich mit ihm zu treffen?

Reiß dich zusammen, Lena Bluhm! rief sie sich zur Ordnung. Es geht hier nur um ein lächerliches Abendessen – du sollst Stephen Alistair nicht gleich heiraten!

Doch die Nervosität wollte einfach nicht weichen, sodass Lena sich nicht mehr anders zu helfen wusste und ins Bad ging. Sie hoffte inständig, ein Schwall kaltes Wasser ins Gesicht würde ihr helfen, wieder auf den Boden der Tatsachen zurückzukehren.

Leider musste sie feststellen, dass auch diese Strategie vollkommen erfolglos war.

In den verbleibenden dreißig Minuten legte Lena Make-up auf, wusch es wieder ab und begann noch einmal von Neuem. Sie steckte ihr Haar zu einer eleganten Frisur auf, verwarf die Idee jedoch sogleich wieder und rollte es stattdessen zu einer lockeren Banane ein. Auch diese löste sie schließlich und kam zu dem Entschluss, dass offenes Haar vermutlich am wenigsten verfänglich wirkte.

Dann war es acht Uhr – die Stunde der Wahrheit.

Sie atmete tief durch, schlüpfte in ein Paar hochhackige Sandaletten und verließ ihr Zimmer. Suleiman, der Dienst am Empfang hatte, nickte anerkennend, als er sie erblickte. Sie wusste nicht, ob sie froh über dieses positive Urteil sein sollte oder nicht.

Mit klopfendem Herzen und weichen Knien trat sie hinaus ins Freie. Nach der klimatisierten Empfangshalle fühlte es sich an, als würde sie geradewegs vor eine Wand laufen. Obwohl die Schatten bereits länger wurden, war es noch immer schwülheiß und drückend. Die Menschen schien dies jedoch nicht zu stören. Ganz im Gegenteil – die Straßen summten wie ein einziger gewaltiger Bienenstock. Frauen saßen auf den Treppenabsätzen ihrer Häuser und schwatzten miteinander, während ihre Kinder lachend und johlend um sie herumtobten und die Männer einträchtig schweigend rauchten.

Doch Lenas Aufmerksamkeit wurde von etwas anderem gefesselt.

Oder besser von *jemand* anderem.

Stephen Alistair stand neben seinem Jeep, der am Straßenrand geparkt war, und erwartete sie. Wenn es ihn überraschte, dass sie in Shorts und Top erschien, so ließ er es sich nicht anmerken. Lena selbst jedoch wäre am liebsten im Boden versunken, denn in ihrem Aufzug musste sie neben ihm wirken wie ein hässliches Entlein.

Er hatte einen dunklen Abendanzug an, der ihm wirklich hervorragend stand. Und er trug ihn mit einer solch lässigen Eleganz, als wäre er bereits in Hemd und Krawatte auf die Welt gekommen. Hinzu kam, dass er die Frechheit besaß, trotz der tropischen Temperaturen völlig frisch und entspannt zu wirken. Nicht eine Schweißperle schimmerte auf seiner Stirn.

„Sie sehen hinreißend aus“, sagte er mit einem Lächeln, das Lenas Herz unwillkürlich schneller schlagen ließ, sosehr sie sich auch innerlich dagegen sträubte.

Sie ärgerte sich fürchterlich über die völlig übertriebene Reaktion ihres Körpers auf diesen ihr doch im Grunde völlig fremden Mann. Vermutlich lag es einfach nur daran, dass sie seit Andys Tod mit keinem Mann mehr Kontakt gehabt hatte, wenn man einmal von Patrick absah. Und mit Patrick war sie schon so lange befreundet, dass sie ihn kaum als Mann wahrnahm. Für ihn empfand sie eher wie für einen Bruder, und umgekehrt verhielt es sich wahrscheinlich genauso.

Sie schüttelte den Kopf. „Vielen Dank für das Kompliment, aber wir wissen wohl beide, dass es nicht zutrifft, Mr Alistair."

„Stephen", korrigierte er sofort. „Bitte, nennen Sie mich Stephen."

„Also schön", seufzte sie. „Dann eben Stephen. Trotzdem war es nicht sehr nett von Ihnen, mich nicht vorzuwarnen. Ich war keineswegs darauf vorbereitet, dass Sie Ihr Dinner in Abendgarderobe einzunehmen pflegen."

Er lachte. „Entschuldigung, Sie haben recht." Mit flinken Fingern löste er den Knoten seiner Krawatte, zog sie ab und warf sie nachlässig auf die Rückbank des Jeeps. Dann öffnete er die obersten beiden Knöpfe seines Hemds und lockerte den Kragen. Anschließend zog er sein Sakko aus, welches dasselbe Schicksal wie zuvor die Krawatte ereilte. Zuletzt öffnete er seine Manschettenknöpfe und schob die Ärmel seines Hemdes hoch. Mit einem breiten Lächeln schaute er Lena an. „Besser?"

Sie konnte ein Schmunzeln nicht unterdrücken. „Ja", nickte sie. „Sehr viel besser."

„Wunderbar", entgegnete er, ging um den Wagen herum und hielt ihr die Beifahrertür auf. „Dann können wir ja jetzt los."

Als Lena kurz darauf neben ihm im Wagen saß, fühlte sie, wie die altbekannte Befangenheit wieder von ihr Besitz ergriff. Doch Stephen schaffte, dass sie sich entspannte, indem er das Autoradio anstellte und die Melodie, die gespielt wurde, leise mitsummte.

Nach einer Weile bemerkte er ihren Blick und lächelte fast ein wenig verlegen. „Ich fürchte, ich muss mich schon wieder entschuldigen. Eine alte Angewohnheit von mir, die ich so verinnerlicht habe, dass ich sie kaum mehr bemerke: Wenn ich nervös bin, singe ich alles mit, was im Radio läuft."

Lena lachte leise auf. „Und das soll ich Ihnen abkaufen? Sie wirken kein bisschen nervös, Stephen."

„Der Eindruck täuscht", entgegnete er, ohne den Blick von der Straße zu nehmen. „Sie unterschätzen sich, meine Liebe. Jeder Mann, der in Ihrer Gegenwart keine Aufregung verspürt, muss entweder blind oder verrückt sein."

Anstelle einer Antwort hob Lena lediglich eine Braue. Eigentlich hätte sein Kompliment abgedroschen klingen müssen – tat es aber nicht. Ganz im Gegenteil sogar. Sie hatte das Gefühl, dass die Luft im Inneren des Jeeps noch um ein paar weitere Grad anstieg. Umso erleichterter war sie, als er den Wagen endlich an den Straßenrand lenkte und verkündete: „So, da wären wir."

Irritiert blickte Lena sich um. Weit und breit gab es kein einziges Gebäude. Rechts von der Straße wucherten zwischen Palmen niedrige Büsche und Farne, während sich links ein niedriger Sandhügel befand, über den sie nicht hinwegblicken konnte.

„Was wollen wir hier?", fragte sie. „Die Rede war von einem gemeinsamen Abendessen – nicht mehr und nicht weniger."

„Lassen Sie sich überraschen", erwiderte Stephen geheimnisvoll.

„Ich kann Überraschungen nicht ausstehen."

„Diese hier wird Ihnen gefallen", versprach er, stieg aus dem Wagen aus und kam zur Beifahrerseite herum, um ihr die Tür zu öffnen. Sie ignorierte die ihr hingehaltene Hand und kletterte ohne seine Hilfe aus dem Jeep. Es war ihr egal, ob es sie arrogant wirken ließ. Fest stand, dass sie jede Berührung, soweit es irgend möglich war, vermeiden wollte. Ganz einfach, weil sie nicht abzuschätzen vermochte, was diese womöglich in ihr auslösen würde.

Und sie wollte es auch nicht herausfinden.

Doch Stephen ließ sich nicht beirren. Kaum war Lena ausgestiegen, hakte er sich auch schon bei ihr unter. „Wollen wir?"

Lena schluckte hart.

Es war genau so, wie sie befürchtet hatte: Das Knistern, das zwischen ihnen in der Luft hing wie die Spannung vor einem Gewitter, wurde schlagartig stärker. Die feinen Härchen in ihrem Nacken richteten sich auf, und ein warmer Schauer durchlief sie.

Du musst verrückt sein, dass du dich hierauf eingelassen hast! Denk dir irgendeine Entschuldigung aus und sieh zu, dass du verschwindest!

Doch es war zu spät, um jetzt noch einen Rückzieher zu machen. Und sie hätte auch gar nicht gewusst, wie sie das anstellen sollte. Vor allem aber – und das war das Schlimmste – wollte sie es auch gar nicht.

Stephen führte sie einen Weg entlang, der über den Sandhügel hinwegführte. Als sie seine Kuppe erreichten, stockte ihr vor Überraschung und Entzücken der Atem.

Natürlich hatte sie immer wieder von den blütenweißen Sandstränden Sansibars gehört – Andy hatte von ihnen ebenso geschwärmt wie jeder Reiseführer. Doch das, was sich dort vor ihren Augen erstreckte, übertraf selbst ihre kühnsten Erwartungen.

Den einzigen Strand, den sie bis dahin gekannt hatte, war der an der Ostseeküste von Mecklenburg-Vorpommern, der sicherlich auch wunderschön war. Aber einem Vergleich zu diesem hier hielt er nicht stand. Der Sand war nicht einfach nur weiß, er schien im warmen, rotgoldenen Licht des schwindenden Tages regelrecht zu strahlen. Und das Wasser war von einem so intensiven Türkisblau, dass es schon beinahe unecht wirkte.

Ein Stück den Strand hinunter stand eine Hütte, gebaut aus Treibholz, weiß getünchtem Lehm und einem sternförmigen Dach aus getrockneten Palmblättern, nur ein paar Meter von der Brandungslinie entfernt.

„Das ist es“, erklärte Stephen. „Das *Starfish Beach* gilt unter Kennern als echter Geheimtipp unter den Restaurants in der Gegend. Man munkelt, dass der Fisch, wenn man ihn bestellt, noch putzmunter im Meer herumschwimmt. Aber das sind natürlich nur Gerüchte, und auf die sollte man hier auf Sansibar nicht allzu viel geben." Er lächelte. „Ich hoffe, die Überraschung ist Ihnen nicht allzu unangenehm."

Lena konnte sich nur staunend umschauen. Ein solches Panorama kannte sie bislang nur von Ansichtskarten. Dass Orte wie dieser tatsächlich existierten, erschien ihr wie ein Wunder, und sie war versucht, sich zu kneifen, um sicherzugehen, dass sie nicht träumte.

„Sie machen wohl Scherze!", stieß sie atemlos hervor. „Das hier muss das Paradies sein!"

„Das ist es auch", entgegnete er, doch schon im nächsten Moment schien sich eine düstere Wolke über seine Züge zu legen. „Aber auch das Paradies hat seine Schattenseiten …"

Kurz spielte sie mit dem Gedanken, nachzufragen, was er damit meinte, ließ es dann aber doch bleiben. Es ging sie nichts an. Das Schicksal hatte dafür gesorgt, dass ihre Wege sich kreuzten, doch im Grunde kannten sie einander nicht. Außerdem hatte sie genügend eigene Probleme, auch ohne dass sie sich zusätzlich mit denen eines fast Wildfremden belastete.

Dennoch berührte es etwas tief in ihr, ihn so zu sehen. Warum, das konnte sie sich selbst nicht erklären. Und sie wollte es lieber auch gar nicht erst versuchen.

„Kommen Sie", sagte sie übertrieben fröhlich. „Wenn ich nicht bald etwas zu essen bekomme, sterbe ich vor Hunger."

Er lächelte wieder, und jede Spur von Bitterkeit war wie weggewischt, fast so, als hätte es sie nie gegeben. Doch Lena wusste, was sie gesehen hatte. Und sie musste sich zwingen, nicht darüber nachzugrübeln, welche Dämonen ihn verfolgen mochten.

Der Besitzer des *Starfish Beach* begrüßte Stephen überschwänglich, als sie das Restaurant betraten. Sie wechselten ein paar Worte auf Kiswahili, ehe Stephen – vermutlich aus Rücksicht auf Lena – ins Englische überwechselte.

„Das ist Benjamin Mtubu", erklärte er. „Er war so freundlich, für uns die Terrasse zu reservieren, sodass wir beim Essen den wunderbaren Ausblick aufs Meer genießen können."

„Die ganze Terrasse?", fragte Lena ungläubig nach. „Aber das wäre doch nicht nötig gewesen!"

„Es ist ein Zeichen seiner Wertschätzung", antwortete Stephen. Er zwinkerte Lena verschwörerisch zu. „Davon abgesehen hat die Touristensaison gerade erst begonnen, sodass er es sich erlauben kann, einen Teil seines Restaurants für einen alten Freund freizuhalten. Von den Einheimischen können sich nur die wenigsten einen Besuch im *Starfish Beach* erlauben, auch wenn Benjamin für sie natürlich andere Preise hat als für Touristen oder auch für Sie und mich."

Überrascht hob Lena eine Braue. „Zählen Sie denn nicht auch zu den Einheimischen? Sie leben doch schon lange auf Sansibar, oder nicht?"

Er nickte. „Schon mein ganzes Leben lang. Ich bin hier geboren und aufgewachsen, ebenso wie mein Vater und mein Großvater vor mir … Aber für echte Sansibarer wird jemand wie ich immer ein *mgeni* – ein Fremder – sein, ganz gleich, wie lange wir hier leben. Und das ist auch verständlich angesichts der sehr zwiespältigen Geschichte, die uns Europäer mit den Swahili verbindet."

Sie runzelte die Stirn. „Was meinen Sie damit?"

„Viele der Menschen, die heute hier auf Sansibar leben, sind Nachfahren ostafrikanischer Sklaven. Zwar waren es vor allem arabische Händler aus dem Oman, die den Sklavenmarkt kontrollierten. Aber lange Zeit haben auch wir Europäer uns nicht unbedingt von unserer besten Seite gezeigt. Portugal beispielsweise war lange Zeit einer der Haupthandelspartner der Sklavenverkäufer aus dem Oman." Er zuckte die Schultern. „Nun, mir macht es jedenfalls nichts aus, dass ich für dieselben Waren und Dienstleistungen immer ein wenig mehr bezahlen muss, schließlich verfüge ich ja auch über größere Mittel." Er schmunzelte. „Das bedeutet allerdings nicht, dass ich nicht feilschen würde. Das gehört hier nämlich zum guten Ton."

Fasziniert hörte Lena ihm zu. Es gab so vieles zu entdecken und zu erfahren. Jeden Tag, so schien es ihr, lernte sie etwas

Neues dazu, was einerseits schön war, ihr aber auch vor Augen hielt, wie wenig sie eigentlich über die Mentalität und das Leben auf Sansibar wusste. War ihr Vorhaben, sich hier eine Existenz aufzubauen, unter diesen Umständen nicht mehr als blauäugig und naiv?

Stephen hatte nicht zu viel versprochen. Benjamin führte sie zu ihrem Tisch, von dem aus man zusehen konnte, wie die Sonne langsam am Horizont im Meer versank. Die Einrichtung des Restaurants war einfach, aber gemütlich. Auf den Tischen lagen Decken mit bunten afrikanischen Mustern, und die Stühle bestanden aus dunklem Holz und geflochtenen Kokosblättern. Direkt am Geländer der Terrasse blühten Hibiskus und Wachsblumen in üppiger Pracht, und Kokospalmen ragten über das Dach hinweg.

Stephen rückte ihr einen Stuhl zurecht, und sie setzte sich. Er nahm ihr gegenüber Platz. Als ihre Blicke sich begegneten, schien die Luft zu knistern. Lena wagte es kaum zu atmen und war froh, als Benjamin zu ihnen trat und ihnen die Speisekarte reichte.

„Was kannst du uns empfehlen?“, fragte Stephen, ohne hineinzusehen.

Benjamin lächelte. „Ich habe heute Mittag frischen *Red Snapper* hereinbekommen. Da ich weiß, wie gern du ihn magst, habe ich ihn nicht auf die Karte gesetzt.“

Stephen wandte sich an Lena. „Benjamins *Red Snapper* ist ein Gedicht. Ich will Ihnen natürlich nicht vorschreiben, was Sie zu nehmen haben, aber Sie sollten sich diesen Genuss nicht entgehen lassen.“

Sie nickte. „Ja“, sagte sie. „Ich glaube, ich werde es damit probieren.“

„Ein Glas Wein dazu?“, fragte Benjamin.

„Deinen besten Weißen“, verlangte Stephen lächelnd. „Eine schöne Frau sollte man stets mit einem guten Tropfen verwöhnen.“

Es dauerte nicht lange, bis Benjamin eine Karaffe mit Weißwein an den Tisch brachte. Stephen schenkte für sie beide ein. Kurz darauf kam das Essen.

Der gegrillte Fisch roch so köstlich, dass Lena das Wasser im Munde zusammenlief. Und der Duft versprach nicht zu viel. „Köstlich“, schwärmte Lena. „Ich glaube nicht, dass ich schon einmal so guten Fisch gegessen habe!“

„Freut mich, dass es Ihnen schmeckt.“ Stephen lächelte. „Und sonst? Was mögen Sie noch gerne? Ich möchte alles über Sie erfahren, Lena. Lieben Sie Musik? Wie steht es mit Kunst?“

„Ja, und noch einmal ja.“ Lena lachte. „Ohne Musik wäre das Leben nicht halb so lebenswert. Und was Kunst betrifft – ich könnte stundenlang das ‚Kornfeld mit Zypressen‘ von Van Gogh betrachten. Als ich einmal mit einer meiner Klassen in München war, habe ich mir die ‚Sonnenblumen‘ in der Staatsgalerie angesehen.“

Sie aßen, tranken, lachten und scherzten. Lena war angenehm überrascht darüber, wie der Abend sich gestaltete. Die Zeit verging wie im Flug, und als sie auf die Uhr schaute, stellte sie verblüfft fest, wie spät es schon war.

Offenbar hatte Stephen ihren Blick bemerkt. Lächelnd sagte er: „Ich könnte noch die ganze Nacht hier sitzen und Ihre Gesellschaft genießen, Lena. Aber vermutlich sollte ich es nicht gleich bei unserer ersten Verabredung übertreiben, was meinen Sie?“

Sie zwinkerte ihm neckisch zu. „Was sagt Ihnen, dass es eine weitere Verabredung geben wird?“

„Mein Gefühl“, entgegnete er mit einem Lächeln.

Auf dem Rückweg zum Wagen gingen Stephen und Lena schweigend nebeneinanderher.

Stephen war verwirrt darüber, wie die Dinge sich zwischen ihnen entwickelten. Eines stand fest: Diese Frau war nicht gut für seine innere Stabilität.

Eigentlich hatte sie rein gar nichts mit den Frauen gemein, mit denen er sich für gewöhnlich traf. Lena schien eine intelligente, bodenständige Frau zu sein. Und sie war wunderschön – auf ihre Weise. Er konnte sich nicht vorstellen, dass sie sich stundenlang im Kosmetiksalon des *Paradise Lodge Resort* aufhalten würde, so wie Giselle, mit der er bis vor ein paar Monaten ausgegangen war. Sie interessierte sich mit Sicherheit für mehr als Mode und Make-up. Und das gefiel ihm.

Lena war so eine vielschichtige Persönlichkeit, mal herausfordernd und forsch, dann wieder zurückhaltend, beinahe schüchtern. Und er spürte deutlich, dass das Schicksal es nicht immer gut mit ihr gemeint hatte. Da war diese Aura der Traurigkeit, die sie umgab. Er fragte sich, was wohl geschehen sein mochte, wagte aber nicht, sie danach zu fragen.

Noch nicht.

Was ihn zu der Erkenntnis führte, dass er sie wiedersehen wollte. Und zwar unbedingt.

Stephen bemerkte, dass Lena sich noch einmal umdrehte und die zauberhafte Atmosphäre auf sich wirken ließ, ehe sie den Strand verließen. Warum, das konnte er gut nachvollziehen, denn er war diesem Zauber schon mehr als einmal selbst verfallen.

Die Bucht war in silbrigen Mondschein getaucht, und am Nachthimmel glitzerten Millionen von Sternen wie Diamanten auf einem Kissen aus schwarzem Samt. Die Brandung rauschte leise, und die Palmen wiegten sich in der sanften Abendbrise, untermalt von den Rufen der Buschbabys, kleiner Primaten, die tagsüber in den Kronen der Baobabs – der Affenbrotbäume – ruhten und nachts aktiv wurden.

Auch wenn Stephen Momente wie diesen schon unzählige Male erlebt hatte, waren sie doch jedes Mal aufs Neue etwas Besonderes für ihn. Wie musste es da erst für Lena sein, die vor ein paar Tagen zum ersten Mal sansibarischen Boden betreten hatte?

Versonnen betrachtete er sie. Der Wind spielte mit ihrem langen hellblonden Haar, das im Sternenglanz schimmerte. Ihre grünen Augen glitzerten, ihr Gesicht war vollkommen entspannt. Es schien, als habe sie die Welt um sich herum einfach vergessen.

Nicht zum ersten Mal verspürte Stephen das dringende Bedürfnis, sie einfach in seine Arme zu ziehen und zu küssen. Wie es sich wohl anfühlen mochte, ihre warmen, weichen Lippen auf seinen zu spüren? Doch er hielt sich zurück, denn er ahnte, dass sie einen solchen Vorstoß seinerseits nicht hinnehmen würde. Was auch immer sich da zwischen ihnen anbahnte – er wollte es nicht kaputt machen, indem er die Dinge überstürzte. Und so ergriff er lediglich ihre Hand und drückte sie sanft.

Sie wandte ihm das Gesicht zu. Ein Lächeln ließ ihre Züge noch sanfter und lieblicher erscheinen. Wieder kostete es ihn schier unmenschliche Mühe, sie nicht einfach zu küssen.

Was hatte diese Frau bloß an sich, dass sie ihn derart die Kontrolle verlieren ließ?

Sei nicht verrückt! Schau sie dir doch an! Lena Bluhm ist keine Frau, mit der man eine belanglose Affäre anfängt. Und wann hast du dich zuletzt auf eine feste Bindung eingelassen? Ach ja, richtig, du warst ja noch nie länger als ein paar Monate mit ein und derselben Frau zusammen!

Er verscheuchte den unbequemen Gedanken und konzentrierte sich wieder auf Lena, die ihm jetzt ihre Hand entzog und nervös, ja fast ein wenig schuldbewusst wirkte.

„Gehen wir weiter", sagte sie. „Es war ein wunderschöner Abend, aber nun ist es schon spät …"

Unwillkürlich fragte Stephen sich, was die Veränderung bewirkt haben mochte. Doch er hakte nicht nach und nickte. „Einverstanden."

Als sie in das schmale Waldstück eindrangen, das den Strand von der Straße trennte, wurden sie von durchdringender Schwärze umfangen. Stephen wusste, dass die Intensität der Finsternis auf Menschen, die nur das Stadtleben kannten, irritierend wirkte. Straßenbeleuchtung gab es allenfalls in Sansibar Stadt, und auch dort nur vereinzelt. Außerhalb der Stadt waren der Mond und die Sterne nach Einbruch der Dunkelheit die einzigen Lichtquellen. Und überall, wo der Blick auf den Himmel durch dichtes Blattwerk verwehrt war, fehlten selbst diese. Hinzu kamen die Geräusche des Waldes, die auf jemanden, der daran nicht gewöhnt war, einschüchternd und beängstigend wirken konnten.

Erneut nahm Stephen Lenas Hand, und dieses Mal schüttelte sie sie nicht ab.

„Hören Sie das? Das sind die Rufe der Buschbabys", erklärte er. „Sie werden so genannt, weil sie wie schreiende Kinder klingen. Eigentlich heißen sie Galagos, und es handelt sich um kleine, nachtaktive Halbaffen." Er wusste aus Erfahrung, dass die meisten Dinge nur dann furchteinflößend waren, wenn man nichts über sie wusste. Und außerdem wirkte seine Stimme ablenkend, und sie musste sich auf etwas anderes konzentrieren als ihre angespannten Nerven.

Er hörte, wie sie neben ihm tief durchatmete. „Ist es immer so dunkel hier draußen?"

„Ja", erklärte er mit einem aufmunternden Lächeln, das sie zwar nicht sehen konnte. Doch er hoffte, dass sie es irgendwie spürte. „Sie sagten, Sie kommen aus Berlin, richtig? Nun, in einer so großen Stadt ist es niemals wirklich dunkel. Egal, wo man auch ist, es gibt immer einen Rest Licht. Ist Ihnen nicht aufgefallen, dass es hier viel mehr Sterne zu geben scheint?"

„Doch", sagte sie. „Das habe ich schon bemerkt."

„In Wirklichkeit sind es natürlich nicht mehr Sterne, man sieht sie nur wesentlich besser. Durch das Fehlen von Licht kann man auch die Himmelskörper erkennen, die weiter von der Erde entfernt sind oder eine schwächere Leuchtkraft haben." Während er sprach, legten sie das letzte Stück bis zum Wagen zurück. Stephen selbst hatte keine Schwierigkeiten, sich in der Dunkelheit zu orientieren, denn er war daran gewöhnt. „So", sagte er schließlich und öffnete die Fahrzeugtür, „da wären wir." Sofort flammte die Innenbeleuchtung des Jeeps auf. Das fahle Licht erschien nach der absoluten Finsternis des Waldes geradezu blendend hell.

Auch Lena schien so zu empfinden, denn sie blinzelte heftig. Dabei fiel Stephen auf, dass sie erstaunlich lange, dichte Wimpern besaß. Ein Detail, das er lieber nicht bemerkt hätte, denn sofort begann die Luft zwischen ihnen wieder zu knistern.

Die Zeit schien für einen Moment stillzustehen, und er konnte einfach nicht anders, als Lena fasziniert anzustarren. Zum Glück zerriss sie den Schleier der Magie, der über ihnen gelegen hatte, indem sie sich abwandte und um den Wagen herumging.

Erleichtert atmete Stephen auf. Diese Frau machte ihn einfach verrückt! Besser, er brachte sie schleunigst zurück zum Hotel, sonst konnte er für nichts mehr garantieren.

Angespannt versuchte er, sich auf der Fahrt zurück nach Stone Town ausschließlich auf die Straße zu konzentrieren. Er verbot sich selbst, Lena anzusehen, stellte jedoch rasch fest, dass er sich ebenso gut auch das Atmen hätte verbieten können. Es war zwecklos. Er registrierte jede noch so kleine Bewegung von ihr. Die Art und Weise, wie sie den Arm hob, um sich eine Strähne ihres goldenen Haares hinters Ohr zu streichen. Das leise Rascheln ihres Tops, wenn sie ihr Gewicht auf dem Beifahrersitz verlagerte …

Er stellte wieder das Radio an – aus purer Verzweiflung dieses Mal. Vielleicht gelang es der Musik, ihn von diesem Wahnsinn abzulenken.

Doch das Gegenteil war der Fall.

Auf jedem Sender, den er einstellte, lief ein anderes romantisches Liebeslied, sodass er das Gerät schließlich frustriert wieder ausschaltete.

„Was haben Sie eigentlich letztens auf der Gewürzfarm gemacht?“, fragte Lena unvermittelt.

Nun war er es, der überrascht blinzelte. „Was?“

„Die *Bennett's Clove and Spice Farm*“, sagte sie. „Ich habe Sie dort gesehen. Vermutlich haben Sie mich nicht bemerkt. Dazu waren Sie viel zu aufgebracht.“ Fragend schaute sie ihn an. „Sie haben mit Aaliyah und den anderen gestritten. Warum?“

Stephen runzelte die Stirn. Jetzt, wo er darüber nachdachte, erinnerte er sich daran, eine Frau auf der Spice-Farm bemerkt zu haben. Doch erst jetzt, wo sie ihn darauf ansprach, fiel es ihm wieder ein.

Und er fragte sich unwillkürlich, was eine deutsche Touristin auf einer heruntergekommenen Gewürzfarm wie der des alten Bennett zu suchen hatte.

Er winkte ab. „Das hatte geschäftliche Gründe – mein Besuch auf der Farm, ebenso wie der Streit mit der Haushälterin des verstorbenen Mr Bennett.“ Sie erreichten die ersten Ausläufer der Stadt. „Mich würde allerdings interessieren, was Sie mit den Leuten dort zu tun haben. Wenn Sie sich für die Besichtigung einer Gewürzfarm interessieren, gibt es mit Sicherheit geeignetere Anlaufstellen.“

Sie hob die Schultern. „Es geht Sie zwar im Grunde nichts an, aber Rafe Bennett war der Onkel meines verstorbenen Verlobten. Ich bin nach Sansibar gekommen, um nach seiner Familie zu suchen, doch ich kam zu spät. Mr Bennett war sein letzter lebender Angehöriger.“

„Das tut mir leid zu hören“, sagte Stephen, und er meinte es ehrlich. Er hatte nicht gewusst, dass Lena verlobt gewesen war, aber es erklärte die Aura der Traurigkeit, die sie umgab.

Er konnte sich entfernt an einen blonden Jungen erinnern, der früher mit seiner Familie auf der Farm der Bennetts gelebt hatte. Er war etwa in seinem Alter gewesen, doch die alte Feindschaft zwischen ihren Familien hatte verhindert, dass sie einander wirklich kennengelernt hatten. Der Junge war mit seinen Eltern nach England zurückgekehrt, da musste er zwölf oder dreizehn gewesen sein.

Wie war sein Name noch gleich gewesen? Adrian? Allen? Andy? Ja, Andy. Andy Bennett.

Obwohl er ihn kaum gekannt hatte, schockierte Stephen die Nachricht, dass er tot war. Ein so junger Mensch – was für eine schreckliche Vergeudung von Leben! Auf der anderen Seite verspürte er auch einen Anflug von Erleichterung, für den er sich im nächsten Augenblick gleich wieder schämte. Lena hatte ihren Verlobten verloren, und alles, woran er denken konnte, war, dass sie damit wieder frei war.

Frei für ihn?

Du Narr! Hast du denn immer noch nicht begriffen, dass diese Frau nichts für dich ist?

Die Tatsache, dass sie mit Rafe Bennetts Neffen verlobt gewesen war, zeigte es nur noch umso deutlicher. Noch schien sie die Zusammenhänge nicht zu begreifen. Sie wusste nicht von der uralten Familienfehde zwischen den Alistairs und den Bennetts. Und auch nicht, dass Stephen nun schon seit Jahren versuchte, die Spice-Farm in seinen Besitz zu bringen, um auf deren Grund und Boden ein Hotel zu bauen.

Ein Hotel für Rachel. Um ihren Traum zu erfüllen …

Doch es war nur eine Frage der Zeit, bis irgendjemand – am ehesten wohl die Haushälterin des alten Rafe – sie über alles aufklärte. Und er ahnte, auf wessen Seite Lena sich dann stellen würde.

Aber vielleicht täuschte er sich ja auch, und sie konnte ihm dabei helfen, diese zweite Kaufinteressentin – die Lehrerin – zur Vernunft zu bringen. Eine Frau ohne jegliche Erfahrung im Gewürzanbau. Sie musste vollkommen verrückt sein, sich auf ein solches Wagnis einzulassen! Nicht dass Stephen etwas gegen eine gesunde Abenteuerlust einzuwenden hatte. Doch in diesem Fall war ein Scheitern beinahe unausweichlich.

Sie erreichten das Hotel, in dem Lena sich eingemietet hatte. Stephen lenkte den Wagen an den Straßenrand, stieg aus und ging um den Jeep herum, um ihr die Tür zu öffnen. Sie lächelte schüchtern, als er ihr galant die Hand reichte. Es war ein Lächeln, das, wie er immer wieder feststellen musste, nicht ohne Wirkung auf ihn blieb. Sein Herz fing sofort an, heftiger zu hämmern.

„Vielen Dank für den wunderschönen Abend“, sagte sie leise.

„Nein“, entgegnete er. „Ich habe zu danken. Glauben Sie mir, wenn man die Verantwortung für ein halbes Dutzend Hotels trägt, ist man froh und glücklich über jede Gelegenheit, einmal die Seele baumeln zu lassen.“

„Sie sind Hotelier?“, fragte sie. Ihre Stirn legte sich in Falten. Forschend blickte sie ihn an, dann verdunkelte sich ihre Miene. „Aber natürlich, wie konnte ich so dumm sein? Sie sind es! Sie sind der Engländer, von dem Aaliyah und die anderen gesprochen haben! Der Mann, der die Gewürzfarm dem Erdboden gleichmachen will!"

Im ersten Moment war Stephen so verwirrt und überrumpelt, dass er sie nur verständnislos anstarren konnte. Doch dann erinnerte er sich an etwas, das sie vorhin beim Essen gesagt hatte: *„Als ich einmal mit einer meiner Klassen in München war …"* Natürlich! Er konnte kaum glauben, dass er nicht früher darauf gekommen war! Spätestens als sie ihm erzählt hatte, dass sie mit Andy Bennett liiert gewesen war, hätte er die Wahrheit erkennen müssen. Und jetzt glaubte er sich auch daran zu erinnern, sie am Tag der Beerdigung des alten Rafe auf der Farm gesehen zu haben. Mit einem Mal fiel es ihm wie die sprichwörtlichen Schuppen von den Augen.

„Dann sind Sie vermutlich die Lehrerin, die mir bei der Versteigerung der Spice-Farm Konkurrenz machen will", gab er ärgerlich zurück.

Ihr Gesicht nahm einen trotzigen Ausdruck an. „Die bin ich in der Tat."

„Haben Sie sich auch wirklich gut überlegt, auf was Sie sich da einlassen? Der alte Rafe hat die Plantage vollkommen heruntergewirtschaftet. Sie können unmöglich so verrückt sein, Ihr Geld in ein marodes Unternehmen zu investieren."

Wütend funkelte sie ihn an. „So, glauben Sie? Nun, ich versichere Ihnen, ich kann! Aber ich erwarte von einem Mann wie Ihnen, der ganze Familien ihrer Existenz berauben und sie aus ihrem vertrauten Umfeld reißen will, keineswegs, dass er meine Beweggründe versteht."

Ihr herausfordernder Blick brachte Stephens Blut zum Kochen. Mit welchem Recht nahm sie sich heraus, sich in Dinge einzumischen, von denen sie nicht das Geringste verstand? Und dann erlaubte sie sich auch noch, ein Urteil über ihn zu fällen!

„Sie haben doch überhaupt keine Ahnung, wovon Sie da sprechen", knurrte er gefährlich leise.

„Ich weiß genug, um einen skrupellosen Geschäftemacher zu erkennen, wenn er vor mir steht!"

Das war zu viel. Stephen blickte in ihr vor Erregung gerötetes Gesicht. Ihre Augen sprühten vor Zorn. Was bildete sie sich eigentlich ein? Irgendjemand musste dieser Frau ein bisschen Respekt beibringen!

Ohne über die Konsequenzen seines Handelns nachzudenken, machte er einen Schritt auf sie zu, sodass sie zwischen ihm und dem Jeep gefangen war. Dann zog er sie grob an sich und verschloss ihren Mund mit seinen Lippen.

Es war ein harter, fordernder Kuss, und Stephen spürte, wie sie sich im ersten Moment in seinen Armen versteifte. Ihre Augen weiteten sich vor Überraschung, und sie legte die Hände auf seine Brust, um ihn von sich zu stoßen.

Doch in der nächsten Sekunde erlahmte ihre Abwehr, und sie erwiderte seinen Kuss so hungrig, dass nun er es war, der überrascht keuchte.

Lena krallte die Finger in sein Haar und zog seinen Kopf zu sich herunter, sodass er gar nicht anders konnte, als sie weiter zu küssen. Allerdings wäre ihm auch im Traum nicht eingefallen, diesen Kuss zu unterbrechen.

Offenbar ganz im Gegensatz zu ihr, denn auf einmal erwachte ihr Widerstand neu, und sie stieß ihn von sich.

„Tun Sie das nie wieder!“, fauchte sie und wischte sich mit dem Handrücken über die Lippen, so als hätte sie nicht gerade voller Hingabe seinen Kuss erwidert.

Dann wirbelte sie auf dem Absatz herum und stürmte davon, ohne ihn eines weiteren Blickes zu würdigen.

6. KAPITEL

Eine Stunde später lag Lena in ihrem Bett und starrte blicklos zur Decke empor.

Sie hatte versucht, das, was vorhin zwischen Stephen und ihr passiert war, zu vergessen. Doch immer wenn sie die Augen schloss, sah sie sein Gesicht vor sich.

Selbst jetzt noch spürte sie einen Nachklang der Hitze, die bei seinem Kuss durch ihre Adern pulsiert war. Und allein die Erinnerung daran ließ ihr Herz wieder schneller pochen.

Sie war entsetzt über sich selbst. Wie konnte sie nur so empfinden? Noch dazu für einen Mann, den sie kaum kannte?

Sie setzte sich auf, schaltete die Nachttischlampe ein und nahm die Mappe mit Andys Aufzeichnungen aus der Schublade ihres Nachttischchens. Doch der Anblick von Andys vertrauter Handschrift machte es nur noch schlimmer.

Was war bloß in sie gefahren, sich von Stephen küssen zu lassen?

Mach dir doch nichts vor, Lena! Du hast dich nicht nur von ihm küssen lassen, nein, du hast auch zurückgeküsst! Und ganz gleich, was du dir auch einzureden versuchst: Du fühlst dich zu ihm hingezogen.

Sie legte die Mappe wieder zurück in die Schublade und barg das Gesicht in den Händen. Krümel, der zu spüren schien, wie durcheinander sie war, sprang zu ihr aufs Bett und rieb die Stirn an ihrem Arm.

Geistesabwesend streichelte sie ihn. In ihrem Kopf herrschte ein einziges Durcheinander. Was war richtig? Was war falsch? Und wann hatte sie die Fähigkeit verloren, dies zu beurteilen?

In Stephens Armen hatte sie für einen Moment die ganze Welt um sich herum vergessen.

Sie hatte Andy vergessen.

Aufstöhnend schloss sie die Augen. *Oh Gott!*

Das Summen des Vibrationsalarms ihres Smartphones, das in der Stille ohrenbetäubend laut klang, holte sie abrupt ins Hier und Jetzt zurück. Sie nahm das Telefon aus ihrer Handtasche und schaute aufs Display.

Patrick.

Zögernd fuhr sie sich mit der Hand durchs Haar. Ihr war im Augenblick überhaupt nicht danach zumute, mit Andys bestem Freund zu sprechen. Sicher würde er ihr sofort anmerken, dass etwas nicht stimmte. Patrick kannte sie einfach viel zu gut.

Andererseits sehnte sie sich danach, eine vertraute Stimme zu hören. Sie brauchte etwas, um sich wieder zu erden. Etwas, das ihr bewusst machte, wie sehr sie Andy geliebt hatte.

Wie sehr sie ihn noch immer liebte.

Sie atmete tief durch, dann zwang sie ein Lächeln auf ihre Lippen und nahm das Gespräch an.

„Hey, Patrick", meldete sie sich gespielt fröhlich. „Ist es bei euch nicht schon nach zehn? Du hattest wohl Sehnsucht nach mir."

„Was ist los mit dir?", fragte er, ohne auf ihr Geplänkel einzugehen. „Gehst du jetzt überhaupt nicht mehr an dein Telefon?" Er machte eine kurze Pause, ehe er vorwurfsvoll hinzufügte: „Verdammt, ich habe mir Sorgen um dich gemacht, Lena!"

Mit der freien Hand fuhr sie sich über die Augen. Kurz bevor Stephen sie abholte, hatte sie ihr Handy von Klingeln auf Vibrationsalarm umgestellt. Deshalb hatte sie von Patricks Anrufversuchen nichts mitbekommen.

„Tut mir leid", sagte sie. „Ich war …" Sie zögerte kurz. Sollte sie ihm von Stephen erzählen? Nein! Er würde es missbilligen, und sie würde sich noch schlechter fühlen. Sie räusperte sich. „Ich war draußen auf der Farm und hatte mein Handy im Hotel vergessen."

„Auf der Farm, so so." Die Art und Weise, wie er es sagte, machte sein Missfallen mehr als deutlich. Er seufzte hörbar. „Hast du dir diese Schnapsidee etwa immer noch nicht aus dem Kopf geschlagen?"

„Wenn du damit meinen Plan meinst, bei der Zwangsversteigerung der Gewürzfarm mitzubieten – nein, der steht nach wie vor“, entgegnete sie nachdrücklich. Patrick und sie waren Freunde, aber das gab ihm nicht das Recht, sie zu bevormunden. Auch wenn sie seine Sorge durchaus verstand und diese vielleicht sogar berechtigt war.

Sie fühlte sich ja selbst noch immer hin- und hergerissen. War dieses Vorhaben nicht tatsächlich ein paar Nummern zu groß für sie?

Dass Stephen sie davon abbringen wollte, es in die Tat umzusetzen, verwunderte sie nicht sonderlich. Nach allem, was Aaliyah ihr über ihn erzählt hatte, war er schon seit vielen Jahren scharf auf das Grundstück. Dass nun, so kurz vor der Zielgeraden, jemand auftauchte, der ihm die Farm streitig machen wollte, passte ihm natürlich nicht.

Aber auch Aaliyah, die eigentlich ein großes Interesse daran haben musste, dass jemand anderes als Stephen Alistair als neuer Besitzer der Farm aus der Versteigerung hervorging, hatte Bedenken geäußert.

An den Fakten ließ sich nun einmal nicht rütteln: Lena war Lehrerin, keine Gewürzfarmerin. Von vielen der Pflanzen, die hier angebaut wurden, kannte sie nicht einmal den Namen, geschweige denn, dass sie auch nur die leiseste Ahnung hatte, wie und wofür sie benutzt wurden.

„Lena, du machst einen großen Fehler“, verstärkte nun auch Patrick ihre Zweifel. „Komm zur Besinnung! Du gehörst nicht dorthin. Du gehörst hierher, nach Berlin!“

Lena seufzte. Wie sollte sie ihm erklären, dass sie nicht nach Berlin zurückkehren konnte – zumindest nicht in nächster Zeit? Immer wieder musste sie an jene Nacht auf der Dachterrasse denken, als sie beinahe …

Hastig schüttelte sie den Gedanken an jenen fürchterlichen Moment ab. „Ich kann nicht“, stieß sie heiser hervor. „In Berlin erinnert mich alles immerzu an Andy und … Ich kann das ganz einfach nicht!“

Einen Moment lang herrschte Schweigen am anderen Ende der Leitung. „Was hast du eigentlich vor?“, fragte er dann. „Ich dachte, du bist nach Sansibar geflogen, um dort für das Buch zu recherchieren, an dem Andy vor seinem Tod gearbeitet hat. Aber wenn man dich jetzt so reden hört, könnte man glauben, du willst ein neues Leben auf dieser Insel anfangen."

Lena schloss die Augen. „Und wenn es so wäre?"

„Dann stimmt es also. Andy ist gerade einmal seit einem halben Jahr unter der Erde, und du bist jetzt schon dabei, ihn aus deinem Leben zu streichen! Was ist mit dir? Wenn du willst, dass ich dich in Ruhe lasse, musst du es nur sagen. Aber wenn du es nicht tust, dann musst du dich damit abfinden, dass ich dir meine ehrliche Meinung sagen werde, ganz gleich, ob du sie hören willst oder nicht."

„Tust du das nicht schon die ganze Zeit?", gab Lena trotzig zurück. „Du versuchst mich doch schon seit dem Tag meiner Abreise davon zu überzeugen, dass ich alles falsch mache."

„Nein", sagte Patrick. „Ich versuche lediglich, dich zur Vernunft zu bringen. Das Leben ist kein Buch, Lena. Du kannst nicht einfach eine neue Seite aufschlagen, wenn dir die Handlung der vorherigen nicht gefällt."

Lena spürte, wie ihr Tränen in die Augen stiegen. Patrick schien zu glauben, dass ihre Reise nach Afrika dazu diente, Andy zu vergessen. Dabei war doch das Gegenteil der Fall! Seit seinem Tod hatte sie sich Andy nirgends so nah gefühlt wie hier.

Und was ist mit Stephen? Du hast ihn wohl kaum geküsst, weil du dich Andy dadurch näher fühlst!

„Hör zu", sagte sie mit erstickter Stimme. „Ich bin schrecklich müde und möchte jetzt gern schlafen gehen. Ich melde mich wieder bei dir, okay?"

Patrick seufzte erneut. „Tut mir leid, wenn ich dich immer wieder vor den Kopf stoßen muss. Aber du bist nicht nur eine gute Freundin – du bist die Witwe meines besten Freundes. Ich fühle mich für dich verantwortlich, kannst du das verstehen?"

Lena schluckte. Ein gepresstes „Bis dann" war alles, was sie hervorbrachte, ehe sie die Verbindung unterbrach. Dann – endlich – konnte sie ihren Tränen freien Lauf lassen.

Sie hatte Patrick nichts von dem gemeinsamen Abend mit Stephen erzählt, weil sie deswegen ein schlechtes Gewissen hatte.

Vor allem wegen dem, was danach geschehen war.

Wie konnte sie nur daran denken, jemals wieder einen anderen Mann an sich heranzulassen? Andy war die Liebe ihres Lebens gewesen! Mit ihm hatte sie eine Familie gründen, mit ihm hatte sie alt werden wollen. So ein Gefühl war doch nicht einfach austauschbar wie ein x-beliebiger Gebrauchsgegenstand!

Vielleicht hatte Patrick ja recht. Womöglich war es ein Fehler gewesen, überhaupt herzukommen. Und Andys Wurzeln hatte sie ja nun gefunden. War es an der Zeit, die Reißleine zu ziehen und umzukehren, ehe es zu spät war?

Der Gedanke, dass sie Stephen jederzeit über den Weg laufen könnte und es vermutlich früher oder später auch würde, ließ die Waagschale für eine Rückkehr nach Berlin ausschlagen. Aber einfach aufgeben? Kam das wirklich infrage? Und was würde Andy sich von ihr wünschen? Schließlich war sie auch hergekommen, um sein Buch für ihn zu Ende zu bringen.

Sosehr sie sich auch bemühte, sie konnte sich diese Frage selbst nicht beantworten. Aber vielleicht gab es einen Ort hier auf der Insel, der ein paar Antworten für sie bereithielt.

Kurz entschlossen schnappte sie ihre Handtasche und eilte aus dem Zimmer. Keine zwei Minuten später saß sie in ihrem Wagen und befand sich auf dem Weg nach Jambiani.

Der Mond stand direkt über dem Wohnhaus, als Lena die Farm nach etwas weniger als einer Stunde erreichte. Sie stellte den Motor ab, um niemanden aus seinem wohlverdienten Schlaf zu reißen, und ließ den Wagen am Rand der Zufahrt ausrollen. Dann stieg sie aus und blickte sich um.

Im silbernen Mondschein wirkte die Farm wie ein verwunschener Garten. Lena schloss die Augen und lauschte den Geräuschen der Nacht. Dem Rascheln im Unterholz, dem Zirpen der Grillen und den Rufen der Buschbabys, die sie nun schon kannte. In weiter Ferne glaubte sie das Rauschen der Brandung zu hören, doch das mochte auch der Wind sein, der durch die mächtigen Kronen der Affenbrotbäume strich.

Ein paar Minuten lang stand sie einfach nur da und ließ die Atmosphäre auf sich wirken. Zu ihrem eigenen Erstaunen verspürte sie keinerlei Angst. Es mochte verrückt sein, aber sie hatte das Gefühl, nicht allein zu sein. Da war jemand bei ihr, der schützend seine Hand über sie hielt.

„Andy?"

Sie glaubte eine leise Stimme zu hören, die der Wind mit sich trug. Und obwohl sie nicht verstehen konnte, was sie sagte, fühlte Lena, wie neuer Mut sie erfüllte.

Hier, an diesem Ort, fühlte sie sich Andy so nah wie schon sehr lange nicht mehr. Und plötzlich war sie sich sicher, zu wissen, was sie tun sollte.

Mit einem versonnenen Lächeln ließ sie die Fingerspitzen über die gefiederten Blätter eines Farns fahren. Ihr Entschluss stand fest.

Sie würde bleiben.

Zwei Tage später erhielt Lena endlich die Nachricht, auf die sie gewartet hatte: Der Termin für die Versteigerung der Gewürzfarm war festgelegt worden. Doch obwohl sie inzwischen sicher war, das Richtige zu tun, plagten sie nun neue Zweifel.

„Wenn Stephen wirklich schon so lange versucht, dieses Grundstück zu bekommen, dann wird er sich doch sicher nicht von mir ins Handwerk pfuschen lassen", schüttete sie Aaliyah ihr Herz aus. „Die Summe, die ich aus Andys Lebensversicherung erhalten habe, ist zwar nicht gerade klein – aber ich bin mir nicht sicher, ob ich bei der Versteigerung wirklich mithalten kann. Stephen scheint mir doch ein ziemlich übermächtiger Konkurrent zu sein."

Natürlich war Aaliyah neugierig gewesen, wie ihre Verabredung mit ihm verlaufen war. Lena hatte ihr alles erzählt. Nun, fast alles. Dass Stephen sie geküsst hatte, war nichts, womit sie unbedingt hausieren gehen wollte.

„Da haben Sie leider nicht ganz unrecht", gestand Aaliyah seufzend ein, während sie an einer einfachen, aber schönen Flickendecke nähte. Die beiden Frauen saßen auf einer Bank auf der Veranda des Farmhauses. Zwischen den Kronen der Bäume hindurch konnte Lena einen Schimmer von Türkisblau erkennen – den Indischen Ozean. Ein leichter Wind fuhr raschelnd durch das Laub, und die Vögel, die in den Ästen saßen, zwitscherten und sangen um die Wette.

„Stephen Alistair ist ein vermögender Mann, und er wird Ihnen sicher nicht kampflos das Feld überlassen."

Ratlos zuckte Lena mit den Schultern. „Und was jetzt? Ich kann ihn ja schlecht davon abhalten, mitzubieten."

„Wir können nur hoffen, dass ein Wunder geschieht."

Aaliyah lächelte aufmunternd, doch Lena glaubte schon lange nicht mehr an Wunder. Den Glauben daran hatte sie jeden Tag, den sie an Andys Bett gesessen und darum gebetet hatte, dass er wieder aufwachen würde, ein Stückchen mehr verloren.

„Im Übrigen", fuhr Aaliyah fort, legte ihr Nähzeug beiseite und bedachte Lena mit einem Blick, der bis auf den Grund ihrer Seele zu reichen schien, „bin ich mir immer noch nicht sicher, ob es wirklich eine gute Idee ist, die Farm zu kaufen."

„Aber was soll aus Ihrer aller Familien werden, wenn ich es nicht tue?", gab Lena zu bedenken.

„Diese Frage kann allein Allah beantworten", entgegnete Aaliyah mit einem feinen Lächeln. „Aber ich weiß, dass wir im Fall der Fälle einen Weg finden würden, Lena. Und außerdem …" Sie schüttelte den Kopf. „Sie sind noch so jung. Es wäre nicht richtig, wenn Sie das alles nur tun, um uns davor zu bewahren, obdachlos zu werden. Hören Sie bei dieser Entscheidung nicht nur auf ihren Kopf, sondern auch auf Ihren Bauch und Ihr Herz."

Mit diesen Worten nahm Aaliyah die Nähsachen wieder auf und arbeitete still weiter. Träge lehnte Lena sich zurück und beobachtete versonnen, wie die Wolken am Himmel entlangzogen. Ein Gefühl von Frieden breitete sich in ihr aus. Nicht wirklich greifbar, hüllte es sie doch ein in einen Kokon aus Wohlbehagen und Zufriedenheit.

War dieses kleine Glück es nicht schon wert, dafür ein paar Risiken einzugehen?

„Ich werde es auf jeden Fall tun“, sagte sie so unvermittelt, dass Aaliyah unwillkürlich aufschaute. „Und zwar, weil ich es will. Nur – wird es mir auch gelingen, Stephen zu überbieten?“

Direkt unter der Veranda befand sich ein kleiner Hohlraum, der dazu diente, dass das Regenwasser, von dem es in der Zeit des Südwestmonsuns reichlich gab, ablaufen konnte. Er besaß einen Zugang vom Erdgeschoss aus, sodass man ihn von verrottenden Blättern und anderem Unrat befreien konnte, wenn es nötig war. Diesen Zugang hatte Hashim im letzten Sommer entdeckt und nutzte ihn seitdem regelmäßig, um die Erwachsenen heimlich bei ihren Erwachsenengesprächen zu belauschen. Sehr zu seinem Verdruss behandelten seine Mutter und sein Vater ihn nämlich immer noch wie einen kleinen Jungen, und das, obwohl er vor drei Monaten zwölf Jahre alt geworden war. Ohne das Versteck unter der Veranda hätte er wohl erst davon erfahren, dass sie vermutlich ihr Zuhause verlieren würden, wenn es bereits beschlossene Sache war.

Hashim lebte hier auf der Farm, seit er denken konnte – wahrscheinlich sogar noch länger. Und die meisten der anderen Jungs, die er kannte, beneideten ihn nicht nur um den Fernseher, den der alte Mr Rafe vor ein paar Jahren angeschafft hatte. Nein, die Plantage selbst war der beste Abenteuerspielplatz, den man sich vorstellen konnte. In einem der Affenbrotbäume hatte sein Vater ihm ein Baumhaus gebaut, das man nur über eine Strickleiter erreichte (was den Vorteil hatte, dass seine kleine Schwester Marjani ihm nicht dorthin nachkommen konnte). Und Jengo, der geschickteste Kletterer unter den Farmarbeitern, hatte ihm versprochen, dass er ihm in den nächsten Monaten beibringen würde, wie man auf die hohen Kokospalmen kletterte, um deren Nüsse zu pflücken. Als er es vor Kurzem auf eigene Faust versucht hatte, war er auf halber Höhe abgerutscht und hatte sich den Knöchel verletzt.

Unter den Kindern der Arbeiter war er, abgesehen von Imani (die ein Mädchen war, und deshalb nicht zählte), das Älteste, und es gefiel ihm, dass die anderen zu ihm aufblickten. Und nicht zuletzt mochte er es, in dem großen Haus zu wohnen anstatt in einer ärmlichen Hütte ohne Möbel.

Genau in einer solchen würden sie jedoch landen, wenn dieser Engländer, wie seine Eltern Stephen Alistair nannten, die Farm kaufte. Entweder in einer Hütte oder in einem dieser hässlichen Häuser am Rande von Stone Town.

Aber Hashim wollte nicht von hier fort! Dies war schließlich sein Zuhause!

Und deshalb schien es ihm, als wäre ihnen Lena von Allah geschickt worden. Sie kam aus Deutschland. Hashim hatte in Mr Rafes altem, vergilbtem Atlas nachgesehen und herausgefunden, dass dieses Land sich praktisch auf der anderen Seite der Welt befand. Das machte Lena in seinen Augen noch faszinierender, als sie es ohnehin schon war. Ihr helles Haar und die blasse, fast durchscheinende Haut ließ sie wie ein *malaika* – ein Engel – wirken. Sie war die schönste Frau, die Hashim je getroffen hatte, und immer wenn er sie sah, fing sein Herz an wie verrückt zu klopfen.

Und wie er nun erfahren musste, machte dieser Stephen Alistair ihr Probleme.

„Ich fürchte, meine einzige Chance, als Höchstbietende aus der Versteigerung hervorzugehen, besteht darin, dass Stephen gar nicht erst erscheint“, hörte er Lena sagen. „Aber das ist wohl eher unwahrscheinlich.“

„Ja“, seufzte seine Mutter. „Das ist in der Tat sehr unwahrscheinlich. Leider …“

Einen Moment lang blieb Hashim noch in seinem Versteck hocken, während er überlegte, was man tun konnte. Da kam ihm plötzlich eine Idee.

Wie elektrisiert kroch er durch die lose Deckenplatte im Abstellraum neben der Küche und huschte durch die Hintertür ins Freie. Mit einem schrillen Pfiff rief er seine Freunde, die sofort aus allen Ecken und Enden der Plantage herbeigelaufen kamen.

„Was ist denn schon wieder?“, fragte Imani, die gemächlich als Letzte angetrottet kam. Als Älteste versuchte sie immer gern, das Ruder an sich zu reißen. Hashim dachte jedoch gar nicht daran, sich von einem Mädchen auf der Nase herumtanzen zu lassen.

Und so ging er einfach über ihren Einwurf weg, als hätte er ihn gar nicht gehört. „Ihr wisst doch, dass wir alle hier wegmüssen, wenn dieser Engländer bei der Versteigerung den Zuschlag für die Farm bekommt.“

Imani zuckte mit den Schultern. „Und, was bitte sollen wir dagegen unternehmen? Als ob sich irgendjemand für das interessieren würde, was wir sagen oder tun.“

Hashim lächelte. „Das werden wir ja sehen“, sagte er. „Hört zu, ich habe da eine Idee …“

Stephen seufzte. Drei Tage waren vergangen, seit er Lena geküsst hatte, und sie wollte ihm einfach nicht aus dem Kopf gehen. Doch jetzt hatte er Wichtigeres zu tun. Heute war der Termin für die Zwangsversteigerung der Bennett-Farm.

Er sah Rachels Hinterkopf durch die offen stehende Verandatür, während er in den Spiegel blickte und seine Krawatte richtete. Wenn er sie so sah – mit einer karierten Decke über den Beinen, die zum Teil ihren Rollstuhl verdeckte, dasitzend und aufs Meer hinausblickend, rechnete er fast damit, dass sie jeden Moment einfach aufstehen und mit ihrem ansteckenden Lächeln zu ihm ins Zimmer treten würde.

Doch das würde niemals geschehen.

Deine Schuld …

Manchmal fing er an, das Schicksal für seine Grausamkeit zu verfluchen. Aber dann erinnerte er sich stets daran, was Ngabile, Rachels Pflegerin, einmal zu ihm gesagt hatte.

„Sie lebt“, waren ihre Worte gewesen. „Dafür sollten Sie dankbar sein. Viele haben in jenen Tagen Menschen verloren, die sie liebten.“

Nur – hatte er das im Grunde nicht auch? Die Rachel, die er von früher kannte, seine kleine Schwester, mit der er aufgewachsen war, existierte nicht mehr. Ihr Körper saß zwar dort draußen auf der Veranda, doch das, was sie einst ausgemacht hatte, war fort. Durch eine Kopfverletzung ausgelöscht wie eine Kerzenflamme vom Wind, vor nunmehr beinahe zwanzig Jahren.

War es unter diesen Umständen eine Gnade, dass sie lebte? An manchen Tagen fragte er sich, was Rachel sich wohl gewünscht hätte. Und er war sich beinahe sicher, dass sie lieber gestorben wäre, als wie eine seelenlose Hülle dahinzuvegetieren.

Nicht einmal das hast du richtig gemacht.

Er schüttelte den schmerzlichen Gedanken ab und fokussierte sich stattdessen darauf, was vor ihm lag.

Endlich war der große Tag gekommen, an dem die Versteigerung der Spice-Farm stattfand. Endlich rückte die Realisierung seines größten Projekts in greifbare Nähe. Jahrelang hatte er versucht, Rafe Bennett zum Verkauf seines Lands zu bewegen, doch der alte Sturkopf war nicht zur Vernunft zu bringen gewesen. Nun stand seinem Vorhaben nichts mehr im Wege.

Er wandte sich vom Spiegel ab und trat hinaus auf die Veranda. Rachels Blick ging ins Leere. Die Ärzte glaubten nicht, dass sie von ihrer Umwelt noch etwas mitbekam. Doch Stephen war es egal, was diese Quacksalber sagten. Sie war seine Schwester.

„Ich muss los, Rach“, flüsterte er und küsste sie sanft auf die Stirn. „Die Versteigerung, du weißt schon. Drück mir die Daumen, okay?“

Rachel regte sich nicht.

Natürlich nicht, wie sollte sie auch?

Einmal noch streichelte Stephen ihr über ihr prachtvolles kupferfarbenes Haar, ehe er zurück ins Haus ging. Ngabile war in der Küche und bereitete das Mittagessen vor.

„Es scheint ihr heute recht gut zu gehen“, sagte er zu Rachels Pflegerin.

Sie drehte sich zu ihm und schenkte ihm ein Lächeln. „Sie hat einen Bruder, der sie liebt und auf Händen trägt“, entgegnete sie. „Da kann es ihr doch nur gut gehen.“

Stephen wusste, dass sie es ehrlich meinte, daher freuten ihn ihre Worte umso mehr. „Ich muss jetzt los“, sagte er.

Ngabile seufzte. „Ich würde Ihnen ja viel Erfolg wünschen, aber ...“ Lächelnd zuckte sie die Schultern. „Wir wissen wohl beide, dass ich das in diesem Fall leider nicht kann.“

„Dafür habe ich Verständnis“, entgegnete er, denn er wusste, dass Ngabile und Aaliyah, Rafe Bennetts Haushälterin, miteinander verwandt waren. „Und ich weiß auch, dass Sie über meine Pläne, die ich mit dem Grundstück habe, nicht besonders glücklich sind.“

„Nein“, erwiderte sie ehrlich. „Aber Sie müssen tun, was Sie tun müssen. Das verstehe ich.“

Stephen schenkte ihr ein Lächeln, dann verließ er die Küche, nahm seine Schlüssel vom Kommodenschrank und trat aus dem Haus. Ihm fiel beinahe sofort auf, dass etwas nicht stimmte, doch er brauchte einen Moment, um die Ursache hierfür zu erkennen.

„Hiyo haiwezi kuwa kweli!“, entfuhr es ihm auf Swahili, als er bemerkte, dass beide Reifen auf der rechten Seite seines Wagens platt waren. „Das darf ja wohl nicht wahr sein!“

Mit langen Sätzen stürmte er die Verandastufen hinunter auf seinen Wagen zu und sah, wie sechs halbwüchsige Jungs aufsprangen und hastig die Flucht ergriffen.

„Hey!“, rief er und beschleunigte seine Schritte. „Bleibt stehen, ihr Rotzlöffel!“

Die Jungen dachten natürlich gar nicht daran, ihm zu gehorchen. Im Gegenteil: Sie rannten nur noch schneller. Doch Stephen war nicht gewillt, sie damit durchkommen zu lassen.

Die Jungs schlugen Haken wie die Hasen, und als sie merkten, dass Stephen mit ihnen mithalten konnte, trennten sie sich plötzlich, so als hätten sie ein lautloses Kommando erhalten. Stephen musste sich für einen von ihnen entscheiden. Seine Wahl fiel auf einen Jungen, der ein wenig hinkte und deshalb zurückgefallen war.

Er mobilisierte all seine Kräfte und kam bis auf wenige Schritte Abstand an den Fliehenden heran. Stephen streckte seinen Arm aus und griff nach der Kapuze am Shirt des Jungen. Zweimal entglitt sie seinen Fingern, doch beim dritten Mal schaffte er endlich es, sie festzuhalten.

Mit einem triumphierenden Aufschrei zog er den Flüchtenden zurück. Der dünne Stoff des Shirts machte ein reißendes Geräusch, hielt aber. Der Junge ruderte mit den Armen und versuchte, sich loszureißen – vergeblich. Als Stephen ins Stolpern geriet, riss er ihn mit sich in den Staub.

„Lassen Sie mich los!", schrie der Junge und startete einen zweiten Versuch, sich aus Stephens Griff zu befreien. „Sie haben kein Recht, mich festzuhalten!"

Doch Stephen war unerbittlich. „Und ihr hattet kein Recht, mir die Reifen zu zerstechen", gab er hart zurück. Zum ersten Mal hatte er Gelegenheit, den Jungen näher zu betrachten. „Moment mal", sagte er und runzelte die Stirn. „Dich kenn ich doch! Bist du nicht der Sohn von Rafe Bennetts Haushälterin? Wie heißt du noch gleich?"

Der Kleine zappelte erneut, merkte aber schnell, dass es ihm nicht weiterhalf. Schließlich gab er auf und bedachte Stephen mit einem Blick, der wohl Selbstsicherheit vermitteln sollte, aber eher kläglich wirkte. „Ich muss überhaupt nicht mit Ihnen reden!"

„Das mag schon sein", entgegnete Stephen und rappelte sich auf, ohne den Jungen dabei auch nur eine Sekunde aus den Augen zu lassen. „Aber in diesem Fall müsste ich dann wohl die Polizei rufen."

„Nein!", rief der Teenager aus und riss entsetzt die Augen auf. „Bitte, halten Sie die bloß da raus! Meine *mama* gibt mir Hausarrest bis an mein Lebensende, wenn ich Probleme mit der Polizei kriege!"

„Fangen wir also noch mal von vorne an: Wie heißt du?“

„Hashim“, antwortete er widerwillig. „Hashim Maalouf.“

Stephen nickte. „Also hatte ich tatsächlich recht: Du bist Aaliyahs Sohn.“ Er fasste den Jungen am Arm und zog ihn unsanft auf die Füße. „Na komm, schauen wir uns das Malheur einmal zusammen an!“ Als sie den Wagen erreichten, fluchte Stephen laut. Alle vier Reifen waren zerstochen. „Warum, zum Teufel, habt ihr das gemacht? Was …?“ Er unterbrach sich selbst, als es ihm wie Schuppen von den Augen fiel.

Die Versteigerung!

Er warf einen raschen Blick auf seine Armbanduhr und fluchte zum zweiten Mal. Ihm war gar nicht aufgefallen, wie viel Zeit verstrichen war, während er den Jungs nachgehetzt war. Die Versteigerung der Spice-Farm würde in weniger als einer Stunde beginnen. Und für die Strecke von Jambiani nach Sansibar Stadt brauchte man, wenn alles gut lief, mindestens fünfzig Minuten.

Ohne auch nur eine weitere Sekunde zu zögern, zückte er sein Handy, rief im Hotel an und bat einen Angestellten, ihn abzuholen, und fügte hinzu: „Wenn wir es bis Viertel vor eins nach Sansibar Stadt schaffen, zahle ich Ihnen diesen Monat einen Extrabonus.“

Als er das Gespräch beendete, merkte er, dass Hashim sich gerade verdrücken wollte. „Moment mal, junger Mann!“, knurrte er. „Wo willst du denn hin?“

Der Junge erstarrte. „Ich … Sie wollen doch weg, oder?“

„Allerdings“, entgegnete Stephen. „Aber du, mein Freund, wirst mich begleiten.“

Hashim konnte nicht verbergen, wie unwohl er sich in seiner Haut fühlte. Doch ihm blieb nichts anderes übrig, als sich in sein Schicksal zu fügen, als der Wagen kurze Zeit später auf dem Hof vorfuhr.

Die Fahrt nach Sansibar Stadt erschien Stephen wie ein Horrortrip. Es kam ihm vor, als würden sie überhaupt nicht vorankommen. Immer wieder stockte der Verkehr, obwohl sein Angestellter sein Möglichstes gab, um zügig voranzukommen, und ausgiebig von der Hupe Gebrauch machte. Trotzdem ging es Stephen nicht schnell genug. Die Zeit zerrann ihm wie Sand zwischen den Fingern. Immer wieder schaute er auf seine Uhr. Täuschte es, oder bewegten sich die Zeiger schneller als sonst?

„Können Sie nicht noch ein bisschen schneller fahren?", drängelte er, obwohl ihm klar war, dass er Unmögliches verlangte. „Ich habe es wirklich eilig!"

Kurzzeitig kam der Verkehr dann sogar ganz zum Erliegen, da vor ihnen auf der Straße ein Pferdekarren umgekippt war und ein gutes Dutzend Hühner wild gackernd herumflatterte.

So kam es, dass sie erst gute zwanzig Minuten später ihr Ziel erreichten. Stephen ahnte bereits, dass es zu spät war, doch er wollte es nicht wahrhaben. Er scheuchte den zwischenzeitlich verstummten Hashim aus dem Wagen und lief in das Gebäude – einen zur Versteigerungshalle umfunktionierten Gemeindesaal – just in dem Moment, da der Auktionator verkündete: „Und der Zuschlag für *Bennett's Clove and Spice Farm* geht an unsere Höchstbietende, Miss Lena Bluhm."

„Nein!", rief Stephen laut. Alle Köpfe drehten sich nach ihm um, als seine Stimme durch den Saal hallte. „Ich möchte auch noch ein Gebot abgeben!"

Doch der Mann hinter dem hohen Holzpult schüttelte bedauernd den Kopf. „Es tut mir leid, Sir, aber die Auktion ist abgeschlossen. Miss Bluhm ist die rechtmäßige neue Besitzerin der Gewürzfarm."

7. KAPITEL

Mji Mkongwe, Sansibar, November 1887

Innerhalb von vier Monaten, die seit ihrer Ankunft auf Sansibar vergangen waren, war das Haus der Familie Rosenthal für Annemarie zu ihrem Zuhause geworden. Sie liebte die verwinkelten Korridore und die mit üppigen Schnitzereien verzierten dunklen Möbel, die prächtigen Orientteppiche, die jeden Schritt verschluckten, die schweren Samtvorhänge und Draperien, die das Licht ausschlossen, sobald sie zugezogen wurden. Alles in diesem Haus, jeder Winkel, jede Ecke, ja sogar der Staub atmete Geschichte.

Annemarie hatte ihr eigenes Zimmer, dessen Fenster zum Innenhof hinausreichte. Jeden Morgen kam Zorah, ihr Mädchen, half ihr beim Ankleiden und bürstete ihr das lange goldblonde Haar, ehe sie es zu einem ordentlichen Zopf flocht, der Annemarie über den halben Rücken reichte.

Zorah war noch immer schüchtern, vor allem Albrecht, aber auch Wilhelm gegenüber. Doch wenn Annemarie mit ihr allein war, dann zeigte sie, dass sich unter der demütigen Fassade ein hübsches junges Mädchen voller Hoffnungen und Träume verbarg. Manchmal hatte sie fast das Gefühl, in Zorah eine Freundin gefunden zu haben. Doch dann wurde ihr immer wieder vor Augen geführt, dass sie aus vollkommen unterschiedlichen Welten stammten. Und niemand konnte sie besser auf den Boden der Tatsachen zurückholen als Albrecht.

Seit dreieinhalb Monaten waren Albrecht und sie nun verheiratet. Ihr Schwiegervater hatte es sich nicht nehmen lassen, ein rauschendes Fest zu veranstalten. Die ganze bessere Gesellschaft von Sansibar war eingeladen gewesen.

„Du sollst die Menschen kennenlernen, mit denen du in Zukunft zu tun hast, mein Mädchen“, hatte Laurenz augenzwinkernd zu ihr gesagt. „Schließlich will ich doch, dass du dich hier möglichst rasch heimisch fühlst.“

Was ihren Schwiegervater betraf, konnte Annemarie sich wirklich nicht beschweren. Er war freundlich und zuvorkommend und hatte ihr von Anfang an das Gefühl gegeben, willkommen zu sein.

Ganz im Gegensatz zu Albrecht.

Er zeigte kein gesteigertes Interesse an seiner Ehefrau. Seit der Hochzeit war er gerade einmal in zwei Nächten in ihr Zimmer gekommen. Nicht dass Annemarie besonders unglücklich darüber war, denn sie fühlte sich nicht gerade zu ihm hingezogen.

Wenn er überhaupt einmal das Wort an sie richtete, dann war er kurz angebunden und schroff. Annemarie wusste nicht, was sie ihm getan hatte. Vermutlich war sie ihm einfach nur gleichgültig. Sein Vater hatte von ihm verlangt, dass er heiratete. Für ihn war sie demnach nur ein lästiges Anhängsel. Kein Wunder, dass er keinen besonders großen Enthusiasmus an den Tag legte, ihr das Leben auf Sansibar angenehm zu machen.

Versonnen blickte Annemarie zum Fenster ihres Zimmers hinaus. Draußen herrschte emsiges Treiben wie in einem Ameisenhaufen. Karren mit Gewürzen, Früchten oder Kaffee wurden in das Kontor gebracht und kamen leer wieder daraus zurück. Listen wurden abgehakt und Waren auf Qualität geprüft. Annemarie beobachtete, wie ein Mitarbeiter einen Sack mit Kaffee anstach und eine Handvoll Bohnen in seine Handfläche gleiten ließ. Er roch daran und nickte zufrieden. Der Sack wurde wieder zurück auf den Karren geladen und ins Lagerhaus gebracht.

Annemarie hatte sich ein paarmal auf eigene Faust im Kontor umgesehen. Staunend und mit großen Augen war sie durch die Gänge geschlendert. Sie hatte sich überhaupt nicht sattsehen können an den leuchtenden Farben der Stoffe und Teppiche. Eingehüllt in ein überwältigendes Potpourri von Düften blickte sie in jede Kiste und in jeden Krug. Sie war sich gar nicht darüber klar gewesen, dass es so viele verschiedene Gewürze und Kräuter gab.

Vielleicht war es nicht das Schlechteste, einen Ehemann zu haben, der sie die meiste Zeit über in Ruhe ließ, überlegte sie nun. Auf diese Weise konnte sie ungestört ihre neue Welt erforschen. Dennoch war sie enttäuscht. Ganz einfach weil sie sich das Eheleben doch ein kleines bisschen anders vorgestellt hatte.

Gehörte es nicht dazu, dass man sich liebte und den Ehepartner auf Händen trug?

Nun, sie wusste, was Celia sagen und wie sie ihr zierliches Näschen dabei krausen würde: „*Das sind doch romantische Träumereien. Solange er dir ein bequemes Leben bietet, kann dir alles andere doch egal sein.*"

Allerdings waren das Prioritäten, wie Celia sie setzte. Für Annemarie zählten andere Dinge. Sie sehnte sich nach etwas, das sie nicht wirklich in Worte zu fassen vermochte.

Etwas Tiefes.

Großes.

Etwas, das das Herz berührte.

Sei nicht albern! Du hast es gut, lebst in einem behaglichen Haus an einem der schönsten Orte auf dieser Erde. Es gibt unzählige Menschen, die mit Freuden deinen Platz einnähmen. Und was tust du?

Sie atmete tief durch und trat vom Fenster weg. Ja, sie hatte es gut. Und das stand auch in den Briefen, die sie regelmäßig nach Hause schickte. Darin berichtete sie ihrer Familie von den exotischen Pflanzen, den fremden Gerüchen und den freundlichen Menschen ihrer neuen Heimat. Dass ihr Ehemann ihr die kalte Schulter zeigte, brauchten ihre Eltern nicht unbedingt zu erfahren. Ebenso wenig wie sie etwas über die anderen Schattenseiten ihres Lebens auf Sansibar wissen mussten.

Da sich ihr Mann aber nicht um sie kümmerte, musste Annemarie sich eben selbst eine Beschäftigung suchen. Und was lag näher, als sich im Familienunternehmen zu engagieren?

Genau darüber wollte sie jetzt mit Laurenz sprechen. Wie sie ihren Schwiegervater kannte, würde er ihr Anliegen wohlwollend überdenken. Zum Glück gehörte er nicht zu den Männern, die Frauen schon von vorneherein die Fähigkeit absprachen, geschäftliche Dinge zu durchschauen.

Annemarie besaß ein gutes Verständnis für Zahlen. Schon zu Hause in Hamburg hatte sie ihrem Vater oft im Büro geholfen, wenn Not am Mann war. Sehr zum Leidwesen ihrer Mutter, die dies ganz und gar nicht gerne sah. Sie empfand es als unschicklich, dass ein junges Mädchen sich mit solchen Dingen befasste.

„Als Frauen haben wir genügend Aufgaben, ohne dass wir uns noch zusätzlich mit Dingen belasten müssten, von denen wir ohnehin nichts verstehen", hatte Carola Derksen stets gepredigt. „Glaube nur nicht, dass die Führung eines großen Haushalts ein Kinderspiel ist. Wir sollten das Geldverdienen unseren Männern überlassen, mein Kind, und lieber etwas tun, was unserer weiblichen Natur entspricht: unseren Männern ein behagliches Nest zu schaffen."

Doch da im Haus der Rosenthals Butler Wilhelm den Haushalt führte, gab es für Annemarie kaum etwas zu tun. Und ihr Mann zeigte auch kein Interesse daran, sich von ihr ein „behagliches Nest" schaffen zu lassen. Also konnte sie sich ebenso gut mit etwas beschäftigen, für das sie sich wirklich interessierte.

Sie konnte nur hoffen, dass Laurenz ihr eine Chance gab.

Als sie den Korridor zu seinem Arbeitszimmer hinaufging, hörte sie jedoch schon von Weitem, dass ihr Schwiegervater nicht allein war.

„Ich denke gar nicht daran, dir die Leitung der Firma zu übertragen", hörte sie Laurenz wettern. „Du hast mir bisher in keiner Weise gezeigt, dass du dazu fähig bist, mein Sohn!"

Annemarie wusste, dass man fremde Gespräche eigentlich nicht belauschte, doch sie wollte wissen, warum ihr Mann und ihr Schwiegervater miteinander stritten.

Sie trat dicht an die Tür, die einen Spalt offen stand. Durch diesen Spalt hindurch konnte sie Albrecht sehen, dessen rundliches Gesicht vor Zorn gerötet war.

„Wenn du glaubst, dass du mich noch länger klein halten kannst, hast du dich geschnitten, Vater!“ Drohend stach er mit dem Finger in Laurenz’ Richtung. „Lass mich endlich ans Ruder!“

Wütend ließ Laurenz eine Faust auf die Tischplatte seines Schreibtisches niedersausen. „Nein!“

Plötzlich wurde Albrecht ganz ruhig. Der Blick, den er seinem Vater jetzt zuwarf, ließ Annemarie einen Schauer den Rücken hinunterrieseln.

„Das wirst du noch bereuen“, sagte er leise. „Du wirst schon sehen, was du davon hast, Vater!“

Annemarie atmete scharf ein. Ganz gleich, wie wütend Albrecht auch auf seinen Vater sein mochte – mit einer solchen Drohung ging er schlichtweg zu weit. Und als er sich nun umdrehte und mit großen Schritten auf die Tür zukam, hinter der sie stand, sah sie den Hass, der in seinen Augen blitzte, und erschrak bis in die Tiefen ihres Wesens. Es erschütterte sie so, dass sie erst im letzten Moment daran dachte, dass es vermutlich besser war, wenn ihr Ehemann sie nicht hier erwischte.

Hastig zog sie sich zurück und versteckte sich hinter einem der beiden Palmenkübel, die neben der Tür standen. Albrecht hätte sie sicherlich trotzdem entdeckt, wenn er in ihre Richtung geblickt hätte. Doch er war viel zu aufgebracht, um irgendetwas zu bemerken. Mit wütenden Schritten durchquerte er den Korridor und polterte die Treppe zum Erdgeschoss hinunter.

Erleichtert atmete Annemarie auf. Wobei Albrechts Stimme immer wieder in ihrem Kopf widerhallte. „Das wirst du noch bereuen! Du wirst schon sehen, was du davon hast, Vater!“

Sie zweifelte nicht daran, dass es ihrem Mann ernst mit dieser Drohung gewesen war. Die Frage war nur, was er vorhatte …

Gedankenverloren stand sie da und starrte Löcher in die Luft. Sie war so in sich vertieft, dass sie Laurenz erst bemerkte, als er unmittelbar vor ihr stand.

„Na so was, Annemie!“ Er war nach der Hochzeit dazu übergegangen, sie bei ihrem Kosenamen zu nennen. Etwas, das seinem Sohn im Traum nicht eingefallen wäre. „Warum versteckst du dich hinter dem Pflanzenkübel? Wolltest du zu mir?"

„Ich …" Sie atmete tief durch. „Ja, aber das ist jetzt nicht so wichtig. Laurenz, ich … habe den Streit zwischen Albrecht und dir mitbekommen."

Lachend winkte ihr Schwiegervater ab. „Du machst dir deswegen doch hoffentlich keine Gedanken, mein Kind", sagte er. „Weißt du, Albrecht ist schon seit Langem der Ansicht, dass ich ihn mehr in die Geschäfte der Firma einbinden müsste. Ich finde allerdings, dass er sich zunächst einmal seine Sporen verdienen muss." Er legte Annemarie einen Arm um die Schultern. „Nichts ist doch schlimmer als diese Bengel aus gutem Hause, denen immerzu alles auf dem Silberteller serviert wird. Albrecht wird von mir ebenso nach seinen Leistungen bemessen wie jeder meiner anderen Angestellten. Das mag ihm nicht gefallen, aber er wird sich damit abfinden müssen."

Annemarie lächelte, schaffte es allerdings nicht, die Angelegenheit so locker zu sehen wie ihr Schwiegervater. Doch Laurenz wollte davon nichts mehr hören, und so ließ sie es für den Moment dabei bewenden.

„Erzähl mir lieber, was du mit mir besprechen wolltest", forderte er sie auf.

„Oh", sagte sie, und dieses Mal fiel ihr das Lächeln schon sehr viel leichter. „Ich möchte mir gern meine Sporen verdienen."

Laurenz blinzelte überrascht. „Wie bitte?"

„Ich würde gern auch in der Firma mit anpacken, wenn du nichts dagegen hast."

„Nun, warum eigentlich nicht?" Ihr Schwiegervater zuckte die Schultern. „Dann erzähl mir doch mal, was du so alles kannst."

Als Annemarie sich zwei Wochen später auf dem Weg zur Plantage befand, auf der Celia mit ihrem Ehemann lebte, hatte sie das Gefühl, dass sich ihr Leben langsam zum Positiven wandelte. Zwar zeigte Albrecht nach wie vor kein echtes Interesse an ihr, doch zu ihrer großen Freude war sein Vater auf ihre Bitte eingegangen. Seit nunmehr zehn Tagen arbeitete sie in der Buchführung der Rosenthal Handelsgesellschaft, und es machte ihr großen Spaß – was sicher nicht zuletzt auch an ihrer netten Kollegin lag. Lieselotte Brenner war etwa in ihrem Alter und besaß, sowohl was das Aussehen als auch das Wesen betraf, große Ähnlichkeit mit Henriette Lüderitz.

Das war natürlich wunderbar, doch auf der anderen Seite führte es Annemarie vor Augen, wie schmerzlich sie ihre Freundin vermisste, die sie an Bord der *Fortuna* kennengelernt hatte. Und sie fragte sich häufig, wie es Henriette in den vergangenen Monaten wohl ergangen sein mochte.

Sorgen machte sie sich indes kaum um die Freundin, obwohl es sicher alles andere als ungefährlich war, als allein reisende Frau tiefer in den schwarzen Kontinent vorzudringen. Doch wenn es jemanden gab, dem Annemarie ein solches Abenteuer zutraute, dann war es Henriette.

Ihretwegen hatte sie dann auch Celias Einladung angenommen, die sie vor ein paar Tagen vollkommen überraschend erreicht hatte. Wenn sie ehrlich sein sollte, hatte sie eigentlich nicht damit gerechnet, überhaupt noch einmal von Celia von Thun zu hören. Oder vielmehr von Celia Bennett, wie sie nach ihrer Heirat hieß.

Wahrscheinlich war es zu dieser Einladung aber auch nur gekommen, weil Celias Ehemann Jonathan hin und wieder Geschäfte mit der Rosenthal Handelsgesellschaft machte. Vermutlich erhoffte Bennett sich, dass eine Freundschaft zwischen seiner Frau und Annemarie sich positiv auf die geschäftlichen Beziehungen zu den Rosenthals auswirken würde.

Hätte er gewusst, wie die Dinge zwischen Albrecht und ihr standen, er wäre sicher nicht so zuversichtlich gewesen.

Annemaries Verlangen, Celia zu treffen, war im Grunde nicht besonders groß. Was sie sich in Wahrheit erhoffte, waren Informationen über Henriette. Vielleicht hatte Celia ja etwas von ihrer früheren Weggefährtin gehört. Besonders groß war die

Wahrscheinlichkeit nicht, aber Annemarie wollte es trotzdem versuchen. Außerdem interessierte sie sich dafür, wie es auf einer echten Gewürzplantage zuging. Sie hatte schon manches gehört, vor allem von Laurenz, der mit einigen Plantagenbesitzern in Geschäftsbeziehungen stand. Doch Annemarie zog es vor, sich selbst ein Bild davon zu machen. Und ein kleines bisschen interessierte es sie doch, ob Celias hochtrabende Hoffnungen von einem Leben in Wohlstand und Müßiggang sich wohl erfüllt haben mochten.

Der offene Wagen, in dem sie unterwegs war, holperte durch ein Schlagloch, und Annemarie, die hinten saß, wurde ordentlich durchgeschüttelt. Sie unterdrückte einen wenig damenhaften Fluch. Wenn es nach ihr gegangen wäre, hätte sie anstelle der Kutsche lieber eines der Pferde genommen. Doch Albrecht hatte erklärt, dass diese Art der Fortbewegung für eine Dame unschicklich sei, und es ihr rundheraus verboten.

Wieder hätte sich Annemarie seinem Verbot, wohl schon allein aus Protest, am liebsten widersetzt. Doch Wilhelm hatte bereits dafür gesorgt, dass die Pferde eingespannt worden waren, als sie kurz nach dem Gespräch mit ihrem Ehemann hinaus auf den Hof getreten war. Und so hatte sie sich schließlich widerwillig gefügt.

„Wie weit ist es noch?“, fragte sie Khamisi, einen etwa fünfzigjährigen Afrikaner, der einst als Sklave nach Sansibar gelangt war. Inzwischen hatte er seine Freiheit wiedergewonnen. Angesichts der Tatsache, dass er für Kost und Logis für ihren Schwiegervater arbeitete, fragte Annemarie sich indes manchmal, ob das wirklich einen so großen Unterschied machte. Sie wusste jedoch, dass es sich für die Menschen hier durchaus so verhielt. Und irgendwie konnte sie es sogar verstehen. Wenn sie sich vorstellte, dass irgendjemand sie jemals als sein Eigentum bezeichnen könnte …

„Das Farmhaus wird jeden Moment in Sichtweite kommen, Miss’us“, antwortete Khamisi, wobei er sich kurz zu Annemarie umdrehte, ehe er den Blick wieder der schlecht befestigten Straße zuwandte. „Das alles hier gehört bereits zum Grund und Boden der Gewürzfarm."

Annemarie war gegen ihren Willen beeindruckt. All dieses Land, wild, ungebärdig und grün, gehörte Celias Ehemann Jonathan Bennett. Offenbar hatte ihre Freundin wirklich eine gute Partie gemacht.

Als sie genauer hinschaute, bemerkte sie, dass der dichte Wald, durch den sie fuhren, längst nicht so ungezähmt war, wie sie zunächst vermutet hatte. Und es handelte sich streng genommen auch nicht um einen Wald, sondern um das Herzstück der Plantage: die Pflanzung selbst.

Wie Pyramiden geformt ragten die Kronen der Gewürznelkenbäume bis zu zehn Meter hoch in den strahlend blauen Himmel empor. Flink kletterten Arbeiter, die geflochtene Körbe auf dem Rücken trugen, auf Bambusleitern an ihnen empor. Hoch hinauf bis in die Spitzen, wo sie die gelblich-roten Blütenköpfchen, die wie kleine Trauben aussahen, ernteten, aus denen später die begehrten Gewürznelken entstanden.

Auf dem letzten Stück bis zum Farmhaus fuhren sie an zahlreichen Frauen vorüber, die Körbe mit der Ernte ihrer Männer mit gebeugtem Rücken zu einem Sammelplatz trugen. Dort wurden die Blütenknospen auf Matten ausgebreitet und in der Sonne getrocknet.

Es war ein heißer, schwüler Tag, und der intensiv-aromatische Duft der Gewürznelken, der die Luft erfüllte, war atemberaubend. Süß und schwer hing er über allem. So intensiv, dass Annemarie fast das Gefühl hatte, ihn auf der Zunge schmecken zu können.

Das Farmhaus war sehr viel größer, als Annemarie erwartet hatte. Die strahlend weiße Fassade wirkte im grellen Sonnenschein beinahe blendend hell. Bodentiefe Fenster beherrschten die Fassade sowohl im Erdgeschoss als auch in der oberen Etage des Gebäudes. Eine breite Treppe führte geradewegs hinauf zur Veranda im Obergeschoss, die von einem guten Dutzend breiter Säulen getragen wurde.

Kunstvolle Schnitzarbeiten zierten die Balustrade der Veranda, auf der in riesigen Kübeln Blumen in den prachtvollsten Farben erblühten. Am oberen Absatz der Treppe erblickte Annemarie ein zierliches, puppenhaftes Persönchen. Die helle Haut mit einem Schirm aus weißer Spitze vor der Sonne geschützt, auf dem Kopf inmitten der dunklen Lockenpracht einen frechen kleinen Hut, winkte Celia ihr zu.

„Annemie, endlich!", rief sie und schritt huldvoll die Treppe hinunter. „Wie ich mich freue, dich zu sehen!"

Sie schien es tatsächlich ehrlich zu meinen – zumindest glaubte Annemarie ihr das anzusehen. Ihr Lächeln wirkte ungekünstelt, und die hellblauen Augen blitzten.

Khamisi war inzwischen vom Kutschbock gestiegen und half Annemarie dabei, aus dem Wagen zu steigen. Fast augenblicklich fiel Celia ihr um den Hals. Die Umarmung währte jedoch nur kurz. Dann sah ihre ehemalige Reisegefährtin sich suchend um. „Sag, wo hast du denn deinen Gatten gelassen? Jonathan hat sich schon so darauf gefreut, endlich einmal wieder jemanden im Haus zu haben, mit dem er seine scheußlichen Zigarren rauchen und sich über Politik unterhalten kann."

„Albrecht konnte mich leider nicht begleiten", erklärte Annemarie. „Geschäftliche Verpflichtungen."

In Wahrheit hatte es nicht einmal eine Sekunde lang zur Debatte gestanden, dass Albrecht mit ihr zusammen zur Gewürzfarm hinausfahren könnte. Seine geschäftliche Verpflichtung – wenn man es so nennen wollte – bestand an einem Freitagnachmittag grundsätzlich darin, mit einigen seiner gleichermaßen unausstehlichen Freunde bis zum Morgengrauen des nächsten Tages durch die übelsten Spelunken im Hafen von *Mji Mkongwe* zu ziehen. Annemarie wollte lieber gar nicht wissen, was sie bei ihren Trinkgelagen alles anstellten. Diese Eskapaden waren nur ein weiterer guter Grund für sie, nicht zu bedauern, dass ihr Ehemann sie nur höchst selten nachts in ihrem Schlafzimmer aufsuchte.

Celia wirkte kurz ein wenig enttäuscht, fing sich aber rasch wieder. „Komm!“, sagte sie und nahm Annemaries Hand. „Ich zeige dir alles!“

Die Führung begann im Haus, wo Celia es sich nicht nehmen ließ, Annemarie jeden einzelnen Raum vorzuführen und auf sämtliche kostbaren Einrichtungsgegenstände hinzuweisen. Annemarie wurde es rasch langweilig. Sie interessierte sich nicht besonders für Tischdecken aus Spitze oder Schnitzarbeiten aus Brüssel oder anderen Tand. Doch sie wusste, dass Celia stolz auf all das war, und so ließ sie die Freundin gewähren.

„Hast du eigentlich seit unserem Abschied damals je einen Brief von Henriette bekommen?“, lenkte sie, als Celias Monolog sich draußen fortzusetzen drohte, das Gespräch in eine andere Richtung.

Celia blieb stehen und bedachte Annemarie mit einem seltsamen Blick. „Nein – und um ehrlich zu sein, habe ich auch nicht damit gerechnet. Du etwa?“

„Sie hat versprochen, uns zu schreiben“, beharrte Annemarie. „Interessiert es dich denn gar nicht, wie es ihr ergangen ist? Ob es ihrem Vater besser geht und ob sie ihn überhaupt gefunden hat?“

„Sie hat“, erwiderte Celia lapidar. „Und anscheinend hat sich Pastor Lüderitz inzwischen auch schon wieder von seinem Leiden erholt. Henriette ist jedenfalls nicht mehr bei ihm.“

Das überraschte Annemarie – sowohl die Tatsache, dass Celia so gut über Henriette auf dem Laufenden zu sein schien, wie auch, dass diese ihren Vater bereits wieder verlassen haben sollte.

„Nun lass dir doch nicht jedes Wort einzeln aus der Nase ziehen!“, drängte Annemarie. „Was weißt du noch?“

„Du solltest wirklich mehr auf den neuesten Klatsch und Tratsch hören, meine Liebe. Wie dem auch sei, unsere kleine Henriette hat sich während ihrer Reise nach Tabora anscheinend zu einer aktiven Gegnerin der Sklaverei entwickelt“, erwiderte Celia höhnisch. „Man sagt, sie sei unter die Sklavenbefreier gegangen. Kannst du dir das vorstellen?“

Sprachlos starrte Annemarie sie an. Meinte Celia das wirklich ernst, oder versuchte sie lediglich, sie auf die Schippe zu nehmen? Doch Celias selbstzufriedener Gesichtsausdruck legte nahe, dass sie die Wahrheit sagte – und es genoss, Annemarie mit ihrem Wissen zu überraschen.

„Was hat das zu bedeuten?“, fragte Annemarie nach kurzem Zögern.

„Sag bloß, du hast wirklich noch nicht davon gehört!“ In Wahrheit war Celia deutlich anzusehen, dass sie sich über die anscheinende Unwissenheit ihrer Freundin freute. „Es handelt sich um eine Handvoll fehlgeleiteter Leute, die sich doch tatsächlich für die Freilassung sämtlicher Sklaven und die Abschaffung der Sklaverei im Allgemeinen einsetzen.“ Pikiert krauste sie ihr zartes Näschen. „Was stellen die sich vor, wer die Arbeit auf den Plantagen erledigen soll, wenn sie sich mit ihren abstrusen Ansichten durchsetzen? Zum Glück meint mein Jonathan, dass es dazu niemals kommen wird.“

Annemarie schluckte die scharfe Entgegnung, die ihr auf der Zunge lag, herunter. „So, so“, sagte sie stattdessen. „Nun, dein Jonathan wird es schon wissen ...“

Um des lieben Friedens willen sprach sie lieber nicht aus, was ihr wirklich in den Sinn kam. Sie wusste, dass ihre Meinung zu dem Thema unter den Farmern und Plantagenbesitzern Sansibars auf wenig Gegenliebe stieß. Doch deren Argumente dafür, dass ganze Landstriche im Herzen von Afrika entvölkert und die einheimischen Menschen unter entwürdigenden Umständen bis nach Sansibar gebracht und dort an den Höchstbietenden verschachert wurden, erschienen Annemarie doch sehr fadenscheinig.

Woher nahmen Leute wie Jonathan Bennett – und leider auch Albrecht, ihr eigener Ehemann! – sich das Recht, ein Urteil über diese Menschen zu fällen? Sie als schmutzig, faul und minderwertig zu bezeichnen?

Sie war froh darüber, dass ihr Schwiegervater ganz ähnlich wie sie darüber dachte. Laurenz beschäftigte sowohl beim Hauspersonal als auch im Kontor einige Männer und Frauen, die er vor Jahren auf dem Sklavenmarkt von der Stadt gekauft und ihnen anschließend die Freiheit geschenkt hatte. Niemand konnte sich loyalere Mitarbeiter wünschen als diese Leute. Doch Albrecht, der seinem Vater leider in kaum einem Punkt ähnelte, hielt dieses Vorgehen für eine schreckliche Vergeudung von Geld und Ressourcen.

Annemarie war beinahe sicher, dass Celia und ihr Ehemann die Dinge ganz ähnlich sahen. Und da sie auf der Plantage zu Gast war, wollte sie einen Streit möglichst vermeiden.

„Und woher weißt du, dass Henriette in diese Dinge verwickelt ist?"

„Weil ich sie selbst gesehen habe!", erwiderte Celia. „Vor ein paar Tagen war sie hier auf der Farm und hat große Reden geschwungen und versucht, die Neger gegen uns aufzustacheln – erfolglos zum Glück. Unser Aufseher, George Maguire, hat unseren Sklaven Respekt eingebläut. Von denen traut sich keiner, auch nur an Flucht zu denken!" Sie lachte, so als hätte sie etwas sehr Komisches gesagt. „Aber wo sollten die auch hin? Ohne eine führende Hand sind diese Leute doch kaum in der Lage, sich im Leben zurechtzufinden."

Annemarie verzog das Gesicht, entgegnete aber nichts. Was Celia da von sich gab, waren typische Argumente der Sklavenbefürworter. Doch in Wahrheit ging es ihnen nicht darum, für irgendjemanden eine anleitende oder gar schützende Funktion zu übernehmen. Es ging darum, für die großen Plantagen und Farmen auf der Insel billige Arbeitskräfte zu bekommen.

Offenbar verbarg sie ihre Abneigung nicht so gut, wie sie gehofft hatte. „Du bist wohl nicht dieser Ansicht", stellte Celia ärgerlich fest. „Sag bloß, du bist auch eine von *denen*!"

Annemarie schüttelte den Kopf. Sie hatte über dieses Thema schon einige hitzige Diskussionen mit ihrem Schwiegervater geführt. Am Ende hatte sie ihm zustimmen müssen, dass die Sklavenbefreiung ohne jeden Sinn und Verstand, nur um ihrer selbst willen, für die Betroffenen kaum einen Nutzen bringen würde.

Wohin sollten die Menschen gehen? Die Dörfer, in denen sie einst gelebt hatten, existierten nicht mehr. Auf ihrem Streifzug durch das afrikanische Hinterland zerstörten die Sklavenjäger alles, was den Menschen etwas wert gewesen war. Brannten Hütten, ja ganze Dörfer nieder. Rissen Familien auseinander. Trennten Väter, Mütter und Kinder voneinander, bis es am Ende nichts mehr gab, für das es sich zu kämpfen lohnte. Nichts als das nackte Überleben.

Wenn man diesen Leuten wirklich helfen wollte, dann war mehr vonnöten, als sie einfach nur zu befreien und sie dann ihrem Schicksal zu überlassen.

„Nein“, entgegnete sie daher ausweichend. „Ich habe bisher noch nie etwas in dieser Richtung unternommen. Aber was ist denn nun aus Henriette geworden? Sie war hier?“

„Jonathan hat sie selbstverständlich davonjagen lassen.“ Celia hob missbilligend eine Braue. „Unter den gegebenen Umständen fühlte ich mich wenig bemüßigt, ihr unsere Gastfreundschaft angedeihen zu lassen.“ Sie zuckte mit den Achseln. „Was weiter aus ihr geworden ist, weiß ich nicht. Vermutlich stiftet sie auf irgendeiner der anderen Farmen in der Umgebung Unfrieden.“

Annemarie hätte nur allzu gern mehr über Henriettes augenblicklichen Aufenthaltsort erfahren. Wie schön es doch wäre, persönlich mit ihrer Freundin über das zu sprechen, was ihr seit der gemeinsamen Ankunft auf Sansibar widerfahren war! Es aus zweiter Hand – noch dazu von Celia – zu hören, war schlicht und ergreifend nicht dasselbe. Doch leider erschien es ihr mehr als unwahrscheinlich, dass Celia mehr wusste, als sie bisher gesagt hatte. Dazu gefiel es ihr viel zu sehr, mit ihrem überlegenen Wissen vor Annemarie aufzutrumpfen.

Celia führte sie in einen nach der neuesten Mode eingerichteten Salon. Die lange Tafel, die das Herzstück des Raumes darstellte, war für den Nachmittagstee vorbereitet worden. Das feine Teeservice hatte Celias Ehemann vermutlich aus seiner Heimat mitgebracht, denn bei den hiesigen Händlern bekam man nichts, was auch nur ansatzweise dieser Qualität entsprach. Das Porzellan war so hauchdünn, dass es fast schon durchscheinend wirkte, und dazu mit kunstvollen blauen Ornamenten verziert.

„Bitte, nimm doch Platz", sagte Celia und bot Annemarie den Stuhl am Kopfende der Tafel an. „Mary hat bereits alles vorbereitet."

Annemarie setzte sich. Schweigen machte sich breit. Es war geradezu bedrückend still. Nur das Ticken der Standuhr und das leise Rascheln der Schürze des Mädchens – Mary, einer milchkaffeebraunen Schönheit, die verschüchtert den Kopf gesenkt hielt – waren zu hören.

Der Tee wurde eingeschenkt, und Annemarie war froh, dass Celia die Gelegenheit nutzte, mit ihren Prahlereien fortzufahren. Alles war besser als diese scheußliche Stille!

„Echter Darjeeling aus Britisch-Indien", erklärte sie, während sich das duftende Getränk mit leisem Plätschern in die Tassen ergoss. „Jonathan hat gute Verbindungen zur dortigen Kolonialregierung. Wenn du einmal etwas benötigen solltest, Tee oder Baumwollstoff, brauchst du mich nur danach zu fragen. Jonathan ist ein wunderbarer Ehemann, der mich auf Händen trägt. Wenn ich ihn darum bitte, wird er seine Beziehungen sicher auch für dich spielen lassen."

Annemarie lächelte höflich. Sie glaubte allerdings nicht daran, dass sie Celias Angebot jemals in Anspruch nehmen würde. Auf keinen Fall wollte sie ihr und ihrem Mann einen Gefallen schuldig sein. So wie sie Celia kennengelernt hatte, würde sie ihr eines Tages einen Strick daraus drehen.

Ein leises Rascheln kündigte das erneute Erscheinen des Dienstmädchens an, welches nun das Gebäck auftrug. In dem Moment, da es die Etagere auf dem Tisch abstellen wollte, hallte durch das geöffnete Fenster ein markerschütternder Schrei ins Esszimmer. Das Mädchen zuckte so heftig zusammen, als sei es geschlagen worden, und erbleichte. Annemarie sah das Unglück kommen, konnte jedoch nichts tun, um es zu verhindern: Die Etagere aus feinstem Worcesterporzellan entglitt Marys zittrigen Händen und schlug auf dem Esstisch auf, wo sie in tausend Scherben zerbarst.

Celia sprang von ihrem Platz auf und umrundete mit ganz und gar nicht damenhafter Hast den Tisch. „Pass doch auf, du dummes Ding!“, fauchte sie und versetzte dem vor Schreck wie erstarrten Mädchen eine schallende Ohrfeige.

Entsetzt starrte Annemarie die beiden so unterschiedlichen Frauen an.

Auf der linken Wange des Mädchens zeichnete sich deutlich ein roter Fleck ab, dort, wo Celias Schlag sie getroffen hatte. „Es tut mir leid, Mrs Bennett“, wisperte Mary. Sie hielt den Kopf gesenkt, doch Annemarie sah die Tränen trotzdem, die in ihren großen dunklen Augen schimmerten. „Bitte verzeihen Sie mir meine Ungeschicklichkeit. Es ist nur, weil Nbobo …“

Doch so leicht war Celia nicht zu besänftigen. „Hast du eigentlich eine Vorstellung, was so ein Stück wert ist? Für dich und deinen unseligen Störenfried von einem Bruder hat Mr Jonathan nicht einmal einen Bruchteil dessen aufbringen müssen, was es ihn kosten wird, Ersatz für diese Etagere zu beschaffen!“ Ihre Augen wurden schmal. „Ich sollte das nächste Mal lieber dich Mr Maguire überlassen, anstelle von Nbobo – der würde dir schon Respekt vor anderer Leute Eigentum einbläuen!“

Wenn überhaupt möglich, wurde die unglückliche Mary sogar noch blasser. Sie zitterte. „Nein“, keuchte sie atemlos. „Bitte nicht, Mrs Bennett …“

Annemarie spürte, wie sich ihr Magen zu einem schmerzhaften Knoten zusammenzog. Was sich hier vor ihren Augen abspielte, war einfach ungeheuerlich. Und sie dachte gar nicht daran, dabei noch länger tatenlos zuzusehen!

Sie erhob sich. „Celia!“

Der Klang ihrer Stimme war so schneidend, dass Celia sich überrascht umblickte. Einen Moment sah Annemarie das boshafte Funkeln in den Augen ihrer ehemaligen Reisegefährtin, doch sie hatte sich gleich wieder im Griff und schenkte Annemarie ein süßliches Lächeln.

„Was hältst du davon, wenn wir den Tee draußen auf der Veranda einnehmen? Mary kann währenddessen dieses kleine Malheur hier beseitigen."

Annemarie bedachte Celia mit einem kühlen Blick und ging in die Knie, um der noch immer zitternden Mary beim Aufsammeln der Porzellanscherben zu helfen.

„Sie müssen das nicht tun, Miss'us." Schüchtern schaute Mary sie an. Ihre Stimme war kaum mehr als ein raues Flüstern. Ein zaghaftes Lächeln lag auf ihren Lippen. „Bitte, Mrs Bennett wird sonst sehr zornig sein. Sie hat sich so viel Mühe gegeben, damit für Ihren Besuch alles perfekt ist."

Das glaubte Annemarie ihr gern. Sie war sogar sicher, dass genau das alles war, was Celia wollte: Eindruck schinden. Mit ihrem großen Haus, der kostspieligen Einrichtung nach der neuesten Mode und all den anderen Nichtigkeiten, die ihr so ungemein wichtig waren.

Nur um Marys willen stand sie noch zwei weitere Stunden von Celias geistlosem Geplapper durch, ehe sie endlich eine Ausflucht fand, sich entschuldigen zu können.

„Und du bist sicher, dass du schon wieder fahren musst?", fragte Celia zum Abschied, sichtlich enttäuscht darüber, dass es ihr nicht gelang, Annemarie zum Bleiben zu bewegen.

„Ich habe Albrecht versprochen, rechtzeitig zum Abendessen mit seinen Geschäftsfreunden wieder zu Hause zu sein", entgegnete diese, ohne sich für ihre Notlüge zu schämen. Dann ließ sie sich von Khamisi in die offene Kutsche helfen und wartete, bis er selbst auf den Bock gestiegen war.

„Besuch mich bald einmal wieder", bat Celia.

„Natürlich", sagte Annemarie, doch sie war entschlossen, dass sie nichts dergleichen tun würde. Jedenfalls nicht, sofern es sich irgendwie vermeiden ließ.

„Ho!", rief Khamisi auf dem Kutschbock, und die Pferde

trabten an. Annemarie winkte Celia noch einmal zu, dann setzte sich der Wagen mit einem Ruck in Bewegung.

Irgendetwas stimmte nicht.

Das spürte Annemarie ganz deutlich, als Khamisi und sie Stunden später durch den Torbogen in den Innenhof des Hauses fuhren. Doch sie brauchte einen Moment, um zu ergründen, woher dieses Gefühl rührte. Dann erst fiel ihr auf, dass das sonst so betriebsame Kontor menschenleer war.

Auch Khamisi schien die Veränderung bemerkt zu haben. Mit besorgtem Gesichtsausdruck kletterte er vom Kutschbock und schaute sich um. Erst dann öffnete er den Schlag, sodass Annemarie aussteigen konnte.

Sofort lief sie in das Kontor, wo sich Laurenz und – in letzter Zeit immer seltener – auch Albrecht um diese Zeit aufhalten sollten. Sie flog beinahe die schmale Treppe zum Büro hinauf. Schon von Weitem konnte sie hören, wie Herr Schneider, der Bürovorsteher, einen der Schreiber zurechtwies. „Das sind doch nur Gerüchte, Mann! Sie sollten sich nicht den Kopf über Dinge zerbrechen, über die wir so gut wie nichts wissen. Vielleicht kommt ja alles in Ordnung und …“

„Was?“ Atemlos stürmte Annemarie ins Büro. „Was ist hier los? Wo sind all die Arbeiter?“

Herr Schneider schaute sie konsterniert an. „Frau Rosenthal, ich … Wie soll ich es Ihnen bloß sagen? Es hat einen Unfall gegeben …“

„Was?“ Annemarie trat auf ihn zu und ergriff seine Hand mit beiden Händen. Flehend schaute sie ihn an. „Um Himmels willen, Herr Schneider, so sagen Sie doch etwas!“

Als Albrechts Stimme hinter ihr erklang, hatte Annemarie das Gefühl, in einen tiefen Abgrund zu stürzen. „Vater ist gestolpert und die Treppe hinuntergestürzt“, erklärte er, und seine Stimme klang dabei sachlich, beinahe unbeteiligt. „Der Arzt meint, dass es vermutlich ganz schnell gegangen ist. Sein Genick ist gebrochen – er muss sofort tot gewesen sein.“

Annemarie spürte, wie ihr das Blut aus dem Gesicht wich. Ihr Herz fing an zu hämmern, und ihre Eingeweide zogen sich zu einem schmerzhaften Klumpen zusammen. Nein, dachte sie. Nein, bitte nicht. Nur das nicht!

Doch die Betroffenheit in den Gesichtern von Schneider und den anderen Angestellten ließ keinerlei Zweifel offen.

Annemarie spürte noch, wie ihre Knie nachgaben. Dann wurde es dunkel um sie herum.

2. TEIL

8. KAPITEL

Gegenwart

Lenas Herz hämmerte wie verrückt. Die Hand des Auktionators, die das kleine Hämmerchen hielt, schien sich wie in Zeitlupe herabzusenken. Sie spürte, dass alle Blicke im Raum auf sie gerichtet waren.

Jeder der Anwesenden wusste, um welches Grundstück es sich bei dem, das soeben versteigert wurde, handelte. Und selbst wenn jemand von ihnen auch nur den Hauch von Interesse an der Bennett-Farm gehabt hätte – niemand wäre auf den Gedanken gekommen, dem jungen Alistair in die Quere zu kommen. Lena wusste das. Aaliyah hatte ihr gestern Abend noch einmal mit klaren Worten vor Augen geführt, wie verrückt ihr Vorhaben war. Einen abgewirtschafteten Landwirtschaftsbetrieb in einem Land zu kaufen, mit dem sie, abgesehen von den Erinnerungen an ihren verstorbenen Verlobten, rein gar nichts verband … All ihre Ersparnisse und das meiste Geld aus Andys Lebensversicherung in eine Farm zu investieren, die schon seit Jahren keine Erträge mehr eingebracht hatte – und sich dafür mit einem Mann anzulegen, der einflussreich genug war, um ihr das Leben auf dieser paradiesischen Insel zur Hölle machen zu können …

Ja, es war verrückt. Und doch war Lena absolut davon überzeugt, das Richtige zu tun. Nicht dass sie sich große Chancen ausgerechnet hatte, am Ende tatsächlich den Zuschlag zu erhalten. Stephen Alistairs finanzielle Möglichkeiten übertrafen die ihren bei Weitem. Im Grunde hätte er nur abwarten müssen, bis sie ihr absolutes Limit erreicht hatte, um dieses dann um einen geringen Betrag zu überbieten. Aber Lena war nicht bereit gewesen, kampflos das Feld zu räumen. Und dass Stephen bei Beginn der Versteigerung noch nicht in der Auktionshalle eingetroffen war, hatte Hoffnung in ihr aufkeimen lassen.

Niemals hätte sie jedoch damit gerechnet, dass er *überhaupt nicht* erscheinen würde. Wie konnte das möglich sein?

Als endlich das Hämmerchen des Auktionators zum letzten Schlag auf sein Pult niedersauste, konnte sie es noch gar nicht glauben. Sie wartete darauf, dass irgendetwas passierte. Dass jemand hinter einer Säule oder aus einer Nische hervorspringen und erklären würde, dass das alles nur ein böser Scherz gewesen sei.

Doch nichts dergleichen geschah. Und im nächsten Moment verkündete der Auktionator, dass sie die Höchstbietende und somit die neue Besitzerin der *Bennett's Clove and Spice Farm* war.

Lena und Aaliyah, die sie zu diesem wichtigen Termin begleitet hatte, fielen sich jubelnd in die Arme. Sie hatten es geschafft! Tatsächlich geschafft!

Ein Raunen ging durch die Menge im Saal, und im nächsten Moment erklang eine tiefe, männliche Stimme von der Eingangstür her: „Nein! Ich möchte auch noch ein Gebot abgeben!"

Wie alle anderen Anwesenden drehten auch Lena und Aaliyah sich um, und Lenas Herz setzte einen Schlag lang aus, als sie Stephen erkannte. Ihre Blicke begegneten sich, und für den Bruchteil einer Sekunde war sie wie erstarrt von der Kälte, die von seinen faszinierenden graublauen Augen ausging, als der Auktionator verkündete, dass Lena die Bennett-Farm rechtskräftig ersteigert hatte. Beinahe gewaltsam musste sie sich davon losreißen. Und erst jetzt bemerkte sie, dass Stephen nicht allein gekommen war.

Sie runzelte die Stirn. „Hashim ...?"

Mit ausgreifenden Schritten eilte Stephen durch die Bankreihen, die sich jetzt langsam leerten, auf sie zu – Hashim, der den Blick gesenkt hielt, im Schlepptau.

Aaliyah fauchte etwas auf Kiswahili, das Lena nicht verstand, und befreite ihren Sohn aus Stephens Griff.

Der achtete gar nicht auf die andere Frau. Seine ganze Aufmerksamkeit galt Lena. „Das haben Sie sich ja fein ausgedacht!", herrschte er sie an. „Wie skrupellos sind Sie eigentlich? Schicken einen kleinen Jungen vor, damit er für Sie die Kohlen aus dem

Feuer holt. Aber damit kommen Sie nicht durch! Die Polizei wird sich sicher für Ihre sauberen Methoden interessieren …"

Verwirrt starrte Lena ihn an. Dann wieder Hashim. „Kann mir vielleicht einmal jemand erklären, was hier gespielt wird?"

„Das würde ich allerdings auch gern wissen!" Aaliyah funkelte Stephen wütend an. „Wie kommen Sie dazu, meinen Sohn so herumzuschubsen?"

Er bedachte sie mit einem abfälligen Blick. „Wollen Sie mir jetzt etwa allen Ernstes weismachen, dass Sie hiermit", er vollführte eine alles umfassende Geste, „nichts zu tun haben?"

Langsam fing Lena an, sich über ihn zu ärgern. „Wenn Sie bitte die Güte hätten, mir dieses „Hiermit" etwas näher zu erläutern? Was geht hier überhaupt vor? Ich verstehe langsam überhaupt nichts mehr!"

„Sie weiß wirklich nichts, Mr Alistair", meldete sich nun erstmals Hashim zu Wort. Er klang so zerknirscht, dass er Lena unwillkürlich leidtat. „Die ganze Sache war allein meine Idee."

„Welche Sache, verdammt?" Aaliyah stand jetzt offensichtlich kurz vorm Explodieren. „Ich will endlich wissen, wovon hier eigentlich die Rede ist!"

„Nichts leichter als das", entgegnete Stephen ungerührt. „Unser junger Freund hier hat mit ein paar Helfershelfern die Reifen meines Wagens zerstochen, das ist los!"

„Was?" Entgeistert riss Lena die Augen auf, und Aaliyah schlug die Hand vor den Mund und schrie unterdrückt auf. „Hashim, das ist doch nicht wahr, oder?"

Der Junge zeichnete mit der Fußspitze unsichtbare Muster auf den Steinboden und schwieg.

„Hashim?"

Schließlich seufzte er und blickte auf. „Doch, es stimmt. Aber es war allein meine Idee. Die anderen hatten damit nichts zu tun!"

Aaliyah ließ einen Sturm wütender Worte in ihrer Muttersprache auf ihren Sohn niederregnen. Dann änderte sich ihre Stimmung schlagartig, und Aaliyah begann zu schluchzen.

Lena konnte nur entsetzt den Kopf schütteln. „Um Himmels willen, Junge, was hast du dir dabei bloß gedacht? Wieso hast du das getan?“

„Ich wollte, dass Sie die Farm kaufen und nicht er.“ Bockig verschränkte er die Arme vor der Brust, doch ein Blick auf seine verzweifelte Mutter ließ seinen Trotz schwinden. Er schien jetzt selbst den Tränen nah. „Was sollte ich denn machen?“, fragte er. „Ich hab gehört, wie ihr alle darüber gesprochen habt: Wenn der Engländer die Farm kriegt, dann müssen wir uns ein neues Zuhause suchen. Und das will ich nicht! Die Farm ist doch mein Zuhause!“

Stephen wirkte noch immer zornig und misstrauisch, was Lena nicht wunderte. Immerhin versuchte er nun schon seit Jahren, die Bennett-Farm zu kaufen. Und nun, wo sein Ziel endlich in greifbare Nähe gerückt war, machte ihm ein kleiner Junge mit seinen Freunden einen Strich durch die Rechnung. Natürlich war er darüber alles andere als begeistert. Doch sie sah ihm an, dass sich in seine Wut zumindest ein klein wenig Verständnis für Aaliyahs Jungen mischte.

Auch Lena selbst konnte gut nachvollziehen, was in Hashim vorgegangen sein musste. Er mochte es nicht gern hören, aber er war noch ein Kind. Und die Vorstellung, dass man ihn aus seiner gewohnten Umgebung, in der er aufgewachsen war, reißen könnte, musste ihn zutiefst erschreckt haben. Natürlich rechtfertigte das nicht die Mittel, die er angewendet hatte. Wenn sie auch eingestehen musste, dass sein Vorhaben erfolgreich gewesen war. Lena hatte den Zuschlag für die Farm bekommen, nicht Stephen.

Seufzend fuhr Stephen sich mit dem Handrücken über die Stirn. „Wie dem auch sei, es wird wohl am besten sein, wenn die Polizei sich mit der ganzen Angelegenheit befasst. Ich …“

„Nein!“, platzte es aus Aaliyah heraus, und auch Lena schüttelte energisch den Kopf.

„Bitte“, sagte sie. „Tun Sie das nicht.“

Stephen hob eine Braue. „Sie erwarten hoffentlich nicht allen

Ernstes von mir, dass ich den Jungen mit dieser Aktion einfach so davonkommen lasse? Vor allem, da ich immer noch nicht weiß, wer ihn dazu angestiftet hat."

Lena tätschelte beruhigend Aaliyahs Schulter und bedachte Hashim mit einem scharfen Blick. „Du bleibst hier bei deiner Mutter und rührst dich nicht von der Stelle, verstanden?" Dann nahm sie Stephen beim Arm und führte ihn ein paar Schritte beiseite. „Zu allererst … sollen wir dieses dumme Sie nicht endlich lassen?" Als er nickte, fuhr sie fort: „Hör zu, Stephen, wir mögen uns nicht besonders gut kennen, und es stimmt, dass ich bei der Versteigerung gegen dich als Konkurrenten vermutlich keine Chance gehabt hätte. Aber ich versichere dir, dass ich Hashim nicht angestiftet habe, dir die Autoreifen zu zerstechen. Ich glaube ihm, wenn er sagt, dass er aus reiner Verzweiflung so gehandelt hat. Und dafür willst du ihn doch nicht wirklich auf diese Weise bestrafen, oder?"

Der Blick aus Stephens blaugrauen Augen war nicht zu deuten, sosehr Lena sich auch bemühte. Schließlich runzelte er die Stirn. „Also schön, nehmen wir einmal an, ich würde die Polizei aus der Angelegenheit heraushalten …"

Ihr klopfte das Herz bis zum Hals. „Ja?"

„Und gehen wir weiterhin davon aus, dass mir der Schaden, der an meinem Wagen entstanden ist, ersetzt wird …"

„Das ist doch wirklich selbstverständlich", entgegnete Lena prompt. „Schick mir einfach die Rechnung deiner Werkstatt, ich werde mich dann um alles kümmern und …"

Er hob die Hand, um Lena zum Schweigen zu bringen. „Selbst wenn ich mich auf ein solches Gemauschel einlassen würde, eine Frage bliebe dann allerdings weiterhin offen."

„Und die wäre?", fragte sie nach, obwohl sie die Antwort bereits erahnte.

„Was wird mit der Farm?", sagte er, genau wie sie es erwartet hatte. „Durch die Aktion unseres kleinen Freunds hier bin ich um meine Chance gebracht worden, ebenfalls ein Gebot bei der Auktion abzugeben." Er musterte Lena durchdringend. „Du weißt, dass ich schon sehr lange versuche, in den Besitz dieses verflixten Grundstücks zu kommen. Erwartest du wirklich von mir, dass ich jetzt einfach stillhalte und gute Miene zum bösen Spiel mache?"

Fieberhaft suchte Lena nach Argumenten, die Stephen womöglich überzeugen könnten. Doch dann wurde ihr klar, dass sie sich vollkommen vergeblich bemühte. Ihm war ein Schaden entstanden, für den sie ihn nicht entschädigen konnte und wollte. Die einzige Möglichkeit, ihn zufriedenzustellen, bestand darin, ihm die Gewürzfarm zu überlassen.

Aber das kam für Lena nicht infrage.

Sie atmete tief durch und sagte: „Ja, ganz genau, Stephen. Das erwarte ich von dir."

Ihre ehrliche Antwort schien ihn zu überraschen. Er rieb sich mit dem Zeigefinger über die Nasenwurzel und versuchte erfolglos, ein Grinsen zu unterdrücken. „Unglaublich", sagte er schließlich und schüttelte den Kopf. „Hat dir schon mal jemand gesagt, dass du eine knochenharte Verhandlungspartnerin bist?"

Jetzt zuckte auch Lenas Mundwinkel. „Aus deinem Munde möchte ich das einfach als Kompliment betrachten." Sie legte den Kopf schief. „Bedeutet das, du verzichtest darauf, Hashim und seine Freunde für ihre Dummheit zu bestrafen?"

„Nein", entgegnete er sofort, und Lenas Hoffnung sank bereits, als er weitersprach: „Aber ich denke, dass es mir wenig nutzen wird, die Jungs der Polizei zu übergeben. Trotzdem – Strafe muss sein. Und deshalb schlage ich vor, dass Hashim die Kosten für die Reparatur meines Wagens in einem meiner Hotels abarbeitet." Er überlegte kurz. „Ich würde sagen, wir setzen erst einmal vier Wochen an, und für jeden seiner fünf Komplizen, die er davon überzeugen kann, ihm freiwillig zu helfen, werden ihm zwei Tage erlassen. Ist das fair?"

Am liebsten wäre Lena ihm um den Hals gefallen. Sein Angebot war mehr als fair, und es zeugte von wahrer Größe, dass er in der Lage war, über seine persönliche Niederlage hinwegzusehen.

„Danke“, sagte sie erleichtert. „Vielen Dank. Ich kann mir vorstellen, dass dir das nicht leichtfällt.“

Er zuckte die Schultern. „Dir ist hoffentlich klar, dass das letzte Wort bezüglich der Farm noch nicht gesprochen ist“, erklärte er dann grinsend. „Ich werde nicht aufgeben. Du solltest dich also darauf vorbereiten, dass ich nichts unversucht lassen werde, bis ich endlich der Besitzer dieses verflixten Stücks Land bin!“

Doch mit seiner Kampfansage jagte er Lena keine Angst ein. „Komm“, sagte sie. „Überbringen wir Hashim und Aaliyah die freudige Botschaft. Ich bin sicher, dass sie sich persönlich bei dir bedanken möchten.“

Und so war es dann auch. Aaliyah war deutlich anzusehen, dass sie über Stephens mehr als großzügiges Angebot überrascht war, hatte sie in ihm doch bisher praktisch eine Art Teufel in Menschengestalt gesehen.

Sie schaffte es sogar, ihre Feindseligkeit ihm gegenüber für den Augenblick zu vergessen, und schüttelte Stephen die Hand. „Ein paar von uns haben überlegt, am nächsten Wochenende ein kleines Fest für Lena zu veranstalten – zum Dank für ihre Bemühungen zur Rettung der Spice-Farm. Ich weiß zwar, dass dies für Sie ein wenig erfreulicher Anlass ist, aber vielleicht darf ich Sie als Zeichen meiner Dankbarkeit trotzdem dazu einladen?“

Stephen lächelte süffisant. „Ich komme gern.“

Lena schluckte. Sie hatte bisher nichts von der geplanten Feier gewusst, doch man würde mit Sicherheit von ihr erwarten, dass sie erschien. Die Vorstellung, dass Stephen ebenfalls dort sein würde, brachte ihre Nerven zum Flattern. Sie konnte nur hoffen, dass es ihr gelingen würde, ihm die meiste Zeit aus dem Weg zu gehen.

Seine Gegenwart irritierte sie. Er hatte etwas an sich, dass es ihr schwer machte, in seiner unmittelbaren Nähe einen klaren Gedanken zu fassen. Es schien nur zwei Reaktionen zu geben, die er in ihr hervorrief: Entweder sie regte sich furchtbar über ihn auf, oder sie träumte davon, in seine Arme zu sinken und die Welt um sich herum zu vergessen.

Scham ließ ihre Wangen brennen. Was waren das für absurde Gedanken! Und wie schrecklich pietätlos waren sie angesichts der Tatsache, dass sie Andy gerade einmal ein halbes Jahr zuvor zu Grabe getragen hatte!

Ein Grund mehr, sich so weit wie irgend möglich von Stephen Alistair fernzuhalten!

Doch für den Moment blieb ihr nichts anderes übrig, als die Zähne zusammenzubeißen und sich mit den Gegebenheiten zu arrangieren. Und vermutlich war es auch nur die Aufregung darüber, dass sie die Farm ersteigert hatte, die sie so aus dem Konzept brachte.

Sie, Lena Bluhm, war die neue Besitzerin der *Bennett's Clove and Spice Farm* – sie konnte es selbst noch immer kaum glauben!

Während der Rückfahrt nach Jambiani bemühte Stephen sich, nicht nach vorne zum Fahrersitz zu schauen. Stattdessen konzentrierte er sich auf Hashim, der neben ihm auf der Rückbank saß. Er trug die Kopfhörer eines altertümlichen Walkmans auf den Ohren und bewegte sich im Takt der Musik, die nur er hören konnte.

Widerwillig hatte Stephen das Angebot Aaliyahs, ihn mitzunehmen, angenommen. Widerwillig vor allem deshalb, weil er auf diese Weise genötigt war, eine halbe Stunde zusammen mit Lena auf engstem Raum zu verbringen.

Eine halbe Stunde. Das waren dreißig Minuten. Eintausendachthundert Sekunden. Und jede einzelne von ihnen schien sich zu einer kleinen Ewigkeit auszudehnen.

Verstohlen versuchte er, seine Beine in eine etwas bequemere Position zu bringen. Vergebliche Liebesmüh. Der Fahrersitz vor ihm war so weit zurückgestellt, dass seine Knie sich in die Polsterung bohrten. Der einzige Weg, etwas an seiner beengten Situation zu ändern, war, Lena zu bitten, ein Stück nach vorne zu rutschen.

Den Teufel werde ich tun!

Er wandte den Kopf, und sein Blick begegnete dem ihren im Rückspiegel. Ihre faszinierenden smaragdgrünen Augen hielten ihn gefangen. Mit aller Macht wollte er wegschauen, diese seltsame Starre abschütteln, die ihn befallen hatte. Doch es gelang ihm erst, als sie den Blick wieder auf die Straße richtete.

Verdammt!

Was war bloß in ihn gefahren? Er hatte allen Grund, wütend und frustriert zu sein. Nach all den Jahren war er seinem Ziel, die Bennett-Farm in seinen Besitz zu bringen, so nah gewesen wie nie zuvor. Er hatte sich darüber geärgert, dass mit Lena ein weiterer Interessent an dem Grundstück aufgetaucht war, jedoch keine ernsthafte Konkurrenz in ihr gesehen.

Wie man sich doch täuschen konnte …

Praktisch von einem Augenblick auf den anderen hatte man ihn aufs Abstellgleis befördert. Lena Bluhm war die neue Besitzerin der *Bennett's Clove and Spice Farm*, und ihm blieb nichts anderes übrig, als sich mit den Gegebenheiten zu arrangieren. Man hatte ihn ausgebootet. Eine Frau und ein kleiner Junge. War das zu fassen?

Und nun hatte er sich auch noch von Lena breitschlagen lassen, den Jungen und seine Freunde ungestraft davonkommen zu lassen. Nun ja, vielleicht nicht wirklich ganz ungestraft, doch wesentlich glimpflicher, als sie es seiner Meinung nach verdient hatten. Aber es brachte ohnehin nichts, die Polizei mit einer solchen Lappalie zu belästigen. Und außerdem verstand er durchaus, was diese Kinder zu einer solch drastischen Aktion veranlasst hatte. Und es tat ihm auch leid, dass sie alle – Aaliyahs Familie und noch so viele andere – ihr Zuhause verlieren würden, doch für die Realisierung seiner Pläne war dies unumgänglich.

Und dass er sie eines Tages realisieren würde, daran bestand für Stephen nicht der geringste Zweifel.

Er hatte es Rachel versprochen. Und er gehörte nicht zu den Menschen, die ein Versprechen auf die leichte Schulter nahmen.

Umso absurder war es, dass er Aaliyahs Einladung zur Feier seiner Niederlage angenommen hatte. Irgendetwas stimmte nicht mit ihm, und so langsam fing er an, ernsthaft an seinem Verstand zu zweifeln. Doch ein einziger Blick in Lenas Richtung genügte, um ihn wieder klarsehen zu lassen.

Sie war an allem schuld.

Er bekam sie schon nicht mehr aus dem Kopf, seit er sie zum ersten Mal gesehen hatte. Wie sie ihn angefunkelt hatte, als er ihr am Flughafen das Taxi vor der Nase weggeschnappt hatte ... Und je öfter sie ihm begegnete, umso stärker schien ihre Wirkung auf ihn zu werden.

Ein Grund mehr für dich, dir diese Feier ganz schnell aus dem Kopf zu schlagen!

Doch gleichzeitig wusste er, dass er hingehen würde. Schon allein, weil er bereits zugesagt hatte und Unhöflichkeit auf den Tod nicht ausstehen konnte. Aber auch – da machte er sich nichts vor –, weil ein Teil von ihm Lena unbedingt wiedersehen wollte.

Das Handy in seiner Sakkotasche fing an zu vibrieren. Er war beinahe dankbar für die Ablenkung – zumindest bis er den Namen des Anrufers auf dem Display las.

Roz ...

Kurz spielte er mit dem Gedanken, den Anruf einfach wegzudrücken. Doch auch das wäre nicht nur schrecklich unhöflich, sondern im höchsten Maße unvernünftig gewesen. Denn Rosalind McFarlane, die von aller Welt nur Roz genannt wurde, war die Tochter von Collin McFarlane, seines Zeichens Besitzer einer Hotelkette und damit Stephens größter Konkurrent.

In den vergangenen Jahren hatten McFarlane und er eigentlich stets ausschließlich gegeneinander gearbeitet. Während der Planung für das Hotelprojekt, für das er das Grundstück der Bennett-Farm benötigte, war Stephen jedoch klar geworden, dass er die Finanzierung nur mit einem solventen Partner stemmen konnte.

Einem Partner wie Collin McFarlane.

So wenig es ihm gefiel, den Amerikaner, der so stolz auf seine irischen Wurzeln war, mit ins Boot zu holen, so wenig Alternativen blieben ihm. Bei einem ersten Vorgespräch mit McFarlane hatte Stephen dann Roz kennengelernt. Im Grunde war es ihr zu verdanken, dass ihr Vater sich Stephens Vorschlag überhaupt bis zu Ende angehört hatte. McFarlanes Interesse dafür hielt sich nämlich in Grenzen. Doch Roz, die über einen wachen und messerscharfen Verstand verfügte, hatte das Potenzial, das sich hier bot, sofort erkannt.

„Du bist verrückt, wenn du nicht in dieses Projekt investierst, Dad“, hatte sie zu ihrem Vater gesagt. „Warte lieber nicht, bis dir ein anderer diese Chance vor der Nase wegschnappt.“

Zuerst war Stephen erstaunt gewesen, dass diese schöne blonde Frau mit den klaren blauen Augen so viel vom Geschäft verstand. Bis ihm dann klar wurde, dass Roz nun einmal die Tochter ihres Vaters war, was bedeutete, dass sie – wie er selbst – die Fähigkeit, Hotels zu führen, praktisch mit der Muttermilch aufgesogen hatte.

Seitdem arbeiteten McFarlane und er, obgleich sie weiterhin auf allen anderen Gebieten Konkurrenten blieben, in diesem einen Punkt zusammen. Dass es hierbei nicht ständig zu Reibereien kam, war wiederum vor allem Roz' Verdienst. Sie besaß ein bemerkenswert diplomatisches Geschick, außerdem war sie attraktiv, intelligent und gebildet. Dass es bei ihm trotzdem nicht gefunkt hatte, lag gewiss nicht an ihr. Es war einfach Schicksal …

Mit einem unterdrückten Seufzen nahm er das Gespräch an.

„*Jambo*“, sagte Roz – sie war ebenso wie Stephen auf Sansibar geboren und aufgewachsen. Kiswahili war für sie beide so etwas wie ihre zweite Muttersprache. „Ich rufe dich an, um dich zu warnen. Mein Vater hat bereits erfahren, wie die Auktion des Bennett-Grundstücks ausgegangen ist. Er tobt vor Wut. Du solltest dir besser ganz schnell überlegen, wie du ihn bei der Stange halten kannst.“

„Verdammt“, fluchte Stephen. Er hatte gehofft, dass ihm noch ein bisschen Zeit blieb, bis McFarlane von der Sache Wind bekam. „Sag ihm, dass sich deswegen nichts ändert. Sag ihm, dass ich die Angelegenheit im Griff habe."

Sie lachte leise auf. „Das sagst du ihm wohl besser selbst, Stephen."

„Bitte. Auf dich hört er!"

Ein Seufzen erklang am anderen Ende der Leitung. „Also schön, wenn es unbedingt sein muss ..."

„Dafür bin ich dir auf ewig dankbar", entgegnete er.

„Dankbar genug, um mir eine Stunde deiner kostbaren Zeit zu schenken?", fragte sie.

Stephen verzog das Gesicht. Ihm stand der Sinn absolut nicht danach, sich mit ihr zu treffen. „Im Augenblick ist es wirklich ungünstig", erklärte er. Das entsprach zwar der Wahrheit, war jedoch nicht der einzige Grund, warum er sich lieber nicht mit Roz verabreden wollte. Er mochte sie. Wirklich. Doch wenn er Zeit mit ihr verbrachte, dann war es, als würde er Zeit mit seiner Schwester verbringen. Es knisterte nicht. Kein bisschen. Und genau das war das Problem. Denn sowohl Roz als auch ihr Vater schienen davon auszugehen, dass sich zwischen ihnen etwas entwickeln würde. Und Stephen fürchtete, dass ihr gemeinsamer Deal Geschichte wäre, wenn er ihre Erwartungen enttäuschte.

„Na, komm schon." Roz war offenbar nicht bereit, sich so leicht geschlagen zu geben. „Ein halbes Stündchen. Ich komme heute Abend zu dir. Ich würde wirklich gern etwas mit dir besprechen. Es ist wichtig."

Er fuhr sich mit der Hand durchs Haar. Was sollte er jetzt machen? Er brauchte Roz' Hilfe und wollte sie auch nicht vor den Kopf stoßen. Sie war ein wirklich liebenswerter Mensch und verdiente es nicht, dass er sie hinhielt. Doch was blieb ihm anderes übrig?

„Tut mir leid, es geht wirklich nicht", sagte er schließlich und fühlte sich dabei wie ein elender Feigling. „Ich melde mich bei dir, sobald ich es einrichten kann, okay? *Haya, baadaye.*"

Er beendete das Gespräch und steckte das Handy zurück in seine Sakkotasche. Was für eine Katastrophe. Jetzt, wo die Situation sich derart zu seinen Ungunsten verändert hatte, durfte er McFarlane erst recht keinen Anlass geben, abzuspringen.

„Eine Freundin von dir?“

Stephen schaute auf. Erneut begegnete er Lenas Blick im Rückspiegel. Irritiert hob er eine Braue. War das Eifersucht, die das Grün ihrer Augen zum Blitzen brachte?

Nein, sagte er zu sich selbst. Wohl kaum. Bisher hatte Lena ihm nie einen Anlass gegeben, anzunehmen, dass sie mehr für ihn empfand. Wobei – so ganz stimmte das nicht. An jenem Abend, als sie zusammen gegessen hatten, hatte sie seinen Kuss zuerst erwidert, bevor sie ihn dann weggestoßen hatte.

Tat sie nur so unnahbar?

Was interessiert dich das? Sie hat dir gerade die Bennett-Farm vor der Nase weggeschnappt, schon vergessen? Und wenn McFarlane herausfindet, dass du eine andere Frau als seine Tochter auch nur anschaust …

„Nein“, antwortete er dennoch. „Nur eine geschäftliche Angelegenheit. Ich …“ Wieder fing sein Handy an zu summen, und er zuckte die Schultern. „Entschuldige kurz.“

Er holte den Apparat aus der Tasche und schaute aufs Display. „Danke, Roz“, murmelte er, denn bei dem Anrufer handelte es sich um niemand anderen als Roz’ Vater, Collin McFarlane. Ihre Warnung war nicht eine Minute zu früh gekommen.

Besser, er wartete ab, bis McFarlane sich wieder ein wenig beruhigt hatte. Der Hotelier war ein Hitzkopf, der schon beim geringsten Anlass die Beherrschung verlor. Stephen hatte die Erfahrung gemacht, dass man Menschen wie ihn am besten zunächst einmal ein Weilchen abkühlen ließ. Wenn die erste heiße Wut verraucht war, konnte man wieder halbwegs vernünftig mit ihnen reden.

„Willst du nicht rangehen?“, fragte Lena, als sein Telefon nach mehr als einer halben Minute noch immer brummte.

Kurz entschlossen drückte Stephen den roten Hörer, um das Gespräch abzuweisen. „Nein“, sagte er. „Das ist nicht so wichtig.“

Nur Sekunden später verkündete ein aufsteigender Dreiklang, dass er eine Kurznachricht erhalten hatte, doch Stephen schaute gar nicht erst nach. Er wusste auch so, dass sie von McFarlane stammte, doch damit würde er sich später befassen.

Ihn beschäftigte ein ganz anderes Problem. Denn ganz gleich, ob es ihm gelang, McFarlane zu besänftigen, die Situation blieb verfahren. Die Tatsache, dass Lena ihm die Bennett-Farm vor der Nase weggeschnappt hatte, stellte für ihn einen herben Rückschlag dar.

Das Hotelprojekt, um das es sich drehte, sollte an einem ganz bestimmten Strand in einer ganz bestimmten Bucht entstehen. Seit Jahren schon kaufte Stephen jedes Grundstück in unmittelbarer Nähe auf, und inzwischen gehörte ihm ein ganzer Küstenabschnitt in der Nähe von Jambiani. Doch wenn man all die Parzellen, die nach und nach in seinen Besitz gelangt waren, auf einer Karte einzeichnete, wurde sehr schnell klar, wo das Problem lag. Genau in der Mitte klaffte nämlich ein Loch: die Bennett-Farm. Und bevor Stephen diese nicht besaß, war nicht einmal daran zu denken, mit den Bauarbeiten anzufangen.

Doch das Land gehörte jetzt Lena, und damit war die Realisierung seines lang gehegten Traums erneut in unerreichbare Ferne gerückt. Sie stand zwischen ihm und seinem Ziel. Und deshalb konnte er ihr nicht aus dem Weg gehen, obwohl dies für seinen Seelenfrieden mit Sicherheit besser gewesen wäre.

Nein, er musste sich, ganz im Gegenteil, nun in ihrer Nähe aufhalten und darauf warten, dass sich ihm eine Chance bot, sie zum Verkauf der Spice-Farm zu bewegen.

Wie er das anstellen wollte, wusste er zwar selbst nicht so genau. Fest stand nur, dass es ihm irgendwie gelingen musste. Denn ohne die Farm würde sein Projekt für alle Zeiten nur auf dem Papier existieren.

Eine Staubwolke stieg auf, als Lena das alte, vergilbte Tischtuch, das zum Schutz über den Schrank gelegt worden war, herunterzog. Hustend stolperte sie zum Fenster und riss es weit auf, sodass der Staub verfliegen konnte.

Hier hatte ganz offensichtlich schon sehr lange niemand mehr Ordnung gemacht! Doch in dem Moment, da sie den Gedanken zu Ende gebracht hatte, schämte sie sich auch schon dafür.

Aaliyah hatte ihr Möglichstes getan, um das Wohnhaus der Farm in einem bewohnbaren Zustand zu halten. Doch diese Aufgabe war für eine einzelne Person kaum zu bewerkstelligen. Und noch dazu hatte Aaliyah gut ein Dutzend Arbeiter und deren Familien zu versorgen und musste darüber hinaus auch auf der Plantage mithelfen, wenn Not am Mann war.

Aber jetzt war Lena ja da. Und da es im Augenblick sonst nichts gab, womit sie sich nützlich machen konnte, wollte sie zumindest im Haushalt mit anpacken.

Seit fast einer Woche war sie nun schon die Besitzerin der *Bennett's Clove and Spice Farm*, und noch immer erschien ihr dieser Gedanke ganz unwirklich.

Niemals hätte sie sich träumen lassen, dass aus ihr einmal eine Großgrundbesitzerin werden würde. Doch das Leben lief nun einmal nicht immer in geregelten Bahnen. Wer wusste das besser als sie selbst?

Unwillkürlich musste sie an Andy denken und auch an ihr ungeborenes Kind. Beide hatte sie an jenem schicksalhaften Abend verloren, und für einen Moment war er wieder da, dieser Schmerz, der ihr fast den Atem raubte. Sie stützte sich auf den Fensterrahmen und wartete darauf, dass der Kummer vorübergehen würde. Und das tat er schließlich auch. Sehr viel schneller, als sie es noch vor ein paar Wochen für möglich gehalten hätte.

Sie atmete tief durch und schüttelte die letzten Reste von Benommenheit ab. Es gab viel zu tun. Sie hatte keine Zeit, sich in ihrer Trauer zu verkriechen. Übermorgen sollte das große Fest stattfinden, zu dem Aaliyah alle Arbeiter, deren Familien und Freunde eingeladen hatte. Lena war überrascht gewesen, zu erfahren, dass mehr als einhundert Gäste erwartet wurden.

Eine Feier dieses Ausmaßes zu organisieren hätte zu Hause in Berlin sicher ein kleines Vermögen gekostet. Doch Aaliyah und ihre Helfer waren geübt, mit kleinem Geld Großes auf die Beine zu stellen. An Gemüse und Gewürzen mangelte es nicht auf der Spice-Farm, sodass sie aus dem Vollen schöpfen konnten. Fleisch und Brot hatte der Mann von Aaliyahs Cousine beigesteuert, Getränke würden die Gäste selbst mitbringen.

Hashim und ein paar andere Kinder waren dabei, die Bäume rund ums Haus mit bunten Papierlampions zu schmücken, und die Männer bauten eine niedrige Bühne aus Orangenkisten, auf der Fadhil und einige Arbeiter für die musikalische Unterhaltung sorgen würden. Aaliyah hatte dafür gesorgt, dass schon am Morgen der Hof blitzblank gefegt worden war. Doch das alles konnte nicht darüber hinwegtäuschen, in welch desolatem Zustand sich das gesamte Anwesen befand.

Gemeinsam mit Aaliyah hatte sie zwei lange ungenutzte Zimmer im Obergeschoss des Hauses so weit bewohnbar gemacht, dass sie vor zwei Tagen aus dem Hotel aus- und auf der Farm hatte einziehen können. Gemeinsam mit Kater Krümel, der sich in seinem neuen Zuhause gleich heimisch gefühlt hatte. Natürlich war ihr schon vorher klar gewesen, dass es einiges zu tun gab. Aber dass es so schlimm sein würde …

Es gab so viele Dinge, die dringend repariert und instand gesetzt werden mussten, dass Lena gar nicht wusste, wo sie anfangen sollte. Und nicht zum ersten Mal fragte sie sich, ob sie nicht doch einen Fehler gemacht hatte, sich so unüberlegt in ein Abenteuer zu stürzen, das sie nicht zu überblicken vermochte.

Das jedenfalls war es, was Patrick ihr bei jedem ihrer kurzen Telefonate, die sie in den vergangenen Tagen geführt hatten, vorbetete. Er drängte sie dazu, Vernunft anzunehmen, sich einen Käufer für die Farm zu suchen und mit dem nächsten Flieger zurück nach Berlin zu kommen. Obwohl diese Option für sie nicht infrage kam, verspürte sie doch immer wieder Zweifel an ihrer Entscheidung.

Zweifel, die sich aber jedes Mal sofort in Luft auflösten, wenn sie mit Aaliyah und den anderen sprach. Sie verdienten es, dass jemand sich für sie einsetzte. Und außer ihr gab es niemanden, der diese Aufgabe hätte übernehmen können.

Stephen war dafür nun wirklich nicht der richtige Kandidat. Auch wenn er nicht der skrupellose Geschäftsmann zu sein schien, für den sie ihn zuerst gehalten hatte. Es war sehr großzügig von ihm gewesen, Hashim und seine Freunde nicht der Polizei zu übergeben, obwohl sie mit ihrer Aktion all seine Pläne durchkreuzt hatten.

Aaliyah hatte ihr erzählt, wie besessen er davon war, das Grundstück der Spice-Farm für sein Hotelprojekt zu kaufen. Sie wusste nicht warum, aber dieses spezielle Vorhaben schien ihm viel zu bedeuten. So viel, dass er sich sicher nicht von diesem Rückschlag entmutigen ließ.

Doch das war nicht der einzige Grund, warum der Gedanke, dass er übermorgen zum Fest kommen würde, Lena nervös stimmte.

Er mag besessen von diesem Grundstück sein, flüsterte eine leise Stimme in ihrem Kopf hämisch. Aber was ist mit dir? Bist du nicht auch besessen? Und zwar von ihm?

Sie kniff die Augen zusammen, so fest, dass Sterne vor ihren Netzhäuten explodierten. Der Gedanke gefiel ihr nicht, auch wenn sie zugeben musste, dass er durchaus ein Körnchen Wahrheit enthielt.

In den vergangenen Tagen hatte sie viel an Stephen denken müssen, obwohl sie es gar nicht wollte. Er erschien inzwischen nicht nur nachts in ihren Träumen. Nein, auch tagsüber schlich er sich in ihre Gedanken, immer dann, wenn sie gerade nicht mit etwas anderem beschäftigt war.

Sie wollte es nicht. Stephen war nur ein Mann, der zufällig ihren Weg gekreuzt hatte. Er bedeutete ihr nichts. Er *durfte* ihr nichts bedeuten. Andys Tod lag gerade einmal ein paar Monate zurück. Sie durfte sein Andenken nicht so in den Schmutz ziehen.

„Ach hier sind Sie!“ Als Aaliyahs Stimme von der Tür her erklang, zuckte Lena erschrocken zusammen, doch sie fing sich rasch wieder.

Sie drehte sich um und zwang ein Lächeln auf ihre Lippen. „Haben Sie nach mir gesucht?“

Aaliyahs Lächeln verblasste, als sie Lena anschaute. Sorge zeichnete sich auf ihrer Miene ab. „Stimmt etwas nicht?“, fragte sie und trat näher. „Sie haben ja geweint!“

„Was? Ich …“ Lena fuhr sich mit der Hand über die Augen und war erstaunt, als sie Feuchtigkeit fühlte. Tatsächlich. Sie hatte gar nicht gemerkt, dass ihr die Tränen gekommen waren. „Es ist nichts. Machen Sie sich keine Gedanken.“

Doch damit gab Aaliyah sich nicht zufrieden. Sie griff nach Lenas Hand. „Kommen Sie, setzen wir uns.“

Sie nahmen auf dem Rand der Matratze Platz. Aaliyah schaute sie fragend an. „Nun? Was bedrückt Sie?“

Lena schwieg zunächst. Ihr Blick schweifte durch den Raum mit seinen vergilbten, abblätternden Tapeten, dem alten Kleiderschrank, der nur noch einen Türflügel besaß und wacklig auf drei Beinen stand, und dem stockfleckigen Spiegel. Fast in allen Zimmern, die nicht von Rafe Bennett oder Aaliyahs Familie genutzt worden waren, sah es ganz ähnlich aus. Und das war ja nicht das Schlimmste.

In Deutschland wäre ein Gebäude wie dieses vermutlich längst der Abrissbirne zum Opfer gefallen. Praktisch überall mussten dringend notwendige Reparaturarbeiten durchgeführt werden. Das Dach war an einigen Stellen so löchrig, dass man vom Boden aus ungehindert den Himmel sehen konnte. Durch diesen Umstand war Feuchtigkeit ins Haus eingedrungen, hatte Balken aufgeweicht und Böden morsch werden lassen. Es grenzte an ein Wunder, dass nicht überall Schimmel blühte!

Dass immer einmal wieder der Strom ausfiel, gehörte auf Sansibar dagegen zur Tagesordnung, wie Lena inzwischen wusste. Doch damit arrangierten sich die Menschen ebenso wie mit der Tatsache, dass es längst nicht überall fließend Wasser gab. Selbst funktionierende Telefonleitungen stellten schon Luxus dar – und Lena konnte von Glück reden, dass sie über einen Internetzugang verfügte.

Draußen auf der Plantage sah es auf den ersten Blick besser aus. Alles wirkte grün und fruchtbar – Lena hatte es sich gar nicht vorstellen können, dass es von dieser Seite ebenfalls Probleme geben würde. Doch Fadhil hatte ihr erklärt, dass die Erträge schon seit Jahren kontinuierlich zurückgingen, weil Rafe Bennett sein Geld in ein windiges Projekt investiert hatte. Als die vermeintlich bombensichere Anlage sich als heiße Luft entpuppte, reichten seine finanziellen Rücklagen nur noch für das Allernötigste. Für vernünftigen Dünger und sinnvolle Aufforstungsmaßnahmen blieb kaum etwas übrig.

Als Lena nicht antwortete, seufzte Aaliyah. „Ich kann mir schon denken, was es ist", sagte sie schließlich. „Die ganze Sache fängt schon an, Ihnen über den Kopf zu wachsen, habe ich recht?" Sie ließ sich von der Matratze heruntergleiten, kniete sich vor Lena hin und blickte ihr direkt in die Augen. „Seien Sie ehrlich – bereuen Sie Ihre Entscheidung bereits?"

Nach kurzem Überlegen schüttelte Lena den Kopf. „Nein", sagte sie, und es war genau das, was sie tief in ihrem Inneren fühlte. „Ich bereue nicht, dass ich hergekommen bin, ebenso wenig wie ich bereue, die Farm gekauft zu haben. Aber Sie haben ganz recht, wenn Sie vermuten, dass ich mich überfordert fühle." Sie lachte leise auf. „Um ehrlich zu sein, ich glaube, ich habe das alles immer noch nicht so ganz begriffen."

„Nun, wenn das alles ist …" Sie stand auf und nickte Lena aufmunternd zu. „Gehen wir ein Stück spazieren. Es ist ohnehin längst überfällig, dass einer von uns einen echten Besichtigungsrundgang mit Ihnen macht."

Und so fand Lena sich nur ein paar Minuten später, ausgerüstet mit einer Wasserflasche, auf einem der Trampelpfade wieder, die, wie sie jetzt von Aaliyah erfuhr, die gesamte Plantage durchzogen. Der einzige befestigte Weg, der auch mit dem Auto befahrbar war, führte von der Überlandstraße bis zum Haus.

Der harte Lehmboden war von einer Schicht ockerfarbenem Staub bedeckt. Über ihnen spannte sich ein Dach aus dichtem, grünem Blattwerk, durch das grüngoldene Sonnenstrahlen sickerten. Am Wegesrand wucherten Farne und kleine Pflanzen, von denen Lena nicht eine einzige hätte benennen können.

Sie sah farbenprächtige Schmetterlinge, die von Blüte zu Blüte flatterten, und kleine Säugetiere, die pfeilschnell durch das Unterholz huschten.

„Rüsselmäuse", erklärte Aaliyah lächelnd und deutete auf ein Exemplar, das ganz in der Nähe unter einem Busch hockte. „Sehen Sie die lange Nase? Deswegen werden sie auch *Elephant Shrew*, also Elefantenrüsselmäuse, genannt."

Und tatsächlich suchte das Tier mit seiner etwa zehn Zentimeter langen Nase, die ständig in Bewegung zu sein schien, den Waldboden ab. Als Lena näher trat, schoss es schnell wie der Blitz davon.

„Schauen Sie", sagte Aaliyah und pflückte eine rötliche Frucht von einem Strauch. Mit einem kleinen gebogenen Messer, das sie aus einem Köcher an ihrem Gürtel zog, schnitt sie die äußere Hülle auf. Darunter kamen rotbraune Samen zum Vorschein, etwa so groß wie Perlen.

„Was ist das?", fragte Lena.

„Die offizielle Bezeichnung dieser Pflanze ist Orleansstrauch, doch hier bei uns nennt man sie Lippenstiftbaum." Sie lächelte über Lenas verwirrten Gesichtsausdruck. „Sie wollen sicher gern wissen, warum man ihn so nennt, nicht wahr?" Als Lena nickte, streckte sie die Hand nach der Wasserflasche aus. „Geben Sie mal kurz her, ja?"

„Was haben Sie vor?"

Aaliyah antwortete nicht, und so blieb Lena nichts anderes übrig, als neugierig zuzuschauen, was sie als Nächstes tat. Zu ihrer Überraschung schüttete Aaliyah nur ein wenig Wasser in die Fruchthälfte und weichte die Samen darin ein; dann nahm sie ein paar davon und zerrieb sie zwischen ihren Fingern.

Eine leuchtend orangerote Paste entstand, in die Aaliyah den Zeigefinger eintauchte und damit über ihre Lippen strich.

„Na?“, fragte sie und präsentierte ihren lachsfarben leuchtenden Mund, „wie sehe ich aus?“

Lena lachte. „Mit diesem Lippenstift können Sie zumindest sicher sein, überall aufzufallen.“

„Der Farbton entspricht vielleicht nicht unbedingt den neuesten Trends“, erklärte Aaliyah schmunzelnd, „aber der Farbstoff wird ohnehin vorrangig dazu genutzt, Textilien oder Speisen einzufärben. Im Mittelalter wurde übrigens dadurch der sehr viel teurere Safran ersetzt.“

„Und das da?“ Lena deutete auf eine Pflanze, die wie Efeu am Stamm eines Baumes hinaufrankte und an der Stängel mit kleinen grünen Beeren wuchsen. „Was ist das?“

Aaliyah zupfte einige der Kügelchen ab und hielt sie Lena hin. „Ich wage zu behaupten, dass dieses Gewürz in jedem Küchenschrank zu finden ist. Schauen Sie doch einmal ganz genau hin. Erkennen Sie, worum es sich handelt?“

Lena nahm eines der Kügelchen und betrachtete es eingehend. Sie hatte sich bisher noch nie mit Gewürzen und deren Herkunft befasst, doch dank Aaliyahs Tipp glaubte sie zu erkennen, was sie vor sich hatte. „Ist das Pfeffer?“

„Genau“, erwiderte Aaliyah. „Das ist grüner Pfeffer. Um schwarzen Pfeffer zu erhalten, werden diese Beeren getrocknet, und für roten Pfeffer lässt man sie einfach ein oder zwei Monate länger an der Traube.“

„Und wie stellt man weißen Pfeffer her?“, wollte Lena nun wissen.

„Dazu nimmt man die roten Beeren, weicht sie in Wasser ein und entfernt die Schale. Trocknet man sie nun, erhält man weißen Pfeffer – der übrigens nach dem grünen Pfeffer der zweitschärfste ist.“

Lena sog die Informationen, die sie von Aaliyah erhielt, regelrecht in sich auf. Sie wollte alles wissen, um irgendwann einmal eine gute Gewürzfarmerin zu werden. Doch bis es so weit war, würde noch einige Zeit ins Land gehen.

Trotzdem fühlte sie sich nun schon allein deshalb besser, weil sie einen Anfang gemacht hatte. Der erste Schritt war getan.

„Hat …“ Sie schluckte und kämpfte gegen die Tränen an, die ihr in die Augen stiegen. „Hat Andy auch so gut über all das Bescheid gewusst?“

Aaliyah lächelte verständnisvoll. „Ich habe mich schon gefragt, wann Sie anfangen würden, sich nach ihm zu erkundigen“, sagte sie. „Wollen wir uns nicht setzen?“

Sie deutete auf eine grob geschnitzte Bank, die im Schatten eines wuchtigen Baumes mit knorrigem Stamm stand, und Lena nickte.

Als sie saßen, klopfte Aaliyah mit der flachen Hand auf die Sitzfläche. „Der alte Mr Rafe hat diese Bank vor vielen Jahren geschnitzt. Und jetzt raten Sie einmal, wer ihm dabei geholfen hat.“

Erstaunt blickte Lena sie an. „Sie meinen …?“

„Ja, genau … es war Andy. Ich war damals etwa sechzehn Jahre alt, und er muss so um die neun gewesen sein. Seine Mutter ist fast verrückt geworden vor Sorge, als sie mitbekam, dass Mr Rafe ihm ein Schnitzmesser in die Hand gedrückt hatte. Aber Mr Rafe meinte nur, dass er ja schließlich kein kleiner Junge mehr sei – und damit hatte er bei Andy natürlich gleich einen Stein im Brett.“

„Das kann ich mir vorstellen!“ Lena lachte. „Welcher Neunjährige hört so etwas nicht gern? Was können Sie mir noch über ihn erzählen?“

Aaliyah fuhr sich über ihr grau meliertes Haar, das sie heute zu einem geflochtenen Zopf zusammengefasst trug. „Da gibt es so vieles … Aber dafür sollten wir uns ein bisschen mehr Zeit nehmen. Wir könnten uns ja in den nächsten Tagen, wenn der große Trubel wegen des Festes vorüber ist, alle einmal abends zusammensetzen und austauschen. Einige der anderen kannten Andy noch sehr viel besser als ich. Meine Cousine Ngabile zum Beispiel kann Ihnen sicher einiges über ihn berichten. Sie und Andy waren fast gleichaltrig, und sie hat viel Zeit mit ihm und seinen Freunden verbracht.“

Obwohl Lena ein wenig enttäuscht war, lächelte sie. „Sie haben recht, im Moment haben wir wirklich alle Hände voll zu tun. Und ich sollte Ihnen jetzt auch nicht länger Ihre Zeit stehlen."

„Das tun Sie nicht", entgegnete Aaliyah lächelnd. „Schon wieder vergessen, dass Sie die neue Inhaberin von alldem hier sind?"

Lenas Lippen kräuselten sich zu einem Lächeln. „Erwischt", gab sie zu und deutete auf einen Baum, an dem bereits einige Männer auf Leitern zugange waren und irgendetwas zu ernten schienen – nur dass Lena nicht erkennen konnte, worum es sich handelte. „Was ist das für ein Baum?"

„Das", erklärte Aaliyah mit einem Anflug von Stolz in ihrer Stimme, „ist der Baum, der diese Insel einst auf der ganzen Welt berühmt gemacht hat." Sie trat näher an den Stamm heran und rief einem der Arbeiter – einem etwa siebzehnjährigen Jungen – etwas auf Kiswahili zu. Daraufhin kletterte der so flink und geschickt wie ein Äffchen die Leiter hinunter und reichte Lena einen Trieb, an dem gut ein Dutzend kleiner Knospen wuchsen.

Stirnrunzelnd betrachtete Lena die an kleine Nagelköpfe erinnernden Sprösslinge eingehend, doch der Anblick weckte keinerlei Assoziationen in ihr. Sie dachte über das nach, was Aaliyah gesagt hatte – der Baum, der Sansibar auf der ganzen Welt berühmt gemacht hatte –, und plötzlich fiel es ihr wie Schuppen von den Augen. „Gewürznelken, natürlich!" Sie schüttelte den Kopf. „Ich habe Gewürznelken immer nur fertig abgepackt im Supermarkt gekauft, ohne mir je Gedanken darüber zu machen, woher sie eigentlich stammen."

„Nun, jetzt wissen Sie es", entgegnete Aaliyah. Sie nahm den Zweig, streifte geschickt die Knospen herunter und reichte sie Lena. „Das ist natürlich noch nicht das Endprodukt", erklärte sie dann. „Um daraus die Gewürznelken herzustellen, die Sie aus dem Supermarkt kennen, werden die Knospen noch über einem Holzfeuer und in der Sonne getrocknet."

Sie gingen weiter, und Lena lernte die Vanillepflanze kennen, die zu ihrem Erstaunen nicht am Boden wuchs, sondern an Baumstämmen emporkletterte.

„Schauen Sie hier." Aaliyah deutete auf die Früchte der Pflanze – jeweils zwei etwa zwanzig Zentimeter lange Schoten. „Im frischen Zustand besitzen sie noch nicht das typische Aroma – das erhalten sie erst durch einen Vorgang, der Schwarzbräunung genannt wird. Die Früchte werden dabei mit heißem Wasser und Dampf behandelt und anschließend vier Wochen luftdicht verschlossen, wobei unter Einwirkung von Bakterien und Pilzen die charakteristische schwarzbraune Farbe und das Aroma entstehen."

„Das klingt kompliziert", sagte Lena.

„Und das ist es auch", erwiderte Aaliyah. „Nicht umsonst ist echte Vanille nach Safran das teuerste Gewürz der Welt."

Als sie eine Lichtung erreichten, auf der einige einfache Hütten aus Holz, Lehm und Stroh standen, blinzelte Lena überrascht. „Ich wusste gar nicht, dass zum Grundstück der Farm auch ein Dorf gehört."

„Das ist auch kein richtiges Dorf, Lena", erklärte Aaliyah schmunzelnd. „Hier wohnen die Arbeiter und ihre Familien."

Damit hatte Lena nicht gerechnet. Allerdings musste sie eingestehen, dass sie sich bisher überhaupt keine Gedanken darüber gemacht hatte, wohin all die Menschen, die auf der Gewürzfarm arbeiteten, wohl nach Einbruch der Dämmerung verschwanden.

Als Europäerin schockierte es sie schon ein bisschen, wie die Leute hier lebten. Doch die Menschen, die sie erblickte – Frauen, die auf offenen Feuerstellen vor ihren Häusern das Essen zubereiteten, und Kinder, die mit einem kleinen Hund spielten – schienen alles andere als unglücklich oder unzufrieden zu sein.

Der Hund sprang fröhlich kläffend umher und schreckte die Hühner auf, die in kleinen Ställen neben den Wohnhäusern untergebracht waren. Katzen und Ziegen liefen umher, und über allem lag der kräftige Duft der Gewürze, die hier reichlich zum Kochen verwendet wurden.

Ein paar der Kinder kamen zu Lena herübergelaufen und musterten sie neugierig. Als sie sich hinkniete, trat ein kleines Mädchen vor und berührte mit großen, staunenden Augen Lenas helles Haar, ehe es sich kichernd umwandte und zu seiner Mutter zurücklief.

„Auf Sie muss das alles sehr ärmlich wirken", sagte Aaliyah schließlich. „Aber Sie dürfen nicht vergessen, dass dies Afrika ist, nicht Europa. Im Vergleich zum tansanischen Festland geht es uns hier sehr gut. Wir haben Arbeit und ein Zuhause – und dass das noch so ist, verdanken wir Ihnen, Lena."

Verlegen senkte Lena den Blick. Einmal mehr wurde ihr klar, dass sie das Richtige getan hatte. Die Frage war nur, wie es nun weitergehen sollte.

Ein großer Teil des Geldes, das sie aus Andys Lebensversicherung erhalten hatte, war für den Kauf der Farm draufgegangen. Die ganzen Reparaturen und Ausbesserungsarbeiten würden noch einmal ein kleines Vermögen verschlingen. Andy hatte ihr die Rechte an seinen Büchern testamentarisch vermacht, sodass sie zwei Mal jährlich eine Ausschüttung der Gewinnbeteiligungen aus den Verkäufen erhielt. Eine Weile würde sie also noch von ihren Ersparnissen leben können, aber früher oder später musste die Farm Gewinne abwerfen.

Was, wenn es nicht klappte? Wenn sie in sechs Monaten oder in einem Jahr vor dem Nichts stand? Wie sollte es dann weitergehen?

Sie wusste schon, was Patrick dazu sagen würde. Schließlich predigte er ihr nun seit Wochen, dass sie Vernunft annehmen und nach Berlin zurückkehren solle. Er wollte einfach nicht begreifen, dass Lena hier eine Verantwortung übernommen hatte. Wenn sie seinem Rat folgte, dann würden all diese Menschen ihr Zuhause verlieren. Und daran trüge nicht Stephen oder das Schicksal die Schuld, sondern ganz allein sie.

Das war einer der Gründe, warum sie inzwischen nicht mehr gern ans Telefon ging, wenn sie Patricks Nummer auf dem Display erblickte. Einer – aber nicht der einzige. Sie hatte es außerdem satt, dass er ständig versuchte, ihr ein schlechtes Gewissen einzureden. Was erwartete er denn von ihr? Dass sie sich für den Rest ihres Lebens in ihre Trauer ergab? Verstand er denn nicht, dass sie lernen musste, ein Leben ohne Andy zu führen – so schwer es ihr auch fallen mochte?

Sie schüttelte den Gedanken ab. „Meinen Sie, Sie könnten mich vielleicht mit ein paar der Leute hier bekannt machen?“, wandte sie sich an Aaliyah. „Wenn ich hier leben möchte, sollte ich auch die Menschen kennenlernen, die für mich arbeiten.“

Aaliyah strahlte. „Es wird mir ein Vergnügen sein.“

9. KAPITEL

Nachdem Aaliyah und Lena zum Haus zurückgekehrt waren, stürzten sie sich mit Feuereifer in die Vorbereitungen für das große Fest. Lena wurde jede einzelne Helferin vorgestellt, die meisten davon Verwandte oder enge Freunde der Familie, sodass ihr schon bald vor lauter Namen der Kopf schwirrte. Doch es war auch schön, das Haus einmal so voller Menschen, so voller Leben zu haben.

Sie half dabei, Speisen zuzubereiten, von denen sie nie zuvor gehört hatte. Es wurde viel gelacht und gescherzt. Und obwohl einige der Frauen, die gemeinsam mit ihr in der Küche herumwirbelten, kein Wort Englisch sprachen, verstand man sich irgendwie. Trotzdem nahm Lena sich vor, so schnell wie möglich zumindest ein wenig Kiswahili zu lernen.

Am Abend dann, als fast alles fertig war, entzündeten die Männer ein Lagerfeuer auf der kleinen Lichtung hinter dem Haus, und alle setzten sich im Kreis darum herum.

Lena konnte noch immer nicht glauben, wie viele Sterne hier am Nachthimmel prangten. Es waren Millionen und Abermillionen. Zu Hause in Berlin hatte sie so einen Anblick nie erlebt. Kein Wunder, schließlich wurde es dort auch niemals wirklich dunkel – ganz im Gegensatz zu hier. Allein das orangerote Glühen des Feuers drängte die Schwärze zurück.

Das brennende Holz knackte und knisterte. Und dann fing jemand an zu singen, und alle fielen mit ein.

Einen Moment lang fühlte Lena sich wie in einem Traum. Sie schloss die Augen, legte den Kopf in den Nacken und wandte ihr Gesicht den Sternen zu. Ihre Gedanken stoben davon, und sie ließ sich einfach nur treiben. Unvermittelt stieg eine unermessliche Sehnsucht in ihr auf, und unter ihren geschlossenen Lidern sammelten sich Tränen.

Wie sehr sehnte sie sich danach, nur noch ein einziges Mal in Andys starken Armen zu liegen, seinen warmen Atem am Hals und seine weichen Lippen auf ihrem Mund spüren zu dürfen.

Fast glaubte sie, eine sanfte Berührung, hauchzart wie der Flügelschlag eines Schmetterlings, an ihrer Wange zu spüren. Doch dann wurde ihr klar, dass es nur eine Träne war, die sich aus ihrem Augenwinkel gelöst hatte.

Sie schluckte. Dann öffnete sie die Augen und blinzelte die Tränen fort, ehe jemand sie bemerken konnte. Doch Aaliyah konnte sie nichts vormachen.

„Sie denken an Andy, nicht wahr?"

Wieder spürte Lena, wie ihre Augen feucht wurden, doch sie beherrschte sich und schaffte es sogar, ein Lächeln auf ihre Lippen zu zwingen. „Er fehlt mir", gestand sie. „Ich kann immer noch nicht glauben, dass ich ihn niemals wiedersehen werde."

Ein paar Frauen schauten Aaliyah fragend an, die für sie übersetzte. „Wir sollten dringend damit anfangen, Ihnen Unterricht in Kiswahili zu geben", sagte sie schmunzelnd.

„Fantastische Idee", stimmte Lena zu. „Was heißt zum Beispiel ‚Hallo' und ‚Auf Wiedersehen' auf Kiswahili?"

Im Nu waren alle mit Feuereifer bei der Sache. Jeder brannte regelrecht darauf, Lena etwas beizubringen. Und ihr machte die ganze Sache so viel Spaß, dass sie all ihre Sorgen und Probleme für den Augenblick vergaß. Warum sollte sie nicht einfach einmal unbeschwert und glücklich sein? Die Realität würde sie schon früh genug wieder einholen.

„Sind Sie eigentlich mit Ihrem Buch schon vorangekommen?", fragte Ngabile irgendwann, und Lena zuckte zusammen.

Das Buch.

Sie war hergekommen, um es für Andy zu Ende zu bringen. Doch in den letzten Tagen war so viel geschehen, dass sie kaum noch daran gedacht hatte. Die Farm, all die neuen Menschen und Eindrücke hatten sie vollkommen von ihrem eigentlichen Ziel abgelenkt. Und dafür schämte sie sich nun.

„Einen Moment, ja?" Sie rappelte sich hastig auf und klopfte sich den Staub von der Hose. „Ich bin gleich wieder da."

Sie eilte ins Haus und auf ihr Zimmer. Die Mappe mit den Recherchen und Aufzeichnungen, die Andy bereits zusammengetragen hatte, lag in ihrer Nachttischschublade. Seit ihrem Einzug auf der Farm hatte Lena sie nicht mehr angerührt.

Beinahe zärtlich strich sie mit der Hand über den ledernen Einband. Erneut kamen ihr die Tränen, doch sie blinzelte sie zurück, nahm die Mappe aus dem Fach und klemmte sie sich unter den Arm. Liebevoll streichelte sie Krümel, der auf dem Sessel unter dem Fenster döste, über das weiche Fell und eilte zurück zu den anderen.

Sie spürte deutlich die neugierigen Blicke, die auf ihr ruhten, als sie sich wieder im Kreis niederließ. „Das hier“, sagte sie und legte die Hände flach auf die Mappe, die auf ihrem Schoß lag, „sind die Unterlagen, die Andy für sein Buch gesammelt hat. Teilweise handelt es sich um Recherchen über die Vergangenheit der Gewürzfarm und deren Bewohner, manchmal sind es nur Stichpunkte und Erinnerungsfetzen von Andys Jugend hier auf der Insel.“

„Was genau soll das eigentlich für ein Buch werden?“, fragte Ngabile. „Eine Biografie?“

Das war eine Frage, über die Lena bereits lange nachgedacht hatte. Sonst war Andy immer sehr redselig gewesen, wenn es um seine Projekte ging. Alles, von der ersten Idee bis zum fertigen Manuskript, hatte er mit Lena geteilt. Doch bei diesem Buch hatte er sich ungewohnt geheimnisvoll gegeben, sowohl ihr als auch Patrick und dem Verlag gegenüber.

Dass er nicht mit Patrick darüber hatte reden wollen, konnte Lena rückblickend gut verstehen. Sie waren die besten Freunde gewesen, doch wenn es ums Schreiben ging, dann war Patrick an erster Stelle eines: Literaturagent.

Er hätte versucht, Andy dieses Projekt auszureden. So wie bei dem Krimi, den Andy hatte schreiben wollen.

Seine Argumente waren dabei stets dieselben gewesen. „Du hast dir einen Namen als Kinder- und Jugendbuchautor geschaffen“, hatte er Andy eindringlich beschworen. „Deine Romane verkaufen sich so gut, dass du davon leben kannst. Die meisten Schriftsteller können davon nur träumen. Warum tust du also nicht einfach weiter das, worin du wirklich gut bist?“

Und Andy hatte jedes Mal auf ihn gehört. Jedes Mal – bis er anfing, an diesem Buch zu arbeiten, und Patricks sicher gut gemeinte Ratschläge einfach in den Wind schlug.

„Es soll ein Roman werden", antwortete sie schließlich, denn das war es, was sie Andys erstem groben Entwurf entnommen hatte. „Ein Roman mit biografischen Zügen, der die Geschichte eines Jungen erzählt, der auf Sansibar aufwächst und auf dem Dachboden des Hauses, in dem seine Familie lebt, eine Kiste mit alten Dokumenten, Briefen und Fotografien findet." Sie lächelte. „Ich denke, dass ich damit vermutlich am besten zurechtkommen werde. Im Gegensatz zu Andy bin ich nämlich keine besonders gute Schriftstellerin. Ich kann nur hoffen, dass mir die Informationen, die ich von Ihnen allen bekomme, dabei helfen werden, das Buch mit Leben zu füllen."

Einen Moment lang herrschte Schweigen, dann meldete sich eine alte Frau mit weißdurchwirktem Haar und einer Haut, die wie gegerbtes Leder wirkte, zu Wort. Sie sprach Kiswahili, doch eine jüngere Frau, an deren Namen sich Lena nicht erinnern konnte, übersetzte für sie.

„Mein Name ist Fathiya", sagte sie und schenkte Lena ein fast zahnloses Lächeln. „Aaliyah und Ngabile sind meine Urenkelinnen. Ich bin auf dieser Farm geboren und habe mein ganzes Leben hier verbracht – ebenso wie vor mir meine Mutter und meine Großmutter. Wenn jemand Ihnen etwas über die Geschichte dieser Farm erzählen kann, dann bin ich das wohl."

Lena zückte Notizblock und Stift, bereit, alles festzuhalten, was sie von Fathiya erfahren würde. Doch schon bald ließ sie die Hand, in der sie den Kugelschreiber hielt, sinken und lauschte andächtig den Geschichten, die die alte Frau zu erzählen wusste.

Geschichten über ein Sansibar, das unter der Herrschaft des Sultans von Oman stand und in dem der Handel mit Sklaven vom nahen Festland fast genauso blühte wie der Handel mit Gewürznelken. Geschichten von den Menschen, die nach Sansibar kamen; von Glücksrittern, die vom schnellen Geld träumten, reichen Kaufleuten und den Ärmsten der Armen, den Verschleppten, die auf den Sklavenmärkten der Stadt ein ungewisses Schicksal erwartete.

„Als ich vor siebenundachtzig Jahren das Licht der Welt erblickte, war die Sklaverei offiziell bereits abgeschafft", erklärte Fathiya mit brüchiger Stimme. „Aber das bedeutete nicht, dass wir frei gewesen wären. Ich kann mich noch gut daran erinnern, was meine Großmutter Subira und ihr Bruder Faraji mir erzählt haben, die damals aus der Gefangenschaft geflüchtet sind …"

Lena hörte fasziniert zu – aber als sie am nächsten Morgen nach dem Frühstück in ihrem Zimmer vor dem Laptop saß und der Cursor links oben auf dem leeren Blatt blinkte, war ihr Kopf wie leer gefegt.

Gut ein Dutzend Mal fing sie an zu tippen und löschte den Text, den sie geschrieben hatte, gleich wieder. Es war wie verhext. Sie schaffte es einfach nicht, das in Worte zu fassen, was sie ausdrücken wollte. Sie schloss die Augen und presste die Handballen auf ihre Lider. Innerlich sah sie den Anfang der Geschichte bereits vor sich – es gelang ihr nur nicht, ihn auch ihren Vorstellungen entsprechend zu Papier zu bringen.

Durch das offene Fenster hörte sie den Wind, der durch die Kronen der Nelkenbäume strich. Die Männer waren heute schon beim Morgengrauen hinaus auf die Plantage gegangen, um den Rest der Nelkenernte einzuholen. Aaliyah hatte ihr erklärt, dass die Erträge in den vergangenen Jahren immer weiter zurückgegangen waren. Rafe Bennett hatte versucht, dem mit Düngemitteln entgegenzuwirken – mit mäßigem Erfolg.

In diesem Jahr war die Ernte auf einem absoluten Rekordtiefpunkt. Die Erlöse, die sie maximal aus dem Verkauf der Gewürznelken erzielen konnten, deckten gerade einmal die Betriebskosten der Farm. Davon, einen Gewinn zu erwirtschaften, konnte Lena bloß träumen.

Sie klappte den Deckel des Laptops zu. Das hatte ja doch keinen Sinn! Sie konnte sich einfach nicht konzentrieren, sosehr sie sich auch bemühte. Doch das war nicht ihr eigentliches Problem, und das wusste sie auch.

Die einfache und bittere Wahrheit lautete, dass sie nicht zur Schriftstellerin taugte. Als Lehrerin hatte sie die Aufsätze ihrer Schüler korrigiert und ihnen, wenn nötig, Hilfestellung gegeben. Was für eine Ironie des Schicksals, dass sie selbst nicht in der Lage war, ihr fachliches Wissen zu nutzen und umzusetzen.

Frustriert fuhr sie sich mit der Hand durchs Haar. Vermutlich war es ziemlich vermessen von ihr gewesen, anzunehmen, dass sie sich einfach hinsetzen und Andys Buch schreiben könnte. Aber irgendwie musste es ihr gelingen. Es ging hier um seine Geschichte. Mit diesem Buch wollte sie dafür sorgen, dass er niemals in Vergessenheit geriet.

Sie blickte in die Ferne, wo das Blau des Ozeans in einiger Entfernung zwischen den Kronen der Bäume hervorblitzte. In diesem Moment wurde ihr klar, dass sie seit ihrer Ankunft auf Sansibar noch nicht ein Mal bei hellem Tageslicht am Meer gewesen war.

In Berlin war sie, wenn ihr alles zu viel wurde und ihr die Dinge über den Kopf wuchsen, immer an die Spree gegangen. Der Anblick des Wassers, das träge dahinfloss, hatte sie zur Ruhe kommen lassen und sie mit neuer Kraft erfüllt. Kurz entschlossen wandte sie sich vom Fenster ab, verließ ihr Zimmer und ging die Treppe hinunter ins Erdgeschoss.

„Wie weit ist es bis zum Strand?“, fragte sie Aaliyah, die in der Küche stand und das Mittagessen vorbereitete.

„Nicht weit“, entgegnete sie und erklärte Lena, wie man auf kürzestem Weg zum Meer gelangte. „Soll ich jemanden bitten, Sie hinzuführen?“

„Nein.“ Lena schüttelte den Kopf. „Das schaffe ich schon allein.“

Die Luft, die ihr entgegenschlug, als sie durch die Hintertür ins Freie trat, war drückend schwül. Doch da der Weg, den Aaliyah ihr erklärt hatte, durch den Wald führte, war sie zumindest vor der sengenden Sonne geschützt.

Es war das erste Mal, dass sie allein hier draußen unterwegs war. Und obwohl sie sich ein kleines bisschen davor fürchtete, die Orientierung zu verlieren, war es doch ein gutes Gefühl. Prachtvolle gemusterte Schmetterlinge flatterten umher, und einer setzte sich sogar auf ihre Hand, als Lena sie ausstreckte. Zwischen den Bäumen hangelten sich kleine Äffchen mit rotem Rückenfell und weißer Brust von Ast zu Ast. Eine Affenmutter, die ihr Junges unter dem Bauch trug, blieb in kurzer Entfernung von Lena in einer Astgabel sitzen und musterte sie neugierig.

Rings um Lena herum war es überall grün. Hohe Farne, deren Wedel bis zu zwei Meter in die Höhe ragten, Sträucher, Stechpalmen und Teakholzbäume wuchsen rings umher. Der Boden und die Stämme der Bäume waren mit Moosen und Flechten bedeckt. Lianen hingen von den Ästen herab, und ein erdiger Geruch lag in der Luft. Hätte Lena es nicht besser gewusst, sie hätte geglaubt, sich mitten im Dschungel zu befinden.

Und dann – von einem Augenblick zum anderen – öffnete sich der Wald zum Strand hin, und ihr stockte vor Staunen der Atem.

Der Strand erstreckte sich rechts und links von ihr, so weit das Auge reichte, und nicht ein einziger anderer Mensch war zu sehen. Spontan kickte sie sich die Schuhe von den Füßen. Sie wollte den weißen, puderigen Sand zwischen den Zehen spüren.

Lena fühlte sich wieder wie ein kleines Mädchen. Sorgenfrei und unbeschwert – und sei es auch nur für den Augenblick. Der Sand war so heiß, dass es eine Wohltat war, die Füße im Wasser des Indischen Ozeans abzukühlen, der auch zehn Meter hinter der Wassergrenze noch immer so seicht war, dass ihr das Wasser gerade einmal bis zu den Knien reichte.

Winzige Tropfen stoben auf, funkelnd wie Kristalle im Sonnenlicht, als sie zu laufen begann. Dann blieb sie stehen, schloss die Augen und reckte das Gesicht zum Himmel. Ein paar Minuten lang genoss sie einfach nur die Wärme der Sonne auf ihrer Haut und fühlte, wie die Brandungsströmung den Sand unter ihren Füßen wegspülte.

Die leichte Brise, die vom Meer herwehte und die sengende Tageshitze erträglich machte, fühlte sich an wie eine hauchzarte

Umarmung, und für einen Moment gab Lena sich dem Wunschgedanken hin, dass Andy bei ihr wäre und sie in seinen Armen hielt.

Eine schöne Illusion. Ein Traum, der so niemals in Erfüllung gehen konnte, wie sie leider nur allzu genau wusste. Und das machte das Erwachen umso bitterer.

Blinzelnd schlug sie die Augen wieder auf. Geblendet vom hellen Sonnenlicht, glaubte sie ein Boot zu erkennen, das in einiger Entfernung vom Strand im Meer dümpelte.

„Nein, ich habe keine Ahnung, warum der Motor plötzlich zu stottern anfing", beantwortete Stephen die Frage des Mannes am anderen Ende der Leitung hitzig. „Bin ich der Techniker oder Sie, Richard?"

Ihm war klar, dass er seinem Angestellten unrecht tat. Richard Mbeki war ein zuverlässiger Mann, der stets vollen Einsatz zeigte. Doch er musste mit den Mitteln zurechtkommen, die man ihm zur Verfügung stellte – und das war sicher nicht immer ganz einfach. Auf Sansibar brauchte man eine Menge Improvisationstalent, wenn man es als Reparatur- und Wartungsmechaniker zu etwas bringen wollte. Und Richard war der allerbeste. Anderenfalls hätte Stephen nicht mit ihm zusammengearbeitet.

Trotzdem ärgerte es ihn, dass die *Elisabeth*, eines der Motorboote, mit denen sie Delfintouren für Touristen veranstalteten, schon wieder Probleme machte.

Stephen selbst hatte das Boot vor etwas mehr als einem halben Jahr gekauft – überzeugt davon, eine gute Investition getätigt zu haben, denn das Geschäft mit den Delfintouren lief eigentlich immer. Wie sich herausstellte, hatte der alte Besitzer es jedoch nicht ohne Grund zu einem so günstigen Preis abgegeben. Die *Elisabeth* bereitete eigentlich ständig Schwierigkeiten. Mal klemmte das Ruder, dann sprang der Motor nicht an, stockte oder ging während der Fahrt einfach aus.

Was er außerdem nicht bedacht hatte, war, dass es sich bei einem relativ neuen Boot, noch dazu einem exotischen Fabrikat aus dem Ausland, ungemein schwer gestaltete, Ersatzteile zu beschaffen. Von daher galt Stephens Ärger vielmehr sich selbst als Richard, dessen Fähigkeiten er sehr schätzte. Und die Tatsache, dass er – allein, mitten auf dem Indischen Ozean – endgültig mit dem Boot liegen geblieben war, hob seine Laune nicht gerade.

Er hatte auf die Beschwerden seiner Mitarbeiter, die die Delfintouren für ihn durchführten, reagieren und selbst eine Probefahrt mit der *Elisabeth* machen wollen. Dummerweise hatte er nicht über die möglichen Konsequenzen nachgedacht, ehe er von der Anlegestelle aus aufgebrochen war.

Zunächst war auch alles glattgelaufen, doch dann, als er sich schon weit draußen auf dem Meer befand, hatte der Motor zu stocken begonnen, war schließlich ganz ausgegangen und ließ sich auch nicht durch gutes Zureden dazu bewegen, wieder anzuspringen.

Diese Suppe hatte er sich eindeutig selbst eingebrockt. Rachel hatte in solchen Situationen immer gelacht und zu ihm gesagt, dass sein übersteigertes Selbstvertrauen ihn noch einmal in Teufels Küche bringen würde.

Stephen konnte gar nicht mehr zählen, wie oft ihre Worte sich schon bewahrheitet hatten. Manchmal leider auch mit fatalen Auswirkungen auf das Leben anderer …

Aufseufzend fuhr er sich mit einer Hand durchs Haar. „Tut mir leid, Richard, aber das scheint einfach nicht mein Tag zu sein“, sagte er ins Handy. „Was soll ich jetzt tun?“

Die Stimme des Mechanikers klang fröhlich wie immer, als er erwiderte: „Ich glaube, ich kann mir vorstellen, wo das Problem liegt, Boss. Das kriegen wir schon wieder hin.“ Er erklärte Stephen ganz genau, was er tun musste. Am Ende hielt Stephen ein kleines Teil in der Hand, das er säubern, abtrocknen und anschließend wieder in den Motor einsetzen sollte. Als er das erledigt hatte, rieb er sich die ölverschmierten Hände an einem Lappen ab und fragte: „Und jetzt? Was muss ich als Nächstes machen?“

„Nun schauen wir, ob ich mit meinem Tipp richtiglag", entgegnete Richard. „Versuchen Sie doch mal, den Motor zu starten, Boss."

Stephen drückte den Anlasser, doch der Motor stotterte nur und verstummte wieder. „Das scheint nicht funktioniert zu haben", sagte er. „Ich hoffe, Sie haben noch eine andere Idee."

Doch Richard war offenbar nicht bereit, die Flinte so schnell ins Korn zu werfen. „Probieren Sie es noch einmal", wies er Stephen an. „Vielleicht war das Bauteil noch nicht ganz trocken."

Achselzuckend tat Stephen, wie ihm geheißen – ohne große Hoffnung auf Erfolg. Doch nachdem der Motor zum dritten Mal in Folge gleich wieder abgesoffen war, erklang plötzlich ein Geräusch, das sich fast wie ein menschliches Husten anhörte.

Der Motorblock bockte einmal kurz, wie ein junges Pferd, das zum ersten Mal den Sattel aufgelegt bekommt, dann lief er – stotternd und keuchend zunächst, schließlich immer ruhiger – weiter.

„Sie sind ein Genie!", stieß Stephen erleichtert hervor. „Wenn Sie heute Abend Schluss machen, kommen Sie doch bei mir im Büro vorbei – ich möchte Sie gern auf ein *Tusker* einladen."

Richard lachte. „Gegen ein kühles Bier nach Feierabend habe ich nie etwas einzuwenden, das wissen Sie doch, Boss!"

„Bis später also", sagte Stephen. „Und danke noch mal. Ohne Sie wäre ich wirklich aufgeschmissen gewesen."

Er war froh, dass das Problem sich so einfach aus der Welt hatte schaffen lassen. Mitten in der Haupttouristensaison auf ein Boot zu verzichten war nämlich so gut wie unmöglich. Noch schlimmer war es allerdings, wenn bei einem voll mit Urlaubern besetzten Boot plötzlich die Technik versagte …

Die Delfintouren waren ein Zusatzangebot seiner Hotels, das trotz der relativ hohen Kosten von der Mehrzahl der Sansibarreisenden in Anspruch genommen wurde. Stephen konnte das gut verstehen: Wann erhielt man schon einmal die Gelegenheit, wild lebenden Delfinen zu begegnen und unter günstigen Bedingungen sogar mit ihnen zu schwimmen? Die meisten Menschen erlebten so etwas vermutlich in ihrem ganzen Leben nicht. Und obwohl für Stephen, der auf Sansibar aufgewachsen war, eine Delfinsichtung im Grunde nichts Besonderes mehr war, faszinierte ihn der Anblick der majestätischen grauen Meeressäuger doch jedes Mal aufs Neue.

Er drehte das Ruder und wollte gerade wenden, als ihm in einiger Entfernung am Strand eine einsame Person auffiel.

Stephen wusste nicht, woran es lag. Eigentlich konnte er kaum mehr als eine dunkle Silhouette gegen den blendend weißen Sand erkennen. Dennoch ahnte er sofort, dass *sie* es war.

Lena.

Unwillkürlich fing sein Herz an, schneller zu klopfen. Eine Reaktion, die ihn ärgerte und irritierte, da es keinen nachvollziehbaren Grund dafür gab.

Bisher hatte Lena ihm eigentlich nur Ärger gemacht. Dass sie ihn bei der Versteigerung der Bennett-Farm übertrumpft hatte, war dabei lediglich der krönende Höhepunkt gewesen. Und genau diese Niederlage steckte auch heute noch, fast eine Woche nach der Auktion, wie ein Stachel in seinem Fleisch.

Jahrelang hatte er auf diesen Moment hingearbeitet. Endlich schien die Erfüllung seines großen Traumes – *Rachels* großen Traumes – in greifbare Nähe gerückt, da hatte ein Dummejungenstreich all seine Hoffnungen wie eine Seifenblase zerplatzen lassen.

Dass Lena die neue Besitzerin der Gewürzfarm war, hatte die Situation vollkommen verändert. Und wenn er ehrlich zu sich selbst sein wollte, wusste er noch immer keinen Weg, wie er damit umgehen sollte.

Er hatte inzwischen mit McFarlane gesprochen. Es war nicht möglich gewesen, ihm noch länger auszuweichen. Erwartungsgemäß hatte McFarlane sich nicht gerade über die jüngsten Entwicklungen gefreut. Allerdings war er sehr viel gelassener gewesen, als Stephen es ihm zugetraut hätte.

„Überlassen Sie mir die Angelegenheit, Alistair", hatte er gesagt, und sein Lächeln hatte Stephen an das Grinsen eines Haifischs erinnert. Schwer vorstellbar, dass dieser Mann eine Tochter wie Roz zustande gebracht hatte. Die beiden waren äußerlich wie charakterlich so unterschiedlich wie Tag und Nacht. „Ich werde schon dafür sorgen, dass uns diese Frau keine Schwierigkeiten macht."

Weder seine Wortwahl noch sein Unterton hatten Stephen sonderlich behagt. Collin McFarlane besaß einen gewissen Ruf, in geschäftlichen Dingen absolut skrupellos und unbarmherzig zu sein. Und Stephen hatte es nicht darauf ankommen lassen wollen. „Das wird nicht nötig sein", hatte er also erwidert. „Ich bin sicher, dass ich Miss Bluhm zur Vernunft bringen kann."

Insgeheim war er davon zwar alles andere als überzeugt, hielt es jedoch für besser, McFarlane nicht mit der Nase darauf zu stoßen. Früher oder später würde das Problem ohnehin wieder aufs Tapet kommen – eher früher als später, so wie er McFarlane kannte.

Vielleicht, überlegte er nun, war dies die Gelegenheit für ihn, noch einmal in Ruhe mit Lena zu sprechen. Als Lehrerin konnte sie unmöglich so weltfremd sein, anzunehmen, dass sie als absoluter Laie in der Lage war, eine heruntergewirtschaftete Gewürzfarm wieder auf Erfolgskurs zu bringen.

Er selbst hatte sich lange genug mit der Situation des verstorbenen Bennett beschäftigt, um zu wissen, in welch desolatem Zustand sich der gesamte Betrieb befand. Um den stark rückläufigen Erträgen seiner Pflanzen entgegenzuwirken, hatte der alte Sturkopf auf intensive Düngung gesetzt. Doch da er dazu billigsten Chemiedünger verwendet hatte, war der Boden inzwischen so ausgelaugt, dass die Produktionsmengen erneut deutlich einknickten.

Wenn überhaupt, dann war diese Farm die Aufgabe für einen echten Experten. Jemand, der weder über kaufmännische noch über landwirtschaftliche Vorkenntnisse verfügte, konnte sich nur eine blutige Nase holen.

Es war besser für alle, wenn Lena dies einsah.

Besser für sie. Besser für ihre Angestellten, die sich nicht umsonst Hoffnungen machten. Und natürlich auch besser für ihn.

Er musste mit ihr reden und ihr die Situation klar vor Augen führen. Es konnte doch nicht so schwer sein, mit ihr ein vernünftiges Gespräch zu führen!

Kurz entschlossen drehte er das Ruder und steuerte den Strand an.

Das kleine Boot kam näher. Ein auf vier Stangen ruhender rostroter Baldachin war als Sonnenschutz über den Rumpf gespannt, sodass das Gesicht des Skippers im Schatten lag. Erst als es auf weniger als fünfzig Meter herangekommen war, erkannte Lena, wer da am Steuer stand.

Stephen Alistair!

Ihr Puls fing an zu rasen, und ihre Knie wurden weich.

Für einen Moment verspürte sie den unbändigen Drang, sich umzudrehen und die Flucht zu ergreifen, doch ihre Beine gehorchten ihr nicht.

Wie gebannt schaute sie ihm zu, wie er von Bord sprang und durch das seichte Wasser auf den Strand – auf sie! – zukam. Er trug eine blaue Jeans, die von der Nässe dunkel glänzte, und ein ärmelloses Shirt, das den Blick auf seine breiten Schultern und die muskulösen Oberarme freigab.

Seine schwarzbraunen Locken waren vom Wind zerzaust. Auf seinem Kinn und den Wangen war ein leichter Bartschatten zu sehen, so als hätte er am Morgen vergessen, sich zu rasieren. Es sah unverschämt gut aus, und Lena war wütend auf sich selbst, weil sie sich seiner Wirkung nicht entziehen konnte.

Sie räusperte sich angestrengt. „Stephen, was machst du hier? Verfolgst du mich etwa?“

Er lachte, und der Laut allein reichte, um ihr einen wohligen Schauer den Rücken hinunterrieseln zu lassen.

Reiß dich zusammen, Lena! Du weißt, wer er ist und was er will! Lass dich nicht von ihm blenden!

„Ich habe dich vom Boot aus gesehen“, sagte er, so als sei das bereits Erklärung genug. „Möchtest du vielleicht eine kleine Inseltour mit mir unternehmen?“

Lena wusste, dass die einzig vernünftige Antwort auf diese Frage nur Nein lauten konnte. Umso entsetzter war sie, als sie sich selbst sagen hörte: „Ja, warum eigentlich nicht?“

Hatte sie jetzt vollkommen den Verstand verloren?

10. KAPITEL

Das kleine Motorboot schoss durch die sanfte Dünung. Der Wind zupfte an Lenas Haar, und dank des Baldachins, der sie vor direkter Sonneneinstrahlung schützte, war die Hitze erträglich. So weit das Auge reichte, sah sie endloses azurblaues Meer, das am Horizont mit dem Himmel zu verschmelzen schien. Die Küstenlinie war nur noch als verschwommener, grünlich schimmernder Streifen zu erkennen.

Stephen stand am Ruder des Bootes, seine Miene vollkommen entspannt. Bei dem Gedanken daran, mit welcher Lässigkeit er vorhin wieder an Bord geklettert war und wie unbeholfen sie sich im Gegensatz zu ihm angestellt hatte, musste sie unwillkürlich leise lachen.

Er bemerkte dies sofort und erkundigte sich schmunzelnd: „Was ist so lustig?"

„Eigentlich nichts", antwortete sie. „Und gleichzeitig alles." Sie zuckte lächelnd die Schultern, als er fragend eine Braue hob. „Mein ganzes Leben hat sich um hundertachtzig Grad gedreht, seit ich auf Sansibar angekommen bin. Während in den vergangenen sechs Monaten alles zu stagnieren schien, entwickelt sich jetzt alles so rasant, dass ich kaum noch hinterherkomme."

„Ist das gut?" Er neigte den Kopf ein Stück zur Seite. „Oder schlecht?"

Darüber musste Lena kurz nachdenken. „Vorwiegend gut, würde ich sagen. Ich glaube nicht, dass ich noch lange so hätte weitermachen können wie zuletzt in Berlin. Ich …" Sie schüttelte den Kopf, unfähig, ihre Gedanken in Worte zu fassen. „Kennst du das Gefühl, wenn etwas geschieht, das dir den Boden unter den Füßen wegreißt?" Ihr Lächeln verblasste, und in ihrer Kehle bildete sich ein Kloß, der sich auch durch heftiges Schlucken nicht vertreiben ließ.

„Du sprichst von deinem Verlobten, nicht wahr?", fragte er behutsam nach. „Möchtest du darüber reden?"

Lena war überrascht, wie einfühlsam seine Stimme klingen

konnte. Und zu ihrer eigenen Verwunderung verspürte sie tatsächlich das Bedürfnis, sich Stephen zu öffnen. Es war schließlich auch kein Geheimnis, was geschehen war. Sie atmete tief durch. „Andy und ich, wir waren glücklich miteinander. Natürlich gab es auch bei uns Streitereien, wie in jeder anderen Beziehung wohl auch. Aber ich wusste, dass er der Mann ist, mit dem ich alt werden will. Dann passierte der Unfall …" Ihre Lippen verzogen sich zu einem schmerzlichen Lächeln. „Als ich im Krankenhaus erwachte, konnte ich zunächst gar nicht begreifen, was geschehen war. Aber mir blieb ein Funken Hoffnung, denn Andy lag im Koma, und die Ärzte sagten, dass noch Hoffnung für ihn bestand. Sechs Monate – genau gesagt 189 Tage und Nächte – verbrachte ich an seiner Seite und versuchte, ihn mit meiner Stimme und meiner Liebe zurück ins Leben zu holen."

An diesem Punkt versagte ihr die Stimme. Die Erinnerungen brachen über sie herein wie eine gewaltige Flutwelle und rissen die Schutzmauern ihrer Seele einfach fort. Sie wusste selbst nicht, wie es ihr gelang, die Tränen zurückzuhalten.

„Das tut mir leid", hörte sie Stephen leise sagen.

Sie schloss die Augen, doch die schrecklichen Bilder, die sie unwillkürlich vor sich sah, ließen sie sie wieder aufschlagen. Sie richtete den Blick in die Ferne. „Als er starb, war mir, als hätte ich einen Teil von mir selbst verloren. Ich tobte, weinte, schrie, doch nichts konnte mir Andy wieder zurückbringen. Und noch schlimmer als der erste heiße Schmerz war die Taubheit, die danach von mir Besitz ergriff. Ich war nicht viel mehr als ein Schatten. Ich stand morgens auf, doch ich wusste nicht, warum. Das alles kam mir so schrecklich sinnlos vor. Warum sollte ich weitermachen, wo mir alles, was mir einmal etwas bedeutet hat, genommen worden war?"

Zu ihrem Erstaunen sagte Stephen nach einem kurzen Moment des Schweigens: „Ich glaube, ich weiß, wovon du sprichst."

Sie blinzelte irritiert. „Wirklich? Hast du denn auch jemanden verloren?" Als er zögerte, schüttelte sie den Kopf. „Entschuldige, das geht mich nichts an. Ich hätte gar nicht fragen sollen."

„Schon gut“, entgegnete er mit einem leicht gequält wirkenden Lächeln. „Es ist einfach nur so, dass ich … Ich rede nicht oft darüber. Und im Grunde lässt es sich auch nicht mit dem vergleichen, was du erlebt hast, denn meine Schwester ist noch am Leben.“

„Du hast eine Schwester?“, fragte sie überrascht. „Das wusste ich gar nicht.“

„Nun, ich nehme an, dass es vieles gibt, was du nicht über mich weißt.“ Dieses Mal wirkte sein Lächeln schon sehr viel gelöster. „Ja, ich habe eine jüngere Schwester. Ihr Name ist Rachel. Sie sitzt im Rollstuhl. Seit einem … Unfall vor fast zwanzig Jahren reagiert sie nicht mehr auf ihre Umwelt. Ich weiß nicht, ob sie hört, wenn ich mit ihr spreche, oder ob sie spürt, wenn ich bei ihr bin. Ich hoffe es einfach, denn die Vorstellung, dass sie noch irgendwo da drin ist, gefangen in einem Körper, der nicht mehr richtig funktioniert, ist einfach zu schrecklich. Sie …“ Er verstummte abrupt und deutete zu einem Punkt irgendwo hinter ihr. Gleichzeitig stoppte er den Motor des Bootes. „Lena, schau!“

Lena drehte sich um – und riss die Augen auf, als ganz in der Nähe zwei Rückenflossen die Wasseroberfläche durchbrachen. „Oh Gott, sind das etwa …?“

„Delfine“, entgegnete Stephen grinsend. „Hier in dieser Bucht sind fast immer welche anzutreffen, und ich dachte mir, dass es dir vielleicht gefallen könnte, diese herrlichen Tiere einmal ganz aus der Nähe zu sehen.“

Stephen hatte ja keine Ahnung, welche Freude er ihr damit bereitete. Schon seit ihrer Kindheit gehörten Delfine zu Lenas absoluten Lieblingstieren. Sie hatte sich immer gewünscht, einmal einen in seinem natürlichen Lebensraum beobachten zu dürfen. Doch dass sie gleich eine ganze Schule dieser faszinierenden Kreaturen antreffen und dass sie diese noch dazu fast für sich allein haben würde, hätte sie niemals für möglich gehalten.

Jetzt tauchte einer der Tümmler direkt neben dem Boot auf. Er war so nah, dass Lena ihn berühren konnte. Doch sie zögerte.

Auf keinen Fall wollte sie die Tiere verschrecken oder ihnen gar schaden.

Stephen aber nickte aufmunternd. „Du kannst sie ruhig streicheln, wenn du willst“, sagte er. „Wir machen so gut wie jeden Tag Bootstouren hier in der Gegend, die Delfine sind also an den Kontakt mit Menschen gewöhnt. Es ist sogar möglich, mit den Tieren zu schwimmen. Zu schade, dass du keinen Bikini dabeihast.“

Das bedauerte Lena allerdings auch. Sie hatte als junges Mädchen immer davon geträumt, so etwas einmal zu erleben. Durfte sie sich jetzt, wo sich die große Chance bot, wirklich von einer solchen Kleinigkeit wie fehlender Badekleidung abhalten lassen?

„Ich hoffe, du verzeihst, aber das kann ich mir nicht entgehen lassen“, sagte sie und zog sich lächelnd ihr Top über den Kopf, unter dem ihr zartblauer BH zum Vorschein kam. Als Nächstes folgten ihre abgeschnittenen Jeansshorts. Als sie nur noch in Unterwäsche vor Stephen stand, fühlte sie sich ein wenig befangen. Doch sein bewundernder Blick ließ auch Stolz in ihr aufsteigen.

Sie trat an den Rand des Bootes und kletterte über eine seitlich am Rumpf angebrachte Metallleiter ins Wasser. Es war zuerst ein seltsames Gefühl, im freien Ozean zu schwimmen. Normalerweise ging Lena immer nur so weit ins Wasser, dass sie den Boden nicht unter den Füßen verlor. Doch es dauerte nicht lange, und sie dachte gar nicht mehr darüber nach, dass der Grund weit unter ihr lag. Und als die Delfine sich ihr näherten und sie nur einen halben Meter von ihr entfernt umkreisten, stieg ein solches Glücksgefühl in ihr auf, dass sie hell auflachte.

Bald hatten die Tiere jegliche Scheu verloren. Sie tauchten unter ihr hinweg oder kamen so nah, dass Lena ihre glatte, glänzende Haut berühren konnte. Es war einfach wunderbar, und Lena vergaß völlig die Welt um sich herum. Nach langer, sehr langer Zeit war sie endlich einmal wieder vorbehaltlos glücklich.

Sie merkte erst, wie lange sie im Wasser gewesen war, als sie schließlich wieder an Bord kletterte und ihr auffiel, wie weit die Sonne bereits gewandert war. Es musste inzwischen später Nachmittag sein.

Stephen hatte stundenlang geduldig im Boot gesessen und gewartet. Jetzt empfing er sie mit einem ausgebreiteten Handtuch, in das sie sich einkuschelte. Im Wasser war sie ausgekühlt, weshalb sie jetzt trotz der sengenden Tageshitze fröstelte.

„Danke“, sagte sie schließlich, als sie am Bug des Bootes, das vom Baldachin nicht beschattet wurde, in der Sonne saß und sich aufwärmte. „Damit hast du einen großen Traum von mir in Erfüllung gehen lassen.“

Er winkte lächelnd ab. „Eine solche Tour hättest du hier in der Gegend überall für ein paar Schilling bekommen können. Aber ich freue mich trotzdem, dass es dir gefallen hat. Möchtest du noch mehr sehen?“

„Ja“, antwortete sie, und es kam aus tiefstem Herzen. „Ich weiß noch so wenig über diese Insel und die Menschen, die hier leben. Zeig mir das echte, unverfälschte Sansibar, abseits der ausgetretenen Touristenpfade.“

Er nickte. „Einverstanden. Aber du solltest darauf vorbereitet sein, auch die dunklen Seiten zu sehen. Willst du das?“

Sie nickte.

Stephen ließ den Motor wieder an, und sie fuhren gut eine halbe Meile parallel zur Küste, bis er das Boot schließlich vom offenen Meer zurück in seichtere Ufergewässer steuerte. Der blütenweiße Sandstrand endete, und es folgte ein felsiger Abschnitt, bei dem der Wald teilweise bis direkt an die Wassergrenze reichte. Schließlich erreichten sie eine Bucht, die tief ins Inselinnere einschnitt und in der, geschützt vor Sturm und Flut, ein kleines Fischerdorf lag.

„Jetzt ist Flut“, erklärte Stephen. „Bei Ebbe kann man mit den Booten nicht bis zum Anlegekai heranfahren, weil das Wasser bis weit über den Eingang der Bucht hinaus zurückweicht. Die Fischer müssen die Gezeiten genau abpassen, denn wenn sie zu spät auslaufen, verlieren sie den Fang eines ganzen Tages.“

Neugierig ließ Lena ihren Blick umherschweifen. Schon aus der Entfernung wirkten die Hütten, die sie erkennen konnte, eher schäbig und heruntergekommen. Bei den meisten bestanden die Wände und Dächer aus rostigem Wellblech. Wenn die Sonne den ganzen Tag daraufknallte, mussten sich die Behausungen in regelrechte Treibhäuser verwandeln. Das war vermutlich auch der Grund, warum die meisten Menschen – vorrangig Kinder und Frauen, aber auch ein paar alte Männer – sich im Freien aufhielten.

Sie erreichten den Anleger. Stephen stieg hinaus auf den wackligen Steg und band das Boot fest. Dann half er Lena dabei, ebenfalls herauszuklettern.

Ihre Ankunft war nicht unbemerkt geblieben. Ein paar Kinder kamen auf sie zugelaufen. Sie schienen Stephen zu kennen, denn sie begrüßten ihn mit einem wahren Begeisterungssturm. Es wurde Kiswahili gesprochen. Lena schnappte zwar ein oder zwei Worte auf, die Aaliyah und die anderen ihr beigebracht hatten, doch davon, dass sie etwas von der Unterhaltung zwischen Stephen und den Kindern verstand, konnte nicht die Rede sein.

Als er sich wieder zum Boot umdrehte und einen sandfarbenen Jutesack unter einer der Sitzbänke hervorzog, wurde der Jubel der Kinder noch frenetischer. Nun konnte auch Lena sich denken, was hier vor sich ging. Trotzdem erklärte Stephen mit einem leicht verlegen wirkenden Lächeln: „Sie wissen ganz genau, dass ich ihnen immer etwas mitbringe, wenn ich zu Besuch komme – was leider viel zu selten der Fall ist.“ Er seufzte. „Meine Arbeit lässt mir nur so viel Zeit, dass ich ein-, maximal zweimal im Monat herkommen kann.“

„Und was tust du hier? Woher kennst du diese Leute?“

„Mein bester Freund Yasin hat mit seiner Familie hier gelebt, bis mein Vater seinem Vater in unserem Hotel eine Arbeit besorgte. Gemeinsam mit Yasin bin ich oft hier gewesen, um seine zahlreichen Onkel, Tanten, Cousins und Cousinen zu besuchen.“

„Und wo ist dein Freund jetzt? Arbeitet er immer noch für dich?"

Nach kurzem Zögern schüttelte Stephen den Kopf. „Er ist gestorben", sagte er schließlich. „Aber das ist schon sehr lange her …"

Lena senkte den Blick, weil sie plötzlich das Gefühl hatte, dass er direkt in sie hineinschauen konnte. „Das tut mir leid", murmelte sie.

„Es ist immer tragisch, wenn ein junger Mensch sein Leben verliert", entgegnete er, und Lena hatte das Gefühl, dass er nicht nur von seinem Freund sprach. „Noch dazu, wenn es so sinnlos vergeudet wird wie das von Yasin und …" Er blinzelte, so als würde er aus einem dunklen Traum erwachen. „Aber das ist Vergangenheit. Es macht keinen Sinn, sich über Dinge den Kopf zu zerbrechen, die wir ohnehin nicht ändern können. Das Leben geht weiter – und es wäre doch ein Frevel, auch nur einen einzigen Tag davon zu vergeuden, findest du nicht?"

Seine Worte berührten etwas tief in ihr. Sie mochte gar nicht darüber nachdenken, wie viele Tage sie in den vergangenen Monaten vergeudet hatte. Wie oft hatte sie die Stunden einfach so an sich vorüberziehen lassen und darauf gewartet, dass … Ja, worauf eigentlich? Wenn sie jetzt darüber nachdachte, wusste sie es selbst nicht so genau. Auf die Nacht ganz sicher nicht, denn die Nächte waren sogar noch schlimmer gewesen als die Tage.

Worauf also dann? Darauf, dass der Schmerz endlich nachließ und sie wieder frei atmen konnte?

Wenn es danach ging, wusste sie spätestens jetzt, dass es die richtige Entscheidung gewesen war, Berlin den Rücken zu kehren. Sie konnte nicht genau benennen, wann es geschehen war. Fest stand nur, dass sie sich hier und jetzt so frei und unbeschwert fühlte wie schon sehr lange nicht mehr. Und wenn Stephen, so wie jetzt, bei ihr war, konnte sie die schwarzen Wolken, die ihr Leben seit Andys Tod überschatteten, für einen kurzen Augenblick vergessen.

Zumindest so lange, bis ihr schlechtes Gewissen sie wieder einholte. Es erschien ihr nicht richtig, glücklich zu sein. Sie hatte alles verloren, was ihr im Leben etwas bedeutete. Durfte sie jemals wieder etwas anderes empfinden als Trauer und Verzweiflung?

Stephen riss sie aus ihren finsteren Grübeleien, indem er sie beim Arm nahm und mit sich zog. „Komm", sagte er. „Ich will dir ein paar Freunde von mir vorstellen."

Aus der Nähe betrachtet wirkten die Hütten der Leute sogar noch armseliger. Keine einzige verfügte über richtige Fenster mit Glas, so wie Lena es von zu Hause gewöhnt war. Um ein wenig Licht hineinzulassen, waren rechteckige Löcher in die Wellblechwände geschnitten worden.

Eine junge Frau überquerte, zwei volle Zehnliterkanister schleppend, die unbefestigte Straße, die einmal quer durch das Dorf verlief, und verschwand in einer der Hütten.

„Trinkwasser", erklärte Stephen, der Lenas fragenden Blick bemerkte.

Erst jetzt wurde ihr klar, dass die Häuser weder über eine Wasser- noch über eine Strom- oder Abwasserversorgung verfügten. Es gab kein Telefon, kein Internet und kein Kabelfernsehen. Alles, was Lena bisher immer ganz selbstverständlich vorgekommen war, existierte hier einfach nicht.

„Der Brunnen liegt etwa einen halben Kilometer von hier entfernt", sprach Stephen weiter. „Als ich das letzte Mal dort war, lag der Wasserspiegel schon bedenklich tief. Wie ich hörte, hat sich die Situation zwischenzeitlich verschärft, sodass die Menschen hier jetzt mehr als vier Kilometer weit zum nächsten Brunnen laufen müssen, um ihr Wasser zu holen. Ich würde dir übrigens raten, nichts von dem zu essen oder zu trinken, was man dir anbietet, sofern es nicht gekocht oder ausgebacken wurde. Die Mägen der Menschen hier sind an das verschmutzte Trinkwasser gewöhnt, mit dem sie alle Dinge des täglichen Bedarfs verrichten. Ich war einmal so leichtsinnig, von einem mir unbekannten Gericht zu kosten, das Yasins Großmutter zubereitet hat. Danach bin ich fast zwei Wochen ausgefallen. Ich kann dir sagen, das war eine Erfahrung, die ich nicht unbedingt wiederholen möchte. Seitdem bringe ich bei meinen Besuchen immer ein paar Tabletten zur Wasseraufbereitung mit." Lächelnd zuckte er mit den Schultern. „Wobei ich allerdings stark vermute, dass sie sie gar nicht verwenden."

Lena schüttelte fassungslos den Kopf. Natürlich hatte sie gewusst, dass es nicht allen Menschen auf der Welt so gut ging wie jenen in den Industrieländern. Und sie musste sich vor Augen halten, dass die Verhältnisse auf Sansibar im Gegensatz zu denen auf dem Kontinent noch recht gemäßigt waren. Dennoch – es schockierte sie, mit eigenen Augen zu sehen, unter welchen Bedingungen diese Menschen hier lebten.

Zu den Kindern hatten sich jetzt einige Jugendliche und auch ein paar Frauen gesellt, die aufgeregt auf Kiswahili auf Stephen einredeten. „Entschuldige bitte", sagte er schließlich an Lena gewandt. „Es kommt hin und wieder vor, dass ich als Außenstehender gebeten werde, bei Streitigkeiten zu vermitteln. Du hast doch nichts dagegen, oder?"

Lena schüttelte den Kopf. „Natürlich nicht."

Interessiert blieb sie in der Nähe stehen und beobachtete, wie Stephen versuchte, zwischen zwei Frauen zu vermitteln. Sie verstand zwar kein einziges Wort, doch es war offensichtlich, wie sehr er sich bemühte.

Nicht zum ersten Mal fragte sie sich, ob sie diesen Mann nicht womöglich vorschnell verurteilt hatte. Von Anfang an hatte sie ihn in die Schublade des gewissen- und skrupellosen Geschäftemachers gesteckt. Doch jedes Mal, wenn sie einander begegneten, bewies er ihr aufs Neue, dass er sehr viel mehr war als das. Er faszinierte sie immer mehr. Ihm zuzusehen, wie er sich für diese Leute einsetzte, wie er sich kümmerte, ohne auch nur im Geringsten auf sie herabzublicken … Das hatte sie ihm nicht zugetraut.

„Und? Hast du helfen können, das Problem zu lösen?", fragte sie, als Stephen wieder zu ihr zurückkehrte.

Er lachte. „Die beiden sind eigentlich beste Freundinnen, aber jetzt haben sie sich dummerweise in denselben Mann verliebt. Es ist doch immer dasselbe, oder nicht? Man kann sich noch so lange kennen, aber wenn die Liebe ins Spiel kommt, ist die Freundschaft vergessen."

Die letzten Worte erschienen ihr ungewohnt sarkastisch. „War es bei dir und deinem Freund auch so?"

Nach kurzem Nachdenken schüttelte er den Kopf. „Nein, bei Yasin und mir lagen die Dinge ein klein wenig anders ..."

Da er keine Anstalten machte, mehr zu sagen, ließ auch Lena das Thema fallen. Sie kannte Stephen noch nicht lange und gut genug, um weiter in ihn zu dringen, obwohl sie gern gewusst hätte, was zwischen ihm und seinem besten Freund vorgefallen sein mochte.

Eine ältere Frau, die ein grell gemustertes Kopftuch und ein schwarzes, kaftanartiges Kleid trug, kam auf sie zu, sprach Stephen auf Kiswahili an und klopfte ihm lachend auf die Schulter.

Er drehte sich zu Lena um. „Du hast es doch nicht eilig, oder? Das ist Yasins Großmutter Huriyeh", erklärte er. „Sie hat uns zum Essen eingeladen." Als er ihren erschrockenen Gesichtsausdruck bemerkte, zwinkerte er Lena verschwörerisch zu. „Keine Sorge, ich werde dir schon sagen, was du essen kannst und wovon du besser die Finger lässt."

Lena lachte erleichtert, dann drehte sie sich zu Huriyeh um, deutete eine kleine Verbeugung an und verwendete einen der wenigen Brocken Kiswahili, die sie inzwischen gelernt hatte: „*Asante* – Danke sehr."

Stephen war fasziniert davon, wie herzlich und begeisterungsfähig Lena sein konnte. Er hatte die junge deutsche Lehrerin zunächst für eine weltfremde Träumerin gehalten, um sie dann als eine selbstbewusste Frau kennenzulernen, die genau wusste, was sie wollte. Inzwischen war ihm klar, dass sie noch sehr viel mehr Facetten besaß, denn er entdeckte immerzu neue Seiten an ihr.

Und sie waren einander gar nicht einmal so unähnlich. Beide hatten sie in der Vergangenheit Verluste erlitten, die ihr Leben für immer verändert hatten.

Sein Herz zog sich vor Mitgefühl zusammen, wenn er daran dachte, wie verletzlich sie gewirkt hatte, als sie vom Tod ihres Verlobten erzählte. War er ein schlechter Mensch, weil er insgeheim froh darüber war, sie erst jetzt, als alleinstehende Frau, kennengelernt zu haben? Vielleicht – aber das änderte auch nichts an den Tatsachen.

Sie betraten Huriyehs Haus. Er war schon sehr oft bei ihr zu Gast gewesen. Früher, als Yasin noch lebte, und noch öfter nach seinem Tod. Es mochte albern sein, aber er fühlte sich irgendwie für die Großmutter seines verstorbenen Freunds verantwortlich.

„Setz dich", sagte er zu Lena, und ein Lächeln huschte über seine Lippen, als er ihren leicht irritierten Gesichtsausdruck bemerkte.

Sie suchte nach einem Stuhl oder einem Tisch, doch so etwas fand man in den Hütten der Leute hier nicht. Überhaupt gab es keine Möbel, abgesehen von einem klapprigen Bett, das durch einen fadenscheinigen Vorhang vom Rest der Hütte, die im Grunde nur aus einem Raum bestand, abgetrennt wurde.

„Wohin?", fragte sie nun und warf ihm einen ratlosen Blick zu.

Er deutete auf den mit bunten Teppichen ausgelegten Boden und erklärte grinsend: „Dorthin."

Für die meisten Bürger großer Industrienationen war es ein Kulturschock zu sehen, wie die Menschen hier wohnten. Ihnen fehlte alles, woran sie im täglichen Leben gewöhnt waren. Dinge, die sie als selbstverständlich erachteten und zumeist schon gar nicht mehr wahrnahmen.

Doch Stephen musste zugeben, dass Lena sich eigentlich recht gut schlug. Sie ließ sich Huriyeh gegenüber nicht anmerken, was sie dachte, war freundlich, höflich und kooperativ. Ja, sie schaffte es sogar, sich einigermaßen elegant auf dem Boden niederzulassen, was, wie Stephen wusste, für viele Europäer nicht eben einfach war.

Huriyeh hatte Pilaw mit Kurkumasauce gekocht, dazu gegrilltes Hühnchenfleisch, und überreichte ihnen je eine Portion in einem Blechschälchen.

Er bemerkte Lenas fragenden Blick und nickte unauffällig. Die Speisen waren unbedenklich, denn der Gewürzreis und die Soße waren gekocht, und das Fleisch gut durchgegart. Dazu gab es – zur Feier des Tages – für jeden eine Flasche Stoney Tangawizi, eine Ingwerlimonade, die in vielen afrikanischen Ländern zu kaufen war.

Neugierig beobachtete Stephen, wie Lena von den Speisen kostete. Ihre Augen weiteten sich, und ihr Gesicht nahm einen schwärmerischen Ausdruck an. „Mmmmh", stieß sie begeistert hervor. „Das ist wirklich köstlich! Kannst du ihr das für mich sagen?"

„Sag es ihr doch selbst", entgegnete er.

Sie lächelte. „Wenn du mir erklärst, wie."

„Ganz einfach", sagte er. „*Chakula ni kitamu sana* – das bedeutet: Das Essen ist sehr lecker."

„*Chakula ni kitamu sana.*"

Huriyeh strahlte und erwiderte Lenas Worte mit einem Redeschwall auf Kiswahili.

„Was hat sie gesagt?", wandte Lena sich fragend an Stephen.

„Dass sie sich sehr darüber freut, dass es dir schmeckt", erwiderte er lächelnd. „Und dass sie dir alles Gute wünscht, was dein Vorhaben betrifft, die Bennett-Farm wieder zum Laufen zu bringen."

Lena blinzelte erstaunt. „Sie weiß davon?"

„Es gibt kaum etwas, das Huriyeh nicht weiß." Er zuckte die Achseln. „Wenn du tatsächlich hierbleiben willst, musst du noch eine Menge über die Leute hier lernen, Lena."

Betreten senkte sie den Blick. „Ich weiß, du denkst, dass ich einen Fehler gemacht habe. Aber auch wenn ich jetzt weiß, dass du nicht der Unmensch bist, für den ich dich anfangs gehalten habe – um dein Hotelprojekt zu realisieren, hättest du die Existenz der Menschen, die auf der Farm ihr Zuhause haben, vernichtet. Das konnte ich einfach nicht zulassen."

Stephen zögerte. Eigentlich war er heute Vormittag nur auf Lena zugegangen, um noch einmal vernünftig mit ihr über die Farm zu reden. Doch nun, wo sich genau hierfür die Gelegenheit bot, wollte er lieber weiterhin unbeschwert den Tag mit ihr genießen.

Was war bloß mit ihm los?

Lena hatte ihn verhext, so viel stand fest. Er konnte sich nicht erinnern, wann er zum letzten Mal so für eine Frau empfunden hatte. Hatte er das überhaupt schon einmal getan?

Dass es ausgerechnet Lena war, zu der er sich auf diese Weise hingezogen fühlte, war eine echte Katastrophe. Wieso musste er sich unbedingt in die Frau vergucken, die sich all seinen Plänen in den Weg stellte? Es war auch so schon alles kompliziert genug!

Huriyeh zeigte Lena gerade, wie sie den Reis für das Pilaw würzte, als Stephens Telefon einen Summton von sich gab. Er zog es aus der Hosentasche und schaute aufs Display. Eine SMS war eingegangen – von Roz.

Er unterdrückte ein Seufzen. Das hatte ihm gerade noch gefehlt! Rasch überflog er den Text, dann schob er das Handy stirnrunzelnd zurück in die Tasche. Roz wollte ihn mit ihrer Nachricht daran erinnern, dass sie für heute Abend verabredet waren. Der Sinn stand ihm ganz und gar nicht danach, sich mit ihr zu treffen. Aber er durfte auch nicht riskieren, dass die Finanzierung platzte, weil er seine Hormone nicht im Griff hatte.

Er kannte Collin McFarlane. Wenn der erfuhr, dass Stephen sich anstatt mit seiner Tochter mit Lena traf, würde er kurzen Prozess machen und sämtliche Mittel für das gemeinsame Projekt zurückziehen.

Das durfte nicht geschehen. Dafür hing einfach zu viel davon ab, dass dieses Hotel gebaut wurde.

Rachels Hotel ...

„Willst du mal kosten?“ Lenas Frage riss ihn aus seinen Gedanken. Sie hatte sich zu ihm umgedreht und hielt einen Kochlöffel in seine Richtung. Als er nicht gleich reagierte, hob sie eine Braue. „Stimmt etwas nicht? Du guckst so komisch.“

Er schüttelte den Kopf. „Nein“, sagte er und zwang ein Lächeln auf seine Lippen. „Es ist alles in Ordnung. Was habt ihr denn da Leckeres gemacht?“

Lena strahlte. „Huriyeh hat mir gezeigt, wie man Nelken, Kardamom und Kümmel verwendet, um aus fadem Reis ein köstliches Gericht zu zaubern. Was ist jetzt? Möchtest du probieren?“

„Klar“, sagte er und ging zu ihr und Huriyeh, die vor dem improvisierten Herd – einer offenen Feuerstelle, über der an einem Gestell aus mehreren Stangen ein Topf hing – standen. Er nahm einen Bissen von dem angebotenen Gewürzreis und seufzte genießerisch. „Wunderbar! An dir ist eine Sterneköchin verloren gegangen. Huriyeh und du, ihr solltet zusammen ein Restaurant eröffnen.“

Lena lachte. „Warte mal, du hast da was …“ Sie streckte die Hand aus und fuhr mit dem Daumen über seine Lippen.

Für einen Augenblick stockte Stephen der Atem. Diese Berührung, so zart wie ein Wimpernschlag … Die Zeit schien stehen zu bleiben. Er schaute Lena an, und der Blick ihrer grünen Augen hielt ihn gefangen.

Ihre Hand schwebte noch immer in der Luft, so als sei sie schwerelos. Und so fühlte sich auch Stephen. Als würde er schweben. Sein Kopf war ganz leicht und sein Herz hämmerte wie verrückt. Ihm war heiß und kalt zugleich. Und hätte nicht Huriyeh plötzlich etwas zu ihnen gesagt – vielleicht hätte er Lena dann an sich gezogen und geküsst.

Geküsst? Hatte er den Verstand verloren? Das war doch Wahnsinn! Er hatte sie schon einmal geküsst und sich danach geschworen, es nie wieder zu tun.

Und daran sollte er sich besser auch halten.

„Es wird Zeit“, sagte er und wandte sich abrupt ab. „Ich habe gleich noch eine Verabredung. Wir sollten uns jetzt besser wieder auf den Weg machen.“

Lena blinzelte, nickte dann aber.

Die Verabschiedung von Huriyeh verlief recht überstürzt. Es tat Stephen leid, doch es erschien ihm besser, ganz schnell die Notbremse zu ziehen. Schlimm genug, dass er Lena noch mit dem Boot raus bis zur Farm fahren musste, aber das ließ sich nicht vermeiden.

Es wurde bereits dunkel, als sie den Strand erreichten, der an das Grundstück der Bennett-Farm grenzte. Der Himmel am Horizont glühte in einem feurigen Rot, dort, wo die Sonne im Begriff stand, wie ein lodernder Ball aus Glut im Meer zu versinken. Das Rot ging über in leuchtendes Orange, ehe es zu einem zarten Pastellrosé zerfaserte und sich anschließend mit dem Schwarzblau des Abendhimmels vereinte, an dem Millionen und Abermillionen von Sternen glitzerten.

Stephen steuerte das Boot so nah wie möglich an den Strand heran, ehe er den Motor abstellte, den Anker setzte und mit einem lässigen Sprung über die Bordwand hinwegsetzte. Das Wasser reichte ihm bis zur Taille, doch schon in ein paar Stunden würde es allerhöchstens noch knöcheltief sein. Deutlich spürte er den Sog der einsetzenden Ebbe.

„Komm“, sagte er und streckte Lena die Arme entgegen.

„Ich schaffe das schon allein“, entgegnete sie.

Seufzend zuckte Stephen die Achseln. „Ganz wie du willst.“

Über die Leiter kletterte Lena von Bord. Sie ließ sich von der letzten Sprosse ins Wasser gleiten und schnappte erstaunt nach Luft – es stand ihr fast bis zu den Schultern.

Stephen war sofort bei ihr und hielt sie fest, als eine Welle sie wegzutragen drohte. Die Hitze ihres Körpers bildete einen scharfen Kontrast zur Kühle des Wassers, und für einen Moment stockte Stephen der Atem.

Sie standen einfach da, Arm in Arm. Er spürte, wie ihr Herz pochte. Sie blickte zu ihm auf. Ihre Brust hob und senkte sich hastig.

Und dann beugte er sich zu ihr herab und verschloss ihren Mund mit seinen Lippen.

Lena hatte das Gefühl, die Besinnung zu verlieren.

Das war alles so unwirklich. Die Sterne, die über ihnen am Himmel funkelten, der Mond, der den Strand in silbrigen Glanz tauchte, das Rauschen der Brandung und die Rufe der Buschbabys. Und dann Stephens Nähe! Sie hatte die Hände auf seine Brust gelegt und spürte das Spiel seiner Muskeln durch den nassen Stoff seines T-Shirts. Ihre eigene Bluse klebte ihr am Körper wie eine zweite Haut, doch das alles nahm sie nur ganz am Rande wahr. Denn all ihre Sinne waren auf seinen Kuss ausgerichtet.

Ihr rationales Denken war ausgeschaltet, sie fühlte nur noch. Und was waren das für Gefühle! Wie eine Flutwelle waren sie über sie hinweggerollt und hatten alle Schutzwälle, die sie in ihrem Inneren errichtet hatte, davongerissen.

Nach kurzem Zögern erwiderte sie seinen Kuss leidenschaftlich. Sie schob die Hände in sein Haar und schmiegte sich an ihn. Hitze pulsierte durch ihren Körper, während die Brandung sie schäumend umspülte. In ihrem Kopf drehte sich alles. Ihr Atem ging schwer, und als Stephen zärtlich ihren Hals küsste, war ihr, als würde sie innerlich zerfließen. Sie vergaß alles um sich herum. Ihr Herz hämmerte wie verrückt, und ihr Puls raste.

Da erklang plötzlich ein Geräusch von irgendwoher. Lena wusste nicht einmal, um was für ein Geräusch es sich handelte und woher es kam. Aber es genügte, um sie aus der Trance, in der sie sich eben befunden hatte, herauszureißen.

Abrupt machte sie sich von Stephen los. „Das hätten wir nicht tun dürfen!“, stieß sie atemlos hervor.

Sie dachte an Andy und schämte sich. Er war die Liebe ihres Lebens gewesen! Wie konnte sie sich, nur ein halbes Jahr nach seinem Tod, so schamlos einem anderen Mann an den Hals werfen?

„Lena, warte …!“ Stephen streckte die Hand nach ihr aus, doch Lena wich zurück. Dann drehte sie sich um und lief, so schnell es ihr angesichts der Strömung gelang, zurück an den Strand.

Durch einen Vorhang aus Tränen konnte sie den warmen Sand kaum sehen, über den sie rannte. Fast blind stolperte sie in den Wald, und es war mehr Zufall, dass sie schließlich unbeschadet das Farmhaus erreichte.

Als sie oben in ihrem Zimmer ankam, ließ sie sich, nass wie sie war, aufs Bett fallen und vergrub das Gesicht im Kopfkissen. Das Schlimmste an der ganzen Sache war, dass sie es in vollen Zügen genossen hatte. Das Zusammensein mit Stephen, den Kuss …

Allein der Gedanke daran ließ erneut Schmetterlinge in ihrem Bauch aufflattern. Doch genau das durfte nicht sein. Nach Andys Tod hatte sie sich geschworen, dass es niemals einen anderen für sie geben würde.

Sie liebte Andy doch! Sie würde ihn immer lieben!

Das Klingeln ihres Handys riss Lena aus ihren Gedanken. Zunächst ignorierte sie den Anruf. Es kamen ohnehin nur zwei Personen infrage, die versuchen könnten, sie zu erreichen: Patrick oder Stephen. Und sie wusste nicht, mit wem sie im Augenblick weniger gern sprechen wollte.

Doch nachdem sie sich ein wenig beruhigt hatte, nahm sie das Telefon schließlich zur Hand, das inzwischen beinahe vorwurfsvoll schwieg. Sechs Anrufe in Abwesenheit und eine Sprachnachricht auf ihrer Mailbox. Allesamt von Patrick.

Seufzend wischte Lena sich die Tränen von den Wangen und rief die Sprachnachricht ab. Als sie Patricks Stimme hörte, regte sich ihr schlechtes Gewissen. Seit Tagen versuchte er nun schon, sie zu erreichen. Doch sie hatte ihn nicht ein einziges Mal zurückgerufen, und das nur, weil sie keine Lust hatte, sich mit ihm auseinanderzusetzen.

„Lena, was ist eigentlich los?“, fragte er. „Du lässt überhaupt nichts mehr von dir hören. Hast du dein altes Leben etwa schon hinter dir gelassen?“

Lena schloss die Augen. Sie fühlte sich fürchterlich. Wenn

Patrick wüsste, was sie vorhin mit Stephen gemacht hatte … Sie mochte gar nicht darüber nachdenken!

Rücklings ließ sie sich zurück aufs Bett sinken. Dabei fiel ihr Blick auf das Foto von Andy auf ihrem Nachttisch.

Irrte sie sich, oder hatte sein Blick plötzlich etwas Vorwurfsvolles?

Unsinn! Das war schließlich nur ein Foto!

Sie versuchte, den Gedanken zu verdrängen, doch irgendwann hielt sie es nicht mehr länger aus. Sie nahm das Bild und drehte es so, dass es mit der Vorderseite auf dem Block lag, auf dem sie Fathiyas Erzählungen von den Erlebnissen ihrer Großmutter und ihres Großonkels notiert hatte.

Wichtige Notizen, mit denen sie sich seitdem nur ein einziges Mal kurz befasst hatte.

Aufschluchzend wandte sie sich ab und schlang die Arme um ihren Körper.

In dieser Nacht weinte sie sich in den Schlaf.

„Waren wir nicht eigentlich heute Abend verabredet?“ Roz' Stimme am anderen Ende der Leitung klang freundlich wie immer. Falls sie ärgerlich sein sollte, weil Stephen sie versetzt hatte, dann ließ sie es sich nicht anmerken.

Seufzend fuhr er sich durchs Haar. Er hatte das Boot zurück zum Anleger gebracht und war dann auf direktem Wege nach Hause gefahren. Seine Verabredung mit Roz hatte er über dem, was zwischen Lena und ihm vorgefallen war, vollkommen vergessen.

„Tut mir leid, es ist mir etwas Wichtiges dazwischengekommen. Ich musste nach Kitale fahren. Es wird auch noch ein bisschen dauern, bis ich wieder zurück bin. Unser Date holen wir nach, okay?“

„Ich müsste wirklich dringend etwas mit dir besprechen“, entgegnete sie und klang ein bisschen enttäuscht. „Kannst du heute Abend nicht wenigstens eine halbe Stunde für mich entbehren? Bitte, Stephen, es ist extrem wichtig.“

Er zögerte. Es machte ihm keinen Spaß, Roz anzulügen. Sie war eine warmherzige und liebenswerte Frau und verdiente einen Mann, der sie auf Händen trug und ihr jeden Wunsch von den Augen ablas.

Dummerweise konnte er dieser Mann nicht sein.

Er hatte es versucht. Doch bei jedem gemeinsamen Treffen war ihm nur noch deutlicher klar geworden, dass er sie zwar als gute Freundin mochte und schätzte, doch das, was sie und ihr Vater sich von ihm wünschten, niemals sein konnte.

Irgendetwas sagte ihm, dass Roz dafür Verständnis aufbringen würde – ihr Vater hingegen nicht. Und wenn er Collin McFarlane gegen sich aufbrachte, dann war Rachels und sein Traum von *ihrem* Hotel endgültig ausgeträumt.

Wenn er das nicht ohnehin schon ist. Die Farm gehört jetzt Lena, schon vergessen?

Nein, wie sollte er das vergessen? Das war ja das Schlimme: Er konnte nichts, was Lena betraf, vergessen. Immerzu schlich sie sich in seine Gedanken und nachts inzwischen sogar in seine Träume. Und was waren das für Träume!

Es war Wahnsinn gewesen, sie vorhin zu küssen. Er konnte von Glück reden, dass sie die ganze Sache abgebrochen hatte, ehe sie vollständig aus dem Ruder gelaufen war. Tatsache aber war, dass ein Teil von ihm es bedauerte und sich danach sehnte, Lena in seinen Armen zu halten.

„Stephen? Was ist? Warum sagst du nichts?"

Roz' Stimme holte ihn wieder in die Gegenwart zurück. Ärgerlich über sich selbst runzelte er die Stirn. Das musste aufhören! Es gab andere Dinge, auf die er sich konzentrieren sollte. Wichtige Dinge. Und was Lena betraf, so durfte er sich in nichts hineinsteigern. Sie war attraktiv, ja, und er fühlte sich stark zu ihr hingezogen. Aber er hatte es – verdammt noch mal! – in seinem Leben schon oft mit bildschönen Frauen zu tun gehabt, die versucht hatten, ihm aus dem einen oder anderen Grund den Kopf zu verdrehen. Bisher war es ihm jedoch immer gelungen, Geschäftliches und Privates streng voneinander zu trennen.

Und als neue Besitzerin der Bennett-Farm gehörte Lena ganz eindeutig in die Kategorie „Geschäftliches“.

„Entschuldige, ich habe nur gerade überlegt, ob ich es noch irgendwie hinkriegen kann, auf dem Rückweg kurz bei dir ranzufahren“, schwindelte er. „Aber ich komme hier voraussichtlich erst nach Mitternacht weg, und dann noch die Rückfahrt ... Was hältst du davon, wenn ich mich morgen noch einmal bei dir melde, und wir verabreden einfach ein neues Treffen?“

„Nein, nein“, erwiderte Roz rasch. „Es ist okay, wenn es spät wird. Ich würde mich einfach freuen, wenn du auf dem Rückweg von Kitale noch einmal auf einen Sprung bei mir vorbeischaust.“

Stephen war überrascht und fragte sich, was Roz wohl so Dringendes mit ihm zu besprechen hatte. Aber ganz gleich, was es auch war – heute Nacht konnte er sich unmöglich damit befassen. Dazu war er einfach noch viel zu aufgewühlt.

„Ich werde schauen, was ich tun kann“, sagte er. „Aber es könnte sogar sein, dass ich eine Nacht hier im Hotel verbringe. Du solltest also besser nicht auf mich warten.“

Er fühlte sich schlecht, als er das Gespräch kurz darauf beendete. Roz hatte etwas Besseres verdient als das. Dennoch durfte er noch nicht reinen Tisch machen. Nicht solange ihr Vater bezüglich der Finanzierung des gemeinsamen Projekts abspringen konnte. Er hatte Rachel versprochen, dass er dieses Hotel, von dem sie schon als Kinder geträumt hatten, für sie bauen würde.

Lieber wollte er sterben, als dieses Versprechen jemals zu brechen.

Er trat auf den Balkon seines Arbeitszimmers und sah, dass unten in Rachels Zimmer, das sich im Seitenflügel des Hauses befand, noch Licht brannte. Spontan entschied er sich, seiner Schwester trotz der späten Stunde noch einen kurzen Besuch abzustatten.

Ngabile blickte überrascht von ihrem Buch auf, als er kurz darauf in der offenen Tür stand und an den Rahmen klopfte. Ein warmes Lächeln erhellt ihr eher herbes Gesicht. Das Haar trug sie, wie meistens, unter einem Kopftuch verborgen. „Das ist aber schön, dass Sie uns besuchen kommen", sagte sie, legte ihr Buch beiseite und erhob sich aus dem Schaukelstuhl. „Rachel wird sich freuen, Sie zu sehen."

Wie gern wollte Stephen daran glauben, dass sie recht hatte. Doch das letzte Mal, dass er so etwas wie Freude in Rachels Gesicht gesehen hatte, lag schon so lange zurück, dass es ihm manchmal wie ein schöner Traum erschien. Nun waren es fast zwanzig Jahre …

„Kommen Sie", sagte Ngabile und führte ihn in Rachels Zimmer, wo sie in ihrem Rollstuhl vor der offenen Verandatür saß, sodass sie auf den Ozean hinausblicken konnte. Früher einmal hatte sie es geliebt, das Meer bei Nacht. Wie oft waren sie nach Einbruch der Dunkelheit heimlich aus ihren Betten geklettert, hatten sich auf Zehenspitzen am Schlafzimmer ihrer Eltern vorbeigeschlichen und waren zum Strand hinuntergelaufen.

Mit niemandem hatte er besser reden können als mit Rachel. Sie war für ihn nicht nur seine Schwester gewesen, sondern auch seine beste Freundin, seine engste Vertraute. Ihr hatte er Dinge anvertraut, die er nicht einmal mit Yasin teilen konnte. Doch diese Person, die er mehr geliebt hatte als jeden anderen Menschen auf der Welt, existierte nicht mehr.

Die Frau, die vor ihm in dem Rollstuhl saß und blicklos ins Leere starrte, war nicht mehr die Rachel, die er kannte. Und er trug die Verantwortung dafür, dass es so gekommen war.

Er allein.

„Ich lasse Sie beide allein", erklärte Ngabile. „Wenn Sie irgendetwas brauchen …"

Stephen nickte. Ngabile kümmerte sich nun seit gut fünfzehn Jahren um Rachel, sodass sie für ihn inzwischen schon fast zur Familie gehörte. Nur an drei Abenden in der Woche hatte sie frei und wurde durch eine andere Pflegekraft vertreten, die zwar ebenfalls sehr freundlich und tüchtig, aber dennoch nicht mit Ngabile zu vergleichen war.

Es war die Art und Weise, wie sie Rachel behandelte, die Stephen beeindruckte. So, als wäre sie hellwach und bekäme alles mit, was um sie herum passierte. Es war sicher nicht leicht, über so lange Zeit mit einem Menschen zu arbeiten, der niemals auch nur die geringste Regung zeigte. Doch Ngabile beklagte sich nie. Ganz im Gegenteil sogar.

Selbst ihm fiel es nach all den Jahren noch immer schwer, seine Schwester in diesem Zustand zu sehen. Er fühlte sich in ihrer Gegenwart seltsam befangen und wusste nie recht, wie er mit ihr umgehen sollte. Vermutlich gerade weil sie sich früher so nahegestanden hatten und weil er sich schuldig daran fühlte, dass heute alles anders war.

Er zog sich einen Stuhl heran und setzte sich schräg neben Rachel. Keine Regung deutete darauf hin, dass sie seine Anwesenheit überhaupt bemerkte. Zwar behauptete Ngabile, dass es kleine Veränderungen in ihrer Mimik gab, an denen man ablesen konnte, wie Rachel sich fühlte. Doch die Ärzte hielten es für unwahrscheinlich, dass sie etwas von dem mitbekam, was um sie herum passierte. Und vielleicht, so dachte Stephen manchmal, war das auch besser so.

Trotzdem nahm er jetzt die Hand seiner Schwester, die sich weich und warm in seiner anfühlte. Er räusperte sich angestrengt. Es fiel ihm immer schwer, Rachel gegenüber die richtigen Worte zu finden – ob sie ihn nun hören konnte oder nicht. „Ich weiß nicht mehr weiter, Rachel“, sagte er schließlich. „Oh Gott, wie sehr wünschte ich mir, dass du mir einen Rat geben könntest, so wie früher. Es geht wieder einmal um das Hotel. Natürlich, worum auch sonst? Ich weiß, ich habe dir beim letzten Mal versprochen, dass wir jetzt bald mit den Bauarbeiten beginnen können, aber … es ist etwas dazwischengekommen.“ Er atmete tief durch. „Oder besser – *jemand* ist dazwischengekommen.“ Mit der freien Hand fuhr er sich durchs Haar. „Eine Frau.“

Stephen wusste genau, was die „alte“ Rachel zu ihm gesagt hätte. Ihm war fast, als könnte er ihre Stimme hören: „Eine Frau, natürlich!“ Dann hätte sie gelacht. „Du bist und bleibst ein Schwerenöter, Bruderherz. Aber nun erzähl erst mal, was passiert ist …“

„Ich weiß auch nicht …" Ratlos schüttelte er den Kopf. „Es ist alles so kompliziert. Als der alte Bennett starb, kurz nachdem die Bank ihm den Kredit aufgekündigt und eine Zwangsversteigerung des Grundstücks eingeleitet hatte, dachte ich, dass jetzt endlich alles seinen Gang gehen würde. Doch dann tauchte *sie* auf und schnappte mir die Farm vor der Nase weg. Ihr Name ist Lena. Ich …" Er fuhr sich mit der flachen Hand übers Gesicht. „Ich habe sie geküsst. Zwei Mal! Ich weiß nicht, was da zwischen uns vorgeht, aber fest steht, dass da etwas ist." Hilfe suchend schaute er seine Schwester an. „Sag mir, was ich tun soll, Rach! Du hast mir immer prophezeit, dass mir eines Tages eine Frau begegnet, die mein Leben verändern wird. Aber warum muss es ausgerechnet sie sein? Lena steht all meinen Plänen im Wege. Und dann sind da auch noch Roz und ihr Vater! Ich weiß wirklich nicht mehr weiter."

Früher hätte Rachel den Arm um ihn gelegt und ihm gesagt, dass schon alles gut werden würde. Und dann hätten sie gemeinsam nach einer Lösung für sein Problem gesucht.

Doch die alte Rachel gab es nicht mehr. Und die junge Frau, die im Rollstuhl vor der Balkontür saß, würde ihm keinen Ratschlag geben.

Sie redete überhaupt nicht mehr.

Stephen stand auf und trat hinter seine Schwester. Dann küsste er sie auf das kupferrote Haar und verließ das Zimmer. Er wünschte Ngabile hastig eine gute Nacht, dann eilte er, zwei Stufen auf einmal nehmend, die Stufen zu seinem Zimmer hinauf.

Als er die Tür hinter sich zugeschlagen hatte, presste er die Handballen auf die Augen und unterdrückte ein Aufstöhnen. Dann ließ er sich an der Tür hinabsinken, blieb auf dem Boden sitzen, das rechte Bein ausgestreckt, das linke angewinkelt und bis zur Brust herangezogen.

Er stützte den Kopf aufs Knie und vergrub die Hände in den Haaren. Für gewöhnlich gelang es ihm recht gut, den Geistern der Vergangenheit Einhalt zu gebieten. Doch heute Abend hatte er ihnen nichts entgegenzusetzen.

Still und dunkel lag das Farmhaus da. Vor ein paar Stunden war die neue Besitzerin der Plantage zurückgekehrt, kurz darauf waren auch die letzten Lichter ausgegangen. Die Arbeiter hatten sich schon vor Stunden in ihre Hütten zurückgezogen. Kein Wunder, schließlich ging für sie die Schufterei schon in ein paar Stunden wieder los. Das kannte auch der Mann, der sich jetzt dem Haus näherte, gut.

Er bewegte sich geschickt im Schatten der Bäume. Selbst wenn jemand aus dem Fenster geblickt hätte, wäre er wohl unentdeckt geblieben, obwohl der Mond hell schien. Doch sein Ziel war nicht das Haus selbst, sondern der Schuppen, der sich direkt dahinter befand.

Die Tür quietschte leise, als der Mann sie öffnete. Doch angesichts der Laute, die den Wald erfüllten, bestand kaum Gefahr, dass irgendjemand das Geräusch hörte. Trotzdem wartete er ein paar Sekunden und betrat die Hütte erst, als sich nichts gerührt hatte.

Seine Augen brauchten einen Moment, um sich an die Dunkelheit zu gewöhnen. Dann sah er im hinteren Bereich des Schuppens einige große Kanister. Er trat näher und öffnete den Schraubverschluss des ersten Kanisters. Er holte einen kleinen Glasbehälter aus der Innentasche seiner Jacke und schüttete den Inhalt hinein. Dasselbe wiederholte er mit jedem der gut einem halben Dutzend Behälter.

Ein zufriedenes Lächeln huschte über sein Gesicht. Sein Auftraggeber würde zufrieden mit ihm sein.

Er verließ den Schuppen und schloss vorsichtig die Tür hinter sich. Dann verschwand er wieder im nachtdunklen Wald.

11. KAPITEL

In der Nähe von Dodoma, Tanganjika, September 1887

Henriette schlug die Augen auf.

Sie war sicher, draußen vor dem Zelt ein Geräusch gehört zu haben. Wie erstarrt lag sie da und wagte kaum zu atmen. Angespannt lauschte sie in die Finsternis. Da war es wieder! Ein leises Schaben an der Seitenplane des Zelts, so als streifte etwas daran entlang.

Ein Tier?

Aus den Erzählungen von ihrem Führer Mboko – einem älteren Mann mit wettergegerbtem Gesicht und einem verkrüppelten Fuß, der ihn jedoch kaum beim Gehen behinderte – wusste sie von den namenlosen Gefahren, die hier draußen in der Savanne lauerten. Löwen, die einen ausgewachsenen Menschen mit einem einzigen Hieb ihrer mächtigen Pranken niederstrecken konnten, und Geparden, die so schnell liefen wie der Wind. Wilde Elefanten und Nashörner, Leoparden, Schakale und Hyänen. Mit einem erschrockenen Keuchen setzte sie sich auf, als sie hörte, dass sich etwas an der Vorderseite ihres Zeltes zu schaffen machte.

Henriette wollte ihren Vater wecken, als ihr einfiel, dass er seit seiner Genesung wieder in seinem eigenen Zelt schlief. Sie war allein. Das Herz schlug ihr bis zum Hals und ihre Kehle war wie zugeschnürt. Draußen riss die Wolkendecke auf, und im fahlen Schein des Mondes sah sie durch die dünnen Planen hindurch einen gewaltigen Schatten, direkt vor dem Zugang zu ihrem Zelt.

Der Stoff raschelte leise, als er vorsichtig zur Seite geschoben wurde.

Henriette stockte der Atem. Sie wollte schreien und um Hilfe rufen, doch kein Laut entkam ihrer Kehle. Vor Schreck war sie wie gelähmt.

Was ist los mit dir? Willst du einfach dasitzen und darauf warten, gefressen zu werden?

Mit zitternden Fingern tastete sie den Boden ringsum ab und packte den ersten Gegenstand, den sie zu fassen bekam. Die gusseiserne Kasserolle, die zu ihrer Reiseausrüstung gehörte, wog beruhigend schwer in ihrer Hand, auch wenn Henriette wusste, dass sie gegen einen Löwen oder Leoparden nicht viel damit würde ausrichten können.

Wie gebannt starrte sie zum Zelteingang, durch den nun ein dunkler Körper ins Innere des Zeltes drang. Henriette hob die Kasserolle, bereit, zuzuschlagen und ihre Haut so teuer wie möglich zu verkaufen, da erkannte sie, dass sie kein wildes Tier vor sich hatte.

Erleichtert atmete sie auf und ließ ihre improvisierte Waffe sinken. „Um Himmels willen, was tust du hier?"

Der kleine Junge blickte erschrocken auf. Während sein Gesicht mit der Dunkelheit zu verschmelzen schien, wirkten seine Augen geradezu unwirklich hell.

Soweit Henriette es im Mondschein erkennen konnte, mochte er etwa sechs oder sieben Jahre alt sein. Bekleidet war er nur mit einem Lumpen, den er sich um die Hüften geschlungen hatte. Und er war so mager, dass es Henriette in der Seele schmerzte. Wann mochte dieses Kind zum letzten Mal eine anständige Mahlzeit bekommen haben?

Aus großen flehenden Augen blickte er sie an und sagte etwas in einer Sprache, die Henriette nicht verstand. Auf ihrer Reise nach Tabora hatte sie ein paar Brocken Kiswahili aufgeschnappt, doch je weiter sie sich von der Küste entfernten, desto vielfältiger wurde die Bandbreite an Dialekten, die die Eingeborenen sprachen.

„Tut mir leid, ich verstehe dich nicht", sagte sie und schüttelte zur Unterstreichung ihrer Worte den Kopf.

Der Junge schien zu begreifen, was sie meinte, denn er hörte auf, auf sie einzureden. Stattdessen drängte er sich an ihr vorbei in den hintersten Winkel des Zeltes, wo er sich zitternd zu einer kleinen Kugel zusammenkauerte.

Henriette runzelte die Stirn. Was mochte diesem Kind zugestoßen sein, das es so in Angst und Schrecken versetzt hatte?

Sie erhielt die Antwort, als nur kurze Zeit nach dem Jungen eine lärmende Gruppe Männer ihr Lager aufstörte. Henriette sank der Mut.

Sklavenjäger.

Auf dem Weg von Dar-es-Salam nach Tabora hatte sie viele schlimme Dinge gesehen. Scheinbar endlose Sklaventrecks, die sich vom fernen Nil und den großen Seen im Herzen Afrikas bis hin zur Küste Tanganjikas zogen. Von dort aus wurden die armen Seelen über Sansibar in die ganze Welt verschifft – wie Henriette gehört hatte, unter immensen Verlusten von Menschenleben. Niedergebrannte Häuser, geschändete Frauen und ihren Familien entrissene Kinder. Es war ein entsetzliches Grauen, das sie kaum in Worte zu fassen vermochte.

Die Männer – vornehmlich arabischer, einige aber auch europäischer und sogar schwarzafrikanischer Herkunft – veranstalteten nun ein solches Getöse, dass sowohl Mboko als auch Henriettes Vater aus ihren Zelten gekrochen kamen. Pastor Johannes Lüderitz hatte sich inzwischen gut von seiner schweren Krankheit erholt, obgleich sie ihn noch immer zeichnete. Er stellte sich den Männern in den Weg, als sie gerade anfangen wollten, das Lager zu durchsuchen.

„Was hat das zu bedeuten?“, fragte er, und seine volltönende Stimme, mit der er sich auch bei seinen Andachten und Predigten Gehör verschaffte, ließ die Männer innehalten. „Was immer Sie auch suchen, hier bei uns werden Sie es gewiss nicht finden.“

Ein hochgewachsener Mann mit arabischen Zügen, von dessen Oberlippe bis zum rechten Auge eine gezackte Narbe verlief, trat vor. Er trug einen Turban, einen Burnus und ein Umhängetuch in dunklen Farben, die im fahlen Mondlicht schwarz erschienen. Offenbar handelte es sich um den Anführer der Truppe. Mboko, der neben Kiswahili und Deutsch auch die Sprache der arabischen Oberschicht beherrschte, übersetzte für sie. „Sie reisen allein mit der Frau und dem Neger?“

Johannes Lüderitz nickte. „Meine Tochter Henriette“, stellte er vor. „Mboko, unser Führer.“

„Von unserem Treck ist ein Negerbengel ausgebüxt", erklärte der Sklavenjäger. Unverhohlen blickte er sich um. „Haben Sie ihn gesehen?"

Henriette klopfte das Herz bis zum Hals. Sie zweifelte nicht daran, dass es sich bei dem Jungen, der sich in ihrem Zelt versteckte, um den Gesuchten handelte. Und sie wollte sich lieber nicht vorstellen, was ihm blühte, wenn diese Männer ihn einfingen. Sie hatte schon Kinder gesehen, die zur Strafe für weit geringere Vergehen an Balken gekettet worden waren, die sie fortan mit sich herumtragen mussten.

„Niemand von uns hat etwas gesehen", entgegnete Lüderitz, und Henriette war froh, dass er für sie alle antwortete, denn sie war nicht sicher, ob sie auch nur einen einzigen Laut hervorgebracht hätte. „Aber wenn wir doch noch etwas bemerken sollten, werde ich Mboko schicken, um Sie zu informieren."

Der Mann nickte, nachdem Mboko die Worte von Henriettes Vater für ihn übersetzt hatte. Mit einem gebellten Befehl trommelte er seine Leute zusammen. Kurz darauf verschwanden sie ebenso lärmend, wie sie aufgetaucht waren.

„Das würdest du doch nicht wirklich tun, oder Papa?" Henriette hauchte die Worte mehr, als dass sie sie sprach.

Fragend schaute Johannes Lüderitz seine Tochter an. „Was tun, Liebes?"

„Diese schrecklichen Männer auf einen wehrlosen Jungen hetzen!"

Der Pastor fuhr sich seufzend mit der Hand über die hohe Stirn. „Ach Kind, von diesen Dingen verstehst du nichts", erwiderte er, ohne ihre Frage wirklich zu beantworten. „Ich bin nach Afrika gekommen, um die Kinder Gottes, die ihren heidnischen Religionen frönen, in den Schoß der heiligen Mutter Kirche zu führen."

Henriette erschauderte innerlich. „Aber Gott kann doch nicht wollen, dass ein kleiner Junge wie Vieh auf einem Sklavenmarkt verkauft wird", begehrte sie auf. „Ich habe gesehen, wie diese Menschen behandelt werden, Papa! Wie kann Gott es zulassen, dass solche Dinge geschehen?"

„Die Afrikaner fühlen nicht so wie du und ich, mein Kind“, versuchte ihr Vater sie zu beschwichtigen. „Es sind Wilde, für die Begriffe wie Liebe, Familie und Gottesfurcht nicht dasselbe bedeuten wie für dich oder mich.“

Was Johannes Lüderitz da behauptete, erschien Henriette wie blanker Hohn. Wie konnte er dastehen und in Gegenwart von Mboko, dessen Familie in der letzten Generation vermutlich ebenfalls als Sklaven aus dem afrikanischen Hinterland verschleppt worden war, solche Dinge von sich geben?

Sie hatte ihren Vater stets als gütigen, gottesfürchtigen Mann betrachtet, der sein Leben in den Dienst der Kirche gestellt hatte, um Gutes zu tun. Doch jetzt erkannte sie, was er wirklich war: ein Heuchler, der sich auf seine ganz spezielle Art und Weise ebenso menschenverachtend verhielt wie all jene Sklavenjäger und Mörder.

In diesem Moment wurde Henriette klar, dass diese Erkenntnis ihr Leben für immer verändern würde. Wie sollte sie ihrem Vater jemals wieder in die Augen sehen, ohne Abscheu und Wut zu empfinden? Er war noch immer ihr Papa, und sie liebte ihn, so wie es eine Tochter nun einmal tat. Doch wenn er nichts unternehmen wollte, um den – wie er sie nannte – Gotteskindern zu helfen … Sie würde dieses Unrecht keinen Tag länger tatenlos mit ansehen.

Noch in dieser Nacht packte sie ein kleines Bündel, in dem sie all ihre Habseligkeiten und ein paar Vorräte verstaute. Und nachdem ihr Vater und Mboko sich wieder zur Ruhe gelegt hatten, nahm sie den kleinen Jungen – sie glaubte inzwischen verstanden zu haben, dass sein Name Oweihu lautete – bei der Hand und schlich sich mit ihm davon.

Sie wandten sich nach Osten, in Richtung Küste. Um nicht entdeckt zu werden, suchten sie tagsüber Unterschlupf und gingen nachts weiter. Sie mussten vorsichtig sein, denn die Sklavenjäger waren überall. Und eine junge Weiße, die mit einem kleinen schwarzen Jungen unterwegs war, fiel auf.

Eines Morgens fanden sie Unterschlupf in einer kleinen

Höhle, die, dem Geruch nach zu urteilen, früher einmal von einem Tier bewohnt worden war. Ganz wohl fühlte Henriette sich nicht dabei, sich hier zu verkriechen. Doch Oweihu war zu erschöpft, um weiterzugehen. Und ihr selbst erging es nicht viel anders. Sie lehnte sich mit dem Hinterkopf gegen den rauen Fels und schlief trotz der unbequemen Position beinahe sofort ein.

Eine seltsame Vorahnung ließ sie aus dem Schlaf hochschrecken. Sie schlug die Augen auf – und spürte in derselben Sekunde, wie sich eine Klinge an ihre Kehle legte. Unwillkürlich versteifte sie sich.

„Ganz ruhig“, flüsterte ihr eine raue Stimme ins Ohr. „Dann passiert dir auch nichts, Mädchen.“

Henriette blinzelte überrascht – der Mann hatte Deutsch mit ihr gesprochen. Und im nächsten Moment erkannte sie auch die Stimme. „Mboko!“, stieß sie erstickt hervor. Tränen der Verzweiflung stiegen ihr in die Augen. „Was tust du? Wo ist mein Vater?“

Weitere Männer drängten in die Höhle. Sie trugen Pechfackeln, deren Schein flackernde Schatten auf die nackten Felswände warf. Henriette sank das Herz, als sie die Leute des arabischen Sklavenjägers wiedererkannte.

„Ich wusste sofort, dass der Bengel bei dir ist, als du in jener Nacht verschwunden bist.“ Mboko lachte leise. „Dein Vater, dieser leichtgläubige Narr, denkt, dass ich los bin, um dich zurückzuholen. Aber viel mehr als du interessiert mich der Junge, der mir eine stattliche Belohnung einbringen wird.“

Wie ein wildes Tier trieben die Männer Oweihu in die Enge. Als er mit dem Rücken zur Höhlenwand stand und seine Häscher immer näher kamen, lief er mit dem Mut der Verzweiflung los und versuchte, sich zwischen den nach ihm greifenden Händen hindurchzuwinden.

Er schaffte es beinahe. Im letzten Moment packte ihn einer der Männer bei der Schulter und schleuderte in brutal zu Boden, wo der Junge regungslos liegen blieb.

„Nein!“, schrie Henriette und wollte zu ihm laufen, doch die Klinge an ihrer Kehle hielt sie davon ab.

Tränen strömten ihr über die Wangen. Hilflos musste sie zusehen, wie ein grobschlächtiger Kerl Oweihu wie ein Bündel über seine Schulter warf – dann zogen die Sklavenjäger ab.

Mboko nahm das Messer von Henriettes Kehle, doch als sie losstürmen wollte, um Oweihu zur Hilfe zu eilen, drängte er sie zurück gegen den kalten Fels und hielt ihr drohend die Spitze der Klinge vors Auge. „Du rührst dich besser nicht vom Fleck, Mädchen“, knurrte er. „Sollte ich auch nur das Gefühl haben, dass du uns folgst, wirst du es bitter bereuen, das schwöre ich dir!“

Henriette zweifelte nicht daran, dass er es ernst meinte. Seine Miene im Schein der Pechfackel wirkte düster und bedrohlich. Doch als sie von draußen her Oweihu gellend um Hilfe schreien hörte, ließ sie alle Vernunft fahren, riss sich los und wollte aus der Höhle stürmen. Mboko jedoch bekam noch ihre Haare zu fassen und riss sie mit einem brutalen Ruck daran zurück.

Henriette schrie vor Schmerz. Für einen Moment tanzten weiße Blitze vor ihren Netzhäuten, und sie konnte nicht mehr atmen. Dann, als ihr Blick sich wieder klärte, sah sie Mbokos Gesicht unmittelbar vor ihrem.

„Ich habe dich gewarnt“, erklärte er mit einem diabolischen Grinsen. „Und wer nicht hören will, muss fühlen!“

Er ballte seine rechte Hand zur Faust, holte aus und schlug zu.

Henriette wurde es schwarz vor Augen.

Sansibar, Jambiani, November 1887

Knapp zwei Monate später träumte Henriette noch immer von jener Nacht und fühlte sich zurückversetzt in die Steppe Tanganjikas. Dann war sie Mboko, ihrem Peiniger, wieder hilflos ausgeliefert, und die verzweifelten Schreie Oweihus klangen in ihren Ohren nach.

Oweihu.

Der Gedanke an ihn trieb ihr Tränen in die Augen. Der Junge hatte sein Leben in ihre Hände gegeben. Er war voller Vertrauen darauf gewesen, dass sie einen Weg finden würde, ihn in Sicherheit zu bringen. Doch sie hatte versagt.

In jener Nacht hatte Mboko sie mit einem einzigen gezielten Fausthieb bewusstlos geschlagen. Als sie kurz vor Morgengrauen erwachte, waren er und seine Spießgesellen längst über alle Berge.

Und mit ihm Oweihu.

Gott allein wusste, was aus dem Jungen geworden war. Sie hoffte, dass er es geschafft hatte, seinen Häschern ein weiteres Mal zu entkommen. Wirklich daran glauben konnte sie jedoch nicht.

Völlig auf sich allein gestellt hatte Henriette vor der Entscheidung gestanden, sich entweder auf die Suche nach ihrem Vater zu machen oder zu versuchen, sich auf eigene Faust bis zur Küste durchzuschlagen.

Schon allein aus Furcht, Mboko wiederzusehen, hatte sie sich für die zweite Alternative entschieden. Davon abgesehen – was sollte sie bei einem Mann, der auf der einen Seite behauptete, ein Diener Gottes zu sein, und sich gleichzeitig weigerte, etwas gegen die schreckliche Ungerechtigkeit zu unternehmen, die sich Sklaverei nannte?

Ohne jegliche finanzielle Mittel hatte die Reise zurück nach Dar-es-Salam eine kleine Ewigkeit gedauert, und Henriette war bis an die Grenzen ihrer Belastbarkeit gelangt. Ein freundlicher Fischer hatte sie nach Sansibar übergesetzt, wo sie sich in den schäbigsten Spelunken von Mji Mkongwe auf die Suche nach Gleichgesinnten machte.

Mehr als einmal wäre ihr die Naivität, mit der sie dabei vorging, fast zum Verhängnis geworden. Wie durch ein Wunder schaffte sie es aber, am Leben zu bleiben. Und schließlich gelang es ihr, Kontakt zu einer Gruppe herzustellen, die Sklaven befreite und aus der Reichweite der Sklavenhändler brachte. Eine Arbeit, die, wie man Henriette eindringlich warnte, mit einem großen Risiko verbunden war. Doch das konnte sie nicht schrecken. Sie wollte etwas bewirken. Wenn sie schon Oweihu nicht hatte retten können, dann doch wenigstens so viele seiner Leidensgenossen wie möglich.

Mit ihrem Eifer für die Sache machte sie sich nicht nur Freunde. Bald schon waren ihr Gesicht und ihr Name den Sklavenhändlern und großen Plantagenbesitzern bekannt, sodass Henriette sich gezwungen sah, in den Untergrund abzutauchen.

So hauste sie nun alle paar Tage in einem neuen schäbigen Unterschlupf, teilweise unter noch schlechteren Bedingungen als die Menschen, die sie zu befreien versuchte. Doch das machte ihr nichts aus.

Für den Sieg der Gerechtigkeit mussten auch Opfer gebracht werden. Und im Gegensatz zu ihrem Vater war Henriette sich dafür nicht zu schade.

Sie legte sich wieder zurück auf die harte, stockfleckige Matratze, die ihr im Schuppen eines alten, seit Jahren nicht mehr genutzten Viehstalls als Bett diente. Sie hatte gerade die Lider geschlossen, als ein Quietschen, gefolgt von leisen Schritten, sie erneut aufschrecken ließ.

Da sich ihre Augen inzwischen an die Dunkelheit gewöhnt hatten, sah sie einen dunklen Umriss, der auf ihre Lagerstatt zukam. Kurz darauf hörte sie die bekannte Stimme von Moses, einem ihrer heimlichen Mitstreiter, der auf dem Hof arbeitete, zu dem die Scheune gehörte. Doch ihre Erleichterung währte nicht lange, als sie hörte, was er zu sagen hatte. „Du musst hier weg!“, flüsterte er aufgeregt. „Irgendjemand muss ihnen einen Tipp gegeben haben.“

Darüber, wen Moses meinte, wenn er von „ihnen“ sprach, brauchte Henriette nicht lange nachzudenken. Hastig rappelte sie sich auf und sammelte ihre wenigen Habseligkeiten zusammen. Da hörte sie auch schon, wie schwere Schritte sich von draußen näherten.

„Schnell!“, drängte Moses, doch das war kaum nötig, denn Henriette war sich des Ernstes der Lage durchaus bewusst.

Und sie wollte lieber sterben, als diesen Menschen in die Hände zu fallen!

Mji Mkongwe, Sansibar, November 1887

„Keine Angst, Nahiba.“ Tröstend legte Annemarie dem leise schluchzenden Hausmädchen eine Hand auf den Arm. „Es ist gut, dass du dich mir anvertraut hast. Ich werde dafür sorgen, dass er dich in Zukunft in Ruhe lässt.“

Sie betrachtete die zarte, zusammengesunkene Gestalt auf dem Stuhl vor sich eingehend. Welcher Teufel mochte Albert geritten haben, dieses arme unschuldige Kind zu bedrängen? Wie alt mochte Nahiba sein? Zwölf? Dreizehn?

Es war Annemaries Zofe Zorah gewesen, die das Mädchen gedrängt hatte, sich an sie zu wenden. Natürlich wusste Annemarie, dass ihr Mann sämtliche Bediensteten drangsalierte und terrorisierte – abgesehen von Wilhelm, der eine ähnlich sadistische Ader besaß wie er selbst. Es war kaum möglich, davor die Augen zu verschließen. Das letzte Mal hatte er beim Dinner ein Mädchen vor den Augen von Gästen geohrfeigt, weil diesem beim Auftragen ein winziger Fehler unterlaufen war.

Annemarie machte sich schon längst nichts mehr vor: Seit nunmehr sechs Monaten waren Albrecht und sie verheiratet, und mit jedem Tag, der verstrich, wuchs ihr Abscheu für ihn. Er war ein Sadist, der ganz offensichtlich Befriedigung empfand, wenn er Menschen, die sich nicht wehren konnten, quälte. Und seit Laurenz’ Tod gab es niemanden mehr, der ihn von seinen Exzessen abzuhalten vermochte.

Natürlich tat Annemarie alles, was in ihrer Macht stand, um die Bediensteten zu beschützen. Doch de facto hatte in diesem Haus ausschließlich Albrecht das Sagen, sodass ihr in der Regel lediglich der Versuch blieb, besänftigend auf ihn einzuwirken –

was leider nur in den seltensten Fällen gelang. Wie auch? Albrecht machte keinen Hehl daraus, dass er sie nicht mochte und sie nur geheiratet hatte, weil sein Vater es so von ihm verlangt hatte. Da dieses Gefühl auf Gegenseitigkeit beruhte, bekümmerte es Annemarie herzlich wenig, dass ihr Gemahl in den Bordellen rund um Mji Mkongwe ein gern gesehener Stammgast war. Seine anfänglichen abendlichen Besuche in ihrem Schlafzimmer, die ausschließlich der Zeugung eines Erben dienten, hatte er zu ihrer Erleichterung schon wenige Wochen nach der Hochzeit eingestellt.

Ihre Ehe war eine einzige Farce. Schlimmer noch – inzwischen fürchtete Annemarie sich regelrecht vor Albrecht, der gleich nach der Beerdigung seines Vaters sein wahres Gesicht gezeigt hatte. Er war ein jähzorniger, herrschsüchtiger Mann, der es nicht ertragen konnte, wenn sich ihm jemand entgegenstellte. Diese Erfahrung hatte sie nun schon mehrfach machen müssen.

Doch das hielt sie nicht davon ab, für ihre Grundsätze einzustehen, wenn sie es für notwendig erachtete. Albrecht mochte sie einschüchtern, doch brechen konnte er sie nicht.

Versonnen betrachtete sie ihr Gesicht im Frisierspiegel, vor dem sie saß. War dies noch dieselbe Annemarie, die gemeinsam mit Celia und Henriette auf der *Fortuna* nach Sansibar gereist war? Damals war sie voller Hoffnungen und Träume gewesen. Was war aus ihnen geworden? Doch nur Schall und Rauch …

„Was wollen Sie tun, gnädige Frau?“, fragte Zorah, nachdem sie Nahiba aus dem Raum geführt hatte. „Ich mache mir Sorgen um Sie. Dem gnädigen Herrn wird es nicht gefallen, wenn Sie sich für das Mädchen einsetzen.“

Annemarie nickte. Besser hätte sie es auch nicht ausdrücken können. „Ich weiß“, sagte sie mit einem unglücklichen Lächeln. „Aber ich wäre nicht ich selbst, wenn ich diese Ungerechtigkeit einfach so geschehen ließe.“

Auch Zorah lächelte nun. „Es ist sicher sehr selbstsüchtig, so zu denken, denn immerhin weiß ich, wie unglücklich Sie sind, gnädige Frau – aber ich bin trotzdem froh, dass Sie hier sind. Ohne Sie wäre dieses Haus ein sehr trostloser Ort."

Tränen der Rührung stiegen Annemarie in die Augen, doch sie blinzelte sie weg. Das verschüchterte Mädchen, als das sie Zorah vor sechs Monaten kennengelernt hatte, hatte sich als eine kluge, offenherzige junge Frau entpuppt, die das Herz auf dem rechten Fleck trug und die Dinge beim Namen nannte.

„Danke." Annemarie umarmte ihre Zofe kurz, aber herzlich, stand von ihrem Platz an der Frisierkommode auf und ging zur Tür. Ehe sie sie öffnete, drehte sie sich noch einmal zu Zorah um und straffte die Schultern. „Zumindest kann niemand behaupten, ich hätte kein Rückgrat", scherzte sie angestrengt.

Zorah blieb ernst, in ihren dunklen Augen schimmerte Sorge. „Passen Sie auf sich auf, Annemarie", sagte sie leise.

Albrecht war in seinem Arbeitszimmer, das er fast jeden Abend nach dem Essen aufsuchte, ehe er ausging. Der Raum verdiente diese Bezeichnung jedoch nicht, fand Annemarie. Albrecht hielt sich nur dort auf, um in Ruhe seine Zigarren rauchen und ein Glas Port trinken zu können.

In der Regel verbesserte der Genuss von Alkohol seine Stimmung, solange er das Maß behielt. Annemarie durfte also darauf hoffen, dass Albrecht sie zumindest zu Wort kommen ließ. Doch schon als sie das Zimmer betrat, spürte sie, dass sie einen schlechten Zeitpunkt gewählt hatte. In eine Wolke aus bläulichem Qualm gehüllt, saß Albrecht in seinem Ohrensessel und starrte mürrisch vor sich hin.

„Was willst du?", lautete die wenig freundliche Begrüßung.

„Mit dir reden", entgegnete Annemarie so ruhig wie möglich. Albrecht sollte nicht merken, dass er sie nervös machte. Wenn er Schwäche witterte, wurde er nur noch gehässiger.

„Ach ja?" Er bedachte sie mit einem geringschätzigen Blick. „Na, da bin ich aber gespannt. Worum geht es?"

Annemarie nahm all ihren Mut zusammen. „Um dein Verhalten der Dienerschaft gegenüber – vor allem der *weiblichen* Dienerschaft."

Einen Moment lang starrte Albrecht sie nur ungläubig an, dann fing er an, schallend zu lachen, nur um kurz darauf schlagartig wieder ernst zu werden. „Hat das kleine Negerflittchen sich an deiner Schulter ausgeheult, ja? Sie sollte es eigentlich besser wissen. Früher hat man den Sklaven noch beigebracht, wo ihr Platz ist, aber das, was einem heutzutage von den Sklavenhändlern angeboten wird …"

Annemarie schluckte. Sie wusste, dass er sie bloß provozieren wollte. Dennoch fiel es ihr schwer, sich zu beherrschen. „Wer sich an mich gewandt hat und warum, ist doch unwichtig", erwiderte sie. „Fest steht, dass du mit deinem Verhalten unseren häuslichen Frieden nachhaltig schädigst. Ich …"

Sie kam nicht dazu, ihren Satz zu Ende zu führen, denn Albrecht war wie von der Tarantel gestochen aufgesprungen und hatte sie grob an der Kehle gepackt.

„Hör lieber auf, dich in Angelegenheiten einzumischen, die dich nichts angehen, mein Liebling!" Sein Gesicht war so dicht vor ihrem, dass die Ausdünstungen von Portwein und Zigarrenqualm ihr schier den Atem raubten. „Wie leicht kann es passieren, dass man von einer Treppe stürzt und sich den Hals bricht!"

Seine Worte waren eine unverhohlene Drohung, und Annemarie zweifelte nicht daran, dass es ihm absolut ernst damit war.

Sie hatte schon immer geahnt, dass Laurenz' Tod in Wahrheit kein Unfall gewesen war. Doch der Gedanke, dass sein eigener Sohn ihn die Treppe hinuntergestoßen haben könnte, war zu schrecklich gewesen, um ihn zuzulassen.

Das Verhalten, das Albrecht jetzt zeigte, fegte allerdings auch die letzten Reste von Zweifel davon.

Sie war mit einem Mörder verheiratet.

Einem Vatermörder!

Albrecht schien das Entsetzen in ihrem Blick förmlich zu genießen. Hastig riss sie sich von ihm los und flüchtete, verfolgt von seinem gehässigen Lachen, aus dem Zimmer. Tränen verschleierten ihren Blick, als sie die Treppe hinunterstürmte und an dem verdutzten Wilhelm vorbei zur Tür und aus dem Haus stürzte.

Sie wusste nicht, wohin – Hauptsache fort von hier. Fort von *ihm*! Blindlings lief sie drauflos. Das Klappern ihrer Absätze hallte wie Pistolenschüsse durch die Nacht. Und sie blieb erst stehen, als ihre Lungen wie Feuer brannten und sie das Gefühl hatte, keinen einzigen Schritt mehr weitergehen zu können.

Schwer atmend sank sie gegen eine Häuserwand und lehnte den Kopf gegen den kühlen Stein. Es war ihr völlig gleichgültig, ob ihr teures Tournürenkleid schmutzig wurde. Was kümmerte sie das jetzt noch? Ihre ganze Welt stand kopf. Tränen strömten ihr über die Wangen.

Was sollte sie jetzt tun?

Ihr erster Gedanke war, ihren Eltern zu schreiben und sie um Geld für eine Rückreise nach Hamburg zu bitten. Aber dann wurde ihr klar, dass das nicht so einfach sein würde. Albrecht war dem Gesetz nach ihr Ehemann, ganz gleich, was auch zwischen ihnen vorgefallen sein mochte. Und sie kannte ihre Eltern gut genug, um zu wissen, dass sie eine Trennung – aus welchen Gründen auch immer – niemals gutheißen würden.

Ein verzweifeltes Schluchzen schnürte ihr die Kehle zu. Sie musste zurückgehen. Zurück zu Albrecht. Ihr blieb gar keine andere Wahl, denn sie verfügte weder über eigenes Vermögen, noch hatte sie Freunde, bei denen sie notfalls eine Weile lang bleiben konnte. All ihre Bekannten hier auf Sansibar waren im Grunde Albrechts Bekannte. Außer Celia – und Annemarie glaubte nicht, dass ihre ehemalige Reisegefährtin großes Verständnis für ihre Situation aufbringen würde.

Davon abgesehen war es nicht ihre Art, sich einfach so aus der Affäre zu ziehen. Nein, Zorah und Nahiba vertrauten darauf, dass sie sie beschützte. Wenn sie jetzt einfach davonlief, wären sie und alle anderen Mitglieder ihres Haushalts Albrechts Launen schutzlos ausgeliefert.

Das konnte sie einfach nicht zulassen.

Sie blinzelte die Tränen fort und straffte die Schultern. „Sei kein Feigling!“, sagte sie zu sich selbst.

Zum ersten Mal, seit sie kopflos aus dem Haus gestürmt war, blickte sie sich um. Sie befand sich in einer schäbigen, düsteren Gasse, durch die der Himmel nur als schmaler, rasch dunkler werdender blauer Streifen zwischen den Hausdächern hindurchschimmerte. Fliegen umschwirrten mehrere undefinierbare Lumpenhaufen, die sich neben heruntergekommenen Hintertüren häuften. Ein stechender Geruch ging von ihnen aus. Eine widerwärtige Mischung von Unrat, der den ganzen Tag in der Sonne gelegen hatte, und menschlichen Ausscheidungen.

Aus den Fenstern drang flackernder Kerzenschein. Vereinzelte Gesprächsfetzen waren zu hören. Ganz in der Nähe hallten laute Stimmen, die irgendein Lied grölten. Das Gejohle von Betrunkenen.

Und dann erschienen die Männer am Ende der Gasse.

Annemarie sah sie nur als Umrisse, die sich scharf gegen das Licht der sinkenden Sonne in ihrem Rücken abzeichneten. Es waren bullige, grobschlächtige Gestalten.

„Hey, Gnädigste!“, rief einer ihr zu – er sprach Englisch mit starkem Akzent. „Hast dich wohl verlaufen, was? Aber keine Sorge, wir werden dir schon zeigen, wo’s langgeht, was, Jungs?“

Dafür erntete er brüllendes Gelächter von seinen drei Kumpanen. Dem unsteten Gang nach waren sie alle trotz der frühen Abendstunde schon stark angetrunken.

Annemarie raffte ihren Rock und wollte in entgegengesetzter Richtung davongehen. Zu spät bemerkte sie, dass sie sich in einer Sackgasse befand.

Der einzige Weg hinaus führte vorbei an den Betrunkenen, die sich langsam, aber stetig näherten.

Ruhig, ermahnte sie sich selbst. Ganz ruhig … Doch es war vergebliche Liebesmüh. Vielleicht machten die Männer sich nur einen Spaß daraus, ihr einen Schreck einzujagen. Möglicherweise – und das war viel wahrscheinlicher – sahen sie in ihr aber auch eine leichte Beute. Und Annemarie wollte sich lieber gar nicht erst vorstellen, was das bedeuten mochte.

Ihr blieb nur die Flucht nach vorne.

Sie setzte eine, wie sie hoffte, eiserne Miene auf und marschierte entschlossenen Schrittes geradewegs auf die Trunkenbolde zu. Im ersten Moment sah es tatsächlich so aus, als wäre ihre Strategie erfolgreich. Die Männer wichen vor ihr zur Seite, ihre schmutzigen Gesichter, die Annemarie jetzt deutlich erkennen konnte, angesichts ihres forschen Auftretens verunsichert.

Doch das Überraschungsmoment währte einen Lidschlag zu kurz. Gerade als Annemarie zum Laufen ansetzte, spürte sie, wie jemand sie am Arm packte und festhielt.

Sie wurde zurückgerissen und fand sich im Klammergriff eines der Männer wieder. Der ekelerregende Gestank nach Schweiß, kaltem Rauch und billigem Fusel hüllte sie ein und raubte ihr die Luft zum Atmen. Bittere Galle stieg ihr die Kehle hoch. Sie keuchte erstickt auf.

„Hey, nicht so schnell, Gnädigste", knurrte der Mann direkt an ihrem Ohr. „Wer wird's denn so eilig haben? Woll'n wir uns nicht erst mal ein bisschen miteinander amüsieren?"

„Lassen Sie mich auf der Stelle los!", verlangte Annemarie mit einer Vehemenz, die sie selbst überraschte. Woher sie die Stärke nahm, diesen Trunkenbolden die Stirn zu bieten, wusste sie nicht. Doch ihr war klar, dass sie, wenn sie auch nur einen Hauch von Schwäche zeigte, schon verloren hatte.

Wieder zögerten die Männer. Einer – ein blonder Kerl mit fettigem Haar und einem runden Gesicht, das vor Schmutz starrte, dass die hellblauen Augen darin regelrecht zu leuchten schienen – raunte demjenigen, der Annemarie gepackt hielt, etwas in einer ihr fremden Sprache zu. Doch obwohl sie die Worte nicht verstand, konnte sie sich den Sinn denken. Der Blonde wollte die Sache abbrechen, aber davon wollte sein Kumpan nichts wissen.

Während sie aufgebracht miteinander diskutierten, suchte Annemarie verzweifelt nach einer Möglichkeit, zu entkommen.

Dann lockerte sich der Griff ihres Peinigers für einen Augenblick, und sie sah ihre Chance. Sie riss sich los und rannte, so schnell sie konnte.

Doch sie war nicht schnell genug. Der Kerl, der sie festgehalten hatte, setzte ihr nach und versetzte ihr einen brutalen Stoß zwischen die Schultern, der sie hart zu Boden stürzen ließ.

Annemarie schrie auf, als sie sich die Knie und die Handballen aufschürfte. Doch der Schmerz war nichts gegen den, den sie fühlte, als jemand sie an den Haaren packte und sie daran zurück zum finsteren Ende der Sackgasse zerrte.

„Lasst sofort die Frau los!"

Eine energische Stimme hallte durch die Gasse, und die Männer, die bis gerade noch vollkommen auf Annemarie konzentriert gewesen waren, wirbelten fluchend herum. Dass sie entdeckt worden waren, schien ihre Entschlossenheit ins Wanken zu bringen, auch wenn sie in der Überzahl waren.

„Loslassen, sage ich! Sonst rufe ich die Männer von meinem Schiff zur Hilfe!"

Der Blonde mit den wasserblauen Augen packte seinen Kumpan am Kragen und zog ihn mit sich. Als sein Gewicht von ihr wich, konnte Annemarie endlich wieder atmen. Sie schnappte nach Luft wie ein Fisch auf dem Trockenen. Tränen der Erleichterung strömten über ihre Wangen.

Sie hörte trampelnde Schritte, die sich hastig entfernten. Ein kurzes Gerangel. Dann wieder Schritte, die sich näherten.

„Um Himmels willen, ist mit Ihnen alles in Ordnung?"

Zwei Hände legten sich um Annemaries Schultern und halfen ihr dabei, sich aufzusetzen. Sie hob den Blick, um ihrem Retter in der Not zu danken, doch als sie ihm in die Augen blickte, versagte ihr die Stimme.

Für einen winzigen Moment war ihr, als würde die Zeit stehen bleiben. Ihr Herz hämmerte, sie konnte fühlen, wie die Ader seitlich an ihrem Hals vor Aufregung pulsierte. Der Schrecken und das Entsetzen, die sie eben noch fest in ihrem Griff gehabt hatten, fielen mit einem Schlag von ihr ab.

Wie war das möglich? Wie konnte es sein, dass sie so für einen Mann empfand, den sie überhaupt nicht kannte?

Der Schock musste schuld daran sein. Annemarie hatte schon oft gehört, dass Menschen in Extremsituationen dazu neigten, irrationale Dinge zu tun. Sicher war das der Grund dafür, dass allein der Blick in seine Augen sie so aus dem Konzept gebracht hatte.

Sie waren grau. Nein, nicht einfach nur grau. Sie besaßen die Farbe von geschmolzenem Blei und erinnerten sie an den Himmel über Hamburg an einem stürmischen Tag.

Mit einem energischen Blinzeln versuchte sie, ihre Aufmerksamkeit von diesen faszinierenden Augen wegzulenken. Doch damit erreichte sie nur, dass sie nun seine markanten Gesichtszüge bemerkte. Die fein geschwungenen Lippen, das wellige schwarzbraune Haar ...

Aufhören! rief sie sich selbst zur Ordnung. Sie konnte nicht fassen, dass sie nach allem, was sie innerhalb der vergangenen Stunden erlebt hatte, für so etwas zu haben war. Vermutlich lag es eben gerade daran, dass sie so aufgewühlt war.

„Vielen Dank", stieß sie heiser auf Englisch hervor, der Sprache, in der sie ihn vorhin hatte sprechen hören, und ließ sich von ihm aufhelfen. „Ich weiß gar nicht, was ich sagen soll. Ohne Sie ..." Sie erschauderte.

„Schon gut. Kommen Sie ..." Er stützte sie, als ihre Knie unter ihr nachzugeben drohten. Seine Berührung verdrängte etwas von der eisigen Kälte, die von ihr Besitz ergriffen hatte.

„Nathan Alistair, zu Ihren Diensten", erklärte er mit einem gewinnenden Lächeln, das Annemaries Herz gleich wieder höherschlagen ließ. „Ich hoffe, Sie verzeihen mir meine Offenheit, aber der Hafen ist nicht gerade das Pflaster, auf dem sich eine junge Lady wie Sie bewegen sollte – schon gar nicht so spät am Tag!"

Es stimmte: Die Hafengegend war dafür bekannt – oder vielmehr berüchtigt –, dass sich hier nach Einbruch der Dunkelheit übles Volk herumtrieb. Trinker und Spieler, Matrosen aus aller

Herren Länder, Halsabschneider, Diebe und Huren. Ein hysterisches Kichern stieg in Annemarie auf, das sie nicht unterdrücken konnte. Vermutlich befand sich auch das Hurenhaus, in dem ihr Mann aus und ein ging, ganz in der Nähe …

„Kommen Sie", sagte Nathan Alistair und führte sie aus der Gasse. Im schummrigen Licht, das durch die Fenster der Häuser hinaus auf die Straße fiel, sah sie ihn zum ersten Mal richtig.

Er war mindestens ebenso groß wie Albrecht und überragte sie um mindestens einen Kopf. Doch im Gegensatz zu ihrem Mann, den sein ausschweifender Lebensstil bereits deutlich gezeichnet hatte, obwohl er gerade erst Mitte zwanzig war, waren Nathan Alistairs Züge wie in Stein gemeißelt. Er trug eine Uniform, die ihm ausnehmend gut stand. Britische Marine, wie Annemarie anhand seines Namens und seiner englischen Aussprache vermutete.

„Ich bringe Sie zu einem Arzt", sagte er. „Sie sollten sich untersuchen lassen. Diese Barbaren sind reichlich unsanft mit Ihnen umgegangen und …"

„Nein", protestierte Annemarie sofort. „Keinen Arzt! Mir geht es gut – wirklich!"

Alistair runzelte die Stirn, gab dann aber nach. „Also gut, ganz wie Sie wollen. Aber dann bringe ich Sie wenigstens nach Hause. Und auf dem Weg dorthin erzählen Sie mir, wie Sie in diese missliche Lage geraten konnten." Er bot ihr seinen Arm, und Annemarie hakte sich nach kurzem Zögern bei ihm unter. Fragend hob er eine Braue. „Wohin also?"

Annemarie erklärte es ihm.

„Natürlich, ich kenne das Rosenthal-Kontor. Es ist eines der größten in der Umgebung, aber … Ich dachte immer, Rosenthal hätte nur einen Sohn, diesen Albrecht. Dass der alte Haudegen auch noch eine Tochter hat, wusste ich nicht."

„Nur eine Schwiegertochter", entgegnete sie. „Ich bin Annemarie, Albrecht Rosenthals Frau."

Die Miene des jungen Mannes verdunkelte sich unwillkürlich, doch er nickte. „Ich hatte schon gehört, dass er geheiratet hat, und mich gefragt, wer die arme Unglückliche wohl sein mochte …" Dann schüttelte er den Kopf. „Verzeihen Sie bitte, es steht mir nicht an, so etwas zu sagen."

„Aber nein, Sie haben doch recht", entgegnete sie mit einem gequälten Lächeln. Es mochte verrückt sein, doch aus irgendeinem Grund hatte sie das Gefühl, diesem fremden Mann vertrauen zu können. Und sie musste einfach jemandem ihr Herz ausschütten, sonst würde sie noch den Verstand verlieren.

Sie erzählte ihm alles. Von Albrechts schändlichem Verhalten den weiblichen Bediensteten gegenüber, der Art und Weise, wie er sie, seine Ehefrau, behandelte, und nach kurzem Zögern von ihrem schrecklichen Verdacht, was den Tod seines Vaters betraf.

Als sie geendet hatte, schwieg der junge Marinesoldat zunächst. Seine Miene war wie versteinert. Annemarie vermochte daran nicht abzulesen, was er dachte oder empfand.

Als sie nur noch zwei Querstraßen vom Kontor entfernt waren, blieb Annemarie stehen. „Mein Mann darf uns auf keinen Fall zusammen sehen", erklärte sie mit gesenktem Blick. „Es tut mir leid, dass ich Sie mit meinen Sorgen und Problemen belastet habe. Ich …" Sie schüttelte den Kopf und verstummte.

Er hob die Hand, legte ihr einen Finger unters Kinn und hob ihr Gesicht an, sodass sie ihn ansehen musste. „Bitte, entschuldigen Sie sich nicht", sagte er und strich ihr mit dem Daumen übers Kinn – eine Berührung so sanft und zärtlich, dass ihr Herz zu flattern begann. „Wie kann ich Sie jetzt einfach gehen lassen, zurück zu diesem Ungeheuer?"

„Ich muss zurück", entgegnete Annemarie mit erstickter Stimme. „Es geht nicht anders."

Er nickte. „Ich weiß. Trotzdem macht mich die Vorstellung fast wahnsinnig, dass …"

„Ich muss jetzt gehen", sagte Annemarie. „Danke für alles."

Mit diesen Worten stellte sie sich auf die Zehenspitzen, legte eine Hand in seinen Nacken und küsste ihn auf die Lippen.

Es war im Grunde nur der flüchtige Schatten eines Kusses, und dennoch löste er in Annemarie ein unvorstellbares Gefühlschaos aus. Hastig wandte sie sich ab und wollte davonlaufen, doch Nathan hielt sie zurück.

„Werden wir uns wiedersehen?“, fragte er.

Sie wagte es nicht, ihn anzusehen, aus Angst, dass sie die Kontrolle verlieren und sich einfach in seine Arme sinken lassen könnte. „Ich bin eine verheiratete Frau“, gab sie zu bedenken.

„Eine *unglücklich* verheiratete Frau.“ Er umfasste ihre Schultern und drehte Annemarie zu sich um. Einen Moment lang standen sie einfach nur da, Sekunden dehnten sich zu Minuten, Minuten zu Stunden, und Stunden zu einer Ewigkeit. „Bitte, Annemarie …“

Die Art und Weise, wie er ihren Namen sagte, erzeugte ein warmes Gefühl in ihrem Bauch. Was sollte sie tun? Sie wusste, dass es sie nur in noch größere Schwierigkeiten bringen würde, wenn sie sich auf Nathan einließ. Das änderte jedoch nichts daran, dass sie es unbedingt wollte.

Allein die Vorstellung, ihn womöglich niemals wiederzusehen …

Sie fasste sich ein Herz. „Auf der Rückseite der Kathedrale … wissen Sie, wo?“

Er nickte. „Ich werde dort auf Sie warten – jeden Tag, wenn es sein muss!“

„In zwei Tagen“, stieß sie hastig hervor. Ihr Kopf schwirrte. Sie fürchtete sich vor ihrer eigenen Courage, gleichzeitig spürte sie aber auch, dass es kein Zurück mehr gab. „Da wird mein Mann nicht hier sein. Er hat dringende geschäftliche Verpflichtungen auf dem Festland. Ich kann kurz vor Sonnenuntergang kommen.“

Mit diesen Worten wandte sie sich ab und eilte davon, ohne sich noch einmal umzublicken.

Sie wusste nicht, ob sie sonst die Kraft aufgebracht hätte, zu gehen.

Am nächsten Tag war Annemarie am frühen Nachmittag zu einem Besuch bei Celia aufgebrochen. Eigentlich hatte sie überhaupt keine Lust dazu gehabt. Celia und sie verstanden sich im Grunde nicht wirklich gut. Doch Albrecht bestand darauf, dass sie weiterhin Kontakt zu ihr hielt, da ihr Mann, Jonathan Bennett, einer seiner wichtigsten Lieferanten war.

Weil sie ihrem Mann keinen weiteren Anlass geben wollte, zornig auf sie zu sein, hatte Annemarie sich in ihr Schicksal gefügt. Doch nach zwei Stunden voller belanglosem Geplänkel verspürte sie das dringende Bedürfnis zu schreien. Allein der Gedanke, dass sie Nathan Alistair morgen wiedersehen würde, gab ihr die Kraft, weiter höflich lächelnd dazusitzen und Celia zuzuhören, wie sie über unwichtige Dinge schwadronierte.

„Ich würde mir gern einmal eure Plantage ansehen“, unterbrach Annemarie irgendwann den Redefluss ihrer Gastgeberin, die ein wenig pikiert wirkte, dann aber süß lächelte.

„Natürlich, wie unhöflich von mir. Da sitze ich und rede und rede … Du musst dich schrecklich langweilen.“

„Nein, ganz und gar nicht“, entgegnete Annemarie aus purer Höflichkeit. „Ich interessiere mich nur dafür, wo die Waren eigentlich herkommen, die über unser Kontor in alle Welt weiterverkauft werden.“

Ein schwarzes Mädchen in der gestärkten Tracht der Dienerschaft betrat den Raum, den Kopf untertänig gesenkt. Sie sagte etwas zu Celia, die darüber ein wenig ungehalten zu sein schien, es Annemarie gegenüber aber offenbar nicht zeigen wollte.

„Geh ruhig schon einmal vor“, sagte sie. „Ich komme gleich nach. Es gibt da nur noch eine Kleinigkeit hier im Haus, um die ich mich kurz kümmern müsste.“

Annemarie fragte sich, ob sie sich jemals an die schwüle Hitze ihrer neuen Heimat gewöhnen würde. Kein Lüftchen regte sich, als sie durch die weit geöffnete Verandatür nach draußen trat. Mit der Hand fächelte sie sich Luft zu, doch das half so gut wie überhaupt nicht. Trotzdem fühlte sie sich hier draußen allemal wohler als im Inneren des Hauses. Celia hatte offenbar ein kleines Vermögen dafür ausgegeben, das Interieur nach der neuesten Mode einzurichten. Doch es war ihr nicht gelungen, daraus ein echtes Zuhause zu machen. Es gab nichts Behagliches, nichts Gemütliches. Aber vermutlich legte Celia darauf auch keinen gesteigerten Wert.

„Annemie!"

Überrascht blickte Annemarie sich um, als sie jemanden ganz in der Nähe ihren Namen flüstern hörte. Auf der Veranda war niemand, und auch der Hof lag verlassen da.

Sie musste sich getäuscht haben. Schließlich war sie allein, und …

„Annemie, hier!" Direkt unter ihr quetschten sich Finger durch eine enge Lücke zwischen den Verandabohlen. „Hier unten!"

Annemarie atmete scharf ein, als sie sich hinkniete und durch die Lücke ein Gesicht erkannte, das sie gut kannte.

„Henriette?"

„Schhhh", machte ihre Freundin und legte einen Finger an ihre Lippen. „Nicht so laut, um Himmels willen! Celia darf auf keinen Fall wissen, dass ich hier bin. Ich …" Sie verstummte abrupt. „Da kommt jemand!"

Im selben Moment trat Celia auf die Terrasse hinaus. „Annemarie, was tust du da?", fragte sie und schüttelte stirnrunzelnd den Kopf.

„Ich … ich habe etwas verloren", erklärte sie hastig. „Meinen Kettenanhänger. Er muss hier irgendwo sein …" Sie gab vor, weiterzusuchen.

Celia räusperte sich. „Entschuldige bitte, aber meinst du den Anhänger, der an der Kette hängt, die von deinem Hals baumelt?" Sie deutete auf das filigrane goldene Kreuz, das Annemarie vor ihrer Abreise von ihrer Mutter geschenkt bekommen hatte.

„Oh … ja, ich …" Annemarie fuhr sich mit dem Handrücken über die Stirn. „Ich glaube, mir bekommt die Hitze einfach nicht", stöhnte sie. „Könnte ich vielleicht etwas Wasser bekommen?"

Celia seufzte und rief nach dem Mädchen. Als dieses nicht sofort auftauchte, ging sie selbst, um nach dem Rechten zu sehen.

Kaum war sie fort, da tauchte Henriettes Gesicht wieder aus dem Schatten auf. „Es ist zu gefährlich so“, wisperte sie. „Auf der Rückfahrt sagst du deinem Fahrer, dass er anhalten soll, wenn ihr den alten Mangrovenbaum erreicht. Ich warte in der Nähe auf dich.“

Dann war sie wieder verschwunden – gerade rechtzeitig, ehe Celia mit dem Wasser zurückkehrte.

„Geht es wieder?“, fragte sie und bedachte Annemarie mit einem forschenden Blick.

Diese leerte das ihr überreichte Glas mit einem Schluck und schüttelte den Kopf. „Ich weiß nicht, ich fühle mich immer noch ein bisschen seltsam.“

„Vielleicht solltest du besser nach Hause fahren und dich ein wenig hinlegen“, schlug Celia vor. Ihr war deutlich anzusehen, dass sie mehr um ihr eigenes Befinden besorgt war als um das ihres Gastes; sie wollte sich einfach nicht anstecken, sollte Annemarie tatsächlich krank sein. „Ich lasse deinen Kutscher anweisen, den Wagen vorzufahren.“

Annemarie nickte nur. Genau das hatte sie erreichen wollen. Denn sie fieberte dem Moment förmlich entgegen, in dem sie Henriette endlich in die Arme fallen konnte. Ihr war gar nicht klar gewesen, wie sehr sie ihre Freundin vermisste, bis sie sie vorhin wiedergesehen hatte.

Zwanzig Minuten und einen langen und wortreichen Abschied später saß sie hinter Khamisi in dem offenen Zweispänner und hielt nach dem Mangrovenbaum Ausschau, von dem Henriette gesprochen hatte. Ihr Herz fing an zu flattern, als er hinter der nächsten Wegbiegung auftauchte.

„Halten Sie bitte kurz an, Khamisi. Ich möchte mir etwas ansehen.“

Falls der alte Afrikaner sich über ihre Anweisung wunderte, so ließ er es sich nicht anmerken. Mit einem „Brrr“ brachte er die Pferde zum Stehen und half Annemarie beim Aussteigen.

„Soll ich Sie begleiten, gnädige Frau?“, fragte er, doch Annemarie schüttelte den Kopf.

„Nein danke, das ist nicht nötig. Machen Sie einfach eine kleine Pause. Es kann ein bisschen dauern."

Obwohl sie Khamisi vertraute, denn er war ihr gegenüber stets freundlich und loyal gewesen, wollte sie kein Risiko eingehen und wartete, bis sie außer Sicht- und Hörweite war, ehe sie Henriettes Namen rief.

Als ihre Freundin kurz darauf aus dem dichten Unterholz trat, das auf der Gewürzfarm überall zu wuchern schien, lief sie auf sie zu und umarmte sie herzlich. „Henriette, was bin ich froh, dich gesund und wohlbehalten wiederzusehen!"

„Ich freue mich auch", entgegnete Henriette, doch ihr strahlendes Lächeln verblasste rasch. „Entschuldige, dass ich dir nicht geschrieben habe", sagte sie. „Es ist so viel passiert ..."

„Celia hat schon angedeutet, dass du nicht bei deinem Vater in Tanganjika geblieben bist." Annemarie trat ein Stück zurück, ohne dabei die Schultern ihrer Freundin loszulassen, und musterte sie eindringlich. „Du siehst erschöpft aus", stellte sie fest. „Erschöpft und abgezehrt. Stimmt es, dass du dich der Sklavenbefreiungsbewegung angeschlossen hast?"

Henriette nickte. „Nach allem, was ich gesehen habe, konnte ich gar nicht anders." Ihr Blick schien plötzlich weit in die Ferne zu reichen. „Du kannst dir nicht vorstellen, wie menschenverachtend mit diesen Leuten umgegangen wird. Man brennt ihre Dörfer nieder, schändet ihre Frauen und Töchter, reißt ganze Familie auseinander und lässt sie auf dem Weg zu den Sklavenmärkten den halben Kontinent durchqueren. Gut ein Drittel dieser armen Seelen überlebt diese Tortur nicht. Gott allein weiß, ob sie nicht im Grunde die Glücklicheren unter ihnen sind."

Annemarie nickte stumm. Was sollte sie auch sagen? Sie kannte weder die Sklavenmärkte, noch hatte sie jemals einen Treck mit eigenen Augen gesehen. Doch sie hatte gehört, wie die Diener untereinander tuschelten. Dabei war die Rede von unterirdischen Pferchen, wo die Menschen unter katastrophalen hygienischen Bedingungen abwarten mussten, bis sie auf die Sklavenschiffe verladen wurden.

„Für diejenigen, die in die Neue Welt oder in den Oman verschifft werden, kann ich nichts tun“, sprach Henriette weiter. „Aber diejenigen, die hierbleiben und auf den Plantagen schuften, wo sie zum Dank von brutalen Aufsehern bis aufs Blut gequält werden – ihnen kann ich helfen.“

„Indem du ihnen die Flucht ermöglichst?“

„Ja.“ Henriette nickte. Dann blickte sie auf. Ihre braunen Augen hielten Annemaries graublaue gefangen. „Hast du schon einmal gesehen, wie sie leben?“

Annemarie schüttelte den Kopf.

„Na, dann“, sagte Henriette, „komm mal mit.“

12. KAPITEL

Gegenwart

Der Abend der großen Feier war gekommen. Lena hatte die erste Hälfte des Tages damit verbracht, sich in die letzten Vorbereitungen zu stürzen, um sich abzulenken. Doch Stephen schlich sich trotzdem immer wieder in ihre Gedanken. Kein Wunder, nachdem sie sich erst am vergangenen Abend wieder geküsst hatten …

Anfangs trudelten die Gäste nur nach und nach ein, und es sah für Lena beinahe so aus, als würde sich das Ganze zu einem echten Flop entwickeln.

Doch Aaliyah blieb ganz entspannt.

„Warten Sie nur ab", sagte sie. „In spätestens einer Stunde wird es hier vor Menschen wimmeln."

Sie behielt recht.

Lena hätte niemals gedacht, dass tatsächlich so viele kommen würden. Alle Arbeiter hatten ihre Familien, Bekannten und Freunde mitgebracht. Einige hatten Instrumente dabei – darunter fremdartige Gebilde, die Lena noch nie zuvor gesehen hatte. Ohne sich lange miteinander abzusprechen, setzten die Musiker sich zusammen und spielten einfach drauflos. Der Geruch von gegrilltem Fleisch und Gemüse erfüllte die Luft. Auf einem langen Tisch, der sich schon jetzt unter der Last der Speisen bog, wurden immer mehr mitgebrachte Salate, Eintöpfe und andere Köstlichkeiten abgestellt.

Verhungern musste heute Abend definitiv niemand.

Die Stimmung war ausgelassen, ein paar Leute tanzten sogar schon. Als die Dämmerung heraufzog, entzündete Fadhil zusammen mit ein paar anderen Männern die Fackeln und Lampions. Es wurde viel geredet, gelacht, gegessen und getrunken.

Obwohl Lena selbst bislang keinen Tropfen Alkohol angerührt hatte, fühlte sie sich fast ein wenig beschwipst. So etwas hatte sie noch nie erlebt. Verglichen hiermit waren all die Garten-

und Cocktailpartys, die sie von Berlin kannte, ein schlechter Witz. Nun wusste sie auch, warum Andy für solche Veranstaltungen nur ein müdes Lächeln übriggehabt hatte.

Von allen Seiten wurde ihr auf die Schultern geklopft, und sie wurde mit freundlichen Worten – zumeist auf Kiswahili, aber auch häufig auf Englisch, manchmal sogar auf Deutsch – bedacht. Aaliyah stellte sie einer Unzahl von Leuten vor, deren Gesichter und Namen rasch miteinander zu verschwimmen begannen. Nur ein Gesicht, das sah sie nicht. Und sie wusste nicht, ob sie darüber froh oder enttäuscht sein sollte.

„Ich glaube, er kommt noch", sagte Aaliyah unvermittelt, so als hätte sie in Lenas Gedanken gelesen.

Lena versuchte, ein möglichst unbeteiligtes Gesicht zu machen. „Wer?"

Ein wissendes Lächeln umspielte die Mundwinkel der älteren Frau, ihre schwarzbraunen Augen funkelten amüsiert. „Ich glaube, Sie wissen ganz genau, wen ich meine, aber schön", sagte sie. „Ich spreche natürlich von Stephen Alistair."

Lena seufzte. Allein die Erwähnung seines Namens wühlte schon wieder unerwünschte Gefühle in ihr auf. Sie schob sie energisch beiseite. Es wäre vermutlich besser, wenn er nicht auftauchte. Nicht heute Abend, und auch sonst nicht mehr. Sie brauchte keinen Mann, der ihr Leben noch komplizierter machte, als es ohnehin bereits war.

„Da ist er ja auch schon."

Fast automatisch folgte Lena Aaliyahs Blick – und bereute es schon in der nächsten Sekunde wieder. Stephen schaute genau in ihre Richtung. Seine graublauen Augen hielten ihre grünen gefangen. Ihr Herz fing an zu flattern wie ein aufgeregter Vogel. Hatte sie tatsächlich geglaubt, dass es ihr gelingen könnte, ihm gleichgültig gegenüberzutreten? Wie naiv war sie doch gewesen!

Er kam direkt auf sie zu, und obgleich sie einerseits den dringenden Impuls verspürte, davonzulaufen, blieb sie doch wie angewurzelt stehen.

„Wie schön, dass Sie es einrichten konnten", begrüßte Aaliyah ihn an ihrer Stelle, da Lena keine Anstalten machte, etwas zu sagen.

„Um nichts in der Welt hätte ich diese Gelegenheit verpassen wollen“, sagte er, ohne dabei die Augen von Lena zu wenden.

Diese versuchte verzweifelt, sich die Regeln der Höflichkeit wieder in Erinnerung zu rufen. „Welche Gelegenheit?“, fragte sie mit einer Stimme, die ihr irgendwie fremd vorkam.

„Mit dir zu tanzen“, entgegnete er und streckte die Hand nach ihr aus. „Darf ich bitten?“

Lena schluckte. „Nein“, antwortete sie und schüttelte den Kopf. „Ich tanze nicht.“ Der Richtigkeit halber hätte sie „nicht mehr“ sagen müssen. Sie hatte früher oft und gerne getanzt – mit Andy.

Doch so leicht ließ Stephen sich nicht entmutigen. „Komm schon“, sagte er mit einem Lächeln, das Lenas Knie weich werden ließ. „Nur ein Tanz.“

Hilfe suchend wandte sie sich an Aaliyah, doch die nickte. „Gehen Sie ruhig. Amüsieren Sie sich. Diese Party findet immerhin zu Ihren Ehren statt. Es soll ein unvergesslicher Abend für Sie werden.“

Ohne ihr die Chance zu geben, erneut abzulehnen, griff Stephen nach ihrer Hand und zog Lena mit sich auf die Tanzfläche, die sich ein wenig leerte, als die improvisierte Band ein langsames Stück anspielte.

Lena schloss kurz die Augen und sammelte sich. Ihr Herz klopfte so heftig, als wolle es zerspringen. Sie hatte Mühe zu atmen, und der Sauerstoffmangel verursachte ihr ein seltsam leichtes Gefühl in ihrem Kopf. Oder lag es daran, dass Stephen sie in seinen Armen hielt?

Schweigend wiegte er sie im Takt der Musik, und Lena fühlte sich, als würde sie schweben. Ihre Blicke waren miteinander verschmolzen, während die Welt um sie herum in einem Nebel des Vergessens versank, die Gesichter der Menschen am Rand der Tanzfläche nur ein verschwommener, unscharfer Wirbel aus Licht und Farben.

Sein Arm lag locker an ihrer Taille, der sanfte Druck sandte warme Wellen durch ihren Körper. Seine Wärme, sein Duft hüllten sie ein. Tanzten sie überhaupt noch, oder standen sie einfach nur da und schauten einander an? Lena war nicht einmal sicher, ob die Musik noch spielte. Stephens Nähe drängte alles andere in den Hintergrund, ließ es nichtig und bedeutungslos erscheinen.

Es war ein herrliches Gefühl, sich einfach fallen lassen zu können. Herrlich und beängstigend zugleich.

Und dann erregte auf einmal eine Bewegung außerhalb der Zeitblase, in der Stephen und sie sich befanden, ihre Aufmerksamkeit.

Lena blinzelte – und erstarrte, als sie inmitten der Partygäste ein bekanntes Gesicht erblickte, umrahmt von glattem, blondem Haar. Leuchtend blaue Augen und weiche Lippen, die oft und häufig gelächelt hatten.

Dieses Mal lächelten sie nicht.

Andy!

Sie machte sich so abrupt von Stephen los, dass sie beinahe stolperte. Hektisch blickte sie sich um, doch Andys Gesicht war in der Menge verschwunden – wenn es überhaupt jemals da gewesen war. Was natürlich absolut unmöglich war. Immerhin war sie dabei gewesen, als die Ärzte die lebenserhaltenden Maschinen abstellten, die Blut durch einen Körper pumpten, der nurmehr eine seelenlose Hülle war.

Übelkeit stieg in ihr hoch.

„Lena, was ist los? Ist alles in Ordnung?“

Als Stephen sie am Arm berührte, war es, als hätte sie ein elektrischer Schlag getroffen. Eine Sekunde lang starrte sie ihn fassungslos an.

Dann wirbelte sie herum und lief davon.

Als Stephen sich zwei Stunden später auf dem Heimweg befand, konnte er an nichts anderes denken als an Lena. Er wusste nicht, was geschehen war. In einem Moment hatte sie noch in seinen Armen gelegen, im nächsten hatte sie ihn von sich gestoßen und war davongestürzt. Hätte Aaliyah ihn nicht zurückgehalten, wäre er ihr nachgelaufen.

„Lassen Sie ihr Zeit“, hatte sie gesagt und ihm ein freundliches Lächeln geschenkt. Es war noch immer ein bisschen ungewohnt, dass sie ihn nun nicht mehr mit wütenden Blicken bedachte. „Sie hat einiges durchgemacht in den letzten Monaten.“

Zähneknirschend musste Stephen ihr recht geben. Dummerweise war Zeit genau das, was er nicht hatte. Und das machte der Anruf, der gerade eben über die Freisprechanlage seines Autos einging, erneut deutlich.

„Und, was haben Sie heute Abend erreichen können?“, fragte Collin McFarlane ohne lange Vorrede. „Nichts, vermutlich“, seufzte er resigniert, als Stephen nicht sofort antwortete. „Was ist bloß mit Ihnen los, Alistair? Sie sind doch sonst nicht so zimperlich, wenn es darum geht, Ihre Pläne durchzusetzen! Hat die Lady dem Tiger etwa seine Zähne gezogen?“

„Unsinn!“, gab er unwirsch zurück und bedachte die Freisprecheinrichtung mit dem wütenden Blick, der eigentlich McFarlane galt. „Ich habe die Angelegenheit im Griff.“

McFarlane lachte. „Das glaube ich gern, aber mir dauert das alles zu lang. Vielleicht sollte ich die Sache in die Hand nehmen und …“

„Nein!“, fiel Stephen dem anderen Mann ins Wort. „Sie werden gar nichts tun, hören Sie? Entweder wir wickeln das Geschäft nach meinen Regeln ab, oder gar nicht, ist das klar?“

„Glasklar“, entgegnete McFarlane mit einem kleinen Schmunzeln in der Stimme. „Aber eines sollten Sie über mich wissen, Alistair: Ich bin daran gewöhnt, stets das zu bekommen, was ich will – und Geduld gehört nicht gerade zu meinen großen Stärken!“

Er beendete das Gespräch, ehe Stephen etwas erwidern konnte. Mit der flachen Hand schlug Stephen auf das Lenkrad und fluchte. Womöglich war es ein großer Fehler gewesen, ausgerechnet McFarlane eine Zusammenarbeit vorzuschlagen. Er wusste doch, wie der berüchtigte Hotelier arbeitete. Und die

Vorstellung, dass er seine unlauteren Methoden bei Lena anwenden könnte, gefiel Stephen ganz und gar nicht.

Aber warum eigentlich nicht? Was verband ihn mit dieser Frau, die er erst so kurze Zeit kannte? Wieso hatte er immerzu und ständig das Gefühl, sie beschützen zu müssen?

Und warum interessierte es ihn überhaupt, was sie von ihm hielt?

Wütend – teils auf McFarlane, zum größten Teil aber auf sich selbst – drückte er das Gaspedal tiefer durch. Es wurde Zeit, dass er sich endlich darüber klar wurde, was er nun eigentlich wollte.

Und dass er die Konsequenzen daraus zog.

Drei Tage waren seit dem großen Fest vergangen. Drei Tage, in denen Lena sich mit Feuereifer in die Arbeit auf der Farm gestürzt hatte, begierig darauf, alles zu lernen, was sie als neue Besitzerin einer Gewürzplantage wissen musste.

Aber vor allem begierig darauf, sich von Stephen Alistair abzulenken, der sich immer wieder ungebeten in ihre Gedanken schlich.

Vermutlich war es besser, wenn sie in Zukunft jeglichen Kontakt mit ihm so weit wie möglich einschränkte.

Wie gefährlich dieser Mann ihr werden konnte, hatte er ihr bereits mehrfach äußerst anschaulich demonstriert. Aber an jenem Abend, als sie Andys Gesicht unter den Feiernden gesehen zu haben glaubte, war ihr zum ersten Mal wirklich klar geworden, was auf dem Spiel stand.

Andy war die Liebe ihres Lebens. Es konnte – es *durfte*! – niemals wieder einen anderen Mann für sie geben, denn sie würde Andys Andenken damit beschmutzen. Das hatte sie im Grunde schon längst getan, indem sie Stephen geküsst hatte.

So weit hätte sie es niemals kommen lassen dürfen!

Zusammen mit Fadhil war sie früh am Morgen hinaus auf die Plantage gegangen, als die Luft sich auf ihrer Haut frisch anfühlte und die Pflanzen noch feucht vom Tau waren. Geduldig beantwortete Aaliyahs Mann ihre zahllosen Fragen, doch die Antworten fingen bald an miteinander zu verschwimmen. Und je höher die Sonne kletterte, umso heißer und schwüler wurde es. Gegen Mittag merkte Lena, wie ihre Konzentration endgültig nachließ. Frustriert seufzend ließ sie sich auf einen umgestürzten Baumstamm sinken.

Fadhil kniete sich vor ihr hin und musterte sie eindringlich. Dann lächelte er verständnisvoll. „Seien Sie nicht zu streng zu sich selbst, Lena", sagte er. „Wir alle leben und arbeiten schon sehr lange hier. Die meisten haben nie einen anderen Beruf erlernt. Sie dürfen nicht erwarten, das alles über Nacht zu können."

Natürlich wusste sie, dass er recht hatte. Aber es gab so vieles, das sie lernen musste, dass sie gar nicht wusste, womit sie anfangen sollte.

Es frustrierte sie, dass sie noch immer kaum mehr als ein paar Brocken Kiswahili beherrschte. Gerade genug, um sich zu bedanken oder einen guten Morgen oder Abend zu wünschen. Bei Weitem nicht ausreichend, um eine Unterhaltung zu verfolgen oder selbst daran teilzunehmen. Und das, was sie bisher über den Anbau von Nelken und anderen Gewürzen wusste, ließ sich mit wenigen Worten zusammenfassen.

Auf Dauer konnte es so nicht weitergehen. Aber es stimmte auch, dass sie all das, was sie nachzuholen hatte, nicht an einem einzigen Tag lernen konnte.

Sie musste Geduld mit sich haben. Auch wenn es ihr schwerfiel.

„Vielleicht liegt Ihre Begabung ja auch nicht darin, Nelkenknospen zu ernten oder Kaffeekirschen zu pflücken. Natürlich ist es wichtig, dass Sie wissen, was wir hier tun, keine Frage. Aber für die groben Arbeiten haben wir genug Männer. Was dieses Unternehmen wirklich braucht, ist jemand mit frischen Ideen, der es wirtschaftlich wieder in Schwung bringt."

Auf dem Rückweg zum Haus dachte Lena darüber nach, was Fadhil gesagt hatte. Was der Farm fehlte, war jemand, der die Dinge anpackte und andere Wege ging als die bereits ausgetretenen. Konnte sie dieser Jemand sein?

Entschlossen straffte Lena die Schultern. Fest stand, dass sie bereit war, alles dafür zu tun, um in ihre neue Rolle hineinzuwachsen.

Am frühen Nachmittag schaute Lena sich die Bücher an und stellte fest, dass die Farm seit über zwei Jahren Monat für Monat rote Zahlen schrieb. Es wurde Zeit, dass sich daran etwas änderte, und zwar bald.

Und um das zu schaffen, bedurfte es neuer, frischer Ideen.

Als Erstes recherchierte sie ein wenig, um herauszufinden, wie andere, rentablere Farmbetriebe vorgingen. Doch sie erkannte rasch, dass es im Grunde keine großen Unterschiede gab: Fast alle hielten sich sowohl durch die Verkäufe ihrer Ernten als auch durch die Einnahmen aus Führungen, die vornehmlich von interessierten Touristen gebucht wurden, über Wasser.

Das Problem bestand darin, dass *Bennett's Clove and Spice Farm* so gut wie überhaupt keine Reisenden anlockte. Wahrscheinlich lag das ganz einfach daran, dass kaum bekannt war, dass hier auch Touren angeboten wurden.

Deshalb setzte sich Lena sogleich an den Entwurf für einen Infoflyer, den sie an den Rezeptionen der umliegenden Hotels und in der *Tourist Information* in Sansibar Stadt auslegen wollte.

Mit Feuereifer ging sie zu Werke, froh darüber, endlich etwas zu haben, womit sie ihren Beitrag leisten konnte.

Spät am Abend saß Lena gerade am letzten Feinschliff für den Handzettel, als ihr Handy, das sie auf lautlos gestellt hatte, zu vibrieren begann.

Sie warf einen Blick aufs Display und seufzte. Es war Patrick – wer sonst?

Es war eine ganze Weile her, seit sie zum letzten Mal miteinander gesprochen hatten. Patrick versuchte mehrmals täglich, sie zu erreichen, doch Lena ignorierte seine Anrufe. Sie löschte sogar die Nachrichten, die er auf ihrer Mailbox hinterließ, ohne sie abzuhören. Sie wollte nicht zum wiederholten Mal von ihm hören, dass sie einen Fehler machte.

Warum begriff er nicht, dass sie nur versuchte, ihr Leben in den Griff zu bekommen? Warum konnte er sie nicht einfach dabei unterstützen?

Und warum schließt du ihn aus deinem Leben aus, nur weil seine Meinung dir unbequem ist?

Wieder seufzte sie.

Das Telefon hatte inzwischen aufgehört, leise summend über die Tischplatte zu wandern. Doch wie lange?

Kurz entschlossen nahm sie das Handy und suchte Patricks Nummer heraus. Kurz schwebte ihr Daumen zögernd über dem Eintrag, ehe sie ihn mit einem Druck auf den Touchscreen anwählte.

Patrick meldete sich beinahe sofort.

„Lena?", fragte er, und sie konnte eine Spur von Verunsicherung, aber auch deutliche Missbilligung in seiner Stimme hören. „Wie schön, dass du auch mal wieder ein Lebenszeichen von dir gibst. Weißt du eigentlich, wie oft ich dir auf die Mailbox gesprochen und um Rückruf gebeten habe?"

„Wie könnte ich das nicht wissen?, entgegnete sie sehr viel schärfer als beabsichtigt. „Du bombardierst mich ja praktisch mit Anrufen und Kurznachrichten." Fast im selben Moment tat ihr auch schon leid, was sie gesagt hatte. „Entschuldige, war nicht so gemeint."

Für einen Moment herrschte Schweigen am anderen Ende der Leitung. Als Patrick schließlich wieder sprach, klang er gekränkt. „Nein, entschuldige dich nicht für etwas, das du nicht wirklich bedauerst", sagte er. „Aber das nächste Mal, wenn du dich Hals über Kopf in ein Abenteuer stürzt, sag mir doch einfach vorher Bescheid, dass meine Meinung nicht erwünscht ist."

Lena verdrehte die Augen, auch wenn es sinnlos war, da Patrick sie ohnehin nicht sehen konnte. „Das stimmt doch gar nicht", protestierte sie schwach. „Es ist nur …"

„Es ist nur, dass ich dir auf die Nerven gehe, schon verstanden. Aber weißt du, als dein Freund hielt ich es einfach für meine Pflicht, mir Sorgen um dein Wohlbefinden zu machen."

Jetzt fühlte Lena sich wirklich mies – wofür sie Patrick unbewusst die Schuld gab und es an ihm ausließ. „Musst du so verdammt selbstmitleidig sein?“, fauchte sie im vollen Bewusstsein, dass sie ihm unrecht tat. Doch in diesem Moment wollte sie ihm einfach nur wehtun, so wie er ihr wehtat.

Sie wappnete sich gegen seinen verbalen Gegenangriff – doch der blieb aus. Stattdessen hörte sie Patrick am anderen Ende der Leitung seufzen. „Ich will nicht mit dir streiten“, sagte er. „Es tut mir leid, wenn ich dir in letzter Zeit nicht das Gefühl gegeben habe, für dich da zu sein. Ich weiß, dass es falsch von mir war, deine Entscheidungen infrage zu stellen, anstatt sie zu respektieren. Es ist nur …“ Wieder seufzte er, und der Laut schien vom Grunde seines Herzens zu kommen. „Ich mache mir einfach Sorgen um dich, Lena. Und dass ich nicht bei dir sein kann, um dir zur Seite zu stehen, macht es noch schlimmer …“

Lena schluckte. Seine unerwartete Entschuldigung überraschte und rührte sie. Ihr wurde klar, dass sie die ganze Zeit über nie auch nur einen Gedanken daran verschwendet hatte, wie es ihm wohl gehen mochte.

Wenn einer von ihnen sich seinem Selbstmitleid ergeben hatte, dann wohl sie selbst.

Sie atmete tief durch. „Mir tut es auch leid“, sagte sie dann, und dieses Mal meinte sie es wirklich ehrlich. „Und jetzt erzähl, was machst du so?“

13. KAPITEL

Lena hatte die von ihr entworfenen Handzettel ausgedruckt und auch schon einige an die umliegenden Hotels und Beach Resorts verteilt – und das Angebot war gleich gut angenommen worden. Fadhil führte soeben eine erste Touristengruppe über das Grundstück.

Angespornt von ihrem ersten Erfolg, suchte Lena nun nach Möglichkeiten, nicht nur den Gewinn der Farm zu erhöhen, sondern auch deren Fixkosten zu reduzieren. Sie ging alte Rechnungen durch und verglich die Preislisten, die eine Anzahl von Düngerlieferanten ihr auf Anfrage hatte zukommen lassen.

Einer spontanen Eingebung folgend, hatte sie außerdem mit einem Gewürzhändler Kontakt aufgenommen, der einen Laden ganz in der Nähe ihrer alten Wohnung in Berlin betrieb. Wer sagte, dass die Geschäftsbeziehungen der *Bennett Clove and Spice Farm* sich ausschließlich auf Sansibar und Ostafrika beschränken mussten?

Natürlich hatte sie außerdem noch Kontakt mit einigen Groß- und Zwischenhändlern aufgenommen, um ein wenig Werbung in eigener Sache zu machen. Doch das gestaltete sich schon allein deshalb schwierig, weil Lena nach wie vor kein Kiswahili beherrschte.

Ein Zustand, der ihr mit jedem Tag weniger tragbar erschien.

„Es wird Zeit, dass ich es endlich lerne“, verkündete sie, als sie eines Morgens, etwa vierzehn Tage nach der großen Feier, zu Aaliyah in die Küche kam.

Die ältere Frau, die gerade dabei war, Gemüse fürs Mittagessen in Würfel zu schneiden, ließ das Messer sinken und blickte Lena fragend aus ihren schokoladenbraunen Augen an. „Dass Sie *was* lernen?“

„Kiswahili“, entgegnete Lena ernst. Sie legte Stift und Block, die sie aus ihrem Zimmer mitgebracht hatte, auf den Esstisch, zog einen der Stühle zurück und ließ sich daraufsinken. „Wenn ich hier leben und arbeiten will, muss ich mich anpassen. Bisher komme ich mir fast vor wie diese Auswanderer aus den TV-Shows, die in ein fremdes Land ziehen, ohne sich auch nur die Mühe zu machen, sich vorher mit den Gegebenheiten ihrer neuen Heimat zu befassen!"

Aaliyah hob eine Braue. „Ich fürchte, ich verstehe nicht ganz ..."

„Schon gut." Lena winkte ab. „Ich habe mich bereits informiert und mich für einen Online-Sprachkurs eingetragen, der nächsten Monat beginnt. Aber bis ich einigermaßen zurechtkomme, wird wohl noch einige Zeit vergehen. Und deshalb brauche ich Ihre Hilfe, Aaliyah."

Die andere Frau legte das Messer auf dem Schneidebrett ab, trocknete sich die Hände an ihrer Schürze und setzte sich auf den freien Stuhl neben Lena. „Was genau meinen Sie? Was soll ich tun?"

Lena schob ihr den Block und den Stift zu. „Würden Sie mir bitte einige wichtige Worte und Redewendungen aufschreiben? Ich weiß, es bringt nicht allzu viel, aber ich würde mich einfach besser fühlen ..." Sie verstummte, als sie bemerkte, wie Aaliyah das Papier, das vor ihr auf dem Tisch lag, anstarrte. Behutsam legte sie ihre Hand auf Aaliyahs. „Ist alles in Ordnung mit Ihnen?"

Es dauerte einen Moment, doch schließlich erschien ein schwaches Lächeln auf ihren Lippen. „Tut mir leid, aber ich kann Ihnen nicht helfen", sagte sie mit gesenktem Blick.

Verwirrt runzelte Lena die Stirn. „Was ist denn los? Wenn ich Ihnen irgendwie zu nahe getreten sein sollte ..."

„Nein", fiel Aaliyah ihr ins Wort. „Bitte, Sie haben überhaupt nichts falsch gemacht. Es ist nur ... nun, ich kann es ganz einfach nicht." Offenbar stand Lena ins Gesicht geschrieben, dass sie immer noch nicht begriff. Schließlich seufzte Aaliyah. „Ich war gerade etwas mehr als anderthalb Jahre in der Schule, als meine Mutter krank wurde und schließlich starb." Sie zuckte die Schultern. „Danach bin ich nicht mehr hingegangen. Mein Vater brauchte mich. Irgendjemand musste die Arbeit meiner Mutter erledigen."

Nun endlich verstand Lena. Aaliyah konnte nicht lesen und schreiben – oder wenigstens nicht richtig.

Sie war schockiert. Obwohl ihr bewusst war, dass die Zahl der Analphabeten auf Sansibar höher war als in ihrer Heimat, wäre sie doch niemals auf den Gedanken gekommen, dass Aaliyah eine von ihnen sein sollte.

„Jetzt halten Sie mich sicher für dumm." Aaliyahs Stimme klang resigniert, doch es schwang auch ein wenig Trotz darin mit. „Aber ich habe immerhin dafür gesorgt, dass es Hashim an nichts mangelt. Er geht zur Schule und lernt dort alles, was er braucht, um es irgendwann einmal weiterzubringen, als es seine Mutter und sein Vater getan haben."

Lena schüttelte den Kopf. „Nein, ich denke keineswegs, dass Sie dumm sind", sagte sie. „Ganz im Gegenteil sogar. Ich war einfach nur überrascht, das ist alles." Sie neigte den Kopf ein Stück zur Seite. „Würden Sie es gern lernen?"

„Was? Sie meinen Lesen und Schreiben?" Sie senkte den Blick. „Glauben Sie, ich könnte das schaffen?"

Ermunternd berührte Lena ihre Schulter. „Aber natürlich können Sie das", entgegnete sie energisch. „Es ist im Grunde gar nicht so schwer, und", sie lächelte, „hey, wozu bin ich schließlich Lehrerin? Also: Wenn Sie möchten, unterrichte ich Sie in Lesen und Schreiben – und Sie mich in Kiswahili."

Aaliyahs Augen wurden feucht. „Das würden Sie wirklich für mich tun, Lena?"

„Natürlich", entgegnete diese mit erstickter Stimme, denn vor Rührung hatte sie einen dicken Kloß in der Kehle. „Wenn Sie möchten, fangen wir gleich damit an." Sie nahm Papier und Stift, schrieb ein großes und ein kleines A darauf, und schob es zu Aaliyah zurück.

„Das kenne ich!", rief diese begeistert. „Das ist ein A – mein Name beginnt damit!"

Lena nickte. „Richtig", lobte sie. „Und während ich weiter das Gemüse für das Mittagessen schnipple, üben Sie den Buchstaben so lange, bis Sie sich sicher damit fühlen."

Mit Eifer machte Aaliyah sich an die Arbeit. Ihr Gesichtsausdruck war hoch konzentriert, als sie – anfangs noch sehr ungelenk, dann aber immer flüssiger – den Anfangsbuchstaben ihres Namens auf das Papier malte.

Lena lächelte. Es fühlte sich gut, es fühlte sich sinnvoll an. Und Aaliyahs Begeisterung erinnerte sie daran, warum sie ihren Beruf einmal so geliebt hatte. Warum sie ihn vermutlich noch immer liebte, obwohl sie sich nicht vorstellen konnte, ihn jemals wieder an einer normalen deutschen Schule auszuüben.

Aber dies hier? Warum eigentlich nicht?

Sie wusste, dass Analphabeten sich oftmals für ihre vermeintliche Dummheit schämten, obwohl mangelnde Intelligenz nur in den allerseltensten Fällen eine Rolle spielte. Zumeist lag es wie bei Aaliyah an den äußeren Umständen, dass eine Person das Lesen und Schreiben nicht beherrschte.

Aber es war nie zu spät, um seinem Leben eine neue Richtung zu geben. Und wenn Aaliyah es wirklich wollte, davon war Lena fest überzeugt, dann würde sie es auch schaffen, lesen und schreiben zu lernen.

In den folgenden Tagen halfen sie sich gegenseitig beim Lernen. Aaliyah machte unglaublich schnell Fortschritte, während Lena sich bei ihren ersten Schritten in Kiswahili frustrierend schwertat.

Es war eine Sache, eine Sprache zu erlernen, die eine Verwandtschaft mit der Muttersprache aufwies, wie es bei Englisch, Französisch und anderen europäischen Sprachen der Fall war. Doch Kiswahili glich weder im Satzbau, noch was Vokabeln und Aussprache betraf, auch nur im Entferntesten dem Deutschen. Manchmal kam Lena sich vor wie ein kleines Kind, das noch einmal ganz von vorne anfangen musste, sprechen zu lernen. Und irgendwie traf das ja auch zu.

Wäre Aaliyah nicht gewesen, deren Enthusiasmus und Energie ansteckend wirkten, hätte Lena irgendwann vermutlich einfach aufgegeben.

„Niemand hat behauptet, dass es einfach sein wird“, wiederholte sie mit Vorliebe den Spruch, den sie zu Anfang ihrer Schreibübungen so oft von Lena gehört hatte, und zwinkerte ihr zu. „Aber es lohnt sich."

Das tat es wirklich, denn es ging voran, wenn auch sehr viel schleppender, als es Lena gefiel. Außerdem halfen ihr die Unterrichtsstunden und die abendlichen Gespräche beim Lagerfeuer, bei denen sie mehr über Andys Familie und die Vergangenheit der Gewürzfarm erfuhr, sich von Gedanken abzulenken, mit denen sie sich lieber nicht zu intensiv beschäftigen wollte.

Oder vielmehr von einer Person, die sich immer wieder in ihre Gedanken drängte, wenn sie gerade nicht auf der Hut war.

Stephen.

Etwa eine Woche nach der ersten Unterrichtsstunde hatte Aaliyah zum ersten Mal eine Freundin mitgebracht. „Das ist Rashida. Ihr Mann ist Mechaniker, aber zur Erntezeit hilft er uns auf der Farm. Sie hat ebenfalls als junges Mädchen die Schule verlassen müssen und kann nur wenig lesen und schreiben. Wären Sie vielleicht bereit, ihr ebenfalls Unterricht zu geben, Lena?"

Lena hatte nichts dagegen einzuwenden. Auch nicht, als ein paar Tage später Uzma hinzukam, deren Mann als Nelkenpflücker arbeitete, und kurz darauf ihre Schwester. Die Nachricht, dass auf der Bennett-Farm kostenlos Unterricht im Lesen und Schreiben erteilt wurde, sprach sich herum wie ein Lauffeuer. Und schon bald reichte der Küchentisch nicht mehr aus, um allen Schülerinnen Platz zu bieten.

Die Begeisterung, mit der die Frauen bei der Sache waren, und die Tatsache, dass sie nicht müde wurden, Lena für ihre Hilfe zu danken, gaben ihr nach langer Zeit zum ersten Mal wieder das Gefühl, für etwas gut zu sein.

Sie erinnerte sich noch gut an ihre letzten Tage in Berlin und wie sinnlos ihr alles vorgekommen war. Sansibar hatte alles verändert. Nun gab es morgens wieder einen Grund für sie aufzustehen. Andy konnte ihr nichts und niemand auf der Welt ersetzen – ebenso wenig wie ihr gemeinsames ungeborenes Kind. Doch das bedeutete nicht, dass sie deshalb einfach damit aufhören durfte, ihr Leben zu leben. Es gab so vieles, mit dem sie dazu beitragen konnte, diese Welt zu einem besseren Ort zu machen.

Und sie würde dafür tun, was immer in ihrer Macht stand.

„Lena?“

Etwas an der Art und Weise, wie Fadhil ihren Namen rief, ließ Lena von dem Rohentwurf einer Homepage aufblicken, die sie für Touristen gestalten wollte, die sich bereits zu Hause über ihr Reiseziel informierten. Sie stand auf und trat ans offene Fenster.

Fadhils Stimme klang besorgt. Nein, alarmiert.

Doch als Lena hinaus auf den Hof blickte, sah sie nur einen Lieferwagen, dessen Hebebühne, auf der sich eine Palette mit Kanistern befand, sich unter lautem Quietschen absenkte. Das musste die Düngerlieferung sein, die sie vor ein paar Tagen bestellt hatte. Schneller als erwartet.

„Ich komme runter“, rief sie Aaliyahs Mann zu, der, ein Klemmbrett in der Hand, neben dem Lieferwagenfahrer stand. „Kleinen Moment.“

Sie war bester Stimmung, als sie zwei Minuten später die Verandastufen hinuntereilte. Herr Behrent, der den Gewürzladen in Berlin-Mitte führte, hatte sich per E-Mail zurückgemeldet. Er war durchaus an einer Zusammenarbeit interessiert, sofern Lena ihm qualitativ einwandfreie Ware garantieren konnte.

Wenn sie ins Geschäft kamen und die Sache sich herumsprach … Lena war zuversichtlich, dass sich dies für die Plantage zu einer weiteren Einnahmequelle entwickeln konnte.

Doch als sie Fadhils Gesichtsausdruck bemerkte, verflog ihre gute Laune schlagartig. Etwas stimmte nicht.

„Was ist passiert?“, fragte sie.

Er kam auf sie zu und gab ihr das Klemmbrett. „Haben Sie das bestellt?“

Stirnrunzelnd überflog sie den Lieferschein und nickte. „Ja“, erwiderte sie. „Sie sagten doch, dass uns der Dünger ausgeht. Ich habe recherchiert und Preise verglichen und mich am Ende für einen neuen Lieferanten entschieden.“

Fadhil fluchte. „Warum haben Sie mich nicht um Hilfe gebeten?“

Lena schluckte. Es war eine der ersten geschäftlichen Entscheidungen gewesen, die sie vollkommen eigenständig und ohne jegliche Unterstützung getroffen hatte. Sie war überzeugt gewesen, das Beste für die Farm zu tun, als sie diese Bestellung aufgab. Doch Fadhils Verhalten ließ sie erahnen, dass sie etwas Wichtiges übersehen haben musste.

„Diese Brühe ist noch minderwertiger als die, die Mr Rafe verwendet hat“, erklärte Fadhil. „Wenn wir anfangen, die Pflanzen damit zu düngen, werden wir vermutlich in der Anfangszeit die Erträge steigern. Doch die Chemikalien lagern sich im Boden ab, und auf lange Sicht schaden wir den Nelkenbäumen damit. Es kommt sogar vor, dass sich Rückstände dieses Teufelszeugs in den Pflanzen anlagern und die Ernte verderben. Ich kenne Farmer, die sich mit diesem Zeug selbst ruiniert haben.“

Lena war, als hätte man ihr einen Schlag in die Magengrube versetzt. Sie schloss die Augen und atmete tief durch. *Denk nach! Denk nach!*

„Heißt das, wir können nichts damit anfangen?“, fragte sie ohne große Hoffnung nach.

Fadhil schüttelte den Kopf. „Wenn wir es einsetzen, könnte es im schlimmsten Fall ins Grundwasser gelangen und uns alle vergiften.“

Trotz der schwülen Hitze des Tages überlief es Lena eiskalt. Sie hatte einen schwerwiegenden Fehler gemacht. Wie schwerwiegend, das ahnte Fadhil ja noch gar nicht.

Um möglichst günstige Konditionen zu bekommen, hatte sie einen Belieferungsvertrag für ein Jahr geschlossen. Darauf war sie besonders stolz gewesen. Jetzt wurde ihr schlecht, wenn sie daran dachte. Und als sie es Fadhil gestand, erbleichte dieser.

„Ich rede mit dem Lieferanten“, sagte er, doch er sah nicht so aus, als würde er sich große Hoffnungen machen.

Lena hatte das Gefühl, ein zentnerschweres Gewicht auf den Schultern zu tragen, als sie die Verandastufen hinaufging. In Gedanken überschlug sie, wie viel Verlust sie machen würde, wenn es Fadhil nicht gelang, den Lieferanten davon zu überzeugen, den Vertrag aufzulösen. Es war mehr Geld, als sie verkraften konnten – gerade jetzt, wo sie die Farm erst einmal wieder zum Laufen bekommen mussten.

Sehr viel mehr.

Sie barg das Gesicht in den Händen. Als jemand sanft ihre Schulter berührte, zuckte sie zusammen und blickte auf.

Es war Aaliyah.

„Ich hab's vergeigt", stieß Lena bitter hervor. „Ein dummer Fehler und …"

Aaliyah lächelte aufmunternd. „Sie wollen sich doch nicht so leicht geschlagen geben, oder?"

Lena fragte sich, ob ihr überhaupt etwas anderes übrig bleiben würde.

Fadhil kam aus dem Haus zurück, und sie sah ihm an, dass er keinen Erfolg gehabt hatte. „Dieser …" Er betitelte den Lieferanten mit einem Wort auf Kiswahili, dessen Bedeutung sie lieber nicht kennen wollte. „Er besteht darauf, dass wir den Vertrag einhalten."

Lena schloss die Augen und atmete tief durch. Den Verlust würden sie selbst dann nicht ausgleichen können, wenn sie jeden Tag mehrere Gewürztouren veranstalteten. Auch die Aussicht auf ein Geschäft mit Herrn Behrent vermochte daran nichts zu ändern.

Jetzt ist alles aus!

„Nein, Aaliyah, es gibt absolut keinen Grund, sich zu entschuldigen. Ich bin froh, dass Sie mich informiert haben. Machen Sie sich keine Sorgen, ich kläre das schon." Stephen beendete das Gespräch, legte sein Smartphone zurück auf den Tisch und betrachtete es versonnen, so als könne es ihm eine Antwort auf die Frage geben, die ihn im Augenblick beschäftigte.

Aaliyah hatte ihm soeben mitgeteilt, dass Lena bei einer Düngerbestellung ein folgenschwerer Fehler unterlaufen war, der die Farm endgültig in den Ruin zu stürzen drohte.

Eigentlich sollte er sich über die Nachricht freuen, dass Lena sich in eine Sackgasse manövriert hatte. Tatsache aber war, dass er es nicht tat.

Ganz im Gegenteil sogar.

Und genau deshalb hatte Aaliyah sich auch Hilfe suchend an ihn gewandt: weil sie genau wusste, dass Lenas Wohl ihm am Herzen lag.

Aufstöhnend fuhr er sich mit beiden Händen durchs Haar, die Ellbogen auf den Tisch gestützt. Es war offensichtlich, dass sich sein Blickwinkel verändert hatte, seit er Lena kannte. In den letzten Jahren hatte er stets nur darauf hingearbeitet, die Bennett-Farm endlich in seinen Besitz zu bringen. Und nun musste er Lena im Grunde nur noch den Gnadenstoß versetzen, und das Grundstück würde ihm wie eine reife Frucht in den Schoß fallen.

Und was tat er stattdessen? Er dachte darüber nach, wie er ihr helfen konnte!

Er musste den Verstand verloren haben.

Mit einem unterdrückten Fluch richtete Stephen sich auf und nahm das Telefon wieder zur Hand. Er kannte den Mann, auf den Lena hereingefallen war. Er war ein skrupelloser Geschäftemacher, der die Not einiger Gewürzbauern ausnutzte, um ihnen Düngemittel zu verkaufen, die den Boden ruinierten.

Das ist der einzige Grund, dachte Stephen. Allein deshalb blieb ihm keine andere Wahl, als sich für Lena einzusetzen. Er wollte auf dem Gelände der Farm ein Hotel errichten, da konnte er schlecht zulassen, dass der Boden verseucht wurde.

„Jamal Traore, bitte“, sagte er, als sich am anderen Ende der Leitung jemand meldete. „Sagen Sie ihm, Stephen Alistair will ihn sprechen …“

Als Lena am nächsten Morgen die Küche betrat, lag eine schlaflose Nacht hinter ihr. Sie hatte praktisch die ganze Zeit wach im Bett gelegen, Krümel zusammengerollt neben sich, und darüber nachgegrübelt, was sie tun sollte. Was sie überhaupt tun *konnte*. Ergebnislos.

Umso überraschter war sie, als Aaliyah sie glücklich strahlend empfing und ihr eine Tasse mit dampfendem Kaffee in die Hand drückte.

„Einen wunderschönen guten Morgen!“, wünschte Aaliyah ihr mit einem breiten Lächeln, das Lena die Stirn runzeln ließ.

Was ging hier vor? Wieso hatte Aaliyah so gute Laune, wo die Zukunft der Farm – ihres Zuhauses – nun doch wieder auf wackeligen Füßen stand?

Forschend schaute Lena sie an, nachdem sie einen Schluck von ihrem Kaffee getrunken hatte. „Habe ich irgendetwas verpasst?“, fragte sie ein wenig ungehalten. War sie die Einzige hier, die sich Gedanken darum machte, wie es weitergehen sollte?

Nein, das war unfair. Sie wusste, wie wichtig Aaliyah und ihrer Familie die Farm war. Dass sie hier so lange lebten, dass es zu ihrem Zuhause geworden war.

Aber was für eine Erklärung gab es dann für diese angesichts der aktuellen Situation absolut unangebrachte Heiterkeit, die Aaliyah an den Tag legte? „Nun?“

„Fadhil hat heute Morgen einen Anruf von Jamal Traore bekommen, dem Unternehmer, mit dem Sie die Vereinbarung für die Düngemittellieferung geschlossen haben.“

Skeptisch nickte Lena. Sie fragte sich, worauf das Ganze hinauslief. Warum machte Aaliyah es so spannend? „Ja, und?“

„Fadhil bat mich, Ihnen auszurichten, dass die Sache erledigt ist.“

Lena blinzelte irritiert. Sie war davon überzeugt, sich verhört zu haben. „Erledigt? Wie meint er das?“

„Traore verzichtet auf die Erfüllung des Vertrags“, erklärte Aaliyah mit einem breiten Grinsen. „Die bereits angelieferte Ware wird morgen im Laufe des Tages wieder abgeholt.“ Sie fiel Lena, die wie angewurzelt dastand, die Augen vor Überraschung weit aufgerissen, um den Hals. „Wir sind gerettet, Lena. Ist das nicht wunderbar?“

14. KAPITEL

Auch Tage später fiel es Lena noch immer schwer zu glauben, dass sie tatsächlich so glimpflich davongekommen waren. Doch es geschah alles genau so, wie Aaliyah es angekündigt hatte. Die angelieferten Kanister mit dem schädlichen Pflanzendünger wurden abgeholt, und kurz darauf kam mit der Post ein Schreiben, in dem die Aufhebung des Vertrags, den Lena mit dem Düngemittelhändler getroffen hatte, angeboten wurde.

Selten war sie so glücklich gewesen, ihre Unterschrift unter ein Dokument zu setzen.

Zunächst erschien es ihr fast wie ein Wunder. So als hätte irgendeine höhere Macht erkannt, dass sie einen Fehler gemacht hatte, und ihn wieder korrigiert. Doch bald wurde ihr klar, dass es so einfach nicht sein konnte.

Warum sollte ein Händler, der, wie Lena inzwischen wusste, für schmutzige Geschäfte mit minderwertigen Waren bekannt war, plötzlich sein Gewissen entdecken und einen einträglichen Deal rückgängig machen?

Als sie Aaliyah darauf ansprach, konnte diese ihr nicht in die Augen sehen. Das reichte, um Lenas Argwohn zu wecken.

„Es war also nicht einfach nur eine glückliche Fügung, oder?" Sie atmete tief durch, doch das ungute Gefühl, das sich in ihr breitmachte, blieb. Etwas sagte ihr, dass ihr die Wahrheit nicht gefallen würde. Doch das änderte nichts daran, dass sie erfahren musste, was oder vielmehr wer wirklich hinter der Aufhebung des Vertrags steckte.

Aaliyah schüttelte den Kopf. „Nein", sagte sie lediglich, in der irrigen Hoffnung, dass Lena sich damit zufriedengeben würde.

Was sie nicht tat. „Was genau ist passiert?", hakte sie nach, die Arme vor der Brust verschränkt, um ihren Worten noch mehr Gewicht zu verleihen.

Die ältere Frau blickte auf. Ihre ganze Miene drückte Schuldbewusstsein aus. In diesem Moment rückten alle fehlenden

Puzzleteile an den richtigen Platz, und Lena stieß ein unterdrücktes Stöhnen aus.

Nein, unmöglich! Aaliyah hatte doch sicherlich nicht Stephen …?

Noch vor wenigen Wochen wäre ihr dies vermutlich nicht einmal in den Sinn gekommen. Doch seit er Hashim nach der Sache mit den Reifen so glimpflich hatte davonkommen lassen, sah die ältere Frau Stephen anscheinend mit vollkommen anderen Augen. Dabei spielte sicher auch eine Rolle, dass die Gefahr, dass er sich der Farm bemächtigen und sie alle von seinem Grund und Boden vertreiben konnte, erst einmal gebannt zu sein schien.

„Aaliyah?"

„Nun, es könnte sein, dass ich Mr Alistair angerufen habe", bestätigte sie Lenas schlimmste Befürchtungen. „Aber ich kann nicht mit Sicherheit sagen, ob er etwas unternommen hat."

Er hatte. Lena war fest davon überzeugt. Was bedeutete, dass sie ihm nun etwas schuldig war. *Verdammt!*

Aber warum sollte er ihr helfen? Es konnte ihm doch nur recht sein, wenn sie die Farm endgültig in den Ruin wirtschaftete. Dann wäre sie früher oder später gezwungen, wieder zu verkaufen. *Eher früher als später …*

Vermutlich wollte Stephen nur verhindern, dass sie den Boden der Farm mit schädlichem Dünger verseuchte. Schließlich wollte er auf dem Grundstück ein Hotel bauen.

Im Grunde konnte es Lena aber völlig gleichgültig sein, warum er seinen Einfluss bei dem Düngerhändler geltend gemacht hatte. Für sie bedeutete es eine große Sorge weniger.

Und es gab noch einen weiteren Grund zur Freude: Herr Behrent vom *Gewürzregal* in Berlin hatte sich wieder gemeldet und eine erste Bestellung aufgegeben. Zwar handelte es sich um vergleichsweise geringe Mengen, doch er war bereit, einen guten Preis zu zahlen und überdies in Vorkasse zu treten. Der Tag schien sich äußerst positiv zu entwickeln – zumindest bis zu dem Moment, in dem Fadhil mit der nächsten Hiobsbotschaft zu ihr kam.

„Wir haben ein Problem“, sagte er, und die Art und Weise, wie er die Hände in den Hosentaschen vergrub, verhieß in Verbindung mit seinem ernsten Gesichtsausdruck nichts Gutes.

Lena unterdrückte ein Seufzen. „Was ist passiert?“

Er nahm sie mit sich hinaus auf die Plantage und zeigte es ihr. Es war noch schlimmer, als sie befürchtet hatte.

„Um Himmels willen!“, stieß sie entsetzt hervor und schlug sich eine Hand vor den Mund. „Wie konnte das geschehen?“

Es war ein schrecklicher Anblick, der sich ihr darbot. Schrecklich und irgendwie unwirklich.

Vor ein paar Tagen war sie noch in diesem Bereich der Plantage, wo hauptsächlich Gewürznelkenbäume standen, gewesen. Da hatte alles noch ganz normal ausgesehen. Aber jetzt …

Das dichte Grün des Unterholzes – all die Farne und Sträucher, die Orchideen und Moose – waren verschwunden, und der Boden war übersät mit fauligem braunen Laub und den Überresten abgestorbener Pflanzen. Wie es schien, hatte etwas zuerst die kleineren Gewächse abgetötet. Doch auch die Gewürznelkenbäume hatten Schaden davongetragen. Einige hatten ihr Laub fast völlig abgeworfen, und selbst jene, die noch Blätter trugen, wirkten angegriffen und kränklich.

Fadhil schüttelte den Kopf. „Ich habe so etwas noch nie zuvor gesehen“, sagte er und runzelte die Stirn. „Es scheint beinahe so, als seien sie vergiftet worden.“

„Durch den Dünger, den ich bestellt hatte?“

„Nein. Der ist wie abgesprochen wieder abgeholt worden.“ Er rieb seinen Nasenrücken zwischen Daumen und Zeigefinger. „Das kann es nicht gewesen sein. Es ginge auch nicht so schnell …“

„Aber was war es dann?“ Fragend schaute Lena ihn an, doch er konnte ihr auch keine Antworten geben. Sie atmete tief durch. „Wie groß ist die Fläche, die betroffen ist?“

„Etwa ein Fünftel der gesamten Grundfläche“, entgegnete Fadhil mit düsterer Miene. „Einen Teil der Bäume können wir vermutlich retten, wenn wir herausfinden, was genau diese Schädigung verursacht hat, aber …“

Er brauchte den Satz nicht zu Ende zu führen – Lena verstand auch so. Es standen wieder neue Investitionen an, für die ihnen schlichtweg das Geld fehlte. Sie würden die Bäume, die zu stark geschädigt waren, fällen und durch neue ersetzen müssen. Diese wiederum brauchten, nach allem, was Lena inzwischen gelernt hatte, Jahre, um ähnlich hohe Erträge zu erwirtschaften. Das bedeutete, dass die Einnahmen aus den Nelkenverkäufen sinken würden.

Mit einem unterdrückten Stöhnen fuhr sie sich durchs Haar. Eine Katastrophe jagte die nächste. Lange konnte es so nicht mehr weitergehen.

„Finden Sie heraus, wie es dazu kommen konnte", wies sie Fadhil an, ehe sie zum Haus zurückkehrte.

Zwei Tage später – die Aufforstarbeiten waren gerade im vollen Gange, Proben der geschädigten Pflanzen hatte Lena an ein Labor geschickt, doch die Ergebnisse standen noch aus – erschien unangemeldet ein Fremder auf der Farm. Lena sah ihn von Rafe Bennetts altem Zimmer aus, das sie zu ihrem Büro umfunktioniert hatte. Der Mann wechselte ein paar Worte mit Aaliyah, die daraufhin ins Haus eilte. Kurz darauf stand sie in Lenas Türrahmen.

„Ein Mann vom *Wizara ya Afya na Ustawi wa Jamii,* dem Ministerium für Gesundheit und Soziales, will Sie sprechen", erklärte sie. „

Lena runzelte die Stirn. „Hat er gesagt, was er will?"

„Darüber will er nur mit Ihnen reden."

Mit einem Seufzen erhob sich Lena. Sie hatte keine Ahnung, um was es sich handelte, doch die Tatsache, dass der Beamte unangekündigt erschien, war ein alles andere als positives Vorzeichen.

„Lena Bluhm", stellte sie sich dem etwa fünfzigjährigen Sansibarer vor, der einen hellgrauen Anzug mit Hemd und Krawatte trug, ohne dabei merklich ins Schwitzen zu geraten. Sie reichte ihm die Hand. „Was kann ich für Sie tun?"

„Mosi Yeboah", sagte er. Sein Händedruck war energisch.

„Ich muss Ihnen leider schlechte Nachrichten überbringen. Bei einigen Proben, die Sie zur Untersuchung an ein unabhängiges Labor geschickt haben, sind bedenkliche Resultate aufgetreten. Da in diesem speziellen Fall eine gesundheitliche Gefährdung der Allgemeinheit vorliegen könnte, wurden wir darüber sofort in Kenntnis gesetzt." Bedauernd zuckte er die Schultern. „Ich fürchte, ich sehe mich gezwungen, Ihren Betrieb vorerst stillzulegen – zumindest, bis uns das Ergebnis weiterer Untersuchungen vorliegt, die in den nächsten Tagen durchgeführt werden."

Lena erbleichte. „Was soll das heißen?"

„Dass die Arbeiten auf der Plantage augenblicklich eingestellt werden müssen", erklärte Yeboah. „Was mit den bestehenden Lagerbeständen geschieht, werde ich entscheiden, sobald ich mehr weiß. Bis dahin muss ich Sie bitten, mich meine Arbeit machen zu lassen."

Ungläubig starrte Lena ihn an. Das waren nicht nur schlechte Nachrichten – das war eine ausgemachte Katastrophe! Wie betäubt verabschiedete sie sich von Yeboah. Dann rief sie Hashim, der gerade von der Schule zurückkehrte, zu sich und bat ihn, seinen Vater und die anderen Plantagenhelfer zu informieren, dass sie die Arbeiten sofort niederlegen und zum Haus kommen sollten.

Aaliyah, die alles mit angehört hatte, wirkte mindestens ebenso schockiert wie Lena selbst. „Wenn sich wirklich herausstellt, dass eine Gesundheitsgefährdung vorliegt ..."

Es war nicht nötig, dass sie den Satz zu Ende führte. Lena war sich der Konsequenzen durchaus bewusst. Im schlimmsten Fall würde eine Schließung der Farm die Folge sein. Doch selbst wenn es dazu nicht kam: Allein eine temporäre Unterbrechung konnte in ihrer angespannten finanziellen Situation den endgültigen Ruin bedeuten.

Vergeblich versuchte Lena das lähmende Gefühl abzuschütteln, das von ihr Besitz ergriffen hatte. Sie wusste weder, wie sie die jüngsten Entwicklungen ihren Mitarbeitern erklären, noch, wie es überhaupt weitergehen sollte. Und ob es überhaupt irgendwie weiterging.

„Sagen Sie mir Bescheid, wenn die Männer da sind", bat sie Aaliyah. „Ich überlege mir inzwischen, wie ich es ihnen beibringen soll." Sie ging nach oben ins Arbeitszimmer, wo sie sich hinter den Schreibtisch setzte und den Bildschirm ihres Laptops anstarrte, ohne wirklich daraufzuschauen.

Ein aufsteigender Dreiklang, der eine eingehende Nachricht auf ihrem Smartphone ankündigte, ließ sie blinzelnd in die Realität zurückkehren.

Sie nahm das Telefon, das neben dem Laptop lag, zur Hand und öffnete die Nachricht. Es handelte sich um die E-Mail eines Immobilienbüros, das in Stone Town ansässig war. Lena runzelte die Stirn, während sie die wenigen Zeilen überflog. Als sie fertig war, hatte sich eine steile senkrechte Falte zwischen ihren Brauen gebildet.

Der Verfasser der E-Mail unterbreitete ihr im Namen eines anonymen Auftraggebers ein Angebot für die Farm. Es war das erste Angebot dieser Art, das sie von jemand anderem als Stephen erhielt.

Warum ausgerechnet heute? Warum in dieser Situation?

Weil es gerade jetzt so verdammt gut passt! beantwortete Lena sich ihre Frage selbst. Was nahelegte, dass irgendjemand von den Schwierigkeiten, mit denen sie im Moment zu kämpfen hatte, wusste.

Jemand, der so versessen darauf war, das Grundstück der Spice-Farm in die Finger zu bekommen, dass ihm dazu jedes Mittel recht war.

Ihre Miene verdüsterte sich. Dann sprang sie so abrupt von ihrem Stuhl auf, dass dieser nach hinten rollte und gegen den Bücherschrank an der Wand stieß. Doch Lena bemerkte es nicht.

Immer zwei Stufen auf einmal nehmend, polterte sie die Treppe hinunter, schnappte sich den Wagenschlüssel von der Kommode und stürmte an der verblüfften Aaliyah vorbei zur Tür hinaus.

„Wo wollen Sie denn hin?“, rief sie Lena nach.

„Jemanden zur Rede stellen“, erklärte sie ohne stehen zu bleiben.

Keine dreißig Sekunden später fuhr sie, eine Staubwolke aufwirbelnd, vom Hof.

Stephen führte gerade eine geschäftliche Unterredung mit den Vertretern einer Gesellschaft, die neben Safaris auf dem afrikanischen Festland und Tauchurlaub auf Madagaskar nun auch Reisen nach Sansibar und Pemba in ihr Portfolio aufnehmen wollte, als seine Assistentin Sharifa unerwartet den Raum betrat. Er war so etwas nicht von ihr gewohnt. Normalerweise hatte sie ein gutes Gespür dafür, wann sie ihn stören durfte und wann nicht. Dieses Mal jedoch war ihr Timing überraschend schlecht.

„Sie entschuldigen mich kurz?“

Das Lächeln, das er für seine Gäste aufgesetzt hatte, verblasste, als er sich erhob und auf Sharifa zuging. „Was ist denn los?“, knurrte er ärgerlich, nachdem er ihr aus dem Besprechungsraum hinaus auf den gedämpft beleuchteten Korridor gefolgt war und die Tür hinter sich geschlossen hatte.

„Ich bin los!“, erklang eine ihm nur allzu bekannte Stimme am Ende des Korridors, in der ein Unterton mitschwang, der ihn irritierte.

Er drehte sich zu Lena um, die mit energischen Schritten und erhobenem Zeigefinger auf ihn zueilte. „Was bildest du dir eigentlich ein?“, fauchte sie. „Hältst du mich wirklich für so dumm, dass ich nicht in der Lage bin, eins und eins zusammenzuzählen?“

Beschwichtigend hob Stephen die Hände, während Sharifa sich diskret aus der Gefahrenzone zurückzog und in einem der angrenzenden Räume verschwand. „Ich habe nicht die geringste Ahnung, wovon du sprichst“, erklärte er wahrheitsgemäß, dann runzelte er mürrisch die Stirn. „Was soll das, Lena? Die ganze Zeit hast du nichts mehr von dir hören lassen, und jetzt platzt du völlig unangemeldet in ein wichtiges Geschäftsmeeting. Was willst du?"

„Als ob du dir das nicht denken könntest!", konterte sie knapp.

Stephen fing an, sich wirklich über sie zu ärgern. „Nein, das kann ich tatsächlich nicht – wenn du also die Güte besäßest, mich aufzuklären!"

„Willst du behaupten, es sei nur ein Zufall, dass unsere Pflanzen von einer mysteriösen Krankheit befallen wurden? Und dann kommt auch noch ein Mitarbeiter vom Ministerium für Gesundheit und Soziales und macht uns die ganze Farm dicht!"

„Moment mal, du glaubst, ich hätte dir die Behörden auf den Hals gehetzt?" Ungläubig starrte er sie an. „Am Ende behauptest du noch, ich hätte dafür gesorgt, dass eure Pflanzen eingehen, was?" Ein Flackern in ihrem Blick verriet ihm, dass sie tatsächlich dieser Ansicht war. Er wusste nicht, wie er damit umgehen sollte. Natürlich war er wütend darüber, dass sie ihm so etwas zutraute. Aber vor allem war er enttäuscht. „Ich hätte wirklich gedacht, dass du mich inzwischen besser kennst, Lena."

„Was soll ich denn sonst denken?", gab sie aufgebracht zurück. „Ist außer dir denn noch jemand hinter der Farm her?"

Zumindest intellektuell konnte er ihre Schlussfolgerungen nachvollziehen. Dennoch versetzte es ihm einen Stich, dass sie ihm offenbar solch hinterhältige Methoden zutraute.

„Es ist wohl besser, du gehst jetzt", sagte er mit erzwungener Ruhe.

„Das Thema ist für mich noch längst nicht erledigt", drohte sie.

Für mich ebenso wenig, dachte Stephen grimmig.

Er ließ Lena einfach stehen und ging in den Besprechungsraum zurück. Doch er war mit den Gedanken nicht mehr recht bei der Sache, sodass man sich am Ende darauf einigte, das Gespräch an einem anderen Tag fortzusetzen.

Als er etwas später zu Hause in seinem Arbeitszimmer saß, ließ ihn der Vorfall noch immer nicht los. Auch wenn er nach wie vor wütend auf Lena war, so konnte er ihr im Grunde nicht übel nehmen, dass sie ihn verdächtigt hatte. Für sie war er die einzige Person, die daran interessiert war, die Bennett-Farm in ihren Besitz zu bringen. Doch im Gegensatz zu ihr wusste er mit Sicherheit, dass er nicht für die Schwierigkeiten verantwortlich war, mit denen sie sich herumschlagen musste.

Dafür hatte er mehr als nur eine Ahnung, wer in Wirklichkeit dahintersteckte.

Collin McFarlane.

Misch dich nicht ein, Stephen. Lass ihn die Angelegenheit auf seine Weise regeln. Einer muss es schließlich tun, wenn du schon nicht dazu in der Lage zu sein scheinst!

Aufstöhnend raufte er sich das Haar. Er wusste, wenn er so weitermachte wie bisher, würde Rachels Hotel wohl niemals gebaut werden. Und – verdammt! – er hatte es ihr doch versprochen!

Das änderte jedoch nichts daran, dass McFarlanes Mafiamethoden ihm ebenso wenig gefielen wie die Tatsache, dass sein Geschäftspartner sich nicht an Absprachen hielt.

Es musste einfach einen anderen Weg geben, Lena vom Verkauf zu überzeugen.

Er verstand, dass ihr die Menschen, die auf der Farm lebten und arbeiteten, am Herzen lagen. Ihm selbst waren diese Leute ebenfalls nicht gleichgültig. Er würde eine Lösung für sie finden, wenn Lena sich nur endlich zum Verkauf durchringen könnte.

Er griff zum Telefon und wählte die Nummer von McFarlanes Handy. Wie üblich meldete er sich nach dem dritten Klingeln – ein psychologischer Trick, den auch Stephen hin und wieder anwendete: Auf diese Weise wirkte man nicht über Gebühr an dem Anruf interessiert, ohne dabei unhöflich zu sein.

„Was kann ich für Sie tun, Alistair?"

„Mir erklären, was Sie mit einer urplötzlich aufgetretenen Pflanzenepidemie und dem anschließenden Erscheinen eines Behördenvertreters auf der Bennett-Farm zu tun haben", fiel

Stephen gleich mit der Tür ins Haus. Er sah keinen Sinn darin, erst lange um den heißen Brei herumzuschleichen.

McFarlane lachte. „Dachte ich's mir doch, dass Sie nicht lange brauchen würden, um dahinterzukommen“, sagte er, und es überraschte Stephen nicht, dass er nicht einmal versuchte, seine Verwicklung zu leugnen.

Er ballte die Hände zu Fäusten. „Hatten wir uns nicht darauf geeinigt, dass ich die Sache regle?“

„Dass Sie sie *regeln*, richtig“, erwiderte der ältere Mann, und aller Humor war aus seiner Stimme verschwunden. „Aber wie ich es sehe, haben Sie rein gar nichts unternommen, Alistair. Nichts! Irgendjemand musste damit anfangen, Nägel mit Köpfen zu machen.“

„Was genau haben Sie getan?“, fragte Stephen, der inzwischen Mühe hatte, die Beherrschung zu bewahren. Er wusste, dass es nicht allzu viele Möglichkeiten gab, den ziemlich widerstandsfähigen Nelkenbäumen dauerhaften Schaden zuzufügen. Zumindest keine, die nicht gleichzeitig auch die Menschen gefährdeten, die in der Nähe der Pflanzen arbeiteten und lebten.

„Keine Sorge, ich bin nicht so verrückt, Schädlinge auf einer Plantage aussetzen zu lassen, auf der ich vorhabe, ein Hotel zu errichten“, erklärte McFarlane leichthin. „Der Aufwand, die Viecher dann im Nachhinein wieder loszuwerden, ist viel zu groß.“

Es beruhigte Stephen nicht gerade, dass dies McFarlanes einzige Sorge zu sein schien.

„Ich habe lediglich jemanden beauftragt, ein Entlaubungsmittel in den Dünger zu mischen, der auf der Farm verwendet wird. Es ist nichts, was den Boden oder das Trinkwasser dauerhaft schädigen würde. Dass sich das Gesundheitsministerium dafür interessiert, liegt daran, dass mir jemand in dem Labor, das die Pflanzenproben untersucht hat, noch einen Gefallen schuldete.“

Stephen konnte das selbstzufriedene Grinsen seines Gesprächspartners praktisch vor sich sehen. „Sie werden auf der

Stelle dafür sorgen, dass die Sache richtiggestellt wird", stieß er zwischen zusammengebissenen Zähnen hervor.

„Und wenn nicht – was dann?" McFarlane lachte höhnisch. „Hören Sie, Alistair, ich weiß, dass Sie einen Narren an dieser Lena Bluhm gefressen haben. Gott weiß, wie diese Frau es geschafft hat, Ihnen den Kopf zu verdrehen. Aber Sie sollten eines besser nicht vergessen: Sie brauchen mich. Ohne meine Unterstützung wird es Ihnen nie gelingen, Ihr Hotelprojekt zu realisieren."

Das wusste Stephen, auch ohne dass McFarlane es ständig wiederholte.

„Das mag schon sein", entgegnete er mit energischer Stimme. „Trotzdem werden Sie tun, was ich Ihnen soeben nahegelegt habe, ansonsten wird es keine weitere Zusammenarbeit zwischen uns geben."

„Treiben Sie es nicht zu weit, Alistair", grollte McFarlane.

„Glauben Sie mir, ich stehe ganz kurz davor, die Polizei einzuschalten. Sie sollten mich besser nicht herausfordern."

McFarlane knurrte etwas, das Stephen nicht verstand, und sagte schließlich: „Also schön, ganz wie Sie wollen. Aber ich rate Ihnen dringend, unser gemeinsames Ziel nicht aus den Augen zu verlieren. Ach ja, und Roz lässt Sie übrigens schön grüßen. Sie würde sich freuen, mal wieder ein Lebenszeichen von Ihnen zu bekommen."

Dieses Mal war es Stephen, der das Gespräch beendete, ohne sich zu verabschieden. Doch obwohl er erfolgreich gewesen war – McFarlane würde einen Weg finden, die Angelegenheit aufzuklären, ohne sich selbst in Schwierigkeiten zu bringen, daran zweifelte er nicht –, blieb ein schaler Nachgeschmack zurück.

Es war schon Tage her, seit er zum letzten Mal auch nur an Roz gedacht hatte. Und das auch nur, weil sie eine Nachricht auf seiner Mailbox hinterlassen hatte, in der sie ihn dringend um Rückruf bat. Doch er hatte sich davor gedrückt. Weil er, wenn er an Roz dachte, sie unwillkürlich mit Lena verglich.

Lena, die noch immer regelmäßig in seinen Träumen auftauchte. Die seine Gedanken ablenkte, wenn er sich auf wichtige Dinge konzentrieren musste. Die ihn einfach nicht losließ, ganz gleich, was er auch anstellte.

Er fluchte innerlich. Das musste aufhören. Und ihm war klar, dass es das niemals würde, solange er nicht ein paar Dinge mit ihr geklärt hatte.

Kurz entschlossen klappte er sein Laptop zu, nahm sein Handy und seinen Autoschlüssel vom Schreibtisch und verließ das Haus.

Lena ärgerte sich über sich selbst. Warum war sie enttäuscht über Stephens Verhalten? Er hatte doch von Anfang an keinen Hehl daraus gemacht, dass er die Gewürzfarm in seinen Besitz bringen wollte.

Er hatte mit offenen Karten gespielt. Zumindest bis zu dem Moment, als er anfing, unter der Gürtellinie zuzuschlagen. Und sosehr es ihr auch missfiel, dies zuzugeben, sie hatte nicht geglaubt, dass er so weit gehen würde. Schon gar nicht, nachdem er ihr zunächst dabei geholfen hatte, ihren Fehler mit dem schädlichen Pflanzendünger auszubügeln – aus eigennützigen Gründen zwar, aber immerhin.

Als sie zur Farm zurückkehrte, hatte Aaliyah die Arbeiter bereits über das, was geschehen war, in Kenntnis gesetzt. Entsprechend gedrückt war die Stimmung, als sie nach Einbruch der Dämmerung am Lagerfeuer zusammensaßen.

Besonders Aaliyah hatte es schwergenommen, dass Stephen auf hinterhältige Tricks zurückgriff. Sie war ihm ebenso auf den Leim gegangen wie Lena selbst. Das musste wohl die Wirkung sein, die er auf Frauen besaß. Er schaffte es, dass sie ihren gesunden Menschenverstand vergaßen.

Die einzige Person, die die Sache relativ gelassen betrachtete, war Fathiya. „Die männlichen Alistairs haben den Frauen schon immer die Köpfe verdreht. Aber sie haben auch viel Gutes für die Menschen hier auf der Insel getan. Die Alistairs waren vehemente Gegner der Sklaverei und …“

Sie verstummte, als ein Wagen die Zufahrt zum Haus hochgeschossen kam und direkt vor der Veranda anhielt.

Lena runzelte die Stirn. Dann erkannte sie das Fahrzeug. „Das kann ja wohl nicht …!“ Sie rappelte sich auf und ging zuerst, lief dann und rannte schließlich auf den Wagen zu, dessen Fahrertür sich gerade öffnete. „Du wagst es tatsächlich, mir noch einmal unter die Augen zu treten?“

Stephens Miene war unergründlich, als er aus dem Wagen stieg. „Mir ist klar, dass du wütend auf mich bist, aber …“

„Wütend?“ Lena konnte hören, wie Fadhil mit Engelszungen auf seine aufgebrachte Ehefrau einredete, damit sie Stephen nicht an die Kehle ging. „Du hast ja gar keine Ahnung! Geh! Verschwinde! Wenn ich dich noch einmal auf meinem Grund und Boden erwische, werde ich die Polizei rufen und dich abtransportieren lassen.“

Stephen packte sie am Arm. „Hör mir zu“, sagte er, und sein Blick ließ sie verstummen. „Ich habe mit der ganzen Sache nichts zu tun. Und außerdem bin ich gekommen, um dir einen Vorschlag zu machen. Ich …“

„Dein Vorschlag interessiert mich nicht!“ Lena riss sich von ihm los. „Wie könnte ich dir, nach allem, was geschehen ist, auch nur ein Wort glauben?“

Seine Augen funkelten. „Es geht mir doch nur darum, eine einvernehmliche Lösung für alle Beteiligten zu finden.“ Ihm war anzumerken, dass er nur mühsam die Beherrschung wahrte. „Wenn du mir eine Minute geben würdest, alles zu erklären.“

„Wozu? Ich könnte es dir ohnehin nicht abkaufen.“ Sie schüttelte den Kopf, selbst erstaunt darüber, wie müde und leer sie sich mit einem Mal fühlte. „Geh, Stephen“, sage sie. „Geh.“

Sein Gesichtsausdruck wechselte von enttäuscht über frustriert bis hin zu wütend. Sie nahm ihm die Entscheidung ab, indem sie sich auf dem Absatz umdrehte und zu den anderen zurückkehrte.

Stephen schaute ihr nach. Fassungslos.

Aber was hatte er erwartet? Dass sie ihn mit offenen Armen empfing? Sicherlich nicht.

Dass sie ihn einfach so stehen lassen würde, ohne ihn auch nur anzuhören, allerdings auch nicht.

Der Vorschlag, den er ihr hatte machen wollen, war in seinen Augen wirklich zu ihrer aller Vorteil. Angesichts der Schließung durch das Gesundheitsministerium und die daraus resultierenden Verluste konnte Lena doch nicht allen Ernstes daran festhalten, die Farm weiterbetreiben zu wollen. Und für den Fall, dass sie sich zu einem Verkauf an ihn entschließen konnte, war er bereit, ihr zu garantieren, dass alle Angestellten der *Bennett Clove and Spice Farm* einen Job in der Alistair Hotelgruppe bekommen würden.

Doch Lena hatte ihn ja nicht einmal zu Wort kommen lassen!

Mit einem unterdrückten Fluch riss er die Wagentür wieder auf und wollte gerade einsteigen, als er in einiger Entfernung jemanden rufen zu hören glaubte. Er blieb stehen und lauschte.

Ja, da war es wieder.

Er runzelte die Stirn. Es klang, als würde jemand um Hilfe rufen!

Ohne lange darüber nachzudenken, lief er los. Dabei ignorierte er, dass einer der Männer am Lagerfeuer lautstark protestierte und ihm folgte, geradewegs in den Wald hinein, der in der hereinbrechenden Dunkelheit wie eine massive Mauer wirkte. Doch er kannte das Grundstück noch von früher wie seine Westentasche. Jeder Schritt war ihm vertraut. Und das Rufen wurde lauter, je näher er zum Strand kam.

Er beschleunigte sein Tempo. Der Mann hinter ihm hatte Mühe mitzuhalten. Doch inzwischen musste auch er die Hilferufe vernommen haben. Jedenfalls hatte er aufgehört, Stephen nachzubrüllen, dass er anhalten sollte.

Das Rauschen der Brandung wurde lauter, und dann war die Stimme plötzlich ganz nah.

Stephen blieb abrupt stehen und blinzelte irritiert.

Die Rufe kamen von oben!

„Hilfe!“, erklang die Stimme ein weiteres Mal, und erst jetzt realisierte Stephen, wie jung sie klang. „Ich kann mich nicht mehr lange halten!“

Suchend blickte Stephen sich um. Dann entdeckte er einen dunklen Schatten, der sich gegen den blauschwarzen Nachthimmel abhob, und erfasste die Situation mit einem Blick.

Der Junge war – warum auch immer – auf eine Kokospalme geklettert und kam jetzt weder vor noch zurück.

Stephen unterdrückte einen Fluch. „Keine Angst, ich komme!“, rief er laut; dann atmete er tief durch und fing an zu klettern.

15. KAPITEL

Mji Mkongwe, Sansibar, November 1887

Annemarie fühlte sich so nervös und angespannt, als würde ein ganzer Schwarm Ameisen unmittelbar unter ihrer Haut herumkrabbeln.

Vor etwas mehr als einer halben Stunde hatte sie das Haus verlassen. Wilhelm gegenüber hatte sie behauptet, einen Spaziergang machen zu wollen. Nicht dass es ihn etwas anging. Aber ihr Butler war nun einmal Albrechts Spion, und daher durfte er auf keinen Fall Verdacht schöpfen.

Sie glaubte nicht, dass er Verdacht geschöpft hatte, obwohl ihr selbst das leichte Zittern in ihrer Stimme so auffällig vorgekommen war. Dennoch blickte sie sich immer wieder nervös über die Schulter.

Als ob das irgendeinen Unterschied machte. Wenn Wilhelm ihr wirklich nachging, dann würde er dafür sorgen, dass sie ihn nicht bemerkte. Aber spätestens als sie den Marktplatz erreichte und im Labyrinth der unzähligen Wagen und Stände untertauchte, war sie sicher, dass niemand ihr folgte.

Das Gedränge war unbeschreiblich. Jedes noch so winzige Fleckchen Erde wurde genutzt, um darauf Käfige mit Hühnern oder Enten zu stapeln, deren aufgeregtes Gackern und Krähen sich mit dem Geschrei der Händler, die lautstark ihre Waren anpriesen, und dem Gewirr von Stimmen, das in seiner Vielzahl wie ein dröhnendes Summen klang, zu einer ohrenbetäubenden Kakofonie vermischte.

Gerüche drangen von allen Seiten auf Annemarie ein. Einige davon angenehm, wie der Duft von frischem Pfeffer, Kardamom und Gewürznelken. Andere widerwärtig, schwer und fettig, die Annemarie eine leichte Übelkeit verursachten.

Sie atmete fast schon erleichtert auf, als sie den Markt endlich hinter sich lassen konnte. Die Gassen, die sie nun durchquerte, wirkten auf sie nach dem Gedränge, dem sie soeben entkommen war, beinahe wie ausgestorben. Doch wenn man näher hinsah, bemerkte man Schatten hinter den Fenstern, deren Vorhänge sich in der leichten Brise bauschten. Frauen, die in den Hauseingängen saßen und ihre Kinder hüteten. Männer, die mit gesenkten Stimmen miteinander sprachen.

In den letzten Monaten hatte Annemarie sich daran gewöhnt, dass die Menschen sie anstarrten. Eine große blonde Frau in feiner Kleidung sah man hier auf Sansibar nicht alle Tage. Inzwischen störte sie es kaum mehr, obschon sie es noch immer wahrnahm. Doch gerade heute war es besser, sich nicht so leicht zu erkennen zu geben, also zog sie das leichte Tuch, das über ihren Schultern lag, zurecht, sodass es ihr Haar bedeckte.

Der Treffpunkt, den sie mit Nathan Alistair ausgemacht hatte, lag hinter der großen Kathedrale, die auf dem Platz errichtet worden war, an dem früher der Sklavenmarkt stattgefunden hatte. Doch das tat dem regen Handel mit Menschen keinen Abbruch – er hatte sich einfach nur an andere Orte verlagert.

Sie blickte sich um, doch Alistair war nirgends zu sehen. Nach ein paar Minuten wurde sie unruhig.

Er wird schon kommen, sagte sie zu sich selbst. Doch eine leise, aber beharrliche innere Stimme behauptete, dass es verrückt war, daran zu glauben.

Vermutlich war ihm klar geworden, dass es ein Fehler war, sich mit einer verheirateten Frau zu treffen. Einer Ehefrau, deren Mann auf Sansibar über einigen Einfluss verfügte.

Sie unterdrückte ein Seufzen und fuhr sich mit dem Handrücken über die Augen. Als sie wieder aufblickte, war er da.

Ihr Herz setzte einen Schlag aus, nur um dann umso heftiger zu pochen. Er kam näher, und sie widerstand nur mühsam dem Verlangen, die Arme um seinen Hals zu schlingen und das Gesicht an seiner Brust zu bergen.

Was war nur mit ihr geschehen? Sie kannte diesen Mann doch kaum!

Er lächelte. Es war ein unsicheres, zaghaftes Lächeln, das dennoch seine grauen Augen zum Leuchten brachte. Auch er war sich seiner Sache offenbar nicht sicher. Trotzdem war er zur verabredeten Zeit zum Treffpunkt gekommen.

„Sie sind hier“, stellte er fest. Sie konnte seiner Stimme nicht entnehmen, ob er überrascht war.

Ihre Knie zitterten. „Ja.“

„Kommen Sie“, sagte er und nahm ihre Hand. „Hier ist es nicht sicher. Ich weiß einen Ort, an dem wir ungestört sein können.“ Er lächelte wieder. „Einen sicheren Hafen.“

Dieser „sichere Hafen“ entpuppte sich als eine verlassene Lagerhalle nahe den Docks, die sie über ein Netzwerk verschlungener Gassen und Straßen erreichten, das Nathan blind zu kennen schien.

Ein junger Mann mit feuerrotem Haar erwartete sie und schloss das Tor hinter ihnen, nachdem sie hindurchgetreten waren. „Verdammt, Kumpel, das hat ja ganz schön lange gedauert“, schimpfte er mit einem breiten Grinsen, das ihn sehr knabenhaft erscheinen ließ, auch wenn er sicherlich in Nathans Alter war. „Was hat euch aufgehalten?“

Nathan antwortete nicht. „Dieser unverschämte Kerl hört auf den Namen Mack Halliday“, erklärte er Annemarie stattdessen. „Er hat keinerlei Manieren, aber davon abgesehen ist er der beste Freund, den man nur haben kann.“

Annemarie lächelte. Mack war ihr sympathisch. Und dass geschliffene Umgangsformen nicht zwangsläufig auch für einen guten Charakter standen, hatte Albrecht sie gelehrt. „Freut mich, Ihre Bekanntschaft zu machen, Mr Halliday.“

„Einfach nur Mack, Ma'am“, entgegnete er und errötete ein wenig. „Und, *aye*, ich freue mich auch.“

Nathan klopfte seinem Freund auf die Schulter. „Du hältst die Augen offen, ja?“

Er nickte. „*Aye.*“

Annemarie folgte Nathan in einen kleinen Raum im oberen Stockwerk der Lagerhalle. Die Fenster, die zur Halle hinunterblickten, und die in die Tür eingelassene Scheibe waren blind und angelaufen, und Annemarie erwartete, dass der Verfall auch vor dem Raum selbst nicht haltgemacht hatte.

Umso überraschter war sie, ein gemütlich eingerichtetes, blitzblank gewienertes Zimmer vorzufinden.

Unwillkürlich fragte sie sich, wozu es bisher genutzt worden war, und ihr Blick offenbarte diese Frage anscheinend, denn zu ihrer Überraschung errötete Nathan leicht.

„Mack hat das hier eine Weile als Liebesnest genutzt, aber“, er hob beschwichtigend die Hände, „das ist nicht der Grund, warum ich Sie hierher gebracht habe. Verstehen Sie mich bitte nicht falsch, ich finde Sie sehr schön, aber …“ Er schüttelte den Kopf und machte ein unglückliches Gesicht. „Ich glaube, ich rede mich gerade um Kopf und Kragen.“

Annemarie schaute sich lächelnd um und strich versonnen mit dem Finger über die alte Eichenkommode, die unter dem Fenster stand. Dann drehte sie sich zu ihm um, und ihr Herz fing wieder an zu hämmern, und in ihrem Bauch breitete sich ein warmes Gefühl aus.

Sie trat auf ihn zu. „Ich mag Sie auch, Nathan“, sagte sie leise – und ehe sie selbst recht begreifen konnte, was sie tat, hatte sie sich auf die Zehenspitzen gestellt und küsste ihn.

Es war ein schüchterner, ängstlicher Kuss. Abgesehen von Albrecht war ihr kein Mann jemals so nah gewesen wie Nathan Alistair in diesem Moment – und Zärtlichkeit gehörte nicht unbedingt zu Albrechts hervorstechendsten Charaktereigenschaften.

Sobald er sich von seiner ersten Überraschung erholt hatte, schlang Nathan die Arme um Annemaries Taille, zog sie an sich und vertiefte den Kuss sanft und sinnlich.

Annemarie hatte das Gefühl zu schweben. Niemals hatte sie geahnt, dass es so sein konnte. So wunderbar, so unvergleichlich.

Sie schlang die Arme um seinen Hals, nicht sicher, ob sie sich aus eigener Kraft noch auf den Beinen halten konnte. Sie wusste, dass das, was sie tat, falsch war. Dass es gegen alle Regeln von Sitte und Anstand verstieß. Und dennoch gab es nichts, was sie dazu hätte bewegen können, diesen Moment zu beenden.

Etwas später, als sie nebeneinander auf dem Bett lagen, ohne dass es mehr als Küsse zwischen ihnen gegeben hätte, den Kopf in seiner Armbeuge ruhend, die Finger ineinander verschränkt, fragte sie sich, ob sie das alles womöglich nur träumte.

Seit Laurenz gestorben war, hatte es in ihrem Leben nicht mehr viel Gutes gegeben. Nichts, was es ihr leichter machte, jeden Tag aufs Neue zu begehen. In der Aussicht auf ein Leben an der Seite eines Mannes, den sie fürchtete und verachtete.

Es war erstaunlich, dass eine einzige Begegnung das ganze Leben auf den Kopf stellen konnte. Doch genau so war es ihr ergangen. Und obgleich es ihr auf der einen Seite Angst machte, obgleich es alles noch schwieriger machte und nichts leichter, konnte sie im Grunde doch nichts anderes empfinden als ein unbeschreibliches Gefühl von Glück.

Allein der Gedanke, Nathan nicht mehr wiederzusehen, ihn aus ihrem Leben zu verbannen, erschien ihr unvorstellbar.

Plötzlich musste sie an Henriette denken, und das, was sie gesehen hatte, als ihre Freundin sie heimlich auf der Plantage der Bennetts herumführte. Bei ihrem ersten Besuch hatte Celia mit ihr schon einmal eine Führung unternommen. Doch sie hatte ihr nur gezeigt, was schön und eindrucksvoll war. Nun kannte Annemarie auch die Kehrseite der Medaille.

„Sie leben zusammengepfercht wie Tiere in winzigen Baracken“, erzählte sie Nathan von dem, was sie erlebt hatte. „Streng getrennt nach Männern und Frauen. Vom ersten Morgengrauen bis zum letzten Sonnenstrahl schuften sie auf der Plantage – nicht nur die jungen Männer, auch Alte, Frauen und Kinder.“

Sie drehte den Kopf ein Stück, um Nathan ansehen zu können. Er nickte nur, eine stumme Aufforderung, weiterzusprechen.

„Die Arbeit ist hart. Und sie ist nicht ungefährlich. Bei jedem Wetter sind die Menschen dort draußen, angetrieben von der Furcht vor dem Zorn des Aufsehers, der nicht vor dem Gebrauch seiner Peitsche zurückschreckt, wenn es ihm zu langsam vorangeht.“ Sie schüttelte den Kopf. „Viele, vor allem die Alten, haben längst resigniert. Doch die Jungen – besonders die jungen Männer – finden sich nicht so leicht mit ihrem Schicksal ab. Sie sind zornig, und ich kann sie verstehen. Sie wollen frei sein, ihr Leben selbst in die Hand nehmen. Aber die Farmbesitzer kennen diese Gefahr und sind darauf bedacht, jedes noch so kleine Anzeichen von Rebellion mit aller Härte niederzuschlagen."

Nathan drehte sich auf die Seite, winkelte den Ellbogen an und stützte seinen Kopf auf die flache Hand. „Ich weiß", sagte er. „Ich habe einmal einen Jungen getroffen, dem die Flucht geglückt ist. Er hat mir erzählt, mit welch perfiden Mitteln sie ihre Sklaven unterdrücken. Sie schrecken nicht davor zurück, Kinder und Frauen als Druckmittel einzusetzen. Und wenn das nicht hilft, wenden sie körperliche Gewalt an, um ein Exempel zu statuieren."

Annemarie nickte langsam. Genau das hatte sie auch gehört. Und sie schauderte bei dem Gedanken daran, dass sie Menschen kannte, die dieses System guthießen oder es unterstützten. Lieber Himmel, sie war ja sogar selbst mit einem verheiratet!

Albrecht und all die anderen Befürworter der Sklaverei betrachteten diejenigen, die sie unterdrückten, nicht als Menschen. Für sie waren sie nicht viel mehr als Vieh, das man besitzen und zur Arbeit zwingen konnte. Der Ackergaul, der so lange den Pflug zog, bis er zusammenbrach. Die Katze, deren Junge man im Brunnen ertränkte, weil man sie nicht durchfüttern wollte. Der Hund, den man so lange bis aufs Blut quälte, bis er zuschnappte – und damit dann rechtfertigte, dass man ihn erschießen durfte.

Annemarie presste sich die Handballen vor die Augen, um die Bilder zu vertreiben, die unwillkürlich vor ihr aufblitzten. Schließlich setzte sie sich auf und sagte: „Ich muss etwas tun, um zu helfen. Ganz gleich, wie riskant es auch sein mag. Ich kann einfach nicht zusehen, wie diese himmelschreiende Ungerechtigkeit Tag für Tag aufs Neue geschieht, ohne etwas dagegen zu unternehmen."

Nathan legte ihr eine Hand auf die Schulter. „Was willst du

denn tun?", fragte er. „Die britische Marine versucht seit Jahren, die Verschiffung von Sklaven von Sansibar aus zu unterbinden. Doch im Grunde kämpfen wir gegen Windmühlen an." Er lächelte humorlos. „Wenn es nicht einmal dem mächtigen Empire gelingt, diesen Menschenhandel zu stoppen, was sollen wir als einzelne Personen dagegen unternehmen?"

„Soll das heißen, du würdest auch helfen?" Ein Funken Hoffnung keimte in Annemarie auf. Die Hoffnung, dass der Plan, der seit ihrer Begegnung mit Henriette in ihr heranreifte, tatsächlich durchführbar sein konnte.

Er nickte. „Natürlich. Ebenso wie Mack und das ganze Corps. Wir würden einiges dafür geben, zur Abwechslung endlich einmal etwas wirklich Sinnvolles zu tun."

Annemarie nickte. Sie wusste nicht warum – aber sie spürte, dass sie Nathan vertrauen konnte. Wenn nicht ihm, wem dann?

„Hör zu", sagte sie, „ich habe da eine Idee. Sie ist riskant, aber es könnte funktionieren …"

Jambiani, Sansibar, Januar 1888

„Schnell!", trieb Annemarie den jungen Mann und seine Schwester mit gesenkter Stimme zur Eile an. „Und seid vorsichtig! Wenn euch irgendjemand sieht, ist alles aus!"

Die beiden liefen los, und auf halber Strecke zum Wagen nahm Henriette sie in Empfang. Wirklich aufatmen konnte Annemarie aber erst, als alle drei außer Sichtweite waren. In dem Moment trat auch schon Celia wieder auf die Veranda hinaus – nicht ahnend, was sich soeben hinter ihrem Rücken abgespielt hatte.

Es war jetzt das sechste Mal innerhalb von anderthalb Monaten, das Annemarie auf der Farm der Bennetts zu Besuch war. Nicht etwa, weil sie Celias Gesellschaft so sehr schätzte. Ihre ehemalige Reisegefährtin hatte sich nicht im Geringsten verändert. Für sie zählten nach wie vor ausschließlich materielle

Dinge, und es fiel Annemarie nicht immer leicht, stundenlang ihrem geistlosen Geplapper zuhören und Interesse heucheln zu müssen. Doch nur so konnte sie das tun, was sie gemeinsam mit Nathan, Mack und Henriette ausgeheckt hatte.

Im Grunde war es lächerlich einfach. Annemarie nutzte die Tatsache, dass sie in Celias Haus ein gern gesehener Gast war, um sie in regelmäßigen Abständen zu besuchen. Dass sie, im Gegensatz zu ihren ersten Treffen, nun immer in einem geschlossenen Wagen kam, erregte glücklicherweise keinen Verdacht. Für die Durchführung ihres Vorhabens war dies ebenso essenziell wie die Tatsache, dass Khamisi sich bereit erklärt hatte, ihnen zu helfen.

Mitten auf dem Grundstück der Bennett-Farm, unterstützt von den dort lebenden Sklaven, die ihre knappe Verpflegung und manchmal auch ihre Quartiere mit ihnen teilten, versteckte Henriette Flüchtlinge von überallher. Die Plantage war ihre erste Anlaufstelle. Hier blieben sie so lange, bis einer von Annemaries Besuchen auf der Plantage anstand. Und während diese Celia ablenkte, passte Henriette einen günstigen Moment ab, um die Entlaufenen in der Kutsche zu verstecken.

Auf eigene Faust hätten es die Flüchtlinge niemals bis in die Stadt, geschweige denn bis zum Hafen geschafft. Doch niemand käme je auf den Gedanken, Annemaries Wagen zu überprüfen. Warum auch? Sie war die Ehefrau von Albrecht Rosenthal. Mehr als unwahrscheinlich, dass sie sich für ein paar dahergelaufene, schmutzige Sklaven einsetzen würde.

Auf dem Heimweg machte Khamisi nun immer einen kleinen Umweg zu den Docks, wo die *Majestic* anlag – das Kanonenboot, auf dem Mack und Nathan dienten. Die beiden hatten keine großen Anstrengungen unternehmen müssen, um ihren Kommandanten zu überzeugen, Unterstützung zu leisten. Wie Nathan bereits vermutet hatte, war Captain Bartholomew frustriert darüber, wie wenig sie wirklich tun konnten, um des arabischen Sklavenhandels Herr zu werden. Daher begrüßte er die Gelegenheit, wenn auch nur im Kleinen etwas zu bewirken.

Und so befanden sich an Bord der *Majestic*, wenn sie von Sansibar aus ablegte, neuerdings stets einige ehemalige Sklaven, die an einen Ort gebracht wurden, an dem sie ein neues Leben in Freiheit beginnen konnten.

Es war ein einfaches, aber effektives Netzwerk, bei dem alle Räder nahtlos ineinandergriffen. Doch Risiken gab es natürlich immer. Ein falsches Wort, eine unbedachte Äußerung konnte genügen, um alles zu zerstören. Und natürlich bestand immer die Gefahr, dass jemand auf das, was auf der Plantage geschah, aufmerksam wurde. Doch es war inzwischen schon fünf Mal gut gegangen, und Annemarie war zuversichtlich, dass sie es auch noch ein sechstes und siebtes Mal schaffen würden.

Zumindest bemühte sie sich angestrengt darum, Zuversicht zu empfinden. Doch die Angst war ihr ständiger Begleiter, seit sie vor ein paar Wochen damit begonnen hatten, ihren Plan in die Tat umzusetzen. Wäre Nathan nicht gewesen, der sie bedingungslos liebte und mit dem sie, wenn das alles hier vorbei war – wann immer das auch sein mochte –, irgendwo ein neues Leben anfangen wollte, sie hätte es wohl nicht durchgestanden. Er gab ihr die Kraft, die sie brauchte, um weiterhin als Albrechts gehorsame Ehefrau und Celias fürsorgliche Freundin zu funktionieren. Die Stunden, die sie mit ihm verbrachte, waren Stunden gestohlenen Glücks, für die Annemarie sich schon längst nicht mehr schuldig fühlte. Sie hatte mit Nathan geschlafen, weil sie ihn liebte. Wenn Gott ihr das nicht verzeihen konnte, dann war er nicht der gnädige und gütige Herr, an den sie Zeit ihres Lebens geglaubt hatte.

„Wie geht es Jonathan?“, fragte sie Celia, nicht weil sie sich wirklich dafür interessierte, sondern um die Zeit totzuschlagen, bis sie sich endlich auf den Heimweg machen konnte, ohne dass es verdächtig erscheinen würde.

Ihre ehemalige Reisegefährtin nippte an ihrem Tee, die hauchzarte Tasse geziert zwischen zwei Fingern haltend. „Er hat im Moment viel zu tun. Auch jetzt sitzt er wieder oben in seinem Arbeitszimmer und brütet über irgendwelchen Plänen. Vielleicht hast du schon davon gehört, dass es in jüngster Zeit auffällig viele Fälle von geflüchteten Sklaven gibt?"

Annemarie zwang sich, ruhig zu bleiben und sich arglos zu geben. „Nein", erwiderte sie. „Ist das denn so ungewöhnlich? Ich nahm an, dass immerzu Sklaven versuchen, ihre Freiheit zurückzugewinnen."

„Schon", entgegnete Celia. „Allerdings sind ihre Fluchtversuche in der Regel nicht von Erfolg gekrönt, und sie werden nach einigen Tagen, spätestens nach ein, zwei Wochen, wieder eingefangen. Du musst bedenken, dass kaum jemand bereit wäre, einem flüchtigen Sklaven Unterschlupf zu gewähren oder ihm zu helfen. Schon allein deshalb, weil kaum ein Farmer es riskieren würde, dass seine eigenen Sklaven auf dumme Ideen kommen."

„Aber dieses Mal ist es anders?"

Celia nickte. „Es sind Männer, Frauen und Kinder, die bei Nacht und Nebel aus ihren Quartieren verschwinden und niemals wieder gesehen werden, so als hätten sie sich in Luft aufgelöst." Ihre Miene wurde hart. „Jemand muss ihnen helfen, so viel steht fest. Aber wer auch immer es ist, früher oder später wird er einen Fehler begehen – und dann werden Jonathan und seine Leute ihn zur Rechenschaft ziehen!"

„Du meinst *dein* Jonathan?" Annemarie blinzelte überrascht. „Was hat er damit zu tun?"

Ein Anflug von Stolz ließ Celias Gesicht leuchten. „Er ist zum Vorsitzenden des Komitees für Sklavenfragen gewählt worden, einer inoffiziellen Organisation, deren Ziel es ist, Recht und Ordnung in diesem Land aufrechtzuerhalten."

Ein eisiger Schauer überlief Annemarie, als sie verstand, was das bedeutete. In diesem Moment wurde ihr womöglich zum ersten Mal wirklich bewusst, welches Risiko sie eingingen. Sie kannte Celias Ehemann zwar nicht besonders gut, aber sie hatte genug über ihn gehört, um zu wissen, dass er in allem, was er tat, absolut kompromisslos war. Und Henriette und sie befanden sich mitten in der Höhle des Löwen und schmuggelten direkt unter seinen Augen entlaufene Sklaven in die Freiheit.

Es war völlig verrückt. Wahnsinn! Aber im selben Moment wusste sie auch, dass weder Henriette noch sie selbst damit aufhören konnten. Nicht, solange es dort draußen noch Menschen gab, die ihre Hilfe brauchten.

„Was ist mit dir?“, fragte Celia, und erst jetzt merkte Annemarie, dass sie die ganze Zeit blicklos vor sich hingestarrt hatte. „Geht es dir nicht gut? Du bist ja kreidebleich!“

Annemarie zwang ein Lächeln auf ihre Lippen und kämpfte gegen die Übelkeit an, die in kleinen Wellen durch ihren Körper rollte. „Es geht schon. Ich habe in letzter Zeit häufig Probleme mit dem Kreislauf. Vermutlich habe ich mich einfach immer noch nicht richtig an das hiesige Klima gewöhnt.“

„Oder du bist in anderen Umständen“, entgegnete Celia mit einem gleichzeitig neckenden und fragenden Blick. „Dein Albrecht würde sich sicher über einen kleinen Stammhalter freuen, meinst du nicht?“

Annemarie hatte mit einem Mal das Gefühl, als würde ihr das Blut in den Adern gefrieren. Schwanger? Nein, unmöglich! Doch es stimmte, dass sie sich in den letzten Wochen häufig nicht ganz wohl fühlte; vor allem in den Morgenstunden.

Oh nein, oh nein, oh nein!

Nicht dass Albrecht zu Beginn ihrer Ehe nicht versucht hätte, mit ihr einen Erben zu zeugen. Doch in den letzten Monaten hatte er sie nicht mehr in ihrem Bett aufgesucht, wofür Annemarie dem Himmel gedankt hatte. Was bedeutete, dass als Vater eines möglichen Kindes nur ein Mann infrage kam.

Nathan.

Als sie spürte, wie ihr schwindelig wurde, schloss sie die Augen und zwang sich, tief und ruhig durchzuatmen. Sollte Celia ruhig denken, was sie wollte. Es kümmerte Annemarie nicht. Ihre oberste Priorität war es jetzt, nicht die Nerven zu verlieren. Rasch rechnete sie zurück. Wann hatte sie zum letzten Mal …?

„Du *bist* in anderen Umständen, habe ich recht?“ Celia klatschte begeistert in die Hände. „Oh, ich beneide dich so,

Annemie! Wenn Jonathan und ich doch auch endlich … Aber bei uns will es nicht so recht klappen."

„Du musst Geduld haben", reagierte Annemarie mit einer Plattitüde, die ihr wie von selbst über die Lippen kam. Überhaupt fühlte es sich so an, als habe jemand anderes die Kontrolle über ihre Handlungen, über ihren Körper übernommen. Ein Teil von ihr selbst womöglich, der nur dann zum Vorschein kam, wenn er gebraucht wurde. So wie jetzt, wo Annemarie weiter funktionieren musste, obwohl sie mit dem Kopf ganz woanders war.

Was würde geschehen, wenn sie wirklich in anderen Umständen war? Wenn sie ein Kind von Nathan erwartete? Was für eine Närrin war sie gewesen, diese Möglichkeit überhaupt nicht in Betracht zu ziehen! Das würde alles verändern. Alles!

Sie konnte nicht länger unter Albrechts Dach bleiben, so viel stand fest. Man konnte ihm viele Schwächen ankreiden, aber dumm war er nicht. Er würde sofort Bescheid wissen – und dann wäre sie ihres Lebens nicht mehr sicher.

Sie atmete tief durch. Sie musste mit Nathan reden. Er würde Rat wissen.

Hunderte, Tausende Gedanken ließen ihren Kopf schwirren und machten es ihr schwer, sich auf das Hier und Jetzt zu konzentrieren. Doch genau das musste sie, denn es stand weit mehr auf dem Spiel als nur ihr eigenes Schicksal. Es ging auch um Henriette und um die beiden Flüchtlinge, die auf sie zählten.

„Sei mir bitte nicht böse", sagte sie schließlich, „aber ich würde jetzt gern aufbrechen."

Celia zwinkerte ihr verschwörerisch zu. „Das kann ich natürlich verstehen", sagte sie. „Sei doch so gut und richte Albrecht unsere herzlichsten Glückwünsche aus, ja?"

„Das werde ich." Annemarie wusste selbst nicht, woher sie die Kraft nahm, die Fassung zu bewahren.

Doch irgendwie gelang es ihr.

Versonnen schaute Celia Annemaries Kutsche nach, bis diese am Ende der Auffahrt vom dichten Blattwerk der Bäume, die den Weg säumten, verschluckt wurde. Dann fasste sie rasch einen Entschluss, winkte einen der Sklaven herbei, die in der Nähe ihre Arbeit verrichteten, und wies ihn an, ihr Pferd satteln zu lassen.

Etwas an der Art, wie Annemarie auf die Möglichkeit reagiert hatte, schwanger zu sein, hatte Celias Misstrauen erregt. Sie vermutete schon länger, dass ihre ehemalige Reisegefährtin sie nicht so oft besuchte, weil sie sie besonders ins Herz geschlossen hatte. Und da sie aus sicherer Quelle wusste – Jonathan hatte praktisch überall seine Spitzel –, dass die Ehe mit Albrecht Rosenthal alles andere als glücklich war, hegte sie den Verdacht, dass vielleicht ein anderer Mann dahintersteckte.

Ein Mann, mit dem sie sich traf, wenn sie von ihren Besuchen bei Celia zurückkehrte.

Der Vater ihres Kindes?

Celia zweifelte nicht daran, dass Annemarie schwanger war, und der Gedanke steckte wie ein Stachel in ihrem Fleisch. Sie selbst wünschte sich sehnlich ein Kind, und sie wusste, dass Jonathan ebenfalls eines wollte. Doch jeden Monat erlebte sie aufs Neue eine Enttäuschung. Dass ausgerechnet Annemarie, die dieses Glück ihrer Meinung nach überhaupt nicht verdiente, nun das bekommen sollte, was sie sich so sehr ersehnte, war nur schwer zu ertragen.

So schwer, dass sie den brennenden Wunsch verspürte, Annemarie wehzutun.

Deshalb wollte sie ihr nachreiten, um in Erfahrung zu bringen, ob sie recht hatte und es tatsächlich einen anderen Mann gab. Denn eines stand fest: Wenn er wirklich existierte, dann würde Annemarie ihn heute mit Sicherheit unbedingt sehen wollen.

Sie schwang sich auf ihr Pferd, eine feurige Stute, die Celia sich selbst ausgesucht hatte, und galoppierte los. Weit musste sie nicht reiten; die Kutsche stand keine halbe Meile entfernt mit gebrochenem Wagenrad am Wegesrand. Ein Treffen mit dem heimlichen Geliebten würde sie somit kaum zu sehen bekommen.

Doch das, was sich stattdessen vor ihren Augen abspielte, war ungleich interessanter.

Das war doch …

„Henriette“, entfuhr es Celia überrascht.

Einen winzigen Augenblick lang überlegte sie, was das wohl zu bedeuten hatte. Dann zählte sie eins und eins zusammen, wendete ihr Pferd und gab ihm die Sporen.

Eines stand fest: Jonathan würde sich sehr für das interessieren, was sie ihm zu berichten hatte!

„Es tut mir leid, aber ich sehe keine andere Möglichkeit.“ Khamisi zuckte bedauernd die Schultern, und Henriettes Hoffnung sank. „Ich werde zurück zur Farm reiten und jemanden bitten, uns zu helfen. Mit gebrochenen Speichen können wir nicht weiterfahren, und ich habe kein Werkzeug dabei, um auch nur eine behelfsmäßige Reparatur durchzuführen.“

„Nein!“, stieß Annemarie gepresst hervor. „Das ist zu gefährlich! Was, wenn jemand Verdacht schöpft?“

Aufgebracht lief sie auf dem Weg auf und ab, die Hände ringend, so als könne sie sich auf diese Weise zwingen, eine Lösung für etwas zu finden, für das es offensichtlich keine Lösung gab. Einzig Henriette, die ebenfalls im Wagen gesessen hatte, weil sie etwas mit Captain Bartholomew besprechen wollte, behielt die Ruhe – zumindest äußerlich.

„Khamisi hat recht“, sagte sie. „Es wird am besten sein, Faraji, Subira und ich ziehen uns in den Wald zurück, bis die Reparaturen erledigt sind. Danach machen wir einfach so weiter wie geplant.“ Sie stellte sich Annemarie in den Weg, nahm ihre Hände, überrascht darüber, wie kalt sie sich anfühlten, und drückte sie. „Wir werden das gemeinsam durchstehen, hörst du? Es wird alles gut.“

Annemarie nickte, doch wirklich überzeugt wirkte sie nicht. Und auch Henriette fühlte sich alles andere als wohl. Doch es gab keinen anderen Weg. Sie brauchten die Kutsche, um Faraji und Subira sicher bis nach Sansibar Stadt zu bringen.

Sie nickte Khamisi zu, der eines der Pferde ausspannte, aufstieg und sich sogleich auf den Weg machte. Dann blickte sie sich aufmerksam um. Erst als sie nirgends auch nur eine Menschenseele entdecken konnte, öffnete sie den Wagenschlag und scheuchte die verängstigten Geschwister hinaus.

„Wir müssen uns verstecken“, erklärte sie. „Ihr kommt mit mir.“ Sie wandte sich an Annemarie. „Es tut mir leid, dass das passiert ist. Wir bleiben ganz in der Nähe, falls irgendetwas ist …“

Ihre Freundin nickte. Henriette konnte sehen, dass sie mit den Tränen kämpfte, doch sie durfte sich nicht aus dem Konzept bringen lassen. Noch einmal atmete sie tief durch, dann trat sie zwischen Subira und Faraji, ergriff ihre Hände und verschwand mit ihnen im Unterholz. Keine Sekunde zu früh, wie sie kurz darauf feststellen musste – denn plötzlich erklang das Geräusch heranpreschender Pferde.

Das konnten unmöglich bereits die Helfer sein, die Khamisi alarmiert hatte!

Sie trieb die Geschwister zur Eile an, und als sie sie weit genug aus der Gefahrenzone glaubte, schlich sie vorsichtig zurück zum Weg. Im Schutze der dichten Farne und Sträucher kroch sie bis dicht heran an den verunglückten Wagen, wo sie alles im Blick hatte, ohne selbst gesehen zu werden.

Es waren drei Männer, die Annemarie gegenüberstanden. Ein weiterer stand ein wenig abseits und hielt die Zügel der Pferde. Von Khamisi keine Spur. Henriette fragte sich, was aus ihm geworden sein mochte.

Einer der Männer, sie schätzte ihn auf etwa Anfang bis Mitte dreißig, war elegant gekleidet und trug sein dunkles Haar streng zurückgekämmt, sodass seine hohen Wangenknochen gut zur Geltung kamen. Sie hatte Celias Ehemann Jonathan zwar nie persönlich kennengelernt, zweifelte jedoch keine Sekunde daran, dass er es selbst war.

Bei den beiden anderen handelte es sich vermutlich um den Aufseher George Maguire und dessen Helfer. Im Gegensatz zu

Jonathan Bennett wirkten sie grobschlächtig und ungehobelt und – wie Henriette nicht ohne Unbehagen feststellte – brutal.

„... hat Sie zusammen mit dieser Frau gesehen“, sagte Bennett gefährlich leise, „die verdächtigt wird, Sklaven bei der Flucht zu helfen.“ Er schnalzte abfällig mit der Zunge. „Kein besonders guter Umgang für eine respektable Kaufmannsehefrau.“

Es überlief Henriette hieß und kalt, als ihr klar wurde, dass von ihr die Rede war. Kein Zweifel, Annemarie steckte in Schwierigkeiten. Das wurde umso deutlicher, als Bennett weitersprach.

„Ich habe schon einen Boten losgeschickt, um ihren Mann zu informieren. Ich bin sicher, der gute Albrecht wird alles andere als angetan sein, zu erfahren, dass seine Frau mit Sklavenbefreiern sympathisiert!“

Annemarie hatte die Arme vor der Brust verschränkt und schwieg. Sie hielt sich tapfer – nur, wie lange noch? Und was würde geschehen, wenn ihr Mann auf der Plantage eintraf? Henriette wollte lieber gar nicht daran denken! Nach allem, was sie über Albrecht Rosenthal wusste, war er ein Mann, den man besser nicht in Rage versetzen sollte.

Henriette musste etwas unternehmen, um ihrer Freundin zu helfen! Bloß was?

Nathan und Mack, natürlich! Wenn es ihr nur gelingen könnte, die beiden zu alarmieren!

Eilig zog sie sich ins Unterholz zurück. Das Herz pochte ihr bis zum Hals, und ihre Kehle fühlte sich wie zugeschnürt an. Als sich urplötzlich von hinten eine Hand auf ihre Schulter legte, schrie sie unterdrückt auf.

Doch es war nur Khamisi.

„Ich habe gesehen, wie sie angeritten kamen, und mich versteckt“, erklärte er. „Was geht dort drüben vor?“

„Sie haben etwas gemerkt, und Bennett hat jemanden geschickt, um Albrecht Rosenthal in Kenntnis zu setzen“, sagte sie. Khamisis Gesichtsausdruck sprach Bände – ganz offensichtlich dachte er dasselbe wie sie. „Ich muss unsere Freunde in

Sansibar Stadt informieren", sprach sie weiter. „Sie sind die Einzigen, die Annemarie jetzt helfen können. Aber zu Fuß brauche ich viel zu lange!"

„Dann nehmen Sie das Pferd", entgegnete Khamisi. „Ich habe es nicht weit von hier festgebunden, wo es vom Weg aus nicht zu sehen ist."

Erleichterung rollte wie eine Woge über Henriette hinweg. Jetzt hatte sie zumindest eine Chance.

„Danke", sagte sie und klopfte Khamisi auf die Schultern. „Subira und Faraji sind im Wald – etwa hundert Schritte nordöstlich von hier. Versuch, dich mit ihnen in die Stadt und zum Hafen durchzuschlagen. Die *Majestic* liegt noch bis morgen Nachmittag dort vor Anker, ehe sie mit Kurs auf Mauritius ablegt."

Khamisi nickte. Dann verschwand er ohne ein weiteres Wort und machte sich auf die Suche nach den beiden Flüchtlingen. Henriette schlug den entgegengesetzten Weg ein. Kurz darauf fand sie das Pferd, das sie vorsichtig an den Zügeln durchs Unterholz führte, bis sie ein gutes Stück hinter der Stelle, wo sie Annemarie zuletzt gesehen hatte, wieder auf die Straße gelangte.

Sie saß sofort auf und galoppierte los. Wenn sie noch irgendetwas retten wollte, durfte sie keine Zeit mehr verlieren!

Annemarie hatte Angst, und ihr war klar, dass Celia es wusste. Doch sie war nicht bereit, sich vor ihr eine Blöße zu geben.

Sie saßen wie schon so oft im Esszimmer zusammen, doch die Atmosphäre war nun völlig verändert. Die beiden Schläger, die für Jonathan Bennett arbeiteten, bewachten die Türen zur Halle und zur Veranda. Eine Flucht war somit unmöglich.

Celia selbst saß am Kopf der Tafel, ihr Mann stand mit dem Rücken zu ihnen am Fenster, schweigend, jedoch mit einer aufrechten Haltung, die Zufriedenheit ausdrückte. Das war Annemarie allemal lieber als das selbstgefällige Lächeln, das Celia zur Schau trug. Annemarie verspürte große Lust, es ihr aus dem Gesicht zu wischen. Diese hinterhältige falsche Schlange!

Im Grunde hatte Annemarie von Anfang an gewusst, dass man Celia nicht trauen durfte. Sie interessierte sich auf der Welt nur für einen einzigen Menschen: sich selbst. Allenfalls noch für ihren Ehemann, aber der war im Grunde nur eine Erweiterung ihres eigenen Universums.

Celia war indes nicht ihr eigentliches Problem. Annemarie machte sich viel größere Sorgen, was geschehen würde, wenn Albrecht auf der Plantage eintraf. Und sie zweifelte keine Sekunde daran, dass er kommen würde.

Fast als hätte sie ihn mit ihrem Gedanken beschworen, hörte sie draußen auf dem Hof Hufschläge. Jonathan Bennett wandte sich um, ein breites Grinsen auf den Lippen. „Freuen Sie sich, meine Liebe", verkündete er mit einer Stimme, die vor falscher Freundlichkeit troff. „Ihr Ehemann ist soeben eingetroffen, um uns Gesellschaft zu leisten."

Kurz darauf konnte sie Albrechts schwere Schritte hören, dann wurde die Tür zum Salon aufgestoßen.

Annemarie stockte der Atem, als sie ihren Ehemann erblickte. Albrecht besaß ein aufbrausendes, leicht zu entflammendes Temperament, doch so außer sich hatte sie ihn noch nie gesehen. Seine blauen Augen blitzten vor Zorn, und seine Miene war zu einer Maske des Hasses verzerrt. Mit drei ausgreifenden Schritten hatte er das Esszimmer durchquert, packte Annemarie am Oberarm, so brutal, dass sie nur mit Mühe einen Aufschrei unterdrücken konnte, und riss sie auf die Füße.

„Was glaubst du eigentlich, wer du bist?", herrschte er sie an. Er neigte zu einer rötlichen Gesichtsfarbe, doch die hektischen roten Flecken auf seiner Stirn und den Wangen waren neu. Mit jedem Wort, das er sprach, sprühte Speichel durch die Luft.

Annemarie widerstand dem Bedürfnis, sich mit dem Handrücken übers Gesicht zu wischen, obwohl Ekel sie schüttelte. Doch sie wollte Albrecht nicht noch mehr Grund geben, wütend zu sein.

„Albrecht, ich ..."

Sie kam nicht dazu, den Satz zu vollenden. Seine geballte Faust traf sie mitten ins Gesicht. Sterne explodierten vor Annemaries Augen.

Im ersten Moment drängte der Schock über diesen plötzlichen Angriff den Schmerz zurück. Sie taumelte, fiel aber nicht und stieß stattdessen mit der Hüfte gegen den Esstisch, an dem sie sich blind festklammerte.

Als der Schmerz schließlich kam, rollte er wie eine Feuersbrunst über sie hinweg. So etwas hatte Annemarie in ihrem ganzen Leben noch nicht gefühlt. Es war, als würde ihr Kopf explodieren und ihr Gesicht in Flammen stehen. Ein metallischer Geschmack füllte ihren Mund. Sie brauchte einen Moment, um zu begreifen, dass es ihr Blut war, das sie schmeckte.

Und das war nur der Anfang. Der nächste Schlag traf sie auf die Brust und presste ihr die Luft aus den Lungen. Ihre Knie gaben unter ihr nach, und sie sank zu Boden, verzweifelt nach Sauerstoff ringend, die Augen weit aufgerissen.

Als der Atemreflex schließlich siegte, war ihr bei jedem noch so kleinen Atemzug, als würde sich ein glühender Dolch in ihre Lunge rammen.

Doch Albrecht war noch nicht fertig mit ihr.

Sie sah, wie er mit seinem rechten Fuß ausholte, rollte sich instinktiv auf dem Boden zusammen und schützte ihren Kopf mit den Händen. Ein unzusammenhängender Gedanke zuckte zu dem kleinen Menschen, den sie womöglich in sich trug. Sie hoffte, dass er nichts von der Pein, die in ihrem Körper wütete, spürte, und wappnete sich innerlich gegen Albrechts Tritt – doch der kam nicht.

Stattdessen hörte sie ein wütendes Brüllen. „Nimm die Finger von ihr, du Dreckskerl!"

Erleichterung durchflutete sie, vermischt mit einem Gefühl neuer Angst – dieses Mal nicht um sich selbst, sondern um den Mann, den sie liebte.

Henriette erkannte sofort, dass sie gerade noch im rechten Augenblick gekommen waren. Mit dem Pferd hatte sie zwei Stunden gebraucht, um Sansibar Stadt zu erreichen. Sie fand die Anlegestelle der *Majestic* auf Anhieb und war dort zum Glück auch gleich auf Mack und Nathan getroffen.

Als die beiden hörten, in welcher Gefahr Annemarie schwebte, hatten sie keine Sekunde gezögert. Henriette kannte den Blick grimmiger Entschlossenheit in den Gesichtern der beiden Männer gut. Sie hatte ihn oft genug gesehen, um diejenigen zu bemitleiden, die so dumm waren, sich ihnen in den Weg zu stellen.

Doch die beiden Raufbolde, die den Raum bewachten, in dem Annemarie festgehalten wurde, bedauerte sie nicht.

Nachdem Nathan und Mack sich jeweils einen von ihnen vorgenommen hatten, waren sie ins Zimmer hineingestürmt – und für den Bruchteil einer Sekunde wie erstarrt gewesen ob des Anblicks, der sich ihnen bot. Im nächsten Moment schon hatte sich Nathan auf Albrecht Rosenthal gestürzt, während Mack mit einem gezielten Kinnhaken Celias Mann ausschaltete, der wie ein gefällter Baum zu Boden fiel.

Henriette selbst war sofort bei Annemarie und half ihr dabei, sich aufzurichten, was ihr sichtlich schwerfiel. Blut rann aus ihrem Mundwinkel, ihre Augen wirkten glasig, und ein leises Wimmern kam über ihre Lippen, als sie sich bewegte. Es war ein Anblick, der allein schon ausreichte, um Henriette physischen Schmerz zu bereiten.

„Hab keine Angst“, murmelte sie beruhigend. „Jetzt sind wir ja da. Wir werden nicht zulassen, dass dir jemand wehtut. Ich …“ Sie brach ab, als plötzlich jemand ihr Haar packte und sie brutal daran nach hinten riss.

Henriette geriet ins Straucheln. Im Fallen drehte sie sich um und erkannte Celia, deren Augen vor Hass blitzten. Sie hielt eine Petroleumlaterne über den Kopf erhoben, bereit, sie auf Henriette zu schleudern – doch dann war Mack plötzlich da. Er hielt die wie wild strampelnde und tretende Celia, so gut es ging, fest, doch dabei entglitt die Laterne ihren Fingern und fiel unmittelbar neben dem Fenster zu Boden.

Glas splitterte, und es gab eine kleine Stichflamme, die sofort verpuffte. Doch einer der Vorhänge hatte bereits Feuer gefangen. Mit einem Brausen, das wie ein triumphierendes Brüllen klang, fraßen sich die Flammen in Sekundenschnelle den Stoff empor und griffen zum nächsten Fenster über.

Innerhalb kürzester Zeit brannte alles lichterloh.

Celia schrie erstickt auf, als sie sah, was sie angerichtet hatte. Ihre Gegenwehr erlahmte abrupt, sodass Mack sie loslassen und sich stattdessen um Annemarie und Henriette kümmern konnte.

„Wir müssen hier raus!", rief er, hob die halb bewusstlose Annemarie vom Boden auf und packte Henriette am Arm. „Zur Tür! Los! Nathan, du auch! Vergiss den Mistkerl, mach schon!"

Doch Nathan und Albrecht schienen gar nicht mitzubekommen, was sich um sie herum abspielte. Die hasserfüllten Blicke der beiden Männer waren stur aufeinander gerichtet. Brennende Holzsplitter regneten von der Decke, die inzwischen ebenfalls Feuer gefangen hatte, auf sie hinab. Beißender schwarzer Rauch erfüllte das Zimmer.

Halb stolpernd, halb laufend gelangte Henriette schließlich ins Freie. Sie half Mack, die stöhnende Annemarie auf den Boden zu legen. „Nathan", wimmerte sie. „Wo ist er? Was ist mit ihm?"

Henriette sah, wie Mack zurück zum Farmhaus blickte, dessen Ostflügel sich innerhalb von Minuten in eine Feuerhölle verwandelt hatte.

Keine Spur von Nathan oder Albrecht Rosenthal.

„Ich gehe zurück, ihn holen", erklärte Mack schließlich entschlossen.

Henriette atmete tief durch. Ein Teil von ihr wollte ihm zurufen, es nicht zu tun. Doch sie wusste auch, dass Nathan seine Hilfe brauchte, also ließ sie Mack gehen.

Er war gerade bei der Veranda angelangt, als ein lautes Rumpeln durch das ganze Gebäude lief. Im nächsten Moment brach das untere Stockwerk wie ein Kartenhaus zusammen, die Erde bebte, und die Druckwelle, die entstand, riss Mack von den Füßen und schleuderte ihn zu Boden.

Henriette erstarrte.

„Nein“, hörte sie Annemarie entsetzt aufkeuchen. „Nathan! Nein!“

Henriette schloss die Augen. Lieber Gott, bitte mach, dass das nicht wahr ist!

Es war das erste Mal seit Tanganjika, dass sie betete – doch tief in ihrem Herzen wusste sie längst, dass hier auch ein Wunder nicht mehr helfen konnte.

16. KAPITEL

Gegenwart

„Miss Lena! Aaliyah! Fadhil! Kommt, schnell! Es ist Hashim – er steckt in Schwierigkeiten!“

Sofort verstummten die Gespräche am Lagerfeuer, und alle starrten Yussuf, der soeben keuchend aus dem Unterholz gekommen war, erschrocken an.

Aaliyah war sofort auf den Beinen. „Was ist passiert?“, fragte sie. „Wo ist mein Junge?“

„Er ist auf eine Kokospalme geklettert und kommt nicht mehr ohne fremde Hilfe runter“, erklärte Yussuf, und Aaliyah schlug entsetzt eine Hand vor den Mund.

Lena hatte das Gefühl, von einem Schwall Eiswasser getroffen zu werden. Einen Moment lang stockte ihr der Atem, und sie war nicht fähig, auch nur den kleinen Finger zu rühren. Dann sprang sie alarmiert auf, ebenso wie Fadhil und einige der Arbeiter.

Sie folgten Yussuf in den dunklen Wald. Während die anderen keine Probleme in dem schwindenden Tageslicht zu haben schienen, stolperte Lena mehr, als dass sie lief. Trotzdem schaffte sie es mitzuhalten. Und dann waren Hashims Hilferufe zu hören, und sie folgte einfach dem Klang seiner Stimme.

Schließlich lichtete sich das Blätterdach, und Lena konnte im Mondschein Aaliyahs Sohn erkennen, der sich verzweifelt an den an der Spitze kaum mehr als oberschenkeldünnen Stamm einer Palme klammerte, die gut zehn Meter steil in die Höhe ragte. Offenbar war er kurz unterhalb der Stelle, an der die begehrten Kokosnüsse wuchsen, stecken geblieben und kam nun weder vor noch zurück.

Und etwas unterhalb seiner Position sah Lena noch eine zweite Gestalt, die sich langsam, aber beharrlich den Baum hinaufarbeitete.

Einen winzigen Augenblick lang blieb ihr vor Schreck das Herz stehen.

War das etwa …?

„Mein Gott, Stephen!"

Sie hatte das Gefühl, als würde ihr jemand den Boden unter den Füßen wegreißen, und für einen Moment waren ihre Knie so weich, dass sie nicht wusste, ob sie sich aus eigener Kraft auf den Beinen halten konnte. Doch schon in der nächsten Sekunde pulsierte pures Adrenalin durch ihre Adern, und sie blinzelte.

„Was können wir tun?", fragte sie und schaute fordernd in die Runde. „Wir müssen doch etwas tun!"

Doch Fadhil, der seine Frau im Arm hielt, schüttelte den Kopf. „Es gibt nichts, was wir unternehmen können, außer abwarten und beten", erklärte er, und Lena begriff.

Stephen war die einzige Hoffnung, die Hashim hatte, um heil aus dieser Sache herauszukommen.

Sie hob die rechte Hand an ihren Mund und kaute geistesabwesend auf dem Fingerknöchel ihres Zeigefingers, während sie angespannt beobachtete, was sich hoch über ihren Köpfen abspielte.

Stephen kletterte.

Der Stamm der Kokospalme fühlte sich glatt und rutschig unter seinen Fingern an und schien bis hinauf zum tiefblauen Nachthimmel zu ragen.

Der Junge, der sich kurz unterhalb der Krone festklammerte, schluchzte jetzt nur noch. Schwer zu sagen, ob er Stephen überhaupt schon bemerkt hatte.

Am Boden war es stockfinster, nur schmale Streifen silbrigen Mondlichts sickerten durch die Baumkronen. Ganz in der Nähe konnte Stephen das Rauschen der Brandung hören. Und dann, als er ein wenig höher gelangt war, sah er den Ozean, schwarz und geheimnisvoll glitzernd im Sternenglanz.

Der andere Mann, der ihm vom Farmhaus her gefolgt war, hatte offenbar Hilfe geholt. Doch die anderen – er glaubte Aaliyah und ihren Mann zu erkennen, ebenso wie Lena – konnten nichts unternehmen.

Es lag einzig und allein an ihm, wie diese Sache zu Ende ging – an ihm und an Hashim.

Er war jetzt beinahe bei dem Jungen angelangt. Der Stamm der Palme bog sich bei jeder Bewegung nach rechts und links, sodass man das Gefühl haben konnte, sich auf einem schwankenden Boot zu befinden.

„Hey, Kleiner", rief er, und bemühte sich, seine Stimme neutral zu halten, damit sie keine Aufregung oder Anspannung verriet. „Hör zu, wir schaffen das zusammen. Du musst einfach ruhig bleiben, okay? Versuch, nicht nach unten zu sehen."

„Ich kann nicht", erklang eine gepresste Stimme von oben. „Wenn ich mich bewege, falle ich!"

„Nein, das wirst du nicht", entgegnete Stephen mit einer Überzeugung, die er selbst nicht empfand. „Wenn du genau das tust, was ich dir sage, kommen wir beide heil aus der Sache raus."

Kurzes Zögern, dem ein zaghaftes „Was soll ich machen?" folgte.

„Du kletterst jetzt ganz langsam mit mir hinunter, okay? Schön vorsichtig, immer einen Schritt nach dem anderen", sagte er. „Und keine Angst, ich bin direkt hinter dir. Dir kann überhaupt nichts passieren."

Kaum jemand wusste besser als er, wie es sich anfühlte, an Hashims Stelle zu sein. Er wusste nicht mehr, wie lange es her war, doch er konnte selbst nicht viel älter gewesen sein als dieser Junge, als er sich in exakt derselben misslichen Situation befunden hatte. Damals war ein Mitarbeiter seines Vaters, der für die Reinigung der Hotelpools zuständig war, ihm zur Hilfe gekommen. Es hatte ihn große Überwindung gekostet, sich der ruhigen und besonnenen Stimme anzuvertrauen, die ihm Mut machte, wenn er glaubte, nicht mehr weiterzukönnen, und die ihm ein Gefühl von Sicherheit vermittelte.

Genau dasselbe wollte er nun für Hashim tun. Sein Fels in der Brandung sein. Denn klettern musste der Junge schon selbst. Alles, was Stephen tun konnte, war, ihn an sich selbst glauben zu lassen. Aber aus eigener Erfahrung wusste er, dass genau das den entscheidenden Unterschied ausmachte.

„Du schaffst das", sagte er, das taube Gefühl ignorierend, das sich in seinen Armen ausbreitete. „Komm schon, los geht's."

Sie kamen voran. Zentimeter für Zentimeter anfangs. Dann, als das Selbstbewusstsein des Jungen wuchs, immer schneller und schneller. Bald hatten sie die Hälfte der Strecke nach unten hinter sich gebracht, und die Schatten der niedrigen Bäume hüllten sie ein. Und schließlich war es geschafft.

Stephen, der zuerst wieder festen Boden unter den Füßen hatte, hob Hashim hinunter. Seine Mutter war sofort bei ihm und zog ihn in ihre Arme, mit einem Blick, der signalisierte, dass sie ihn am liebsten nie wieder loslassen wollte.

Aaliyahs Mann Fadhil war mindestens ebenso erleichtert, begnügte sich aber damit, Stephen zum Dank die Hand zu schütteln. Überall begegneten ihm freundliche und dankbare Gesichter – doch als er Lenas Blick auffing, sah er darin vollkommen andere Gefühle.

Widerwillen. Ablehnung.

Stirnrunzelnd trat er auf sie zu. „Ich nehme an, du bist noch immer nicht bereit, mir zuzuhören?"

Sie schüttelte den Kopf. „Ich danke dir, dass du Hashim geholfen hast", sagte sie. „Aber es ändert nichts an den Tatsachen – und auch nichts daran, dass ich keine Möglichkeit sehe, wie ich dir vertrauen könnte."

Stephen nickte knapp.

Dann wandte er sich um und ging.

Als Lena am nächsten Morgen in die Küche trat, spürte sie die Anspannung, die in der Luft hing, sofort.

„Was ist los?", fragte sie und nahm sich eine Tasse aus dem Schrank, um sich Kaffee einzugießen – nur um festzustellen, dass Aaliyah noch keinen aufgesetzt hatte.

Das war mehr als unüblich. Seit Lena hier wohnte, hatte Aaliyah sie jeden Morgen mit einem köstlichen Frühstück verwöhnt. Heute nicht. Und noch etwas war anders. Normalerweise stand Aaliyah um diese Zeit immer schon am Herd und bereitete das Abendessen vor. Doch heute saß sie am Küchentisch und schaute Lena bloß an, ohne ihr auch nur einen guten Morgen zu wünschen.

Ganz offensichtlich war sie ärgerlich wegen irgendetwas. Und Lena ahnte, dass sie schon sehr bald erfahren würde, was der Grund für ihr ungewohntes Verhalten war.

„Hashim geht es übrigens gut", sagte Aaliyah, so als wäre es ihr gerade siedend heiß eingefallen. „Er hat nur ein paar blaue Flecken, sonst nichts. Wenn man bedenkt, was alles hätte geschehen können, ist er ganz schön glimpflich davongekommen."

Lena nickte. „Das stimmt. Er hat wirklich Glück gehabt."

„Glück?" Aaliyah schnalzte tadelnd mit der Zunge. „So würde ich das nicht unbedingt ausdrücken. Er wurde *gerettet*, Lena."

Darum ging es also. Lena war überrascht. Sie konnte sich noch bestens an Zeiten erinnern, in denen Aaliyah nicht sonderlich gut auf Stephen zu sprechen gewesen war. Doch nun missfiel es ihr offenbar, dass Lena ihm gestern nach seiner Rettungsaktion die kalte Schulter gezeigt hatte.

„Er versucht uns in die Knie zu zwingen", sagte sie, so als würde das allein alles erklären. „All die Dinge, die uns in letzter Zeit passiert sind – der verseuchte Dünger, die Schwierigkeiten mit den Behörden –, haben wir ihm zu verdanken!"

Aaliyah runzelte die Stirn. „Sind Sie da wirklich so sicher?"

Die Frage kam für Lena völlig unerwartet. „Zweifeln Sie denn daran?"

Seufzend fuhr Aaliyah sich durchs Haar. Schließlich nickte sie. „Ich glaube nicht, dass er so etwas tun würde, nein. Heute nicht mehr. Und, ja, hätten Sie mich vor ein paar Monaten gefragt, wäre meine Antwort vermutlich anders ausgefallen." Sie zuckte die Schultern. „Ich zweifle keineswegs daran, dass er die Farm noch immer in seinen Besitz bringen will. Aber diese Methoden passen nicht zu ihm."

„Wer soll sonst ein Interesse daran haben, uns in den Ruin zu treiben?“, wollte Lena wissen. „Haben Sie nicht selbst immer gesagt, dass er der einzige Interessent für das Grundstück ist?“

Einen Moment lang schwieg Aaliyah, dann seufzte sie erneut. „Wissen Sie noch, die Sache mit dem schädlichen Dünger, den Sie versehentlich bestellt haben? Und wie wir uns gefragt haben, warum der Verkäufer das Geschäft plötzlich so bereitwillig rückgängig gemacht hat?“

Lena nickte. „Natürlich. Wie sollte ich das vergessen?“

„Ich habe Ihnen doch damals gebeichtet, dass ich Mr Alistair über das Problem informiert habe. Sie waren ziemlich ärgerlich, weil Sie ihm nichts schuldig bleiben wollten.“

„Tja, zumindest darüber brauche ich mir keine Sorgen mehr zu machen“, entgegnete Lena mit einem bitteren Lächeln. „Wenn er wirklich etwas für uns getan hat, dann aus reinem Eigennutz. Und nur, um kurz darauf schärfere Geschütze aufzufahren.“

„Ich glaube, Sie täuschen sich“, entgegnete Aaliyah. „Ein Bekannter, der beim Ministerium für Gesundheit und Soziales arbeitet, hat mir unter dem Siegel der Verschwiegenheit verraten, dass Mr Alistair sich auch dort für uns eingesetzt hat. Ohne seinen Zuspruch wäre die Analyse der Probe, die uns beinahe ruiniert hat, sicher nicht noch einmal durchgeführt worden.“

Lena runzelte die Stirn.

Es war ihr alles andere als angenehm, in Betracht zu ziehen, dass sie sich in Stephen getäuscht haben könnte.

Aber was, wenn es stimmte? Wenn er ihr tatsächlich die ganze Zeit geholfen hatte, auch wenn es seinen eigenen Plänen und Hoffnungen zuwiderlief?

Dann hatte sie ihm schwer unrecht getan. Und damit konnte Lena noch viel weniger umgehen als mit dem Gefühl, ihm etwas schuldig zu sein.

„Das ist aber nett, dass Sie uns schon wieder besuchen kommen, Mr Alistair“, begrüßte Ngabile ihn erfreut, als Stephen am frühen Abend das Wohnzimmer seiner Schwester betrat.

Ngabile schien ein wenig erstaunt darüber zu sein, dass er sich in letzter Zeit so häufig blicken ließ. Und Stephen wusste – nicht ohne einen Anflug von schlechtem Gewissen zu verspüren –, dass sie allen Grund dazu hatte, sich zu wundern.

Er liebte Rachel. Doch es war ihm in den vergangenen Jahren stets leichter gefallen, sie aus der Ferne zu lieben. Dort, wo er nicht immerzu daran denken musste, was ihr zugestoßen war.

Und inwieweit er selbst darin verwickelt war.

Nur mit Mühe unterdrückte er ein Seufzen. Das alles lag schon eine kleine Ewigkeit zurück. Spätsommer 1995. Das Jahr, in dem auf Sansibar erstmals eine Mehrparteienwahl stattgefunden hatte.

Das Jahr, in dem es gewaltsame Ausschreitungen gegeben hatte, bei denen Tausende verletzt und eine nicht genau bekannte Anzahl von Menschen ums Leben gekommen waren. Unzählige Familien hatten schwere Schicksalsschläge hinnehmen müssen.

Auch Stephens Familie.

Durch deine Schuld!

Er hatte geglaubt, sie seinem besten Freund anvertrauen zu können. Doch Yasin war Befürworter der Oppositionspartei gewesen, die der Regierung Wahlmanipulation vorwarf. Seinetwegen, um ihm zu gefallen, war Rachel mit ihm auf die Demonstration gegangen, die später in einer Katastrophe endete.

Seit jenem Tag war nichts mehr so wie zuvor. Seine Eltern hatten zwar nie etwas dergleichen ausgesprochen, doch Stephen wusste, was sie dachten.

Dasselbe, was auch er selbst dachte.

Er hätte einfach besser aufpassen müssen!

„Ist alles in Ordnung, Sir? Stephen?“

Ngabiles Stimme holte ihn wieder in die Gegenwart zurück. Er blinzelte und schaffte es irgendwie, ein Lächeln auf seine Lippen zu zwingen. „Ja, alles bestens. Ist Rachel schon zu Bett gegangen?“

„Nein, sie ist draußen auf der Veranda. Sie liebt es doch so sehr, an der frischen Luft zu sitzen und aufs Meer zu schauen.“

Weder die Ärzte im Krankenhaus noch die Spezialisten, zu denen sie Rachel später gebracht hatten, konnten mit Sicherheit sagen, ob sie von dem, was um sie herum passierte, etwas mitbekam. Stephen war sich nicht sicher, was er hoffen sollte. Es stimmte, sie hatte den Ozean immer geliebt, ebenso wie den lauen Wind, der mit ihren Locken spielte, und das Rauschen der Brandung. Doch brachte es ihr Trost, wenn sie all das sah? Oder wäre sie besser dran, wenn sie ihr Leben völlig abgeschnitten vom Rest der Welt in ihrem eigenen kleinen Universum verbrachte?

Alles, was er mit Sicherheit sagen konnte, war, dass er sich glücklich schätzte, dass sie noch lebte. Und dass er mit ihr reden und ihr sein Herz ausschütten konnte, wenn er nicht mehr weiterwusste.

Ngabile nickte und wandte sich wieder ihrem Buch zu, als er verkündete, dass er nach Rachel sehen wollte. Eine laue Brise wehte, als er hinaus auf die Veranda trat, wo seine Schwester saß und scheinbar gedankenverloren in die Ferne blickte.

Stephen trat vor sie, stützte sich mit den Händen auf die Armlehnen ihres Rollstuhls und küsste sie auf die Stirn. Dann ging er vor ihr in die Hocke. „Hey, Rach …“

Sie reagierte nicht, doch das hatte er auch nicht erwartet. Trotzdem würde er sich wohl nie daran gewöhnen.

Seufzend richtete er sich wieder auf und drehte den Rollstuhl ein Stück, sodass Rachel in seine Richtung blickte, als er sich jetzt auf den Rand der alten Hollywoodschaukel setzte.

„Ich habe dir doch neulich erzählt, dass ich mich an Collin McFarlane gewandt habe, weil ich die Finanzierung unseres Hotels nicht allein stemmen kann“, fing er an zu erzählen. „Ich befürchte langsam, dass ich einen großen Fehler gemacht habe.“

Rachel schwieg, doch das machte nichts. Er konnte immerhin mit ihr reden. Und manchmal reichte allein das schon aus.

„Ich habe ja gewusst, dass McFarlane kein Heiliger ist, aber …“ Er zog eine Grimasse und fuhr sich durchs Haar. „Wie es scheint, setzt er Lena mit ziemlich unfairen Mitteln unter

Druck, und das gefällt mir nicht. Das gefällt mir ganz und gar nicht."

Er kannte Rachel so gut, dass er sich denken konnte, was sie darauf erwidern würde. Beinahe glaubte er zu hören, wie sie sagte: „Ach, Bruderherz, was hast du denn erwartet? Collin McFarlane war schon immer gut darin, seinen Willen durchzusetzen. Dachtest du wirklich, er würde sein Verhalten ausgerechnet für dich ändern?"

Stephen schüttelte den Kopf. Das Schlimme war, dass es stimmte – und dass er es im Grunde die ganze Zeit gewusst hatte. Ihm war nur kein anderer Weg eingefallen, die Finanzierung für sein Hotelprojekt zu stemmen.

Und er wusste auch heute keinen. Aber durfte er deshalb seine Prinzipien über Bord werfen?

Nachdem Lena ihm gestern Abend deutlich zu verstehen gegeben hatte, dass sie ihm nicht vertraute, war er in sein Büro gefahren, um nach Alternativen zu suchen. Doch auf Sansibar gab es niemanden, der über ähnlich große finanzielle Mittel verfügte wie McFarlane.

Gleich morgen wollte Stephen sich noch einmal an seine Bank wenden. Vielleicht gab es ja doch eine Möglichkeit, das Projekt in Eigenregie auf die Beine zu stellen. Er musste noch einmal alles genau durchrechnen.

„Wenn es auch nur die geringste Chance gibt, die Zusammenarbeit mit McFarlane zu beenden, ohne unser Projekt zu gefährden, werde ich sie ergreifen, Rach", erklärte er gedankenverloren.

Und warum? glaubte er seine Schwester fragen zu hören. Weil dir seine Methoden nicht gefallen und er sich nicht an Absprachen hält?

Das waren sicher Punkte, die ebenfalls eine Rolle spielten. In Wahrheit gab es jedoch nur einen Grund, der wirklich zählte: Er wollte Lena beschützen.

Doch im Augenblick war er noch nicht bereit, sich diese Realität einzugestehen.

3. TEIL

17. KAPITEL

Das *Paradise Lodge Resort* war das Flaggschiff der Alistair-Hotelgruppe und lag unmittelbar in der Chwaka Bay, einer traumhaften Bucht an der Ostküste in der Nähe von Jambiani. Die einzelnen Bungalows, deren Ausstattung es mit jedem Luxushotel auf der Insel aufnehmen konnte, waren auf hölzernen Pfählen errichtet worden und durch Stege miteinander und mit dem Strand verbunden. Auch das Haupthaus, in dem die Rezeption, die Bar und das Restaurant untergebracht waren, war auf Pfählen errichtet, nur dass es anstatt von vier von insgesamt gut einem Dutzend gestützt wurde.

Bei Ebbe umspülte das Wasser die Pfahlkonstruktion bis etwa auf halber Höhe; nur selten zog es sich über den Eingang der Bucht hinaus zurück. Wenn aber die Flut kam, reichte der Wasserpegel bis fast hinauf zu den Plattformen, sodass es aussah, als würden die Bungalows frei im Wasser treiben – was genau der Effekt war, den der Architekt der *Paradise Lodges* hatte erreichen wollen.

Das Gelände war weitläufig umzäunt, und die Zufahrt lag so gut versteckt, dass Lena sie erst bemerkte, als sie schon daran vorbeigefahren war. Und auch das nur, weil ein Shuttlebus vom Flughafen offensichtlich dasselbe Ziel hatte wie sie und unmittelbar vor ihr in einen unscheinbaren Feldweg abbog.

Kurz entschlossen wendete sie, folgte dem Bus und stellte schließlich ihren Wagen eine halbe Meile von der Straße entfernt auf einem staubigen kleinen Parkplatz ab, der, wie ein Schild besagte, für die Mitarbeiter der Resorts bestimmt war, während der Shuttlebus geradeaus weiterfuhr.

Sie wollte nicht bis unmittelbar vor den Haupteingang fahren und das Risiko eingehen, möglicherweise gleich Stephen über den Weg zu laufen. Denn obwohl sie sich den ganzen Vormittag damit Zeit gelassen hatte, um sich darüber klar zu werden, wusste sie noch immer nicht, was sie eigentlich zu ihm sagen sollte.

Jede Entschuldigung, die sie sich in Gedanken zurechtgelegt hatte, klang irgendwie banal, nichtssagend. Und nach allem, was sie ihm in jüngster Vergangenheit an den Kopf geworfen hatte, verdiente er ein wenig mehr.

Sie hatte sich gestern Morgen noch lange mit Aaliyah unterhalten – so lange, dass das Mittagessen noch nicht fertig war, als die Männer in ihrer Pause von der Plantage kamen.

Am Ende war Lena zu dem Schluss gelangt, dass sie Stephen vermutlich unrecht getan hatte.

Nein, nicht nur vermutlich. Ganz offensichtlich sogar.

Er hatte ihr geholfen, als sie sich mit dem Kauf schädlicher Düngemittel in eine Sackgasse befördert hatte, und sich für sie eingesetzt, als zu befürchten stand, dass die Behörden die Farm auf unbestimmte Zeit schließen würden. Sie wurde nicht recht schlau aus ihm, denn eigentlich konnte er doch nur davon profitieren, wenn sie in Schwierigkeiten steckte. Je eher sie sich ins Aus manövrierte, desto schneller würde er eine neue Chance bekommen, die Plantage selbst zu kaufen.

Warum also half er ihr?

Sie schüttelte den Kopf, um all die unnützen Fragen abzuschütteln, stieg aus dem Wagen und folgte einem ausgetretenen Fußweg, der weiter von der Straße weg und somit zum Strand hin führte.

Als sie das *Paradise Lodge Resort* zum ersten Mal erblickte, befand die Flut sich gerade auf ihrem Höchststand. Das Sonnenlicht brach sich auf den Wellen und ließ das türkisblaue Wasser wie ein Meer aus Diamanten und Smaragden glitzern.

Palmen standen bis dicht an die Wassergrenze heran. Die Häupter geneigt, warfen sie lange Schatten auf den blütenweißen Sandstrand. Es gab Liegen und Sonnenschirme, die jedoch nur von einigen wenigen Resortgästen genutzt wurden. Ein paar Kinder spielten im seichten Wasser oder bauten Sandburgen, einige Urlauber schwammen oder schnorchelten oder ließen sich auf schwimmenden Plattformen, die vermutlich auf Pontons ruhten, von der Sonne bräunen.

Die Atmosphäre war so entspannt und heiter, so voller Ruhe und Frieden, dass Lena sofort spürte, wie dieser seltsame Zauber auch auf sie wirkte.

„Kann ich Ihnen behilflich sein?", hörte sie plötzlich jemanden fragen. Sie hatte gar nicht gemerkt, dass sich ihr jemand genähert hatte. Lena blinzelte energisch, und die Realität hatte sie wieder.

„Ja", entgegnete sie und schenkte der jungen Hotelangestellten, die sie angesprochen hatte, ein freundliches Lächeln. „Ich bin auf der Suche nach Ihrem Chef, Stephen Alistair. Ist er hier?"

Die Blondine, die marineblaue Shorts und eine hellblaue, kurzärmelige Bluse mit einem angesteckten Namensschild mit der Aufschrift „Wendy" trug, erwiderte ihr Lächeln. „Mr Alistair ist im Hause – erwartet er Sie?"

„Nicht direkt", antwortete Lena wahrheitsgemäß. „Aber wenn Sie so freundlich wären, ihm zu sagen, dass Lena Bluhm ihn gerne sprechen möchte, findet er vielleicht eine Möglichkeit, mir ein paar Minuten seiner kostbaren Zeit zu schenken."

Wendy führte Lena über den Steg zum Haupthaus und bat sie dann, sich ein paar Minuten zu setzen, damit sie Stephen informieren konnte. Lena spürte, wie eine kribbelige Unruhe von ihr Besitz ergriff, während sie wartete. Ein Teil von ihr hoffte, dass sie vielleicht noch einmal um eine Begegnung mit Stephen herumkommen würde. Doch sie glaubte nicht wirklich daran, und außerdem wollte sie diese Sache lieber hinter sich bringen.

Sie war nicht sonderlich gut darin, sich zu entschuldigen.

„Lena, was für eine Überraschung!", erklang eine ihr nur zu bekannte Stimme hinter ihr. Lena fiel auf, dass Stephen offenließ, ob es sich für ihn um eine angenehme oder eher unangenehme Überraschung handelte.

Sie atmete tief durch, ehe sie sich zu ihm umwandte. Doch gegen die Wirkung, die dieser Mann auf sie ausübte, konnte sie sich nicht wappnen. Einmal mehr ließ ein einziger Blick in seine graublauen Augen sie einen Moment lang alles um sich herum vergessen.

Es dauerte ein paar Sekunden, ehe sie sich wieder so weit im Griff hatte, dass sie etwas entgegnen konnte. „Ich würde mich gern mit dir unterhalten", erklärte sie.

Ganz kurz glaubte sie ein amüsiertes Funkeln in seinen Augen zu bemerken. „Ach, wirklich? Wenn ich mich recht erinnere, hast du mich vor knapp achtundvierzig Stunden noch von deinem Grundstück verbannt – ohne mir auch nur die kleinste Chance zu geben, dir alles zu erklären."

Offenbar war er nicht bereit, sie einfach so davonkommen zu lassen. Und Lena konnte es ihm nicht einmal verübeln.

„Ich weiß, ich habe mich dir gegenüber nicht besonders fair verhalten und …"

Sie verstummte abrupt, als er eine Hand hob und sagte: „Es tut mir leid, aber ich möchte jetzt wirklich los. Wenn du also so dringend mit mir sprechen willst, dann musst du mich schon begleiten."

„Begleiten?", stieß Lena entgeistert hervor. „Wohin denn?"

Sie erreichten Sansibar Stadt in den frühen Nachmittagsstunden. Stephen stellte seinen Jeep in einer Seitenstraße außerhalb von Stone Town ab. Dann stieg er aus, kam um den Wagen herum und öffnete Lena die Beifahrertür.

Während der gesamten Fahrt hatte er mit keinem Wort erwähnt, warum er die Inselhauptstadt aufsuchte. Doch im Stillen hatte Lena sich gesagt, dass es sie im Grunde gar nichts anging, deshalb hatte sie auch nicht danach gefragt.

Stattdessen hatte sie mehrfach versucht, schon auf dem Weg das Thema anzusprechen, das ihr auf der Seele brannte. Doch Stephen war ihr jedes Mal mit einem Lächeln und den Worten „Später, Lena" über den Mund gefahren.

Die Gegend, in der sie sich befanden, war ein wenig heruntergekommen, was, wie Lena von ihrem ersten Aufenthalt in der Stadt wusste, alles andere als ungewöhnlich war. Trotzdem fragte sie sich, was Stephen hier wollte.

„Wir parken hier nur", erklärte er, so als hätte er ihre Gedanken gelesen. „Mit dem Jeep durch die engen Gassen von Stone Town zu fahren ist ein echter Albtraum. Außerdem dachte ich, es wäre netter, die Stadt mit einer Fahrradrikscha zu erkunden."

Irritiert blieb Lena stehen. Sie blinzelte. „Augenblick mal – sagtest du gerade, du willst mit mir die Stadt erkunden? Aber … ich dachte, du hättest einen geschäftlichen Termin hier in der Gegend."

Er hob eine Braue. „Habe ich irgendetwas dergleichen behauptet?", fragte er mit einem jungenhaften Lächeln.

Nein, das hatte er nicht. Lena war einfach davon ausgegangen. Ein Irrtum, wie sie nun feststellte. Wie hätte sie auch ahnen können, dass Stephen lediglich vorhatte, eine Stadtrundfahrt mit ihr zu unternehmen?

Kurze Zeit später erreichten sie eine etwas belebtere Straße, an der Stephen dann tatsächlich eine Fahrradrikscha anhielt. Lena, die noch nie in einem solchen Gefährt gesessen hatte, fühlte sich zunächst ein bisschen unsicher, was aber vermutlich mehr an Stephens verwirrender Nähe lag, der sie in dem engen Gefährt kaum entgehen konnte. Doch schon nach ein paar Minuten entspannte sie sich und genoss den kühlen Fahrtwind, der ihr durchs Haar wehte.

„Wo fahren wir hin?", fragte sie nach einer Weile. Stephen hatte dem Fahrer das Fahrtziel auf Kiswahili genannt, und Lenas Kenntnisse der Sprache waren noch immer zu gering, als dass sie verstanden hätte, was er sagte.

„Lass dich überraschen", erwiderte er, doch sie schüttelte den Kopf.

„Ich mag keine Überraschungen."

Da war es wieder, dieses Lächeln, das ihr jedes Mal weiche Knie bereitete, ganz gleich, wie sehr sie sich auch dagegen wehrte. „Ich bin sicher, diese wirst du mögen."

Während ihres ersten Aufenthalts in Sansibar Stadt, kurz nach ihrer Ankunft, war sie einzig und allein damit beschäftigt gewesen, jedem noch so winzigen Hinweis auf Andys Familie nachzujagen. Hin- und hergerissen zwischen Hoffnung und Mutlosigkeit, Trauer und erwartungsvoller Anspannung.

Die exotische Fremdheit der Stadt hatte sie fasziniert, zugleich aber auch eingeschüchtert. Sie hatte viel Licht gesehen und mindestens ebenso viel Schatten. Doch im Gegensatz zu damals war sie heute in der Lage, die Eindrücke einfach auf sich wirken zu lassen.

Sie war angekommen.

Ihren ersten Zwischenstopp machten sie bei einer gewaltigen Kirche, deren Fassade dunkel, fast wie rußgeschwärzt aussah.

„Das ist die Church of Christ", erklärte Stephen. „Sie wurde auf dem Platz errichtet, wo sich früher der Sklavenmarkt von Sansibar befand."

Lena nickte. „Du hast mir schon einmal davon erzählt, dass Sansibar und die Sklaverei eine traurige gemeinsame Vergangenheit haben."

„So könnte man es ausdrücken", entgegnete Stephen. „Die Wurzeln des Sklavenhandels auf Sansibar reichen zurück bis ins sechzehnte Jahrhundert, als die Insel noch von Portugal aus regiert wurde. Doch auch die Araber aus Oman, die die Portugiesen 1698 von Sansibar vertrieben, wussten, dass sich durch Menschenhandel einiges verdienen lässt. Erst Ende des neunzehnten Jahrhunderts konnte der Sultan von Oman unter Druck dazu bewegt werden, eine Erklärung zur Abschaffung der Sklaverei zu unterzeichnen. Allerdings bedeutete das nicht, dass diese deshalb ein rasches Ende genommen hätte."

Fasziniert und schockiert zugleich hatte Lena ihm gelauscht. Sie wusste aus Aaliyahs und Ngabiles Erzählungen, dass auch ihre Vorfahren einst vom Festland als Sklaven nach Sansibar gelangt waren, wo sie auf den Gewürzplantagen geschuftet hatten.

Unwillkürlich fragte Lena sich, inwieweit Andys Familie in dieses dunkle Kapitel des Landes verwickelt sein mochte. Hatten sie als Ausländer ebenfalls Sklaven für ihre Zwecke missbraucht? Sie hoffte, dass es nicht so war, bezweifelte es aber. Hatte Aaliyah ihr nicht erzählt, dass ihre Familie schon seit mehreren Generationen auf der Bennett-Farm arbeitete und lebte?

Nicht weit von der Kirche entfernt, in der Creek Road, stießen sie auf die Markthallen. In den Kolonnaden herrschte ein Gedränge, wie Lena es nur selten erlebt hatte. Es erinnerte sie an einen emsigen Ameisenhaufen oder einen summenden Bienenkorb.

Gerüche erfüllten die Luft – teils angenehm, teils weniger. Fleisch hing an Metzgerhaken von der Decke, frischer Fisch lag auf Eis, und überall gab es Gemüse und Obst und Säcke und Körbe mit kostbaren Gewürzen.

Helle Lichtstreifen brachen durch die Tücher und das Wellblech, aus dem das Dach der Markthallen bestand.

„Das ist …“ Sie schüttelte den Kopf, weil ihr einfach kein Wort einfiel, um zu beschreiben, was sie sah. „Atemberaubend!“

Stephen lächelte nur, als hätte er nichts anderes erwartet.

Etwas später saßen sie in einem kleinen Café am Hafen, nicht weit entfernt vom *Beit el Ajaib*, dem Haus der Wunder, einem Ende des neunzehnten Jahrhunderts im Auftrag von Sultan Bargash erbauten Palastes, der als erstes Gebäude Sansibars über elektrischen Strom und sogar über einen Aufzug verfügt hatte. Stephen hatte gewürzten Arabica-Kaffee bestellt, den sie nun, mit Blick auf den Indischen Ozean, tranken.

„Danke“, sagte Lena, nachdem sie den würzigen Geschmack einen Moment lang schweigend genossen hatte.

Er richtete sich leicht auf. „Wofür?“

„Für das alles“, erwiderte sie und machte eine Geste mit der Hand, die alles umfasste – das Café, die Stadt, ganz Sansibar, das Universum.

Er schmunzelte. „Habe ich dir nicht gesagt, dass du diese Überraschung mögen würdest?“

„Die Stadt ist einfach wunderschön“, schwärmte Lena.

„Wunderschön, ja“, stimmte Stephen ihr zu. „Aber leider auch sehr heruntergekommen.“

Lena nickte. Der Verfall war an jeder Ecke zu sehen. Putz,

der von den Hausfassaden bröckelte, stinkender Müll in finsteren Seitengassen, Armut.

„Viele Menschen hier würden gern etwas unternehmen, um ihrer Stadt wieder zu der Pracht zu verhelfen, für die sie einst auf der ganzen Welt berühmt war. Aber als sansibarischer Geschäftsmann ist es so gut wie unmöglich, bei der Bank einen Kredit zu erhalten. Ich habe selbst einige Bekannte, die Projekte wie Hotels und Restaurants aufgeben mussten, weil es nicht möglich war, einen Finanzierungspartner zu finden."

„Aber warum?", fragte Lena. „Ist der Tourismus auf Sansibar denn kein boomender Sektor?"

„Doch, schon. Aber auch wenn mehr als genug Sicherheiten vorhanden sind, geben die Banken den Menschen hier keinen Kredit. Manche vermuten, dass die tansanische Regierung ein Erstarken des sansibarischen Volkes fürchtet. Andere sehen Rassenkonflikte als Grund für die Benachteiligung der hiesigen Bevölkerung. Die Erinnerung an die Zeit des Sklavenhandels, die im direkten Zusammenhang mit der wirtschaftlichen Blüte Sansibars stand, wird auch heute noch von vielen Menschen wachgehalten."

„Aber das ist doch unfair!", konstatierte Lena.

Ein wissendes Lächeln umspielte Stephens Lippen, und seine Augen wirkten einen Moment lang glasig, so als würde er geradewegs durch sie hindurchblicken. „So ist das Leben eben manchmal", entgegnete er, und sie war sich nicht sicher, ob er noch immer von der wirtschaftlichen Situation Sansibars sprach oder von etwas ganz anderem. „Dann tritt es noch nach dir, obwohl du schon am Boden liegst …"

Lena runzelte die Stirn. Sie fragte sich, was er erlebt haben mochte, das ihn so verbittert hatte. Bisher hatte sie ihn noch nie so erlebt.

Doch ehe sie ihn danach fragen konnte, war der flüchtige Moment auch schon vorüber, und Stephen war wieder ganz der Alte.

„Erzähl, was willst du dir heute noch ansehen? Das Fort vielleicht? Oder die Forodhani Gardens?"

„Um ehrlich zu sein, würde ich mich lieber mit dir unterhalten", antwortete Lena. Sie atmete tief durch. „Ich glaube, du verdienst noch eine Entschuldigung."

„Schon möglich", sagte er. „Aber unnötig. Ich kann verstehen, warum es dir schwerfällt, mir zu vertrauen. Was mich viel mehr überrascht, ist, dass du deine Meinung anscheinend geändert hast." Fragend sah er sie an. „Warum?"

„Sagen wir, ich habe ein paar Dinge erfahren, die deine Verwicklung in die Ereignisse in einem anderen Licht erscheinen lassen."

„Du willst mir nicht verraten, was für *Dinge* das waren, oder?"

Sie schüttelte den Kopf. „Nein. Und das ist auch nicht wichtig. Ich weiß jetzt einfach, dass ich dir unrecht getan habe. Und dafür will ich mich bei dir entschuldigen, ganz gleich, ob du es für nötig erachtest oder nicht."

Stephen nickte. „Also schön, deine Entschuldigung ist angenommen. Aber ich will auch ehrlich zu dir sein: An meiner Entschlossenheit, die Spice-Farm zu kaufen, hat sich nichts geändert. Ich brauche das Grundstück nach wie vor."

„Und ich kann nach wie vor nicht an dich verkaufen", entgegnete Lena mit einem schwachen Lächeln. „Schon allein um Aaliyah und der anderen willen. Kannst du das verstehen?"

„Verstehen schon, natürlich." Er zuckte die Schultern. „Vielleicht ist es ja möglich, einen Kompromiss zu finden. Eine Lösung, mit der alle Parteien glücklich werden können."

„Ich bin nicht sicher, ob es die geben kann", meinte Lena. „Aber ich wollte eigentlich über etwas anderes mit dir reden." Sie schaute Stephen an. „Ich wüsste gern, warum du mir geholfen hast, Stephen. Hättest du einfach nur abgewartet und die Dinge ihren Gang gehen lassen, wäre dir die Farm früher oder später wie von selbst wie eine reife Frucht in den Schoß gefallen." Sie runzelte die Stirn. „Aber stattdessen hast du dich für mich eingesetzt. Warum, Stephen?"

Er lachte leise auf. „Ich könnte dir jetzt sagen, dass es daran liegt, dass ich Ungerechtigkeit in jeglicher Form verabscheue.

Oder dass ich sehe, wie viel du in der kurzen Zeit, die du auf Sansibar bist, schon für die Menschen hier getan hast. Und das alles wäre wahr.“ Er machte eine kurze Pause, ehe er weitersprach. „Doch es würde den Kern der Sache nicht treffen. Denn ich glaube, dass es in Wahrheit an dir liegt, Lena. Ich konnte nicht zulassen, dass dir wehgetan wird“, sagte er leise. „So einfach ist das.“

Einfach? Lena schluckte. Ihr Herz klopfte wie verrückt, und Schmetterlinge flatterten in ihrem Bauch. Nein, was Stephen da sagte, war nicht im Mindesten einfach. Im Gegenteil, es machte alles nur noch komplizierter.

Sie versuchte, seine letzten Worte zu ignorieren, so zu tun, als hätte sie sie nicht gehört, und stellte fest: „Dann befindest du dich in einem ganz schönen Dilemma.“

Er brauchte nicht zu bestätigen, dass es so war – sie wusste es auch so. Weil dieses Hotelprojekt aus unerfindlichen Gründen so schrecklich wichtig für ihn war. Und weil es für ihn nicht infrage zu kommen schien, sein Vorhaben an irgendeiner anderen Stelle auf der Insel zu realisieren.

Aber warum nur? Warum musste es ausgerechnet dieses Fleckchen Erde sein?

„Wir sollten weiter“, sagte er, ohne auf ihre Bemerkung einzugehen. „In spätestens zwei Stunden ist es dunkel, und ich kann unmöglich zulassen, dass du die Stadt verlässt, ohne Freddie Mercurys Geburtshaus gesehen zu haben.“

Lena bohrte nicht weiter nach. Wenn sie ihn drängte, würde sie gar nichts mehr von ihm erfahren. Früher oder später würde sich erneut eine Gelegenheit ergeben, das Gespräch vorsichtig in diese Richtung zu lenken.

Besser, sie ließ ihm das Gefühl, dass er den Moment selbst bestimmte.

Es war halb neun, als Stephens Jeep vor *Bennett's Clove and Spice Farm* vorfuhr. Krümel hockte auf der Balustrade der Veranda und musterte Stephen durchdringend aus seinen gelben

Katzenaugen, als dieser aus dem Wagen stieg, um Lena die Tür zu öffnen. Fast so, als wolle er prüfen, ob er den fremden Mann an der Seite seines Frauchens tolerieren konnte. Dann schien er zu dem Schluss zu kommen, dass es einen Versuch wert sei, erhob sich und sprang mit einem eleganten Satz vom Geländer.

Dunkelheit lag über der Farm, und auch im Haus brannte kein Licht. Es war eine der seltenen Gelegenheiten, bei denen Aaliyah und ihre Familie Verwandte besuchten und niemand daheim war.

Lena unterdrückte ein Seufzen, als sie ausstieg. Erst jetzt fiel ihr ein, dass ihr Wagen noch bei Stephen auf dem Resort stand, doch sie verspürte keine Lust mehr, ihn gleich zu holen; das konnte sie auch morgen noch erledigen. Die Vorstellung, jetzt in ein leeres Haus zurückzukehren, begeisterte sie nicht unbedingt. Nach allem, was sie heute erlebt hatte, fühlte sie sich aufgekratzt. Ein ruhiger Abend war nicht das, wonach ihr der Sinn stand.

„Es war ein wunderbarer Tag", sagte sie mit einem Lächeln zu Stephen. „Einfach perfekt. Ich weiß gar nicht, wie ich dir danken soll."

„Oh, ich hätte da schon eine Idee", entgegnete er grinsend. „Du könntest mich zum Beispiel zum Essen einladen. Ich sterbe vor Hunger!"

Einen Moment lang schaute Lena ihn nur verdutzt an, dann lachte sie. Warum eigentlich nicht? dachte sie. Sie hatte den Tag mit Stephen wirklich in vollen Zügen genossen. Und sie war geneigt, ihn auch gemeinsam mit ihm ausklingen zu lassen.

Eine halbe Stunde später standen sie zusammen in der Küche, beide ein Glas tansanischen Sharazad-Wein neben sich auf der Arbeitsplatte. Stephen schnitt Tomaten, die Aaliyah im Garten gezogen hatte, in kleine Stücke, während Lena die Paprika putzte. Sie arbeiteten einträchtig, so als hätten sie ihr ganzes Leben nichts anderes getan.

Immer wieder betrachtete Lena Stephen verstohlen aus den Augenwinkeln. Es war ein Vergnügen, ihm zuzuschauen – nicht nur, weil er virtuos mit dem Schneidemesser umzugehen verstand. Nein, da war noch etwas anderes. Etwas, von dem sie sich schon die ganze Zeit angezogen fühlte. Seit dem Tag, an dem sie ihn zum ersten Mal gesehen hatte.

Sie holte tief Luft und versuchte, an etwas anderes zu denken. Doch jetzt, wo sie ihn einmal zugelassen hatte, ließ sich der Gedanke einfach nicht mehr vertreiben.

„Stimmt etwas nicht?“ Er musterte sie mit hochgezogener Braue. Offenbar war ihr deutlich anzumerken, wie kribbelig sie sich fühlte.

Täuschte es, oder war es in dem kleinen Raum noch wärmer geworden als ohnehin schon? Lena hatte das Gefühl, dass die Temperatur um mindestens fünf Grad – eher mehr – angestiegen sein musste.

„Nein, nein“, entgegnete sie ausweichend, wobei sie ihren Blick auf den Salat gerichtet hielt, um sich davon abzuhalten, ihm in die Augen zu blicken. Denn das konnte, wie sie inzwischen aus Erfahrung wusste, fatale Folgen haben.

Um sich ein wenig abzulenken, machte Lena das Radio an, bereute es jedoch gleich wieder, als ein romantisches Liebeslied aus den Lautsprechern drang. Sie unterdrückte ein Stöhnen und suchte einen anderen Sender, bis sie schließlich einen fand, der gerade alte Evergreens spielte.

Als sie sich umdrehte, sah sie, dass Stephen beim Gemüseschneiden innegehalten hatte und sie gedankenverloren anschaute, ehe er blinzelte und ihr ein Lächeln schenkte. „Ich mag diesen Song“, sagte er schließlich und streckte die Hand nach ihr aus. „Na? Lust zu tanzen?“

Sie erinnerte sich noch gut an das letzte Mal, als sie mit ihm getanzt hatte. Es war gefährlich, ihn so nah an sich herankommen zu lassen. Doch als sie ihm in die Augen sah, war jeder Widerstand vergessen.

Dieses Gefühl, in seinen Armen zu liegen und sich im Takt der Musik zu bewegen, war unvergleichlich. Es erweckte in ihr eine unbestimmte Sehnsucht, die sie nicht in Worte zu fassen wagte, aus Angst, was sich daraus entwickeln mochte.

Sie schloss die Augen, um sich abzulenken und wieder einen klaren Kopf zu bekommen. Doch es führte nur dazu, dass sie Stephens männlich-markanten Duft noch deutlicher wahrzunehmen glaubte. Ihre Knie wurden schwach, als sie die Lider wieder hob und ihm geradewegs in die Augen schaute.

In seinem Blick glaubte sie dasselbe Verlangen zu lesen, das auch sie selbst empfand.

Das gab den Ausschlag.

Sie dachte nicht mehr nach, ließ sich einfach nur fallen und schlang beide Arme um seinen Nacken, stellte sich auf die Zehenspitzen und küsste ihn.

Lena hatte das Gefühl zu fliegen. Nein, sie befand sich im freien Fall, und nichts und niemand konnte sie bremsen. Doch Stephen war an ihrer Seite, und so verspürte sie keine Furcht. Zumindest nicht so sehr, als dass sie diesen Kuss, der warme Wellen durch ihren ganzen Körper pulsieren ließ, unterbrochen hätte.

Sie legte die Hände auf Stephens Brust und spürte seinen Herzschlag unter ihren Fingern. Stark und regelmäßig. Vielleicht ein klein wenig schneller, als es normal gewesen wäre.

Das Spiel seiner Muskeln, als sie die Hände höher wandern ließ, faszinierte sie. Sie konnte hören, wie sein Atem sich beschleunigte. Es war ein berauschendes, nur schwer in Worte zu fassendes Gefühl. Lena schloss die Augen und ließ sich treiben.

Eines musste man Stephen lassen: Er war ein ausgezeichneter Küsser. Als er die Arme um Lenas Taille legte, um sie näher zu sich heranzuziehen, und den Kuss vertiefte, glaubte sie für einen Moment fast, die Besinnung verlieren zu müssen.

Er trank ihr ersticktes Aufstöhnen mit seinen Lippen, und sein Kuss wurde intensiver, drängender. Lena schwirrte der Kopf. Sie konnte nicht mehr klar denken, doch das war auch nicht nötig. Im Moment wollte sie nicht denken, sondern einfach nur fühlen.

Sie schob die Finger in sein Haar. Seine dichten Locken fühlten sich weich und seidig an. Nun war er es, der leise aufstöhnend den Kopf in den Nacken legte. Sie ließ die Daumen auf seiner Kopfhaut kreisen, und seine Augen nahmen einen fast schon entrückten Glanz an. Sie war überrascht, wie stark er auf ihre Berührung reagierte. Überrascht und stolz.

Es erregte sie, zu sehen, welche Macht sie über ihn hatte. Mit einem Mal schien flüssiges Feuer durch ihre Adern zu pulsieren. Sie brannte lichterloh, und es gab nur eines, was diese Flammen löschen konnte.

Doch Stephen schien daran interessiert, sie noch höher auflodern zu lassen!

Er blickte zu ihr hinab. Seine graublauen Augen waren dunkel vor Verlangen. „Bist du sicher, dass du weitergehen willst?", fragte er mit heiserer Stimme. „Ich würde es verstehen, wenn du es lieber ruhig angehen lassen willst, Lena. Aber …"

Sie erwiderte seinen Blick mit einem herausfordernden Lächeln. „Aber?"

Er stieß ein tiefes Grollen aus. „Aber wenn wir diesen Punkt überschreiten, kann ich für nichts mehr garantieren."

Das war genau das, was Lena hatte hören wollen. Sie wusste, dass sie es bereuen würde, wenn sie sich Stephen jetzt hingab. Bitterlich vermutlich. Aber in diesem Moment war es ihr vollkommen egal, was morgen war. Oder in einer Stunde. Oder im nächsten Augenblick. Sie verwarf alle Zweifel und Bedenken, nahm sein Gesicht zwischen ihre Hände und verschloss Stephens Mund mit einem hungrigen Kuss.

Für den Bruchteil einer Sekunde zögerte er noch. Doch dann ergab er sich seinem Verlangen und erwiderte ihren Kuss, als sie beide Hände unter den Stoff seines T-Shirts gleiten ließ.

Es war ein unbeschreibliches Gefühl, seine harten Muskeln unter ihren Fingerspitzen zu spüren. Zu fühlen, wie sie auf ihre Berührungen reagierten. Wie sein Atem schneller ging. Sein Herz heftiger schlug.

Irgendwann unterbrach er den Kuss, um ihre Bluse aufzuknöpfen. Langsam. Einen Knopf nach dem anderen. Und die ganze Zeit über hielt er sie mit seinem Blick gefangen.

Endlich streifte er ihr den Stoff von den Schultern, sodass sie nur noch in Kaki-Shorts und BH vor ihm stand. Ganz kurz spürte sie ein Aufflackern von Unsicherheit. Doch die Bewunderung, die aus seinem Blick sprach, nahm ihr jede Scheu.

Nun gab es auch für Lena kein Halten mehr. Ihre Finger zitterten leicht, als sie ihm das Shirt über den Kopf streifte und ihn nun ihrerseits betrachtete.

Er war perfekt.

Einfach nur perfekt.

Seine Haut war nur leicht gebräunt. Sein Körper athletisch; Brust und Schultern waren breit und die Bauchmuskeln deutlich ausgebildet.

Sie öffnete den Gürtel seiner Jeans und sah, wie Stephen hart schluckte. Doch das reichte ihr nicht. Sie hakte ihre Finger in den Bund seiner Hose und zog sie, indem sie in die Hocke ging, langsam zusammen mit seinen Shorts nach unten. Als er nackt vor ihr stand, blickte sie mit einem unschuldigen Lächeln zu ihm hoch.

Er keuchte auf, griff nach ihren Handgelenken und zog Lena wieder auf die Füße. „Du machst mich verrückt“, murmelte er heiser. „Was stellst du nur mit mir an?“

Anstatt zu antworten, küsste sie ihn wieder und presste sich dabei an ihn; der raue Stoff ihrer Shorts rieb über seine nackte Haut. Stephen stieß einen Laut aus, der zwischen einem Knurren und einem Stöhnen lag, und Lena erschauderte, als sie seinen Kuss fast schon besitzergreifend erwiderte.

Schon einige Male hatten seine Küsse sie fast die Kontrolle verlieren lassen. Doch das, was sie nun erlebte, war noch einmal eine Steigerung.

Stephen brachte eine Seite in ihr zum Vorschein, von deren Existenz sie nichts geahnt hatte. Es war, als würde sie aus einem tiefen Dornröschenschlaf erwachen und erst jetzt wirklich erkennen, was körperliche Leidenschaft war.

Und Stephen ging noch weiter. Geschickt öffnete er ihren BH, den er achtlos zu Boden fallen ließ. Er umfasste ihre Brüste mit beiden Händen und liebkoste sie abwechselnd zuerst mit den Lippen und dann mit der Zunge.

Eine wahre Sturmflut von Empfindungen rollte über Lena hinweg, und sie stöhnte auf.

Hastig streifte sie ihre Shorts ab und keuchte, als er ihren Po umfasste und sie zu sich heranzog, sodass sie den eindrucksvollen Beweis seiner Erregung an ihrem Bauch fühlen konnte.

Ihr stockte der Atem, und sie hatte das Gefühl, es keine Sekunde länger aushalten zu können.

„Stephen, bitte …!“, stieß sie keuchend hervor, und es war ihr völlig gleichgültig, dass sie ihn förmlich anflehte, ihr das zu geben, wonach sie sich so sehr sehnte.

Und er erfüllte ihren Wunsch. Vollkommenes Glücksgefühl durchströmte sie, als er sie hochhob und auf den Rand des Küchentischs setzte, um dann endlich zu ihr zu kommen. Es war, als würden zwei Dinge, die schon immer zueinandergehört hatten, endlich vereint. Und in dem Moment, da sie gemeinsam den Gipfel der Lust erreichten, erkannte Lena, dass sie weit mehr empfand als reines Begehren.

Oh Gott, dachte sie, als sie sich selbst endlich die Wahrheit gestand. Ich liebe ihn …

18. KAPITEL

Im Nachhinein konnte Lena nicht sagen, wie lange sie noch in dieser Position verharrt waren. Schwer atmend. Sich wie zwei Ertrinkende umklammernd.

Es war Stephen, der sich zuerst regte. Sanft machte er sich von ihr los und sammelte schweigend seine Kleidungsstücke vom Boden auf. Dann begann er, ohne einmal ihren Blick gesucht zu haben, sich wieder anzuziehen.

Entsetzt über sich selbst schloss Lena die Augen. Es war nicht so, als würde sie etwas bereuen. Es war wunderschön gewesen mit ihm. Doch genau das war ja das Problem. Sie hatte es genossen und die ganze Zeit über nicht ein einziges Mal an Andy gedacht.

Was hatte sie bloß getan? Was war in sie gefahren, das Andenken des Mannes, den sie liebte, so zu beschmutzen?

Aber wen liebst du denn nun eigentlich? fragte eine leise, aber bohrende Stimme in ihrem Kopf. Wem gehört dein Herz? Andy – oder Stephen?

Sie unterdrückte mit Mühe ein Schluchzen. Doch der seelische Aufruhr stand ihr wohl dennoch ins Gesicht geschrieben, denn als sie die Augen wieder öffnete, stand Stephen direkt vor ihr und musterte sie besorgt.

„Lena, ich …"

„Es war ein Fehler", fiel sie ihm ins Wort. Ihre Stimme klang fremd. Gar nicht nach ihr. „Wir hätten das nicht tun sollen. *Ich* hätte das nicht tun sollen." Sie schüttelte den Kopf. „Es tut mir leid, Stephen, aber ich muss jetzt allein sein."

Er nickte bloß und hob eine Hand, um tröstend ihre Schulter zu berühren. Doch sie zuckte vor ihm weg. Mit einem Mal fühlte sie sich schrecklich entblößt. Sie hob ihre Bluse vom Boden auf und bedeckte sich. „Geh, Stephen. Bitte!"

Er erkannte die Dringlichkeit, die in ihrer Stimme lag. Ohne ein weiteres Wort, ohne den Versuch, etwas zu erklären oder zu entschuldigen, drehte er sich um und ging.

Als sie hörte, wie die Hintertür hinter ihm ins Schloss fiel, barg sie das Gesicht in den Händen. Der Gedanke, wie sehr sie Andy verraten hatte, traf sie wie ein Fausthieb. Nicht genug, dass sie mit einem anderen Mann geschlafen hatte. Nein, sie hatte auch noch Gefühle für diesen anderen entwickelt.

Sie musste lange so dagestanden haben, ohne auch nur zu merken, wie die Zeit verging. Als sie hörte, wie ein Wagen die Auffahrt hinauffuhr, zuckte sie zusammen. Autotüren knallten, und kurz darauf erklangen die Stimmen von Aaliyah, Fadhil und Hashim, die sich näherten.

Hastig sammelte Lena ihre Kleidung vom Boden auf und eilte die Treppe hinauf nach oben, wo sich ihre Räume befanden. Sie schaffte es gerade noch, ehe sich die Vordertür öffnete und die Familie das Haus betrat. Leise, um keine Aufmerksamkeit zu erregen, schloss sie die Zimmertür hinter sich.

Dann ließ sie sich auf ihr Bett fallen, vergrub das Gesicht in den Händen und weinte bitterlich.

Auf dem Weg nach Hause versuchte Stephen seine Gedanken zu sortieren, doch das erwies sich als äußerst schwierig. Er war sich immer noch nicht ganz sicher, ob er das, was zwischen Lena und ihm vorgefallen war, nicht nur geträumt hatte. Es erschien ihm so unwirklich. Dabei war es nicht so, als hätte er in Gedanken nicht schon öfter mit Lena …

Hör auf! wies er sich zurecht und fuhr sich mit der rechten Hand durchs Haar, während er mit der linken weiterhin das Lenkrad umfasste. Lena hatte recht, es war ein Fehler gewesen, miteinander zu schlafen. Weil es alles so viel komplizierter machte. Und weil Lena offenbar bereits bereute, was geschehen war. Stephen für seinen Teil konnte sich nicht dazu bringen, etwas zu bereuen. Zumindest nicht so, dass er es sich selbst abkaufte.

Fluchend ließ er die flache Hand aufs Lenkrad niedersausen. Doch auch wenn es guttat, seiner inneren Anspannung ein bisschen Luft machen zu können – wirklich weiter half es ihm auch nicht.

Er bemerkte den anderen Wagen, der in der Auffahrt seines Hauses stand, sofort. Die Frau, die gegen die Motorhaube gelehnt dastand, sah er erst, als die Scheinwerfer seines Jeeps ihre Gestalt erfassten.

Das schlechte Gewissen traf ihn wie ein Faustschlag, und es gelang ihm nur mit Mühe, einen weiteren Fluch zu unterdrücken.

Roz – ausgerechnet!

Das hatte ihm wirklich gerade noch gefehlt. Kurz spielte er mit dem Gedanken, einfach den Wagen zu wenden und die Flucht zu ergreifen. Aber allein der Gedanke war lächerlich. Ganz davon abgesehen, dass Roz eine solche Reaktion nicht verdiente.

Er hatte sie jetzt seit einigen Wochen nicht mehr gesehen und sie auch ansonsten sträflich vernachlässigt. Auch wenn er nicht das für sie empfand, was sie und ihr Vater sich vermutlich erhofften, so war sie doch ein freundlicher und liebenswerter Mensch.

Reiß dich zusammen, Stephen! Es wird Zeit, endlich reinen Tisch zu machen!

Doch wenn er das tat – das wusste er mit absoluter Sicherheit –, war die Zusammenarbeit mit ihrem Vater gestorben. Und er hatte noch immer keine wirkliche Alternative zu Collin McFarlane finden können.

Aber was willst du mit McFarlanes Geld, wenn du dir nicht einmal mit Lena einig wirst?

Davon abgesehen fühlte Stephen sich schon länger nicht mehr wohl in seiner Haut, wenn er an die Methoden des anderen Hoteliers dachte. War es vielleicht an der Zeit, seine Pläne noch einmal zu überdenken?

Er stellte seinen Wagen neben dem von Roz ab und stieg aus. Irgendwie schaffte er es, ein Lächeln auf seine Lippen zu zwingen. „Hey Roz“, sagte er. „Wartest du auf mich?“

Die Antwort auf diese Frage war so offensichtlich, dass Roz leise schnaubte. „Was glaubst du wohl, du Genie?“ Sie stieß sich von der Motorhaube ab und trat auf Stephen zu. „Da du ja all meine Rückrufbitten geflissentlich ignoriert hast, musste ich mir anderweitig helfen. Aber keine Sorge, ich bin nicht hier, um dir Vorwürfe oder gar eine Szene zu machen, Stephen. Alles, was ich von dir möchte, sind ein paar Minuten deiner Zeit."

Er hob eine Braue. „Du bist nicht sauer?"

Mit einem leisen Lachen schüttelte Roz den Kopf. „Nein, ich bin nicht sauer", sagte sie. „Und auch nicht wütend, eifersüchtig oder krank vor Liebeskummer." Sie hob amüsiert eine Braue, als sie seinen überraschten Gesichtsausdruck registrierte. „Hör zu, ich weiß, dass du dich nur mit mir triffst, um meinen Vater bei Laune zu halten, Stephen." Er wollte protestieren, doch sie brachte ihn mit einer knappen Handbewegung zum Schweigen. „Leugnen ist weder notwendig noch zweckmäßig. Ich bin dir nicht böse, weil ich ebenso wenig an dir interessiert bin wie du an mir. Ich liebe einen anderen. Und genau darüber wollte ich mit dir sprechen, Stephen. Ich brauche nämlich deine Hilfe …"

Eine Staubwolke stieg auf, als Lena mit dem Teppichklopfer gegen den ausgetretenen Läufer schlug, der normalerweise im Korridor lag.

Komm!

Noch ein Schlag.

Endlich!

Und noch einer.

Wieder!

Der nächste ließ schon deutlich weniger Staub aufsteigen.

Zur!

Fast gar kein Staub mehr.

Besinnung!

In diesen letzten Hieb hatte Lena all ihre Wut und ihren Kummer gelegt. Doch es half nichts, ganz gleich, wie sehr sie sich auch bemühte. Im letzten Moment unterdrückte sie den Impuls, den Teppichklopfer frustriert zu Boden zu schleudern.

Hätte ihr noch vor ein paar Wochen jemand ins Gesicht gesagt, dass sie sich einmal wegen eines anderen Mannes als Andy so schrecklich fühlen könnte, sie hätte es nicht für möglich gehalten. Und auch jetzt erschien es ihr noch immer unwirklich. Doch es änderte nichts an den Tatsachen: Sie konnte einfach nicht aufhören, an Stephen zu denken. Und Sex war bei diesen Gedanken nur peripher ein Thema.

Mit ihm zu schlafen war wunderschön gewesen. Nein, mehr als das. Fantastisch. Atemberaubend. Unbeschreiblich. Leider fielen ihr für das, was nach dem Hochgefühl folgte, ein paar sehr viel weniger wohlwollende Adjektive ein.

Doch das, wovon sie sich in den vergangenen zehn Tagen vergeblich mit anstrengender körperlicher Arbeit abzulenken versuchte, hatte nichts mit physischer Anziehungskraft zu tun. Es ging sehr viel tiefer. Und genau deshalb bereitete es Lena solches Kopfzerbrechen.

„Hat der arme Teppich Ihnen etwas getan, oder warum dreschen Sie so voller Erbitterung auf ihn ein?“

Sie hatte sich unbeobachtet geglaubt und zuckte nun zusammen, als sie Aaliyahs Stimme vernahm.

„Ich wollte einfach nur ein bisschen im Haushalt helfen“, entgegnete Lena, ohne sich umzudrehen. Doch sie spürte auch so Aaliyahs forschenden Blick zwischen ihren Schulterblättern.

„Versuchen Sie nicht, mir etwas vorzuspielen. Ich merke doch, dass Sie etwas bedrückt. Aber wenn Sie nicht darüber reden möchten …“

Lena seufzte. Es war nicht so, als wäre ein guter Ratschlag ihr im Moment nicht willkommen. Aber sie schämte sich zu sehr für das, was sie getan hatte. Für das, was in ihr vorging.

Patrick hatte auch sofort gemerkt, dass etwas mit ihr nicht stimmte, als sie gestern Abend miteinander telefoniert hatten. Und er kannte sie zu gut, als dass er ihr die Beschwichtigungsversuche abgekauft hätte. Doch mit ihm konnte sie noch viel weniger über das sprechen, was ihr auf dem Herzen lag. Er war Andys bester Freund gewesen. Sie mochte gar nicht daran denken, wie er reagieren würde, wenn er von Stephen erfuhr.

Wieder einmal schien Aaliyah ihre Gedanken zu lesen. „Es ist wegen Stephen, nicht wahr? Sie mögen ihn." Ehe sie es verhindern konnte, hatte sich ein Laut – halb Stöhnen, halb Schluchzen – Lenas Kehle entrungen, der reichte, um Aaliyahs Annahme zu bestätigen. „Sie werden es nicht gern hören, aber ich habe das schon seit einer Weile vorausgesehen. Nur eines verstehe ich nicht."

„Und was?"

„Warum die Sache Sie so mitnimmt."

Lena seufzte erneut, und dieses Mal drehte sie sich auch zu Aaliyah um, sodass die andere Frau ihr in die Augen blicken konnte. „Finden Sie es denn nicht unangebracht? Wegen Andy?"

Aaliyah blinzelte überrascht. „Finden Sie das denn?" Sie schüttelte den Kopf. „Andy war noch ziemlich jung, als seine Eltern mit ihm nach England zurückkehrten, aber er schien mir ein sehr netter und liebenswerter Junge zu sein. Ich kann mir nicht vorstellen, dass er sich im Laufe der Jahre so verändert haben soll – vor allem, da ich ja weiß, was er Ihnen bedeutet." Fragend schaute sie Lena an. „Glauben Sie wirklich, er hätte gewollt, dass Sie den Rest Ihres Lebens in Trauer um ihn verbringen? Es tut mir leid, aber ich kann mir das beim besten Willen nicht vorstellen."

„Sie glauben also, ich soll mich auf Stephen einlassen?"

„Nein", antwortete Aaliyah. „Ich denke, dass Sie darauf hören sollten, was Ihr Herz Ihnen sagt." Lächelnd legte sie ihr eine Hand auf die Schulter – im selben Moment ertönte das Summen, das eine eingehende Nachricht auf Lenas Handy verkündete.

Sie nahm das Gerät aus der Hosentasche. Die Nachricht stammte von Patrick. Im ersten Moment wollte sie sie ignorieren, öffnete sie dann aber einem spontanen Impuls folgend doch.

„Das darf doch nicht …!" Entsetzt starrte Lena auf das Telefondisplay. „Gütiger Himmel, nein!"

Alarmiert schaute Aaliyah sie an. „Ist etwas passiert?"

„Das könnte man so sagen", entgegnete Lena mit gepresster Stimme. „Das ist eine SMS von einem Freund aus Deutschland.

Er sagt, dass er herkommen will, um sich davon zu überzeugen, dass bei mir alles in Ordnung ist!“

„Aber das ist doch nett“, sagte Aaliyah. „Oder nicht?“

Doch Lena wählte bereits Patricks Nummer, um ihn von seinem Vorhaben abzubringen. Als sich die Mailbox meldete, stöhnte sie unterdrückt auf. Sie musste um jeden Preis verhindern, dass er in den nächsten Flieger nach Sansibar stieg.

Alles war auch so schon kompliziert genug. Patrick war der letzte Mensch, den sie jetzt gebrauchen konnte!

Nach Einbruch der Dämmerung saß Lena mit den anderen am Lagerfeuer zusammen. Nachdem ihre Versuche, Patrick zu erreichen, nicht von Erfolg gekrönt gewesen waren, hatte sie sich darangemacht, ein wenig Ordnung in ihre Notizen zu bringen, die sie für Andys Buch gemacht hatte.

Dabei war sie auch die Unterlagen, die Andy ihr hinterlassen hatte, noch einmal durchgegangen und auf erstaunliche Parallelen gestoßen. Einige der Namen, die in den Rechercheergebnissen als Zeitzeugen benannt wurden, waren ihr bekannt vorgekommen, und sie hatte sie mit ihren eigenen Aufzeichnungen verglichen. Subira und Faraji Owusu waren darin immer wieder genannt worden – ebenso wie ein gewisser Jonathan Bennett und ein Mann namens Nathan Alistair.

„Du sagtest vor einer Weile, dass deine Urgroßmutter und dein Urgroßonkel entlaufene Sklaven waren“, wandte sie sich an Fathiya. „Kann es sein, dass diese Farm hier dabei irgendwie eine Rolle spielte? Und Andys Familie vielleicht auch?“

Die Augen der alten Frau fingen an zu leuchten, als man ihr Lenas Worte übersetzt hatte. „Oh ja“, antwortete sie. „Allerdings. Und das war folgendermaßen …“

19. KAPITEL

Hafen von Mji Mkongwe, Sansibar, Januar 1888

Sie mussten flüchten.

Annemarie erinnerte sich nicht mehr an vieles von dem, was in den folgenden Tagen geschah. Es ging alles unter in einem Wirbel aus Schmerz und Trauer.

Nathan war tot.

Dies war das Einzige, was wirklich zu ihr durchgedrungen war. Doch es konnte nicht wahr sein. Es *durfte* nicht wahr sein! Allein der Gedanke war unerträglich. Sie wusste, dass es ihr, wenn sie ihn zuließ, das Herz brechen und es sie innerlich zerreißen würde.

Sie sah bekannte Gesichter.

Henriette, Khamisi – und immer wieder Mack.

Dunkel erinnerte Annemarie sich, dass er sie zu einem Wagen getragen hatte. Danach verlor sich alles. Vielleicht war sie ohnmächtig geworden, vielleicht auch nicht. Es war gleichgültig. Alles war gleichgültig ohne Nathan.

Sie erwachte in einem kleinen Raum, der ihr seltsam vertraut vorkam, auch wenn sie im ersten Moment nicht wusste, wo sie sich befand. Vorsichtig richtete sie sich auf, und als das leichte Schwindelgefühl nachließ, blickte sie sich um.

„Oh …"

Es war das kleine Büro in der Lagerhalle, in der Nathan und sie sich immer getroffen hatten. Mit einem Mal schien alles auf sie einzustürzen. Sie erinnerte sich wieder, was geschehen war. Ganz klar und deutlich bis zu Albrechts Erscheinen, danach nur verschwommen. Fetzen von Bildern, die sich nicht zu einem einheitlichen Ganzen zusammenfügen wollten.

Sie krümmte sich, als der Schmerz wie eine Woge über sie hinwegrollte und für einen Moment alles mit sich riss. Erinnerungen, Gedanken, Bilder. Zurück blieb nichts als brennende Pein. In ihren Lungen, in ihren Adern, in ihrem Kopf.

Wie betäubt rollte Annemarie sich auf dem Bett zusammen, die Knie bis zum Kinn anzogen, die Arme um die Beine geschlungen. In diesem Raum, auf diesem Bett hatte sie die glücklichsten Stunden ihres Lebens erlebt.

Mit Nathan.

Doch Nathan war tot. Es war nicht nur ein böser Traum gewesen.

Sie wusste nicht, wie lange sie so dagelegen hatte. Tränen waren ihr über die Wangen geströmt, hatten salzige Spuren hinterlassen, die langsam trockneten.

Und dann war sie plötzlich nicht mehr für sich. Sie hörte es nicht, sie sah es nicht – sie spürte es einfach. Die Qualität der Stille hatte sich verändert. Es war nicht mehr allein ihre Stille.

„Annemarie …?“

Knarrende Schritte auf dem Dielenboden. Mack. Er kniete sich vor sie neben das Bett. In seinen leuchtend blauen Augen lag Mitgefühl, aber auch Schmerz. Und der Wunsch zu helfen.

Sie schloss die Augen, als sie seine Hand auf ihrem Haar spürte. Es war eine so zärtliche, so liebevolle Geste, dass die Tränen, die sie versiegt geglaubt hatte, wieder strömten. „Oh Gott, Mack, ich vermisse ihn so“, stieß sie mit bebender Stimme hervor.

Schweigend streichelte er ihr weiter das Haar. Was hätte er auch sagen sollen? Nichts auf der Welt konnte ihr den Schmerz des Verlustes nehmen. Und nichts konnte es ihr leichter machen.

„Ich weiß“, sagte er nach einer Weile. Seine Stimme klang belegt, sein Gesicht wirkte grau und nicht mehr so jungenhaft, wie sie es kannte. „Ich vermisse ihn auch.“

Annemarie konnte nicht sagen, wie lange sie so dasaßen. Minuten, Stunden. Dann dachte sie an das Kind, das sie unter dem Herzen trug. Nathans Kind. Und plötzlich wusste sie, dass sie sich in ihrer Trauer nicht verlieren durfte.

Ihr Kind brauchte sie.

Vorsichtig richtete sie sich auf.

„Wir müssen gehen“, murmelte sie. „Wo ist Henriette?“

„Ich habe sie fortgeschickt", erwiderte Mack. „Sie ist zusammen mit Khamisi auf einem Handelsschiff in Richtung Hamburg. Auf Sansibar zu bleiben wäre zu gefährlich für sie gewesen. Sie wird überall gesucht." Er atmete tief durch. „Auch wir werden gesucht. Jonathan und Celia Bennett geben uns die Schuld an dem Feuer, das auf der Farm ausgebrochen ist. Außerdem will man uns befragen – wegen des Tods deines Mannes."

Annemarie nickte. Obwohl Albrecht ihr Ehemann gewesen war, konnte sie keinerlei Gefühlsregung empfinden.

„Captain Bartholomew hat sich bereit erklärt, uns außer Landes zu bringen. Annemarie, ich …" Er zögerte kurz, schüttelte dann den Kopf. „Es tut mir leid, dass das passiert ist. Ich wünschte, es hätte mich erwischt und nicht Nathan. Ich …"

„Schhh, still", sagte sie und legte sich den Zeigefinger an die Lippen. „Nein, Mack, tu das nicht. Ich bin froh, dass du lebst."

Ein zögerliches Lächeln legte sich auf seine Lippen. Dann zog er Annemarie in seine Arme und hielt sie einfach nur.

Sie schloss die Augen, erleichtert, dass ein wenig von der eisigen Kälte, die ihr Herz umklammert gehalten hatte, von ihr wich.

Mittelmeer, nahe der Straße von Gibraltar, Februar 1888

Henriette stand an der Reling der *Prinz Leopold* und blickte versonnen in die Ferne. Der Wind spielte mit ein paar ihrer dunkelblonden Locken, die sich aus dem Tuch gelöst hatten, das sie um den Kopf geschlungen trug. Vor ein paar Tagen hatten sie den Suezkanal hinter sich gelassen und näherten sich nun der Meerenge von Gibraltar. Lange würde es nicht mehr dauern, bis sie Deutschland erreichten.

Hamburg.

Sie konnte sich noch daran erinnern, als sei es erst gestern gewesen, wie sie gemeinsam mit Celia und Annemarie an Bord der *Fortuna* gegangen war. Gleichzeitig hatte sie das Gefühl, heute ein vollkommen anderer Mensch zu sein. Aber war das wirklich verwunderlich? Nach allem, was sie erlebt hatte, konnte sie nicht mehr die sein, die sie einmal gewesen war.

Als sie spürte, wie ihr die Tränen kamen, schloss sie die Augen. Sie dachte an Annemarie und daran, wie schrecklich sie sich fühlen musste. Nathan tot, ihr Leben ein Scherbenhaufen. Doch sosehr sie sich auch wünschte, bei der Freundin sein und etwas für sie tun zu können – sie wusste, dass Mack recht gehabt hatte. Wäre sie auf Sansibar geblieben, dann hätte es sie alle gefährdet. Es war die einzig richtige Entscheidung gewesen, zu gehen.

Mack würde auf Annemarie aufpassen. Er war ein guter Mann, und er teilte mit ihr die Trauer um Nathan, den sie – jeder auf seine Weise – geliebt hatten.

„Fräulein Lüderitz?"

Sie drehte sich um, als sie Khamisis Stimme hinter sich vernahm. Auch er war gezwungen gewesen, Sansibar zu verlassen, dafür hatten Celia und Jonathan Bennett gesorgt. Henriette hatte vor, gemeinsam mit ihm, wenn sie Hamburg erreichten, einen Mann aufzusuchen, von dem sie gelesen hatte: Heinrich Bluhm. Er war ein erklärter Gegner der Sklaverei, daher hoffte Henriette, dass Bluhm ihnen beiden helfen würde. Khamisi dabei, ein neues Leben in der Fremde anzufangen, und Henriette, ihren Widerstand gegen den Menschenhandel und die Verschleppung fortzusetzen.

„Wie oft muss ich Sie noch bitten, Henriette zu mir zu sagen?", fragte sie mit einem milden Lächeln. „Was haben Sie auf dem Herzen, Khamisi?"

„Ich muss immer wieder an Subira und Faraji denken", erklärte der ältere Mann. Er runzelte die Stirn. „Die beiden sind noch so jung … Glauben Sie, es geht ihnen gut?"

Unter den gegebenen Umständen hatte Khamisi die Geschwister nicht zur *Majestic* bringen können. Das Risiko war einfach zu groß gewesen. Die Mitglieder von Henriettes Gruppe hatten sich der beiden angenommen. Sie würden sie verstecken, bis Gras über die Sache gewachsen war, und ihnen dann entweder eine neue Identität als freie Schwarze beschaffen oder sie außer Landes bringen.

Das alles lag nicht mehr in Henriettes Hand. Trotzdem nickte sie. „Ich bin davon überzeugt, dass sie sich in Sicherheit befinden."

Ganz im Gegensatz zu ihren zahllosen Leidensgenossen, die von Sansibar aus in alle Welt verschleppt wurden oder auf den heimischen Plantagen ein menschenunwürdiges Dasein fristeten.

Einmal mehr fühlte Henriette, wie heiße Wut in ihr aufstieg. Wut auf die Sklavenfänger und all die Menschen, die angesichts dieser Ungerechtigkeit tatenlos wegschauten. Und auf ihre eigene Hilflosigkeit, etwas dagegen zu unternehmen.

Doch sie würde nicht aufgeben.

Niemals.

Vielleicht war Heinrich Bluhm der Mann, der sie bei ihrem Kampf unterstützen würde, vielleicht auch nicht. Die Zeit würde es zeigen.

„Komm", sagte sie und legte Khamisi eine Hand auf die Schulter. „Lass uns schauen, ob wir in der Kombüse etwas zu essen auftreiben können. Ich sterbe vor Hunger."

Der alte Mann nickte. „Danke", sagte er, und als sie ihn fragend anschaute: „Für alles."

Jambiani, Sansibar, Februar 1888

Es regnete.

Kurz nachdem das Haus bis auf die Grundmauern niedergebrannt war, hatten sich die Schleusen des Himmels geöffnet und eine wahre Sintflut über der Plantage ausgeschüttet, und das obwohl die Regenzeit eigentlich erst in einem Monat begann. Und auch jetzt, über eine Woche später, regnete es noch immer in Strömen. Doch Celia nahm es kaum wahr.

Sie stand einfach nur da, stocksteif, und betrachtete die Trümmer ihrer Existenz. Ihr ohnehin schon dunkles Haar war jetzt schwarz vor Nässe, Tropfen verfingen sich in ihren langen Wimpern, rollten ihr die Wangen hinunter und perlten von ihrem Kinn.

Jonathan und sie waren bei Bekannten untergekommen. Ihr Ehemann litt unter den Folgen einer Verletzung, die er sich zugezogen hatte, als sie sich gemeinsam in letzter Sekunde aus dem brennenden Haus gerettet hatten. Der Arzt vermutete, dass sein rechtes Bein nie wieder vollkommen schmerzfrei sein würde.

In ein paar Wochen wollte Jonathan damit beginnen, ein neues Haus zu bauen. Doch dieses würde kleiner sein als das bisherige, und deutlich weniger luxuriös eingerichtet.

Ihr Traum von einem sorglosen, unbeschwerten Leben – ausgeträumt.

Und schuld daran waren Henriette und Annemarie!

Allein der Gedanke an die beiden reichte aus, um brennenden Hass in ihr aufflackern zu lassen. Sie hatten alles zerstört, was Celia im Leben wichtig war. Und trotzdem würde Annemarie, diese schamlose Person, demnächst ein Kind auf die Welt bringen.

Celia verfluchte das Balg, ebenso wie seine Mutter. Zur Hölle sollten sie fahren!

Hastig wandte sie sich ab und ging zu ihrem Pferd zurück, das sie in einigem Abstand von der Ruine, die einstmals ihr Zuhause gewesen war, an einen Baum gebunden hatte.

Sie blickte sich noch ein letztes Mal um; dann stieg sie auf, gab dem Pferd die Sporen und galoppierte davon.

Mahé, Seychellen, Dezember 1888

„Miss'us! Miss'us! Es ist etwas Schlimmes passiert!" Die Stimme des Sohnes ihrer Nachbarin ließ Annemarie erschrocken zusammenfahren.

„Was ist los?", fragte sie. „Ist etwas mit Mack?"

„Da waren zwei Männer …“ Der Junge unterbrach sich keuchend und stützte die Hände auf die Knie. „Sie haben ihn angegriffen! Unten am Hafen! Ich bin so schnell gekommen, wie ich konnte!“

Annemarie rannte sofort los.

Ihr Atem ging in keuchenden kleinen Stößen, ihr Herz raste wie verrückt, und ihre Seiten schmerzten, als würde ihr jemand ein Messer in den Leib rammen. Doch das alles ließ sie nicht innehalten oder ihre Schritte verlangsamen. Ebenso wenig wie der schlafende Säugling, den sie fest an ihre Brust gedrückt hielt.

Nein, dachte sie immer wieder. Sie durfte ihn nicht verlieren! Allein der Gedanke erschien ihr vollkommen unvorstellbar.

Warum hatte sie nicht auf Mack gehört und war mit ihm nach England zurückgekehrt? Bis dorthin reichte der Einflussbereich von Celia und Jonathan Bennett ganz gewiss nicht. Mahé indes lag nur etwas mehr als neunhundert Seemeilen von Sansibar entfernt.

Ich hätte es wissen müssen! Ich hätte es wissen müssen! Ich …

Als sie Macks roten Haarschopf erblickte, fiel ihr ein Stein vom Herzen. Sie spürte, wie ihr Tränen in die Augen stiegen, doch das war ihr egal. Mack lebte. Er schien unversehrt und gesund.

Gott sei Dank!

Jemand machte ihn auf sie aufmerksam, und er drehte sich zu ihr um. Es war nicht das erste Mal, dass sie das Leuchten in seinen Augen bemerkte – doch es war das erste Mal, dass sie sich eingestand, dass sie dasselbe empfand.

Sie flog in seine Arme, und er hielt sie fest, so wie er sie damals gehalten hatte, kurz nachdem Nathan gestorben war. Wie er sie seitdem schon oft gehalten hatte, immer wenn ihr alles zu viel geworden war, wenn sie nicht mehr weitergewusst hatte.

Ihr zuliebe war er mit ihr nach Mahé gegangen, um dort abzuwarten, bis auf Sansibar die Dinge zur Ruhe gekommen waren. Doch inzwischen glaubte sie selbst nicht mehr daran, dass es jemals so weit sein würde. Celia würde niemals aufhören, auf Rache zu sinnen.

„Oh Gott, ich hatte solche Angst um dich." Überschwänglich bedeckte sie Macks Stirn und seine Wangen mit Küssen. „Ich fürchtete schon, ich würde zu spät kommen. Dass du …"

Er umfasste ihr Gesicht mit beiden Händen, und für einen Moment schien die Zeit stehen zu bleiben. Dann küsste er sie so zärtlich und liebevoll, dass Annemarie glaubte, vergehen zu müssen vor lauter Zuneigung zu ihm.

Zuneigung? Nein, Liebe.

Die plötzliche Erkenntnis hatte sie offenbar kurz zusammenzucken lassen, denn Mack machte sich abrupt von ihr los und stolperte einen Schritt zurück.

„Entschuldige", stieß er atemlos hervor. Er hielt den Blick gesenkt, so als wagte er es nicht, ihr in die Augen zu sehen. „Ich … Ich hätte das nicht tun sollen. Es tut mir leid!"

„Nein, Mack", protestierte Annemarie. „Es gibt keinen Grund, sich zu entschuldigen. Ich … Ich werde Nathan niemals vergessen. Aber das bedeutet nicht, dass ich nie wieder einen anderen Mann lieben kann als ihn."

Nun blickte er doch auf. Bange Hoffnung flackerte in seinen Augen. „Heißt es das nicht?"

Sie schüttelte den Kopf. „Ich hätte es zuerst nicht für möglich gehalten, aber es ist wahr. Glaubst du, du kannst damit leben, dass ein Teil meines Herzens für immer Nathan gehören wird?"

„Ja!", rief er und zog sie in seine Arme. „Ja, ja, ja!"

Etwas später am Abend, als der kleine Nathan junior längst in seinem Bettchen lag und selig schlummerte, saßen sie auf der Bank vor ihrer Hütte am Strand. Mack hielt Annemaries Hand, so als fürchtete er, sie würde sich wie eine Fata Morgana in Luft auflösen, wenn er sie losließ.

„Was genau ist heute Mittag am Hafen geschehen?", fragte sie.

Er zuckte die Achseln. „Da waren zwei Männer, die mich aufmischen wollten. Übles Gesindel. Ich nehme an, es handelt sich um eine kleine Aufmerksamkeit der Bennetts.“ Er seufzte. „Weißt du, was das bedeutet?“

„Dass wir nun besser doch mit dem nächsten Schiff nach England reisen sollten?“

Langsam schüttelte er den Kopf. „Nein, es heißt, dass wir hier ebenso wenig vor ihnen sicher sind wie auf Sansibar.“ Ein Lächeln erhellte sein Gesicht. „Also können wir doch eigentlich auch gleich wieder dorthin zurückgehen, findest du nicht?“

„Du meinst …?“, fragte Annemarie ungläubig. Es war ihr geheimster Wunsch gewesen, eines Tages wieder nach Sansibar zurückzukehren. Die Insel, auf der sie die schönsten und schwersten Zeiten ihres Lebens erlebt hatte. Zusammen mit den beiden wichtigsten Menschen in ihrem Leben – ihrem kleinen Sohn und Mack, dem Mann, den sie liebte.

Zurück zu Nathan, der immer ein Teil von ihr bleiben würde, ganz gleich, was auch geschah.

„Lass uns auf Sansibar noch einmal von vorne beginnen“, entgegnete Mack. „Gemeinsam – in guten wie in schlechten Zeiten.“

Und als er Annemarie dann küsste, erwiderte sie seinen Kuss mit all der Hingabe und Liebe, die sie in ihrem Herzen trug.

20. KAPITEL

Gegenwart

Nachdenklich blickte Lena später am Abend zum Fenster hinaus. Die Mappe mit Andys Recherchen und Aufzeichnungen lag aufgeschlagen auf dem Bett. Daneben ihre eigenen Notizen.

Krümel sprang neben ihr aufs Fensterbrett und rieb seinen Kopf an ihrem Arm. Geistesabwesend streichelte sie ihn, doch mit den Gedanken war sie ganz woanders.

Ihr ging die Geschichte, die Fathiya ihr erzählt hatte, einfach nicht aus dem Kopf. Zusammen mit Fragmenten aus Tagebüchern und Briefen glaubte Lena rekonstruieren zu können, was damals, vor mehr als einem Jahrhundert, geschehen war.

Besonders das Schicksal dieser Frau, Annemarie, über die sich in Andys Unterlagen einiges fand, hatte sie aufgewühlt. Auch sie hatte den bitteren Verlust des Mannes erlitten, den sie liebte. Auch sie hatte Verzweiflung und Leere empfunden. Und Scham und Gewissensbisse, als sie eines Tages erkannte, dass sie Gefühle für einen anderen entwickelt hatte.

Obwohl das alles mehr als hundert Jahre zurücklag, waren die Parallelen doch überdeutlich. Eine Frau, die zwischen zwei Männern stand, von denen einer tot war und der andere lebendig. Das Gefühl, den einen zu verraten, wenn man sein Herz dem anderen schenkte. Obgleich vieles sich seit Annemaries Lebzeiten verändert hatte, waren die wirklich grundlegenden Dinge gleich geblieben.

Auch in Lenas Leben gab es zwei Männer.

Andy und Stephen.

Sie liebte sie beide, jeden auf seine Weise. Ihre Empfindungen für den einen schmälerten nicht die, die sie für den anderen hegte. Und tief in ihrem Herzen wusste sie, dass Andy immer nur ihr Bestes gewollt hatte.

Im Grunde hatte Aaliyah ganz recht: Andy hätte es gewiss

nicht gern gesehen, wenn sie den Rest ihres Lebens in Trauer verbrachte. Er würde sie glücklich sehen wollen. Und vielleicht war es an der Zeit, ihm diesen Wunsch zu erfüllen.

Sie mochte nicht darüber nachdenken, was Patrick von ihrem Entschluss halten würde. Doch es war ihr Leben, um das es hier ging, nicht Patricks. Und deshalb traf sie die Entscheidungen, und niemand sonst. Entweder Patrick fand sich damit ab, oder er ließ es blieben. Sie würde von jetzt an nur noch nach vorne blicken – und wenn sie das tat, dann sah sie stets Stephen an ihrer Seite.

Seltsam, dachte sie, und ihr war plötzlich, als hätte man ihr eine zentnerschwere Last von den Schultern genommen. Wie schwer hatte sie sich getan, die Tatsachen zu akzeptieren. Doch jetzt, wo sie es einmal geschafft hatte, erschien es ihr plötzlich unglaublich leicht.

Zumindest der Teil der Angelegenheit, der nicht Stephen betraf. Denn sie war alles andere als sicher, wie er reagieren würde, wenn sie jetzt plötzlich vor ihm stand. Nachdem sie ihn beim letzten Mal so abrupt abgefertigt hatte.

Wie sollte es weitergehen, wenn er zu dem Schluss kam, dass es die Sache nicht wert war? Dass ihre ständigen Stimmungsumschwünge zu anstrengend waren, zu mühsam, um sich immerzu damit herumzuschlagen?

Nein, sagte sie zu sich selbst. Nein, so wird es nicht kommen!

Doch ein letzter Zweifel blieb zurück. Und es gab nur einen Weg, ihn aus der Welt zu schaffen.

Kurz entschlossen schnappte sie ihre Handtasche vom Schreibtisch, verließ das Zimmer und eilte die Treppe hinunter.

„Nanu?", hörte sie Aaliyah von der Küche her ausrufen, als sie in ihre Schuhe schlüpfte. „Sie gehen weg?"

Da Lena das Haus in den vergangenen Tagen kaum einmal verlassen hatte, erschien ihr die Frage gerechtfertigt. Was nicht bedeutete, dass sie auch Aaliyahs Neugier befriedigen wollte.

„Ja", sagte sie daher nur. „Warten Sie nicht mit dem Essen auf mich!"

Mit diesen Worten war sie auch schon zur Hintertür hinaus. Im nächsten Moment saß sie in ihrem Wagen, ließ den Motor an und legte den Rückwärtsgang ein, um zu wenden.

Sie würde mit Stephen sprechen – und zwar auf der Stelle!

Gleich mehrere Lieferwagen parkten vor dem zweistöckigen Gebäude, in dem Stephen wohnte. Arbeiter in blauen Overalls luden Stühle aus dem Laderaum eines der Fahrzeuge, während ein anderes offenbar zu einem Cateringunternehmen gehörte. Männer in uniformartiger Kellnerkleidung trugen nacheinander mehrere Rechauds, silberne Servierplatten und Glasschalen in den Garten hinter dem Haus.

Lena stellte ihren Wagen neben dem des Möbelverleihs ab und stieg aus. Irritiert runzelte sie die Stirn, als ihr die weißen Luftballons auffielen, die überall festgebunden waren – an den Stützpfeilern der Veranda, am Türrahmen, den Fenstern, dem kleinen Erker im Obergeschoss. Außerdem war alles mit weißen Blumen dekoriert. Rosen, berichtigte sie sich selbst sofort. Nicht einfach nur Blumen, sondern Rosen.

Wie es schien, war sie mitten in die Vorbereitungen für eine Feier geplatzt. Es war offensichtlich ein ungünstiger Zeitpunkt, um Stephen aufzusuchen. Doch Lena wusste nicht, ob sie noch einmal den Mut aufbringen würde, es zu tun, wenn sie jetzt ging.

Mit heftig klopfendem Herzen und schweißnassen Händen erklomm sie die Stufen zur Veranda und hob die Hand, um an die Tür zu klopfen – genau in dem Moment, als diese von innen geöffnet wurde.

Lena blinzelte irritiert, als sie sich einer hübschen blonden Frau mit strahlenden blauen Augen gegenübersah.

Die Fremde wirkte mindestens ebenso überrascht. „Ja, bitte?“, fragte sie und hob eine Braue. „Kann ich Ihnen helfen?“

„Ja“, entgegnete Lena nach kurzem Zögern. „Ich möchte zu Stephen Alistair. Ist er zu Hause?“

„Sie sind sicher wegen der Kutsche hier, nicht wahr?“ Mit einem entschuldigenden Lächeln gab sie den Weg frei, sodass

Lena eintreten konnte. „Ich weiß, es ist sehr kurzfristig, und mir ist klar, dass Sie eine lange Warteliste haben, aber …“ Sie seufzte inbrünstig. „Ach, ich habe immer schon davon geträumt, in einer Pferdekutsche von der Kirche zur Hochzeitsfeier gefahren zu werden …“

Lena verstand überhaupt nichts mehr. Eine Hochzeitsfeier auf Stephens Grundstück? Was hatte das zu bedeuten? Und wer war diese Frau?

„Mein Verlobter ist sicher bereit, Ihnen einen Extrabonus zu zahlen, wenn Sie mir diesen kleinen Wunsch erfüllen. Sie haben ja keine Vorstellung, wie großzügig mein Stephen ist, wenn es um mein Glück geht …“

„Ihr Verlobter?“ Ungläubig starrte Lena die junge Frau an. Ihr Gehirn versuchte noch immer zu verarbeiten, was sie da gerade gehört hatte.

Stephen würde diese Frau heiraten – und zwar schon sehr bald, so wie es aussah. Sie waren miteinander verlobt, und das sicher nicht erst seit gestern. Mein Gott, das … Lena schluckte hart.

Ob die arme Frau ahnte, dass Stephen sie schon vor der Hochzeit betrogen hatte? Und nicht nur sie, sondern auch Lena selbst – wenn schon nicht körperlich, so doch zumindest unter moralischen Gesichtspunkten. Er hatte niemals auch nur mit einem Wort erwähnt, dass es eine Frau in seinem Leben gab. Ganz im Gegenteil: Ihr gegenüber hatte er stets den Ungebundenen gespielt.

Dieser Schuft!

Obwohl die Lippen der anderen Frau sich weiter bewegten, drang kein Laut zu Lena durch. Sie stand einfach nur da, unfähig zu glauben. Unfähig zu begreifen. In der verzweifelten Hoffnung, dass sie nur träumte und jeden Moment aufwachen würde, kniff sie die Augen zusammen. Doch als sie die Lider wieder hob, war alles unverändert.

Sie war immer noch da.

Ebenso wie der Caterer, die Blumen, die Ballons …

Irgendwann sah sie, wie die junge Frau die Stirn runzelte. „Sie sind überhaupt nicht vom Kutschenverleih, oder?“, fragte sie mit einem Anflug von Misstrauen. „Aber wer sind Sie dann?“

Lena schwieg. Was hätte sie auch sagen sollen? *Hallo, ich bin die Frau, mit der Ihr Verlobter vor knapp zwei Wochen ins Bett gestiegen ist?* Oder: *Ich wollte Stephen eigentlich nur sagen, dass ich ihn liebe – könnten Sie ihm das vielleicht ausrichten?*

Die Situation war einfach surreal. Ihr Herz hämmerte. Ihre Kehle war wie zugeschnürt. Und noch immer konnte sie nicht damit aufhören, die fremde Frau anzustarren.

Stephens Verlobte.

Erst als diese sie plötzlich am Arm berührte und fragte: „Hallo? Ist alles in Ordnung mit Ihnen?“, kehrte Lena mit einem Ruck in die Realität zurück.

Und die Realität sah so aus, dass Stephen ihr etwas vorgemacht hatte.

Er hatte sich in ihr Vertrauen geschlichen und die Mauern, mit der sie ihre Seele schützte, langsam, aber beharrlich untergraben und sie schließlich zum Einsturz gebracht. Sie war hergekommen, um ihm ihre Gefühle zu gestehen. Übelkeit stieg in ihr auf. Was für eine Ironie des Schicksals!

Plötzlich hielt sie den inzwischen leicht besorgten Blick von Stephens Verlobter nicht mehr aus. Sie wirbelte herum, stürmte die Verandastufen hinunter und rannte zu ihrem Wagen. Tränen verschleierten ihr die Sicht, als sie die Auffahrt hinunterfuhr. Energisch blinzelte sie sie fort. Stephen verdiente nicht, dass sie sich seinetwegen die Augen ausweinte.

Er war ein verdammter Mistkerl!

Und sie wollte ihn nie – niemals im Leben! – wiedersehen.

Nachdenklich blickte Roz dem Wagen der jungen Frau hinterher und runzelte die Stirn. Eines stand fest: Die Unbekannte gehörte weder zum Kutschenmietservice noch zum Cateringunternehmen oder zu den Dekorateuren, die sie für die Vorbereitungen der Hochzeitsfeier engagiert hatte.

Zuerst hatte Roz gedacht, dass es sich um eine Spionin ihres Vaters handelte. Collin McFarlane war kein Mann, den man leicht hinters Licht führen konnte. Natürlich war er misstrauisch gewesen, als Stephen und sie ihn vor knapp zehn Tagen mit der Nachricht überrascht hatten, dass sie heiraten wollten. Doch auf der anderen Seite war Stephen genau der Schwiegersohn, den ihr Vater sich immer gewünscht hatte. Deshalb war er eher bereit, Zugeständnisse zu machen. Nichtsdestotrotz traute Roz ihm zu, dass er jemanden schickte, um ein wenig herumzuschnüffeln.

Aber diese Frau war keine von Daddys Lakaien, dachte sie versonnen und schüttelte den Kopf. Nur wer war sie dann? Und warum hatte sie so erschrocken ausgesehen, als Roz von Stephen als ihrem Verlobten gesprochen hatte? Nein, korrigierte sie sich sofort. Nicht erschrocken. Entsetzt. Und gleichzeitig enttäuscht, erschüttert und wütend.

Sie wurde abgelenkt, als ein Auto die Auffahrt hinaufkam. Ihr Herz machte einen erfreuten Satz, als sie es erkannte.

Der Fahrer parkte an der Stelle, an der vor wenigen Minuten noch der Wagen der Fremden gestanden hatte, und stieg aus. Roz lief ihm entgegen. Ein Strahlen lag auf ihrem Gesicht. Wie immer, wenn sie ihn sah, hatte sie das Gefühl, vor lauter Glück zu schweben.

„Aziz, endlich!“ Sie flog in seine weit ausgebreiteten Arme. Ihre Lippen fanden sich zu einem zärtlichen Kuss, und Roz vergrub die Finger in seinen dichten dunklen Locken, die sie so sehr liebte.

Ein paar Minuten lang standen sie nur da, zufrieden und glücklich, einfach nur beieinander sein zu können. Schließlich machte Aziz sich sanft von ihr los, umfasste ihr Gesicht mit beiden Händen und schaute ihr tief in die Augen. „Ich liebe dich, Rosalind McFarlane“, sagte er. „Und ich kann es kaum erwarten, endlich mit dir verheiratet zu sein.“

Seine Worte ließen Roz das Herz aufgehen. Es war genau dasselbe, was auch sie empfand. Seit drei Jahren führten Aziz und sie nun schon eine heimliche Beziehung, weil sie beide wussten, dass Roz' Vater ihre Liebe niemals akzeptieren würde. Das lag nicht etwa an Aziz' dunkler Haut und seinen arabischen Wurzeln – nein: Collin McFarlane konnte man vieles nachsagen, aber ein Rassist war er nicht. Doch Aziz arbeitete für ihn. Und insofern war er in seinen Augen nicht ebenbürtig. Ganz gleich, wie weit sich Aziz im Laufe der Jahre durch Fleiß und Einsatz hochgearbeitet hatte – Roz' Vater würde in ihm nie etwas anderes sehen als einen Untergebenen.

Wie durch ein Wunder war es ihnen gelungen, ihre Liebe vor Collin McFarlane geheim zu halten. Doch je mehr Zeit ins Land ging, desto unglücklicher wurden sie mit der Situation. Vor allem, nachdem Roz' Vater es sich plötzlich in den Kopf gesetzt zu haben schien, dass sie Stephen Alistair heiraten sollte.

Stephen war ein netter Kerl, sah gut aus, und Roz mochte ihn. Aber ihr Herz gehörte Aziz.

Sie war froh und erleichtert gewesen, zu erfahren, dass auch Stephen jemand anderen liebte, und neugierig auf diese Frau, die ihn scheinbar im Sturm erobert hatte. Vielleicht konnte sie ihn überreden, sie zur Hochzeit einzuladen. Allerdings würde er ihr im Vorfeld ein paar Dinge erklären müssen. Vor allem, dass es dabei nur vorgeblich darum ging, den Bund der Ehe zwischen ihm und Roz zu schließen.

In Wahrheit würde Roz nämlich Aziz heiraten – zuerst nach christlicher Tradition, und etwas später am Tag dann auch nach muslimischer. Das ganze Theater diente einzig und allein dem Zweck, ihren Vater hinters Licht zu führen. Denn in dem Moment, da er die Wahrheit erfuhr, würde er alles daransetzen, eine Hochzeit zwischen seinem Angestellten und seiner Tochter zu verhindern.

Roz hoffte inständig, dass er sich mit den Gegebenheiten arrangieren würde, wenn sie ihn vor vollendete Tatsachen stellten. Aber selbst wenn dies nicht geschah – Aziz und sie hatten vorgesorgt. Ihr Verlobter – und bald schon Ehemann! – konnte in den Hotelbetrieb eines Cousins einsteigen, der sich auf Pemba niedergelassen hatte, und Roz würde mit ihm gehen. Spätestens wenn ihr Vater sah, wie ernst es ihnen miteinander war, musste er begreifen, dass er auf verlorenem Posten kämpfte. Und wenn nicht … nun, Roz konnte mindestens ebenso stur sein wie er.

Sie küsste Aziz noch einmal, dann nahm sie seine Hand und zog ihn mit sich in Richtung Garten. „Komm, du musst dir ansehen, wie wunderbar alles geworden ist."

„Ja, sofort", sagte er. „Aber sag mal, mir ist eben, als ich ankam, ein Wagen entgegengekommen. Die Frau am Steuer, war das nicht diese junge Deutsche, die Stephen die Spice-Farm vor der Nase weggeschnappt hat? Ich war neugierig und habe mir die Homepage angeschaut, auf der die Plantage um Touristen wirbt, und das Foto war ihr ziemlich ähnlich."

„Du meinst Lena Bluhm?", fragte Roz erschrocken und blieb so abrupt stehen, dass Aziz fast in sie hineinlief. In diesem Moment rückten die einzelnen Puzzleteile plötzlich an den richtigen Platz, sodass sie das Gesamtbild erkennen konnte. „Nein", murmelte sie und fuhr sich mit der flachen Hand über die Augen. „Bitte nicht!"

Aziz musterte sie mit einer Mischung aus Besorgnis und Beunruhigung. „Was ist denn?", fragte er. „Was ist passiert?"

„Das erkläre ich dir alles später", stöhnte sie. „Entschuldige, aber ich muss unbedingt Stephen anrufen."

Sie zückte ihr Handy und wählte die Nummer ihres Pseudoverlobten. Nun mach schon, mach schon, drängte sie stumm, als er sich nach dem zweiten Klingeln noch nicht gemeldet hatte.

Dann hob er endlich ab.

„Stephen, hör zu", sagte sie ohne lange Vorrede. „Ich fürchte, ich habe einen großen Fehler gemacht!"

21. KAPITEL

„Du hast – was?“ Stephen schloss die Augen und zählte innerlich stumm bis zehn, um sich zu sammeln – ein hoffnungsloses Unterfangen.

Tagelang hatte er darauf gewartet und gehofft, dass Lena ein Lebenszeichen von sich geben würde. Er hatte akzeptiert und respektiert, dass sie Zeit brauchte. Er hatte sich bemüht, geduldig und verständnisvoll zu sein. Es nicht persönlich zu nehmen, dass er praktisch vor die Tür gesetzt worden war, nachdem sie miteinander geschlafen hatten.

Leicht war es ihm nicht gefallen.

Er war eben auch nur ein Mann, und als solcher fiel es ihm schwer, mit Zurückweisung umzugehen. Doch ihm war auch klar gewesen, dass er Lena nicht drängen durfte. Sie hatte mit ihm bisher nie wirklich über ihren Verlobten gesprochen. Natürlich war die Situation für sie nicht leicht.

Trotzdem fiel es ihm schwer, ihr nicht nah sein zu dürfen. Aus einem einfachen Grund: weil er sie liebte.

Diese Erkenntnis war ein Schock für ihn gewesen. Er hatte diese Gefühle nicht gewollt. Nicht für Lena. Nicht für sonst jemanden. Als ob die Situation zwischen ihnen nicht auch so schon kompliziert genug war, vor allem wegen der Farm.

„Sie stand plötzlich vor der Tür“, erklärte Roz bedrückt. „Ich wusste nicht, wer sie war, und dachte, dass mein Vater womöglich jemanden geschickt hätte, um zu spionieren …“

Stephen fluchte. Es war nicht Roz’ Schuld. Zumindest nicht ausschließlich. Er hätte Lena einweihen müssen. Hätte ihr gleich an dem Abend, als Roz mit ihrer kühnen Idee bei ihm aufgetaucht war, alles erklären müssen. Doch das war der Abend gewesen, an dem Lena ihn gebeten hatte, zu gehen. An dem sie ihn rausgeworfen hatte. Er hätte sie unmöglich mitten in der Nacht anrufen und ihr von einem absurden Plan erzählen können, der sich darum drehte, dass er zum Schein eine Frau heiraten würde, die er nicht liebte.

Das vielleicht nicht, meldete sich eine leise, aber beharrliche Stimme in seinem Kopf zu Wort. Aber es hat einen nächsten Tag gegeben, und einen übernächsten, und …

Er schob den unbequemen Gedanken beiseite.

Es war zwecklos, sich über etwas den Kopf zu zerbrechen, das er ohnehin nicht mehr ändern konnte. Geschehen war geschehen. Jetzt galt es, die Dinge wieder in Ordnung zu bringen.

Lena musste die Wahrheit erfahren. Dass es sich bei der Heirat mit Roz nur um ein Ablenkungsmanöver handelte. Denn es war Aziz el-Fahal, ein Mitarbeiter ihres Vaters, mit dem Roz vor den Traualtar treten wollte.

Roz hatte ihm alles haarklein erklärt. Es erschien ihm ein bisschen wie eine moderne Variante von Romeo und Julia. Die beiden hatten sich ineinander verliebt, konnten aber ihre Gefühle nicht ausleben, da Collin McFarlane sich für seine einzige Tochter eine gute Partie erhoffte. Und einer seiner Angestellten fiel für ihn schwerlich in diese Kategorie.

Drei Jahre lang hatten die beiden Liebenden das Versteckspiel aufrechterhalten und sich nur heimlich treffen können, immer in der Angst, Roz' Vater könne die Wahrheit herausfinden und Mittel und Wege ersinnen, ihnen das Leben schwerzumachen. Doch damit sollte nun Schluss sein. Endgültig. Und Stephen hatte sich einverstanden erklärt, ihnen bei ihrem Vorhaben zu helfen.

Und das, obwohl ihm klar war, dass er sich damit nur Schwierigkeiten einhandelte.

Eines stand fest: Das Geld, das McFarlane für das gemeinsame Projekt hatte bereitstellen wollen, konnte er abschreiben. Roz' Vater würde vor Wut toben, wenn er die Zusammenhänge erkannte. Doch Stephen war ohnehin nicht länger an einer Zusammenarbeit mit dem anderen Hotelier interessiert. Er war sicher, Rachel würde verstehen, dass der Zweck in diesem Fall nicht die Mittel heiligte. Irgendwie würde er es trotzdem schaffen, das Hotel zu bauen, von dem seine Schwester geträumt hatte. Es würde einfach nur noch etwas mehr Zeit in Anspruch nehmen.

Über eines war er sich nach langem Nachdenken jedenfalls klar geworden: Mit einem Mann wie McFarlane, dem jedes Mittel recht war, um an sein Ziel zu gelangen, konnte er nicht länger ruhigen Gewissens zusammenarbeiten.

Und was Roz betraf – sie verdiente es, mit dem Mann glücklich zu werden, den sie liebte. Und wenn Stephen ihr dabei behilflich sein konnte, war er dazu gerne bereit.

Hätte er allerdings geahnt, welche Konsequenzen seine Entscheidung nach sich ziehen würde, er hätte dem Täuschungsmanöver nicht so bereitwillig zugestimmt.

Er beendete das Gespräch mit Roz und wählte Lenas Nummer. Nicht dass er wirklich damit rechnete, dass sie ans Telefon ging – was sie auch nicht tat. Es klingelte zweimal, dann wurde er an die Mailbox weitergeleitet. Als er es das nächste Mal versuchte, schaltete sich sofort die Mailbox ein.

Stephen unterdrückte einen Fluch, schnappte sich seine Autoschlüssel, verließ sein Büro, obwohl er noch Termine hatte, und ignorierte die erstaunten Blicke seiner Sekretärin.

Dieser Termin war wichtiger.

Er war wichtiger als alles andere auf der Welt.

Keine zwei Minuten später saß er in seinem Wagen, unterwegs in Richtung *Bennett's Clove and Spice Farm*.

Dieser Schuft!

Lena wischte sich mit dem Handrücken die Tränen aus dem Gesicht. Sie wollte seinetwegen nicht weinen. Stephen verdiente es nicht, dass sie auch nur einen weiteren Gedanken an ihn verschwendete. Doch es tat weh, so schrecklich weh!

Irgendwie schaffte sie es, nach Haus zu gelangen, ohne von der Straße abzukommen. Sie stellte ihren Wagen neben dem von Aaliyah ab, lehnte sich zurück und bedeckte das Gesicht mit den Händen. „Oh Gott …"

Sie fühlte sich, als befände sie sich mitten im freien Fall. Ihr Herz hämmerte, und ihre Kehle war wie zugeschnürt. Sie wusste nicht, ob ihre Beine sie tragen würden, wenn sie jetzt versuchte, auszusteigen. Doch ihr war klar, dass es nicht besser werden würde – eher schlimmer. Wenn der erste Schock nachließ und das Adrenalin aus ihrem Körper wich, würde sie vollkommen zusammenbrechen. Schon jetzt spürte sie, wie eine Welle von Übelkeit über sie hinwegrollte. Ihre Hände zitterten leicht.

Als jemand an das Seitenfenster klopfte, zuckte sie erschrocken zusammen, wischte sich über die Augen, zwang ein Lächeln auf ihre Lippen und blickte auf. Sie hatte damit gerechnet, Aaliyah oder jemanden aus ihrer Familie vor sich zu haben, und blinzelte überrascht, als sie erkannte, dass dies nicht der Fall war.

„Patrick?"

Sie konnte es zuerst kaum glauben, doch er war es wirklich. Patrick hatte seine Ankündigung tatsächlich wahr gemacht und war ihr nach Sansibar nachgereist.

Selten war sie so froh gewesen, einen anderen Menschen zu sehen, und hatte sich gleichzeitig so unbehaglich gefühlt. Sie öffnete die Fahrertür und stemmte sich aus dem Wagen. Sofort schloss Patrick sie in seine Arme.

„Lena", murmelte er und strich ihr übers Haar. „Endlich."

Sie versuchte das Schluchzen, das ihre Kehle hinaufstieg, zu unterdrücken, doch es gelang ihr nicht. Ohne dass sie etwas dagegen tun konnte, strömten ihr Tränen über die Wangen, und ihre Schultern fingen an zu beben.

Sie hielt sich an Patrick fest, die Finger in den Stoff seines hellblauen Hemdes gekrallt, den Kopf gegen seine Schulter gelehnt. Sie hörte seinen Herzschlag, ruhig und regelmäßig, und nach und nach ebbte die eisige Kälte, die von ihr Besitz ergriffen hatte, ein wenig ab.

„Was ist passiert, Liebes?", fragte er, als sie etwas später auf der Veranda saßen. „Du bist ja vollkommen durcheinander. Was quält dich?"

Lena zögerte. Patrick wusste nichts von Stephen, und sie schämte sich für das, was geschehen war. Doch auf der anderen Seite brauchte sie jemanden zum Reden. Und Patrick war immer für sie da gewesen, wenn sie ihn brauchte.

Vielleicht wusste er einen Rat?

Langsam und stockend fing sie an zu erzählen. Patrick hörte schweigend zu, ohne sie zu unterbrechen. Nur das Spiel seiner Miene ließ Rückschlüsse darauf zu, was er dachte. Einiges verschwieg sie ihm. Er musste nicht unbedingt wissen, dass sie mit Stephen geschlafen hatte. Es war nicht relevant, und außerdem verachtete sie sich selbst schon genug für ihre Schwäche.

„So ein Schuft!", kommentierte Patrick kopfschüttelnd, als sie zum Ende gekommen war. „Und du glaubst, er hat es die ganze Zeit immer nur darauf abgesehen gehabt, die Farm in seine Finger zu bekommen?"

Lena nickte stumm. Eine andere Erklärung konnte sie beim besten Willen nicht finden. Vermutlich hatte Stephen ihr nur mit einigen Dingen geholfen, um sie in Sicherheit zu wiegen und sich in ihr Vertrauen zu schleichen. Wie er sie am Ende dazu hatte bringen wollen, ihm die Plantage zu überlassen, wusste sie nicht. Aber sie war sicher, dass er das alles bis ins Detail durchdacht hatte.

Stephen war kein Mann, der etwas dem Zufall überließ. Er würde sichergestellt haben, dass es irgendwo ein Hintertürchen gab, das es ihm erlaubte, die Farm in seinen Besitz zu bringen.

Fragend schaute sie Patrick an. So vehement sie zunächst gegen seine Reise nach Sansibar gewesen war – jetzt konnte sie sich kaum mehr vorstellen, diese Sache allein durchzustehen. Und ihre Furcht, dass ihr alter Freund ihr Vorwürfe wegen Andy machen würde, schien zudem völlig unbegründet gewesen zu sein.

„Was soll ich jetzt tun?" Sie hörte selbst, wie dünn und belegt ihre Stimme klang. „Ich weiß nicht, wie es weitergehen soll, Patrick. Am liebsten würde ich einfach meine Koffer packen und davonlaufen."

„Dann tu es doch", entgegnete er.

Sie blinzelte, dabei gab es eigentlich keinen Anlass, erstaunt zu sein. Patrick hatte ihr von Anfang an klar und deutlich zu verstehen gegeben, was er von ihren Plänen, nach Sansibar zu reisen, hielt. Und er hatte mindestens ebenso deutliche Worte gefunden, als sie damals verkündet hatte, dass sie auf der Gewürzfarm bleiben wollte.

„Du meinst, ich soll mit dir zurück nach Berlin gehen", sagte sie.

Dieses Mal war sie wirklich überrascht, denn Patrick schüttelte den Kopf.

„Berlin, Schanghai, London, New York – ganz gleich, wohin es dich auch ziehen mag, Lena. Aber du solltest damit aufhören, dir selbst etwas vorzumachen. Das hier ist nicht dein Leben. Du gehörst nicht hierher. Wenn du bleibst, wirst du diesem miesen Typen ständig über den Weg laufen. Ist es das, was du willst?"

Patrick hatte recht – zumindest in einem Punkt: Sie würde Stephen nicht dauerhaft aus dem Weg gehen können. Schon allein deshalb, weil er vermutlich nie aufhören würde, sie weiter zum Verkauf der Farm zu drängen.

Allein der Gedanke daran, ihm noch einmal gegenübertreten zu müssen, ließ ein kaltes Gefühl in ihr aufsteigen. In ihren Ohren dröhnte es, und sie schüttelte den Kopf, um die Vorstellung zu verjagen. Nein, das konnte sie nicht. Sie wollte ihn niemals wiedersehen. Niemals!

Aber würde er sie je in Ruhe lassen?

Nein, das glaubte sie nicht. Stephen würde ihren Entschluss nicht akzeptieren.

Nachdenklich runzelte sie die Stirn. Im Laufe der kurzen Zeit, die sie nun hier auf Sansibar weilte, war die Farm zu so etwas wie ihrem Zuhause geworden, und Aaliyah, Fadhil und die anderen zu einer Familie.

Wenn du jetzt gehst, musst du das alles zurücklassen, sagte sie zu sich selbst. Nicht nur die Farm, sondern auch die Menschen, die du ins Herz geschlossen hast.

Doch sosehr sie dies auch bedauerte, so hatte sie doch keine andere Wahl. Sie konnte nicht länger hier leben. Nicht, solange der Schmerz über Stephens Vertrauensbruch so tief saß.

Ihm jederzeit über den Weg laufen zu können, war mehr, als

sie ertragen konnte. Übertroffen wurde diese Vorstellung nur noch von der Aussicht, ihm an der Seite seiner Ehefrau als glückliches Paar zu begegnen.

Nein, das konnte sie nicht!

Sie atmete tief durch und nickte. „Also schön", sagte sie mit einem resignierten Seufzen. „Aber ich brauche noch etwas Zeit, um hier alles zu regeln. Du kannst so lange hier wohnen, wenn du willst."

Patrick nickte. Er schaffte es nicht ganz, den zufriedenen Ausdruck von seinem Gesicht zu verbannen.

Natürlich war er zufrieden. Soweit es ihn betraf, war Lena endlich zur Vernunft gekommen. Vermutlich merkte er nicht einmal, wie traurig sie das alles stimmte. Ihr blutete das Herz bei dem Gedanken, für immer von hier fortzugehen. Auch wenn sie wusste, dass sie sich hundertprozentig darauf verlassen konnte, dass Aaliyah und die anderen den gesamten Farmbetrieb für sie am Laufen hielten.

Sie dachte an die Menschen, die zweimal die Woche kamen, um an ihrem Unterricht teilzunehmen. Die voller Eifer und Fleiß arbeiteten, um Lesen und Schreiben zu lernen.

An Aaliyah, die hochkonzentriert auf ihrer Unterlippe kaute, während sie Buchstaben auf die kleine Tafel malte, die Lena für den Unterricht beschafft hatte.

Die Arbeiter, die sich darauf verließen, dass sie ihren Arbeitsplatz und ihr Zuhause bewahrte.

An Krümel, der seit Stone Town zu einem Bestandteil ihres Lebens geworden war, ebenso wie all die anderen Freunde, die sie hier gefunden hatte. Aaliyah, Ngabile, Fadhil und all die anderen. Sie waren zu echten, wahren Freunden geworden, trotz der kurzen Zeit, die sie miteinander verbracht hatten. Und nun würde sie sie verlieren.

Verdammt, Stephen!

Warum tat er ihr das an?

Reichte es nicht, dass er ihr das Herz brach? Musste er ihr auch noch alles andere, was ihr etwas bedeutete, wegnehmen?

Tränen stiegen ihr in die Augen, doch sie blinzelte sie weg. Weinen hatte keinen Sinn. Die Entscheidung, mit Patrick zu gehen, war die einzig richtige. Sie würde auch von Berlin aus Kontakt mit Aaliyah, Ngabile, Fadhil, Hashim und den anderen halten können. Wozu gab es Telefon und Internet?

Die schmerzhaften Erinnerungen an Andy würden in Berlin auf sie warten, das wusste Lena. Aber vielleicht war das auch ganz gut so. Anstatt sein Andenken zu würdigen, indem sie sein Buch zu Ende brachte, wie es eigentlich ihr Vorhaben gewesen war, hatte sie ihn immer weiter aus den Augen verloren.

Sie musste sich an die Dinge erinnern, die wirklich wichtig waren. Dann konnte sie womöglich eines Tages wieder hierher zurückkehren, ohne sich schlecht dabei zu fühlen.

Doch recht daran glauben konnte Lena selbst nicht.

Stephen fuhr viel zu schnell für die schlechten Straßenverhältnisse. Doch das protestierende Rumpeln und Quietschen, das sein Wagen von sich gab, kümmerte ihn nicht. Es war nebensächlich. Genau wie auch alles andere nebensächlich war, was nicht unmittelbar mit Lena zu tun hatte.

Ohne groß vom Gas zu gehen, bog er in die Zufahrtsstraße zur Spice-Farm ein. Er konnte nur hoffen, dass er nicht zu spät kam. Die Lena, die er in den vergangenen Wochen kennengelernt hatte, machte weder halbe Sachen noch faule Kompromisse. Es würde schwer werden, sie davon zu überzeugen, ihn auch nur anzuhören.

Noch schwerer, ihr Vertrauen zurückzugewinnen – falls das überhaupt noch möglich war.

Es muss möglich sein! wies er sich selbst zurecht.

Er durfte Lena jetzt nicht aufgrund dieser dummen Geschichte verlieren. Gott allein wusste, dass er in seinem Leben schon viele Fehler begangen hatte. Vermutlich verdiente er es nicht einmal, glücklich zu sein. Kurz wanderten seine Gedanken zu Rachel. Er war der Ältere gewesen. Er hätte auf sie aufpassen müssen …

Mit einem unterdrückten Stöhnen fuhr er sich übers Gesicht.

Womöglich war es das, was ihn in den vergangenen fast zwanzig Jahren davon abgehalten hatte, sich jemals ernsthaft auf eine Frau einzulassen. Sicher, er hatte kurze Affären gehabt. Blitzlichter, die in seinem Leben aufgeflammt und wieder verloschen waren. Erst jetzt begriff er, dass er selbst der Grund dafür war, dass diese Verbindungen nie von Dauer gewesen waren.

Er hatte sich von vorneherein Frauen ausgesucht, die nur daran interessiert waren, sich einen wohlhabenden Mann zu angeln. Und er hatte die Beziehungen stets beendet, ehe es zu irgendwelchen emotionalen Verwicklungen kommen konnte. Weil er sich noch immer schuldig fühlte wegen dem, was mit Rachel geschehen war.

Weil er sich selbst verbot, glücklich zu sein.

Stattdessen hatte der Plan, Rachels und seinen alten Traum wahr werden zu lassen, immer konkretere Formen angenommen.

Er erinnerte sich daran, als wäre es gestern gewesen und nicht schon vor fast zwei Jahrzehnten. Rachel und er hatten einander sehr nahegestanden. Im Gegensatz zu anderen Geschwisterpaaren, bei denen Eifersüchteleien und Streit an der Tagesordnung waren, hatten sie sich immer gut vertragen. Rachel, die zweieinhalb Jahre jünger war als er, hatte zu ihm aufgeblickt. Bewundernd, respektvoll, niemals neidisch. Und wie wissbegierig sie gewesen war. Er hatte ihr immer alles, was er gerade in der Schule durchnahm, haarklein erklären müssen. Sie war für ihn weit mehr gewesen als nur seine kleine Schwester. Rachel war seine beste Freundin gewesen. Und er hatte sie geliebt und beschützt. Bis zu jenem schicksalhaften Tag im Spätsommer 1995 …

Für sie beide war es immer *ihr* Strand gewesen. Der Abschnitt, an den auch das Grundstück der *Bennett's Clove and Spice Farm* grenzte. Dort, wo er Lena an Bord seines Bootes genommen hatte und mit ihr zu den Delfinen hinausgefahren war.

Er konnte nicht zählen, wie oft Rachel und er abends, wenn sie eigentlich in ihren Betten liegen sollten, aus dem Haus geschlichen und zu *ihrem* Strand gelaufen waren. Dort hatten sie im warmen Sand gelegen, dem Rauschen der Brandung gelauscht und zu den Sternen emporgeblickt.

Und geträumt. Davon, dass sie eines Tages gemeinsam ein Hotel bauen würden, genau hier, an diesem Strand.

Nachdem er Rachel – die Rachel, die er von früher kannte – verloren hatte, war er wie besessen davon gewesen, ihren gemeinsamen Traum zur Realität zu machen. Und erst heute war ihm bewusst geworden, dass er kurz davorstand, die Frau zu verlieren, die sich leise und unmerklich in sein Herz geschlichen hatte. Und die nie wieder daraus verschwinden würde, ganz gleich, was auch geschah. Weil es einfach nicht möglich war.

Staub wirbelte auf, als er das Haus erreichte und abrupt bremste. Stephen stieß die Fahrertür auf, stieg aus und erklomm die Verandastufen mit drei langen Schritten. Er hob gerade die Hand, um anzuklopfen, als eine fremde Stimme neben ihm erklang.

„Stephen Alistair, nehme ich an."

Irritiert blickte er sich um.

Der Fremde stand nur ein paar Meter von ihm entfernt, doch Stephen hatte ihn nicht bemerkt. Beiläufig registrierte er den Akzent des Mannes. Er glich dem von Lena, auch wenn ihrer sehr viel schwächer ausgeprägt, ja kaum noch hörbar war. Ein Deutscher also. Ein Freund von Lena?

Etwas an dem Blick, mit dem der Unbekannte ihn maß, machte ihn unruhig und ärgerlich zugleich. Was war mit ihm los? Er ließ sich doch sonst nicht so leicht verunsichern.

Er straffte die Schultern und begegnete dem Blick des Mannes kühl. „Und wer möchte das wissen?"

„Mein Name ist Patrick Ansbach", erwiderte dieser. „Aber Sie werden sich den Namen nicht merken müssen, denn ich werde heute bereits wieder abreisen – und zwar zusammen mit Lena."

Stephen zuckte unwillkürlich zusammen. Genau das hatte er befürchtet. Aber er würde nicht zulassen, dass Lena ging. Nicht ohne wenigstens eine Chance erhalten zu haben, ihr alles zu erklären. Er wandte sich wieder zur Tür, doch Ansbach stellte sich ihm mit ein paar schnellen Schritten in den Weg.

„Nein“, sagte er.

„Wollen Sie mich etwa aufhalten?“, fragte Stephen und hob eine Braue. Er zweifelte nicht daran, dass er sich im Falle eines Falles gegen Ansbach durchsetzen würde, obwohl der Deutsche ihm in puncto Größe in nichts nachstand und ganz offensichtlich regelmäßig trainierte. Zudem wirkte er entschlossen – doch keinesfalls so entschlossen, wie Stephen sich fühlte.

„Ich rate Ihnen zu gehen“, entgegnete Ansbach ungerührt. „Lena wird mich nach Berlin begleiten. Sie hätte von Anfang an auf mich hören sollen, aber Sie wissen ja, wie Frauen sind.“ Ein humorloses Lächeln legte sich auf seine Lippen. „Eigentlich müsste ich Ihnen danken, Alistair. Lena hat länger durchgehalten, als ich erwartet hatte. Vielleicht wäre sie sogar tatsächlich geblieben, hätten Sie ihr nicht das Herz gebrochen. Aber keine Sorge, ich werde in der schweren Zeit, die nun folgt, für sie da sein. Ich war immer für sie da, und so wird es auch bleiben.“ Sein Blick verhärtete sich. „Machen Sie sich also keine Hoffnungen, Alistair. Lena gehört mir!“

22. KAPITEL

Lena hatte Stephens Wagen vom Fenster ihres Schlafzimmers aus gesehen, und ihr Herz hatte einen Schlag lang ausgesetzt.

Zwei Gefühle, die unterschiedlicher kaum sein konnten, loderten in ihr auf. Das eine nachvollziehbar: Wut, vermischt mit Enttäuschung und Bitterkeit und dem dringenden Wunsch, Stephen möge verschwinden. Sie wollte ihn niemals wiedersehen!

Doch da war noch etwas anderes.

Es war absurd, doch ein Teil von ihr war froh, dass er da war. Sie konnte den Impuls, alles stehen und liegen zu lassen und sofort zu ihm zu laufen, nur mit Mühe unterdrücken. Sie schloss die Augen und atmete tief durch. Dann ging sie nach unten und blieb im Korridor stehen, unschlüssig, was sie tun sollte.

Stephen hatte sie verraten und belogen. Er war es nicht wert, dass sie ihm auch nur eine einzige Träne nachweinte.

Warum nur war es dann so schwer, loszulassen?

Sie wartete auf ein Klopfen, doch es kam nicht. Stattdessen hörte sie, wie Patrick und Stephen miteinander redeten. Die Atmosphäre zwischen den beiden Männern war von mehr als nur unterschwelliger Feindseligkeit geprägt. Ein Teil von ihr empfand Dankbarkeit für Patrick, der sie zu beschützen versuchte. Doch es gab auch einen Teil, der wollte, dass er schwieg und sich nicht in ihre Angelegenheiten einmischte.

Der Teil, der zu Stephen wollte, ganz gleich, was er ihr auch angetan hatte.

Er wird eine andere Frau heiraten, schon vergessen?

Der Gedanke holte sie wieder auf den Boden der Tatsachen zurück, und sie spürte, wie sich erneut diese Kälte in ihr ausbreitete, die sie wie betäubt zurückließ. Sie sank mit dem Rücken gegen die Tür, schloss die Augen und presste mit den Handballen auf die Lider. Was wollte Stephen von ihr? Warum war er hergekommen?

Er hatte erfahren, dass sie Bescheid wusste. Aber warum sich die Mühe machen und zu ihr fahren? Sicher musste ihm klar sein, dass sein Spiel aus war. Wie konnte er es wagen, ihr noch einmal unter die Augen zu treten?

Wie kannst du es wagen, deinem Spiegelbild in die Augen zu sehen?

Sie drückte stärker, bis blaue und grüne Blitze auf ihren Netzhäuten explodierten. Dann schüttelte sie den Kopf und ignorierte den leichten Schwindel, der von einem latenten Gefühl von Übelkeit begleitet wurde.

Draußen hörte sie, wie Patrick und Stephen miteinander diskutierten. Stritten.

„Ich rate Ihnen zu gehen", hörte sie Patrick mit kühler, leicht provozierender Stimme sagen. „Lena wird mich nach Berlin begleiten. Sie hätte von Anfang an auf mich hören sollen, aber Sie wissen ja, wie Frauen sind."

Lena runzelte die Stirn.

Offensichtlich hatte er keine Ahnung, dass sie zuhörte. Ihr gegenüber schlug er solche Töne nie an. Sie verspürte einen Hauch von Irritation, der durch das, was er als Nächstes sagte, noch verstärkt wurde: „Eigentlich müsste ich Ihnen danken, Alistair. Lena hat länger durchgehalten, als ich erwartet hatte. Vielleicht wäre sie sogar tatsächlich geblieben, hätten Sie ihr nicht das Herz gebrochen. Aber keine Sorge, ich werde in der schweren Zeit, die nun folgt, für sie da sein. Ich war immer für sie da, und so wird es auch bleiben."

Eine kurze Pause, dann: „Machen Sie sich also keine Hoffnungen, Alistair. Lena gehört mir!"

Lena riss die Augen auf.

Was war das? Sie musste sich verhört haben! Aber sie war sich ganz sicher, richtig verstanden zu haben.

Lena gehört mir …

Ein Ruck schien durch die Realität zu laufen, und plötzlich begriff Lena. Deshalb die hartnäckige Weigerung, ihre Entscheidung, nach Sansibar zu gehen, zu akzeptieren. Die vielen Anrufe, die Vorhaltungen, all die unterschwelligen Versuche, ihr ein schlechtes Gewissen einzureden – und alles nur, weil er glaubte Besitzansprüche an sie stellen zu dürfen?

Lena gehört mir? Die betäubende Kälte, die ihr Herz umfangen hatte, machte Platz für heiße Wut. Was bildete er sich eigentlich ein? Sie gehörte niemandem – schon gar nicht Patrick!

Ohne lange darüber nachzudenken, dass Stephen ebenfalls draußen auf der Veranda stand, stieß sie sich von der Tür ab, drehte sich um und riss sie mit einem Ruck auf.

Unwillkürlich richtete sich die Aufmerksamkeit der beiden Männer auf sie. Stephen wirkte angespannt, seine schwarzbraunen Locken zerzaust und unordentlich, so als hätte er sie mehrfach verzweifelt gerauft.

In ihrer Miene mussten sich ihre Missbilligung und ihr Zorn deutlich abzeichnen, denn er versteifte sich. Gleichzeitig glaubte sie für einen Moment aber auch Hoffnung in seinen Augen aufflackern zu sehen. Vermutlich deutete er ihr unerwartetes Erscheinen als Bereitschaft, mit ihm zu reden.

Was nicht der Fall war – oder?

Sie war sich nicht sicher. Es irritierte sie, ihn so aufgewühlt zu sehen. Sie begriff nicht, warum es ihn so mitnahm, ihm musste doch klar gewesen sein, dass es unwillkürlich hierauf hinauslaufen würde. Was kümmerte es ihn, wie sie über ihn dachte? Er würde eine andere Frau heiraten. Schon sehr bald, wie der Stand der Hochzeitsvorbereitungen vermuten ließ.

Erneut verspürte sie einen kurzen Anflug von Unsicherheit. Obwohl sie es mit eigenen Augen gesehen hatte, fiel es ihr schwer zu glauben, dass es tatsächlich wahr sein konnte. Dass Stephen sie die ganze Zeit belogen und hintergangen hatte. Dass er mit ihr geschlafen hatte, obwohl er längst mit einer anderen Frau verlobt gewesen war.

Doch mit diesem Problem konnte sie sich auch später noch befassen – so wie mit Stephen selbst.

Mit einem grimmigen Lächeln trat Patrick auf sie zu und wollte ihr einen Arm um die Schultern legen, doch als Lena ihn mit einem eisigen Blick bedachte, verharrte er abrupt.

Er runzelte die Stirn. „Lena, was …?"

Wie hatte sie all die Monate so blind sein können? Wie lange ging das schon? Hatte Patrick schon zu Andys Lebzeiten ein Auge auf sie geworfen? Hätte er versucht, seinem Freund die Ehefrau auszuspannen, wäre der schreckliche Unfall nicht geschehen?

Sie wusste es nicht, und ihr wurde klar, dass sie es vermutlich auch niemals erfahren würde.

Nicht von Patrick.

Er wirkte noch immer überrascht, doch in seinen Blick schlich sich schon bald widerwilliges Begreifen. Offenbar hatte er seinen Fehler erkannt, denn er sagte in einem bemüht beschwichtigenden Tonfall: „Hör zu, Lena, das ist jetzt ganz falsch bei dir angekommen. Was ich da gerade gesagt habe, war so nicht gemeint. Verdammt, ich versuche doch nur, dich vor diesem Kerl zu beschützen!"

Doch Lena konnte ihm nicht glauben, sosehr sie es sich auch wünschen mochte. Sie vertraute ihm einfach nicht mehr. Das lag nicht an der Tatsache, dass sich seine Gefühle für sie irgendwann im Laufe der Jahre geändert haben mussten. Solche Dinge geschahen, und Lena wusste, dass man darauf keinen Einfluss nehmen konnte.

Was sie ihm aber wirklich übel nahm, waren die Manipulationen. Die kleinen Versuche, sie in die Richtung zu drängen, in der er sie haben wollte.

Sie schüttelte den Kopf. „Sei jetzt still, bitte", sagte sie mit einer Stimme, die so ruhig war, dass es sie selbst erstaunte.

„Aber …" Patrick trat auf sie zu, ergriff ihre Schultern und schüttelte sie.

„Nein, kein Aber!", stellte sie, nun mit deutlich lauterer Stimme, klar. „Ich habe genug von dir, Patrick. Genug von dir und deinen Versuchen, dich in mein Leben einzumischen. Geh jetzt, Patrick. Ich will dich nicht mehr sehen."

Er riss die Augen auf. „Das kannst du nicht machen!", herrschte er sie an. „Nicht nach allem, was ich für dich getan habe! Du schuldest mir etwas, Lena, hörst du?"

Sie schüttelte seine Hände ab. „Es stimmt, du hast sehr viel für mich getan, Patrick. Du warst für mich da, als ich jemanden zum Reden brauchte, und dafür werde ich dir auch immer dankbar sein." Sie schaute ihn an, doch er wich ihrem Blick aus. Sie konnte sehen, dass er wütend war. Wütend und frustriert darüber, dass die Dinge sich nicht so entwickelten, wie er es geplant hatte. Nicht darüber, dass Lena seine Gefühle für sie nicht erwiderte. „Und es mag auch sein, dass ich dir etwas schulde. Aber das bedeutet nicht, dass ich es zulassen werde, dass du mir mein Leben aus der Hand nimmst."

Patricks Miene verfinsterte sich. Ein paar Sekunden, die sich zu kleinen Ewigkeiten auszudehnen schienen, starrte er sie einfach nur an. „Also schön", zischte er schließlich. „Ganz wie du willst!"

Mit diesen Worten wandte er sich brüsk ab und trat mit steifen Schritten ans andere Ende der Veranda, wo er mit dem Rücken zu Lena und Stephen stehen blieb.

„Und nun zu dir", sagte Lena und hob eine Braue. Sie sah, wie Stephen hart schluckte. Er schien sich unbehaglich zu fühlen, unschlüssig, ob er froh über die Chance sein sollte, mit ihr zu reden, oder nicht.

Geschieht ihm recht! dachte Lena und verschränkte die Arme vor der Brust.

„Also? Was willst du noch? Ich glaube doch, zwischen uns ist alles gesagt."

Stephen stand da und konnte einen Moment lang nichts anderes tun, als Lena einfach nur anzuschauen. Sein Herz hämmerte wie verrückt, und zum ersten Mal in seinem Leben fühlte er sich wirklich sprachlos. Nicht weil er nicht wusste, was er sagen sollte. Er wusste einfach nicht, womit er beginnen sollte.

Tausend Dinge gingen ihm durch den Kopf, und eines schien wichtiger zu sein als das andere. Er wollte ihr alles erklären, ihr gestehen, was er für sie empfand. Aber wie sollte er etwas in Worte fassen, das er selbst kaum begreifen konnte?

All die Jahre hatte er sich nie erlaubt zu lieben. Nach der Sache mit Rachel hatte er sein Herz in einen scheinbar undurchdringlichen Panzer gehüllt, und hohe Mauern um sich herum errichtet. Und es war niemandem gelungen, diese Hürden zu überwinden.

Niemandem.

Und dann war Lena in sein Leben getreten und hatte den Schutzpanzer durchdrungen, sämtliche Mauern niedergerissen und alles auf den Kopf gestellt. Eine Weile hatte er versucht, es zu verleugnen. Wenn er es sich selbst gegenüber nicht eingestand, vielleicht verschwanden diese seltsamen, diese höchst irritierenden Gefühle dann ganz von selbst wieder.

Doch das war nicht geschehen. Ganz im Gegenteil.

„Lena, ich …“, setzte er an, doch sie schüttelte den Kopf.

„Weißt du, ich habe wirklich geglaubt, ich bedeute dir etwas“, murmelte sie mit gesenktem Blick. Ihre Miene wirkte jetzt so traurig, dass Stephen nur mit Mühe dem Impuls widerstehen konnte, sie in seine Arme zu ziehen und zu halten. Doch ihm war klar, dass dies nicht der richtige Augenblick dafür war. „Dumm von mir, nicht wahr? Ich kann selbst nicht fassen, dass ich so naiv gewesen bin, dir zu vertrauen. Ausgerechnet dir! Wo Aaliyah mich doch oft genug gewarnt hat, was für ein Mensch du bist.“ Sie lachte bitter auf. „Aber selbst sie hast du ja am Ende um den Finger wickeln können! Herzlichen Glückwunsch, Stephen – zu deinem Talent als Schauspieler, und natürlich zu deiner bevorstehenden Hochzeit.“

Er holte tief Luft. Der Moment der Wahrheit war gekommen. „Lass mich dir erklären …“

„Ich wüsste nicht, was es da zu erklären gäbe. Als du mit mir geschlafen hast, musst du vergessen haben zu erwähnen, dass du heiraten wirst.“

Ein empörtes Schnauben im Hintergrund erinnerte ihn daran, dass Patrick Ansbach noch anwesend war – und es offenbarte, dass Lena ihm nichts von ihrem gemeinsamen Abend gesagt hatte.

War das ein gutes Zeichen? Er konnte es nur hoffen.

„Ich werde Roz nicht heiraten“, sagte er, machte einen Schritt auf Lena zu und streckte die Hand nach ihr aus – doch sie wich zurück.

Die Arme noch immer vor der Brust verschränkt funkelte sie ihn an. „Hast du dir das jetzt gerade eben, in diesem Moment, überlegt?“

Seufzend schüttelte er den Kopf. „Nein“, sagte er und fuhr sich durchs Haar. „Ich habe überhaupt nie beabsichtigt, sie zu heiraten. Ebenso wie Roz nie an einer Hochzeit mit mir interessiert war.“

Mit einer Mischung aus Skepsis und Hoffnung schaute sie ihn an. „Und die Hochzeitsvorbereitungen? Ich war dort, Stephen. Ich habe alles gesehen.“

„Ich weiß, was du gesehen hast. Aber du täuschst dich trotzdem.“ Er lächelte schwach. „Es wird eine Hochzeit geben, ja. Aber Roz wird nicht mich heiraten – sondern ihren Verlobten Aziz.“

„Was? Aber … Sie hat von dir als ihrem Verlobten gesprochen!“

„Ja – weil sie keine Ahnung hatte, wer du bist.“ Mit einem frustrierten Laut, der irgendwo zwischen einem Seufzen und einem Stöhnen lag, fuhr er sich über die Augen. „Ihr Vater, Collin McFarlane, ist ebenfalls Hotelier. Und ein sehr einflussreicher Mann hier auf Sansibar. Er hat es sich in den Kopf gesetzt, dass seine Tochter eine gute Partie machen soll. Aber Roz hat sich in einen Mann verliebt, der McFarlanes Erwartungen nicht wirklich erfüllt, denn Aziz el-Fahal ist sein Angestellter. Roz und er sind nun schon seit ein paar Jahren heimlich liiert und wollen sich nicht mehr länger verstecken. Aziz hat Roz einen Heiratsantrag gemacht. Die beiden haben mich gebeten, ihnen zu helfen und …“

Lena schloss die Augen und rieb sich mit Daumen und Zeigefinger über die Lider. „Und du hast Ja gesagt“, folgerte sie. Als sie die Augen wieder öffnete, sah er, dass die Hoffnung, die in ihrem Blick lag, stärker geworden war. Doch letzte Reste von Zweifel waren geblieben. „Warum hast du mir nichts davon gesagt?"

Er zuckte die Schultern. „Du hast mich gebeten zu gehen, nachdem wir ... Ich dachte, es ist besser, wenn ich dir etwas Zeit gebe. Ich wollte dich nicht drängen. Und dann kam Roz mit dieser verrückten Idee zu mir, und die Dinge haben sich verselbstständigt." Als er dieses Mal näher trat, wich sie nicht vor ihm zurück, wie er zu seiner großen Erleichterung feststellte. An ihrer defensiven Haltung änderte sich allerdings auch nichts. „Es tut mir leid, Lena. Mir ist klar, dass diese Geschichte dein Vertrauen in mich erschüttert haben muss, aber ..."

„Vertrauen?", wiederholte sie so leise, dass es kaum mehr als ein Flüstern war. „Ich weiß nicht mehr, was ich denken soll, Stephen. Was willst du? Geht es dir darum, mir die Farm für dein Hotelprojekt abzukaufen, von dem du so besessen bist? Oder geht es dir um ... mich?"

Stephen wurde klar, dass er im Begriff stand, sie zu verlieren, und Panik stieg in ihm auf. Das durfte nicht geschehen. Er durfte es nicht zulassen! Das bedeutete, dass er nichts mehr zurückhalten durfte. Seine einzige Chance war vollkommene Offenheit – so hart und schmerzhaft es auch sein mochte.

Doch ehe er dazu kam, etwas zu erwidern, mischte Patrick Ansbach sich erneut ein. „Mir reicht es jetzt!" Er hatte ihnen die ganze Zeit über den Rücken zugewandt. Jetzt drehte er sich um und kam auf Lena zu. „Wie lange willst du dir diesen Unsinn noch anhören? Du gehörst hier nicht hin, Lena, begreif das endlich. Ich habe zwei Rückflugtickets nach Berlin in meiner Brieftasche. Was ist jetzt – kommst du?"

Lena schaute ihn an, so als hätte sie einen Wildfremden vor sich. „Du hast also gleich vorgesorgt, ja?" Sie schüttelte den Kopf. „Warst du dir so sicher, dass du mich überzeugen könntest, mit dir zurückzufliegen? Nun, du solltest jetzt wirklich zum Flughafen fahren, Patrick – aber allein, hörst du? Ich werde dich nämlich nicht begleiten."

Er starrte sie an. Ungläubig. Fassungslos. Dann nickte er knapp, eilte die Verandastufen hinunter und stieg in seinen Wagen. Der Motor heulte, und Staub wirbelte auf, als er Gas gab und davonpreschte.

Stephen nahm es kaum wahr. All seine Aufmerksamkeit konzentrierte sich auf Lena.

Die nächsten Minuten würden darüber entscheiden, wie der weitere Verlauf seines Lebens aussehen würde.

Er nahm ihre Hand. „Komm mal mit", sagte er. „Ich möchte dir etwas zeigen."

Stephen führte sie zu dem Strandabschnitt, der die westliche Grenze der Gewürzfarm bildete. Ein himmlischer Ort, voller Ruhe und Frieden. Lena kam hin und wieder her, wenn die Unsicherheit und die Verantwortung schwer auf ihren Schultern lasteten. Das sanfte Rauschen der Brandung und der Wind, der durch die Palmkronen wehte, machten es ihr leichter, damit umzugehen.

Sie war ein bisschen überrascht, als Stephen sich einfach in den warmen Sand setzte. Nach kurzem Zögern tat sie es ihm nach. Sie war gespannt, auf was dies hinauslaufen würde, doch ein Teil von ihr blieb argwöhnisch. Es mochte sein, dass Stephen ihr die Wahrheit gesagt hatte. Aber wie konnte sie sicher sein, dass er nicht nur mit ihren Gefühlen spielte? Er war immer so fixiert darauf gewesen, dieses verdammte Hotel zu bauen …

„Ich war früher oft mit meiner Schwester hier", sagte er mit einem versonnenen Lächeln. Sein Blick war auf den fernen Horizont gerichtet, doch er schien ihn nicht wirklich wahrzunehmen. Es war, als würde er geradewegs in die Vergangenheit blicken. „Rachel. Sie und ich, wir waren die besten Freunde, die man sich vorstellen kann. Ich hätte alles für Rachel getan und sie für mich. Dieser Strand hier war so etwas wie unser Rückzugsort. Ein Platz, zu dem wir gegangen sind, um unter uns zu sein, zu reden, zu schweigen. Für uns war dieser Ort unser privates kleines Paradies." Er machte eine kurze Pause, seine Miene wirkte zärtlich, liebevoll. „Eines Tages fing Rachel an, laut davon zu träumen, hier ein Hotel zu bauen. Eine Zuflucht für alle Menschen, die Ruhe und Frieden suchen."

Lena lehnte den Kopf zurück, schloss die Augen und spürte das sanfte Prickeln der Sonnenstrahlen auf ihrer Haut. „Was ist dann passiert?", fragte sie nach einer Weile.

„Ich hatte einen Freund. Sein Name war Yasin. Rachel verliebte sich in ihn. Sie war damals sechzehn, Yasin und ich achtzehn." Er holte tief Luft und blinzelte. „Ich habe sie ihm anvertraut. Er war mein Freund. Ich wusste, dass er sie gut behandeln, dass er auf sie aufpassen würde. Als dann Gerüchte von Ausschreitungen infolge der ersten Mehrparteienwahlen laut wurden, war Rachel bei Yasin. Ich machte mir keine Gedanken. Bei ihm war meine Schwester in guten Händen, davon war ich fest überzeugt. Mein Freund würde nicht zulassen, dass ihr auch nur ein Haar gekrümmt wurde."

Lena schwieg. Was hätte sie auch sagen sollen? Außerdem wollte sie Stephen nicht unterbrechen.

„Aus den Gerüchten wurde traurige Gewissheit", fuhr er fort. „Blutige Auseinandersetzungen tobten überall. Unsere Eltern wurden unruhig, und auch ich machte mir Sorgen. Wir hatten seit dem frühen Morgen nichts von Rachel gehört. Ich versuchte mir einzureden, dass Yasin und sie irgendwo untergetaucht wären. Dass sie einen sicheren Platz gefunden hätten und darauf warteten, dass die Situation sich beruhigt. Doch mit jeder Stunde, die verstrich, mit jeder Nachricht über noch mehr Tote und Verletzte schwand meine Hoffnung." Plötzlich wandte er ihr den Blick zu und schaute sie direkt an. „Ich hatte Angst", gestand er. „Schreckliche Angst." Er presste die Lider zusammen, wie um die Bilder zu vertreiben, die vor seinem inneren Auge aufblitzten. „Ich machte mich auf die Suche nach ihnen. Unsere Eltern versuchten mich davon abzuhalten, doch mich kümmerte die Gefahr nicht, in die ich mich selbst brachte. Ich konnte immer nur an Rachel denken."

Er machte eine kurze Pause, legte die Hände zusammen, sodass beide Daumen seine Lippen berührten und seine Zeigefinger auf seiner Stirn lagen. „Es dauerte achtundvierzig Stunden, bis ich sie fand. Die ganze Insel befand sich in Aufruhr. Es herrschte Chaos, die Krankenhäuser platzten aus allen Nähten. Ich entdeckte Rachel auf einer Rolltrage auf dem Klinikflur. Sie war nicht ansprechbar." Der Hauch eines Lächelns legte sich auf seine Lippen, erreichte seine Augen jedoch nicht. „Ich griff mir den erstbesten Arzt, den ich finden konnte. Er untersuchte Rachel. Sie hatte eine Kopfverletzung erlitten, außerdem zahllose Prellungen und Abschürfungen. Der Arzt machte mir klar, dass er im Augenblick nichts für sie tun konnte, doch damit wollte ich mich nicht abfinden. Ich nahm sie mit und klapperte sämtliche Krankenhäuser ab. Doch niemand konnte mir etwas anderes sagen." Er räusperte sich angestrengt, bevor er weitersprach. „Rachel wurde nie wieder richtig gesund. Sie lebt, wofür ich im Grunde schon dankbar sein muss, denn viele andere hatten nicht so viel Glück, aber …"

Lena schaute ihn an, und alles, was sie in seinen Augen sah, war absolute Offenheit. Stephen hatte nichts zurückgehalten, nichts geschönt, nichts verändert. Sie wusste, dass er sich schuldig fühlte für das Schicksal seiner Schwester. Dass er glaubte, er hätte das, was mit ihr geschehen war, verhindern können, wenn er nur besser auf sie achtgegeben hätte. Sie selbst war anderer Meinung. Manche Dinge passierten einfach, ohne dass irgendjemand auf der Welt etwas daran ändern konnte. Doch wenigstens verstand sie nun, warum er so versessen darauf war, dieses Hotel zu bauen.

Es war Rachels Traum gewesen. Fast zwanzig Jahre wartete Stephen nun schon darauf, dass er ihn ihr erfüllen konnte.

Sie umfasste sein Gesicht mit beiden Händen, strich sanft mit dem Daumen über seine Wangen, seine Lippen. Kurz flackerte der Gedanke an Andy in ihr auf, doch dieses Mal brachte er keine Bitterkeit, keine Selbstzweifel mit sich. Nur das Wissen, dass er sie geliebt hatte und wollen würde, dass sie glücklich war.

Als Stephen sie küsste, war es, als würde endlich etwas in ihr

Frieden finden. Sie schlang die Arme um seinen Hals und genoss das warme Gefühl, das es in ihr auslöste, bei ihm zu sein.

Wärme. Sicherheit. Liebe.

Ganz gleich, was die Zukunft auch bringen mochte – sie wusste, dass sie auf ihn vertrauen konnte.

Im Schein einer Kerze saß Lena spät am Abend in ihrem Zimmer, ihren alten Füllfederhalter in der Hand, ein Bogen Briefpapier vor sich auf dem Tisch. Der Strom war wieder einmal ausgefallen, doch das machte ihr nichts. Für das, was sie vorhatte, brauchte sie keine Elektrizität.

Lieber Andy, lieber Krümel,
ich danke euch für all das Licht und die Liebe, die ihr in mein Leben gebracht habt. Leider war mir nur eine viel zu kurze Zeit mit euch vergönnt. Es gibt noch so vieles, das ich euch gern sagen würde. Doch ich bin sicher, dass wir uns eines schönen Tages wiedersehen werden. Bis dahin aber werdet ihr für immer einen Platz in meinem Herzen innehaben.

Es hat lange gedauert, bis ich begriffen habe, dass ich keinen Verrat an euch begehe, wenn ich dieses Herz noch mit einem weiteren Menschen teile. Stephen ist ein guter Mann, Andy. Er wird für mich sorgen und mich beschützen, so wie du es getan hättest.

Euch zu verlieren, hat mich unglaublich traurig gemacht. So traurig, dass ich glaubte, nie wieder auch nur ein Fünkchen Glück empfinden zu können. Inzwischen weiß ich, dass ich mich getäuscht habe. Und anstelle von Trauer empfinde ich nun Freude darüber, einen Teil meines Lebens mit euch verbracht haben zu dürfen.

Ich werde euch niemals vergessen.

In Liebe, Lena

Lena legte den Stift beiseite. Ein Lächeln umspielte ihre Lippen. Stephen und sie waren noch bis Sonnenuntergang am Strand geblieben. Sie hatten geredet, gelacht und geweint. Dann war er nach Hause gefahren, um mit Roz McFarlane und Aziz el-Fahal die letzten Details für die morgen stattfindende Hochzeit abzusprechen. Er hatte Lena angeboten, alles abzusagen – um ihretwillen. Damit sie sah, dass sie ihm vertrauen konnte. Dass es ihm ernst mit ihr war. Doch das wollte sie nicht. Das Glück zweier Menschen stand auf dem Spiel. Und nun, da sie wusste, was wirklich hinter den Hochzeitsvorbereitungen steckte, machte es ihr nichts aus, obwohl sie sich schon jetzt wieder nach Stephen sehnte, der gerade einmal seit etwas mehr als zwei Stunden fort war.

Es tat ihr in der Seele weh, nicht zu wissen, wie sie ihn dabei unterstützen konnte, den Traum seiner Schwester zu erfüllen. Natürlich kam es für sie nach wie vor nicht infrage, die Spice-Farm zu verkaufen. Es ging nicht nur um das Land, das sie zu lieben und zu schätzen gelernt hatte, sondern auch um die Menschen, die hier lebten. Doch da Stephen, indem er Roz McFarlane und ihrem Verlobten half, seinen Geldgeber verlieren würde, stand eine kurzfristige Lösung ohnehin nicht zur Debatte.

Mit der Zeit würde sich schon ein Weg finden, alles unter einen Hut zu bringen.

Wenn das wirklich so einfach ist, warum ist es Stephen dann in den vergangenen zwanzig Jahren nicht gelungen?

Als es an der Tür klopfte, faltete Lena den Brief, den sie soeben geschrieben hatte, zusammen, ehe sie „Herein!" rief.

Es war Aaliyah, einen Kerzenhalter in der Hand. Hinter ihr, im dunklen Korridor, stand Fadhil. „Dürfen wir kurz hereinkommen?"

Lena lächelte. „Natürlich", sagte sie und bot den beiden einen Platz in ihrem kleinen, aber gemütlichen Wohnzimmer an, nachdem sie Kater Krümel von seinem Stammplatz verscheucht hatte. „Was habt ihr auf dem Herzen?"

„Nun ..." Aaliyah wirkte ein wenig unbehaglich, und ihr Mann rutschte unruhig auf einem Sessel herum. „Fadhil hat da eine Idee, wie es vielleicht gelingen könnte, das Hotel, das

Mr Alistair bauen möchte, und die Farm friedlich Seite an Seite existieren zu lassen."

Gespannt horchte Lena auf. „Im Ernst? Erzählen Sie mir davon, Fadhil."

„Also, wir führen ja bereits Besichtigungen für Touristen durch. Die meisten dieser *Spice Tours* werden über Hotels gebucht, die ihren Gästen abwechslungsreiche Unterhaltung bieten möchten. Daher dachte ich ... warum kombinieren wir nicht direkt beides? Eine Spice-Farm auf dem Gelände eines Hotels gibt es meines Wissens auf Sansibar bisher nicht." Er schaute Lena fragend an. „Was meinen Sie? Könnte das nicht funktionieren?"

Nachdenklich blickte Lena einen Moment lang ins Leere. Könnte es funktionieren? War es möglich, dass die Lösung so nahelag, so einfach war?

Dann sprang sie auf, lief ins Schlafzimmer. Dort nahm sie ihr Handy vom Nachttisch und lief zurück in den Wohnraum. Sie wählte Stephens Nummer, ohne darauf zu achten, dass Fadhil und Aaliyah sich ratlose Blicke zuwarfen. Als er sich meldete, durchzuckte sie die Sehnsucht wie ein Blitz, doch dafür war jetzt keine Zeit.

„Stephen, hör zu", stieß sie aufgeregt hervor. „Ich glaube, Fadhil und Aaliyah haben tatsächlich einen Weg gefunden!"

„Einen Weg?", hörte sie ihn am anderen Ende der Leitung irritiert fragen. „Wofür?"

„Für Rachel", sagte sie mit einem Lächeln. „Für Rachel."

EPILOG

Unzählige Sterne glitzerten am nachtschwarzen Himmel. Die Luft war trotz der späten Stunde noch sehr warm, doch der leichte Wind, der vom Meer her wehte, machte die drückende Hitze erträglich.

Das Rauschen der Brandung erfüllte die Luft, durchbrochen vom Rufen der Buschbabys, untermalt vom Zirpen der Grillen. Die Geräusche der Nacht, die für Lena nach nunmehr knapp zehn Monaten auf Sansibar so selbstverständlich waren wie früher der Verkehrslärm in Berlin. Schon seltsam, wie das Leben manchmal so spielte.

Im silbernen Mondschein konnte sie in einiger Entfernung die Baustelle des Hotels sehen. Der Bau war noch nicht weit fortgeschritten, die Arbeiten hatten erst im vergangenen Monat begonnen, doch es ließen sich bereits erste Grundzüge erkennen. Und Lena, der Stephen das Modell des Architekten als Erster gezeigt hatte, wusste, dass es atemberaubend schön werden würde, eingebettet in die Natur, ohne ihre einzigartige Pracht zu zerstören.

Um die Finanzierung zu stemmen, hatte Stephen sich entschlossen, ein anderes seiner Hotels zu verkaufen. Es war für einen guten Preis an einen ausländischen Investor gegangen. Dieser war sogar einverstanden gewesen, vertraglich festzuhalten, dass sämtliche Angestellte des Objekts für mindestens zwei Jahre weiterbeschäftigt wurden.

Roz zuliebe, mit der sie inzwischen eng befreundet war, hatte Lena darauf verzichtet, ihren Vater wegen seiner nicht ganz legalen Versuche, sie von der Plantage zu vertreiben, zu belangen. Collin McFarlane hatte sich nach einem ausgeprägten Tobsuchtsanfall wohl damit abgefunden, dass seine Tochter einen seiner Angestellten liebte.

Stephen lebte offiziell immer noch in seiner Strandvilla, doch die meiste Zeit verbrachte er inzwischen bei Lena auf der Spice-Farm. Ebenso wie Rachel, die zusammen mit Ngabile im Erdgeschoss des Hauses einzogen war.

Es hatte sie alle überrascht, zu erleben, wie Stephens Schwester nach beinahe zwanzig Jahren der Stagnation plötzlich begann, zaghafte Fortschritte zu machen. Kleinigkeiten nur, sicherlich. Doch jedes winzige Lächeln, jede noch so kleine Reaktion zeigte Stephen, dass seine Schwester noch immer lebte. Und dass sie glücklich war.

Begeistert hatte er Fadhils Idee der Spice-Touren aufgenommen. Diese fanden auch weiterhin statt, doch in Zukunft würde die Farm von der Nähe des Hotels sicherlich noch mehr profitieren – ebenso wie das Hotel von einem Zusatzangebot, das sonst kein Konkurrenzunternehmen im Programm hatte.

Dank der Trinkgelder, die die Farmarbeiter bei den Touren verdienten, hatten es die meisten zu bescheidenem Wohlstand gebracht.

Mindestens ebenso erfolgreich gestaltete sich die Zusammenarbeit mit Herrn Behrent, der schon einige seiner Kollegen aus anderen Städten auf das Angebot der Spice-Farm aufmerksam gemacht hatte.

Und dank Lenas Unterricht beherrschten fast alle, die irgendwie mit der Farm zu tun hatten, inzwischen zumindest grob das Lesen und Schreiben.

Mit einem leisen Seufzen blickte Lena aufs Wasser hinaus, in dem sich der Sternenhimmel spiegelte. So vieles war geschehen, seit sie nach Sansibar gekommen war. Manches davon war unschön, aber wenn sie zurückblickte, rückte das in den Hintergrund und machte Platz für herrliche Erlebnisse und wunderbare Menschen.

Sie war ursprünglich angereist, um das Buch, an dem Andy kurz vor seinem Tod gearbeitet hatte, zu Ende zu bringen – und genau das hatte sie nun getan. Es war nicht immer leicht gewesen. Nein, ganz gewiss nicht. Und es hatte viele Erinnerungen wachgerufen, von denen viele schön, manche schmerzhaft gewesen waren. Ob sie das Buch jemals veröffentlichen würde? Manchmal fragte sie sich das selbst. Doch das war im Grunde nicht wichtig. Sie hatte es für Andy getan, und für sich selbst.

Und nun, da sie damit abgeschlossen hatte, konnte sie leichten Herzens in die Zukunft blicken.

Eine Zukunft, die sie gemeinsam mit Stephen verbringen würde.

Er hatte sie vor ein paar Wochen gebeten, ihn zu heiraten, und sie hatte Ja gesagt. Für sie gab es keinen Zweifel, dass es die richtige Entscheidung war. Sie liebte Stephen, und er liebte sie. Was sollte falsch daran sein, ihrer Liebe einen offiziellen Rahmen zu verleihen?

Morgen sollte es so weit sein. Oder vielmehr heute, denn als Lena sich aus dem Haus geschlichen hatte, war es schon nach Mitternacht gewesen. Leise hatte sie die Schlafzimmertür hinter sich geschlossen und war lautlos die Treppe hinuntergehuscht. Dann hatte sie aus dem Küchenschrank etwas geholt, das sie schon vor ein paar Tagen genau für diese Nacht vorbereitet hatte.

Den Brief, den sie vor ein paar Monaten an Andy und ihr ungeborenes Kind geschrieben hatte. Zu einem schmalen Röhrchen gerollt, hatte sie ihn in eine Glasflasche gesteckt und diese mit einem Korken verschlossen. Damit trat sie nun in die Brandung, blieb einen Moment lang still im Mondlicht stehen und fühlte, wie die Strömung den Sand unter ihren baren Füßen fortzog, hinaus aufs offene Meer. Dann holte sie aus und schleuderte die Flasche, so weit sie konnte, davon. Im hohen Bogen flog sie durch die Luft und traf schließlich mit einem dumpfen Platschen auf die Wasseroberfläche.

Kurz sah es so aus, als würde sie versinken, doch nach einer Sekunde tauchte der Flaschenhals wieder aus den Fluten auf, und die Flasche dümpelte, von der Strömung erfasst, in Richtung Horizont.

Lena blieb so lange stehen, bis die Flaschenpost aus ihrem Blickfeld verschwand. Dann drehte sie sich um und ging langsam zum Haus zurück.

Zurück zu dem Mann, den sie liebte.

Sie dachte daran, was sie in dem Brief, der nun im Indischen Ozean trieb, geschrieben hatte.

Anstelle von Trauer empfinde ich nun Freude darüber, einen Teil meines Lebens mit euch verbracht haben zu dürfen – ich werde euch niemals vergessen.

Das stimmte, und sie empfand es heute noch genauso wie an jenem Tag, als sie es zu Papier gebracht hatte. Doch nun würde ein neuer Abschnitt ihres Lebens beginnen. Eines Lebens, das sie gemeinsam mit Stephen verbringen wollte.Fast glaubte sie, Andys Stimme zu hören, die ihr gut zuredete. Er hatte immer nur eines gewollt – sie glücklich zu machen. Und deshalb zweifelte Lena auch nicht daran, dass er und ihr gemeinsames Kind für immer als Schutzengel vom Himmel aus über ihr Glück wachen würden.

– ENDE –

Lesen Sie auch:

Danielle Stevens

Das Geheimnis der Maori-Frau

Band-Nr. 25644
8,99 € (D)
ISBN: 978-3-86278-499-8

WELCOME TO AORAKAU VALLEY – HAERE MAI!
Du bist eingeladen, deinen Ärger, deine Unzufriedenheit und deine Fragen mitzubringen. Aber wenn du gehst, nimm Frieden, Gelassenheit und Freundschaft mit.

Shelly Makepeace runzelte die Stirn, als sie den Text im Vorbeifahren las. Dass diese bekannte Maoriweisheit ausgerechnet auf dem Schild stand, das die Besucher von Aorakau Valley begrüßen sollte, erschien ihr wie eine spöttische Fügung des Schicksals. Denn wenn es zwei Worte gab, die ihr Dasein im Augenblick wirklich treffend charakterisierten, dann waren es Ärger und Unzufriedenheit. Und auch an Fragen mangelte es ihr nicht.

Quälende, bohrende Fragen darüber, wie es weitergehen sollte. Ob sie wirklich das Richtige tat und warum ausgerechnet *ihr* Leben von einem Tag auf den anderen in solche Turbulenzen hatte geraten müssen.

Seufzend strich sie sich eine widerspenstige Strähne ihres rotblonden Haares zurück hinters Ohr. Wenn sie sich bloß nicht so entsetzlich müde und erschöpft fühlen würde …

Während des fast zwanzigstündigen Flugs von Los Angeles nach Christchurch war sie zwar hin und wieder kurz eingenickt, allerdings ohne wirklich erholsamen Schlaf zu finden. Sie hasste einfach die Vorstellung, sich Tausende von Meilen über dem Erdboden zu befinden. Allein der Gedanke daran verhinderte, dass sie sich entspannen konnte, und sie war froh gewesen, nach der Landung endlich wieder festen Boden unter den Füßen zu spüren.

Doch da hatte der Stress erst richtig begonnen.

Bei der Einreise erschnüffelte ein freundlich schwanzwedelnder Zoll-Spürhund einen Apfel in der Umhängetasche ihrer vierzehnjährigen Tochter Kimberley. Und Will, fünf Jahre jünger als seine Schwester, hatte die Orange, die im Flugzeug als Zwischenmahlzeit gereicht worden war, nicht etwa gegessen, sondern kurzerhand in seinen Rucksack gestopft.

Da schon während des Flugs bei der Ausgabe der Zollformulare darauf hingewiesen worden war, dass die Einfuhr von

Lebensmitteln nach Neuseeland streng untersagt war, wurde mit diesen „verbotenen Früchten“ ebenso kurzer Prozess gemacht wie mit der Banane einer jungen Französin und dem Sandwich einer Koreanerin. Alles Essbare wurde vom Zoll konfisziert, in Folie verpackt und in einem großen Container deponiert, während die ehemaligen Besitzer gleich an Ort und Stelle eine Strafe von zweihundert Neuseelanddollar pro Verstoß bezahlen durften.

„Sparen Sie sich die Mühe“, hatte ihr eine etwas schadenfroh lächelnde Mitreisende geraten, als Shelly protestieren wollte. „Am Ende hat noch jeder den Paradies-Dollar gezahlt. Vertrauen Sie mir, ich kann ein Lied davon singen.“

Mit einer deutlich zusammengeschrumpften Reisekasse waren Shelly und ihre Kinder nach der Prozedur zum Schalter der Autovermietung gegangen, um ihren reservierten Kleinwagen abzuholen, und nun befanden sie sich bereits seit mehr als sechseinhalb Stunden auf dem Weg nach Aorakau, einem winzig kleinen Fleckchen am südlichen Ende der Landkarte von Neuseeland, etwa auf halber Strecke zwischen Oamaru und Invercargill.

Shelly wischte sich über die Augen, die vor Erschöpfung brannten. Jeder einzelne Knochen, jeder Muskel in ihrem Körper schmerzte, und hinter ihren Schläfen hämmerte es dumpf. Aber jetzt war es ja zum Glück nicht mehr weit. Die letzten Meilen würde sie auch noch durchstehen, und danach … Ihr Mietwagen erklomm auf der einsamen Landstraße die Kuppe eines sanft ansteigenden Hügels, und Shelly stockte der Atem.

Für einen Moment fühlte sie sich zurückversetzt in ihre Kindheit. Zu jenen Tagen, in denen sie auf dem Schoß ihres Großvaters gesessen und mit großen Augen staunend den Legenden von *Aotearoa* – dem Land der langen weißen Wolke, wie die Maori Neuseeland nannten – gelauscht hatte.

Das war es also, das Land ihrer Vorfahren.

Wie von grünem Samt überzogen wirkte der weite Talkessel von Aorakau Valley, der sich wie ein Kelch zur Küste hin öffnete. An den Flanken der schneebedeckten Bergrücken erhoben sich mächtige Kauri- und Ratabäume, deren von roten Blüten gefärbte Kronen schon aus der Entfernung deutlich zu erkennen waren. Und über allem spannte sich der atemberaubend blaue Himmel, an dem sich gewaltige weiße Wolkenberge auftürmten.

Ein Gefühl von Ehrfurcht stieg in Shelly auf, das sie kaum in Worte fassen konnte. Zum ersten Mal, seit sie in Neuseeland angekommen waren, spürte sie so etwas wie eine Verbundenheit mit diesem Land, das sie bislang nur aus Erzählungen gekannt hatte. Für einen Moment vergaß sie all ihre Sorgen und Probleme. Die quälenden Zweifel fielen von ihr ab, und sie fühlte sich einfach nur frei.

„Kim, Will! Schaut nur, wie …“ Sie verstummte, als sie in den Rückspiegel blickte und bemerkte, dass ihre Tochter mit ihrem heiß geliebten Handy auf dem Schoß eingenickt war. Ihr rabenschwarz gefärbtes Haar umrahmte das entspannte Gesicht, die mit dunklem Kajal umrandeten Augen waren geschlossen. Hinter den leicht geöffneten, dunkelrot-violett geschminkten Lippen schimmerten perlweiße Zähne.

Erst jetzt fiel ihr auf, wie herrlich still es plötzlich im Wagen war. Kim sah im Schlaf so friedlich aus, dass Shelly für einen Augenblick fast vergaß, wie schwierig sich der Umgang mit ihr in letzter Zeit gestaltete. Vor allem seit die Entscheidung im Raum gestanden hatte, Kalifornien zu verlassen und in Neuseeland noch einmal ganz von vorne anzufangen.

„Auf keinen Fall!“, war Kims wütende Reaktion gewesen. „Ich komme nicht mit, niemals! Und du kannst mich nicht dazu zwingen!“

Am Ende hatte sie sich dann aber doch dem Willen ihrer Mutter beugen müssen. Das bedeutete allerdings nicht, dass sie ihr die Sache einfach machte. Ganz im Gegenteil: Nach zwei Tagen vorwurfsvollen Schweigens war Kim zu einer anderen Strategie übergangen, und die bestand darin, möglichst jedem in ihrer näheren Umgebung das Leben zur Hölle zu machen.

Was sie selbst betraf, so konnte Shelly damit umgehen. Wenn sie eines als Mutter eines Teenagers inzwischen gelernt hatte, dann, dass es am besten war, solche Phasen einfach auszusitzen. Es tat ihr nur leid, dass auch Will unter den Launen seiner Schwester leiden musste.

Ach, Will …

Im Gegensatz zu Kim war der Neunjährige manchmal beinahe schon zu unkompliziert. Er war ruhig und beschwerte sich eigentlich nie. Seit er lesen konnte, sah man ihn meist mit einem Buch in der Hand still in einer Ecke sitzen. Auch jetzt war er, die Stirn leicht gerunzelt, in die Lektüre eines dicken Wälzers versunken.

Shelly war erst ein bisschen erschrocken gewesen, als sie auf dem Flug nach Christchurch feststellte, dass es sich um *Die Geschichte der Feuerwehr vom alten Rom bis in die Gegenwart* handelte – ein Buch, das Will sich, wie sie wusste, vor einigen Wochen aus der Schulbibliothek ausgeliehen und ganz offensichtlich nicht zurückgebracht hatte.

Noch eine Sache, um die sie sich kümmern musste. Als hätte sie nicht auch so schon genug um die Ohren! Inzwischen verstand sie die Aufregung aber selbst schon gar nicht mehr. Sie würde das Buch einfach mit der Post zurückschicken, sobald sie in Aorakau angekommen waren. Das war nun wirklich das kleinste ihrer Probleme. Nach allem, was in letzter Zeit vorgefallen war …

„Wir sind bald da“, sagte sie leise, um Kim nicht zu wecken.

Will nickte, ohne aufzublicken. Er nahm den ganzen Stress der vergangenen Tage mit bewundernswerter Gelassenheit hin. Und der Abschied von Los Angeles schien ihm keine besonderen Schwierigkeiten zu bereiten. Für ihn war das „Projekt Auswanderung“ vermutlich ein einziges großes Abenteuer.

„Mom, pass auf!“, schrie er in diesem Moment.

Wills Warnruf ließ Shelly zusammenschrecken. Sie nahm den Blick vom Rückspiegel, sah die Schafe, die dösend nur ein paar Meter vor ihr auf der Straße in der Sonne lagen, und riss instinktiv das Lenkrad herum. Es gelang ihr, den Tieren gerade noch auszuweichen, doch als sie die Bremse durchtrat, verlor sie endgültig die Kontrolle über ihren Wagen.

„Festhalten!“, schrie sie, dann schossen sie auch schon rumpelnd über die Straßenbegrenzung hinweg und landeten mit einem heftigen Ruck im Straßengraben.

Shelly ächzte, als ihr der Sicherheitsgurt die Luft aus den Lungen presste. Im nächsten Moment flammten sämtliche Warn- und Hinweisleuchten auf dem Armaturenbrett des Mietwagens auf.

„Verdammt!", stieß sie mit zittriger Stimme hervor. Dann löste sie hastig ihren Sicherheitsgurt und drehte sich besorgt zu ihren Kindern um.

„Will? Kim? Alles okay bei euch?"

„Verdammt, was war denn das?" Kimberly brauchte ganz offensichtlich einen Moment, um sich vom ersten Schock zu erholen. Ihr Gesicht war kalkweiß, sie rang nach Atem. Doch dann, als Shelly schon anfing, sich ernsthaft Sorgen zu machen, zog sie die Brauen zusammen und fing an zu schimpfen. „Na toll, du hast einen Unfall gebaut, Mom! Das wäre alles nicht passiert, wenn du auf mich gehört hättest und wir in L. A. geblieben wären!"

Shelly atmete erleichtert auf. Dem Tonfall nach zu urteilen, ging es ihrer Tochter gut, und auch Will schien mit dem Schrecken davongekommen zu sein.

Er ließ das Seitenfenster herunter und löste den Sicherheitsgurt. Anschließend kniete er sich auf den Rücksitz und schaute zum Fenster hinaus. „Wow!", kommentierte er fast begeistert. „Wir stecken mit dem Wagen im Straßengraben fest! Das ist ja so was von cool!"

„Was soll denn daran cool sein, du Vollidiot?", zischte seine Schwester. „Du bist echt bescheuert!"

„Sofort aufhören!", beendete Shelly das Wortgefecht zwischen den Geschwistern, noch ehe es richtig beginnen konnte. Das Hämmern in ihrem Kopf nahm wieder zu, und sie massierte sich mit den Fingern die Schläfen. „Streit hilft uns jetzt auch nicht weiter." Sie stieg aus dem Wagen, kletterte die niedrige Böschung hinauf und schaute sich um. So weit das Auge reichte, nur endlose Hügel, Wiesen und Felder. Die einzigen Lebewesen in ihrer unmittelbaren Umgebung waren Schafe – davon gab es allerdings viele. Nur dass ihr das leider nicht weiterhalf.

Was für eine Ironie des Schicksals! In Los Angeles war ihr das ständige Verkehrschaos meistens auf die Nerven gegangen; jetzt hätte sie ihr letztes Hemd dafür gegeben, auch nur ein einziges anderes Auto zu sehen.

Sie kehrte zu Will und Kim zurück. „Wir werden uns irgendwie selbst behelfen müssen. Es sieht nicht so aus, als ob hier allzu häufig jemand vorbeikommt."

Störrisch verschränkte Kim die Arme vor der Brust. „Mir doch egal. Ich war sowieso dagegen, dass wir hierherkommen. Das hast du jetzt davon!"

„Kim, bitte!"

„Ich steige aus und schiebe", erklärte Will und öffnete die Hintertür. Sie klemmte leicht, sodass er sich mit der Schulter dagegenstemmen musste, um sie ganz aufzubekommen.

„Du?" Kim bedachte ihn mit einem abfälligen Blick. „Das schaffst du nie! Du bist doch noch ein *Kind*!"

„Wenn Mom den Motor zum Laufen bekommt und du mir beim Schieben hilfst, klappt es vielleicht", entgegnete Will, ohne auf die Stichelei seiner Schwester einzugehen, die auf Streit aus war.

„Ich?" Sie schüttelte den Kopf. „Mich hat niemand nach meiner Meinung gefragt, als es plötzlich hieß, dass wir nach Neuseeland auswandern. Ich wurde einfach in ein Flugzeug geschleppt und hierher verfrachtet. Jetzt seht auch selbst zu, wie ihr aus dem Schlamassel wieder rauskommt!"

„Kim, es reicht jetzt, okay?" Shelly seufzte. Auf eine Art konnte sie ihre Tochter sogar irgendwie verstehen. Kim hatte im Grunde überhaupt keine Chance gehabt, sich an den Gedanken zu gewöhnen, Kalifornien zu verlassen. Doch auch Shelly war diese Entscheidung nicht leichtgefallen. Sie hatte ihre geliebte Arbeit als Tierärztin aufgeben und ihre Freunde und Bekannten in L. A. zurücklassen müssen. Sie kannte in Neuseeland doch auch keinen Menschen!

Aber wäre sie geblieben, hätte sie jeden Tag mit der Angst leben müssen, dass ihr zukünftiger Exmann plötzlich vor der Tür stehen und seine Drohungen wahr machen würde. Doch darüber konnte und wollte sie mit ihren Kindern nicht reden. Von daher war es nur natürlich, dass sie nicht verstanden, warum ihre Mutter sie einfach so von einem Tag auf den anderen aus ihrem gewohnten Umfeld riss.

Adrian … Noch immer konnte sie nicht fassen, was der Mann, der einmal ihre große Liebe gewesen war, ihr angetan hatte.

Ihr und ihren gemeinsamen Kindern …

„Jetzt geh und hilf deinem Bruder!", forderte sie ihre Tochter auf, doch Kim reagierte lediglich mit einem Schulterzucken.

Kopfschüttelnd drehte Shelly den Zündschlüssel herum. Der Motor röchelte kurz, erstarb aber sofort wieder. Ihr brach der kalte Schweiß aus. Hoffentlich war bei dem Aufprall im Straßengraben nichts an der Mechanik des Wagens beschädigt worden. Sie wusste genau, dass sie niemals in der Lage sein würde, auch nur den kleinsten Fehler zu beheben. Um solche Dinge hatte sich Adrian immer gekümmert. Und wenn der mal nicht weiterwusste, war das Auto eben kurzerhand in die Werkstatt gegeben worden.

Bitte spring an! Lass mich jetzt nicht im Stich!

Beim zweiten Versuch gab sie während des Anlassens ein wenig Gas. Der Wagen heulte kurz auf, dann lief der Motor sanft schnurrend wie ein junges Kätzchen.

„Wenn du keine Lust hast, die kommende Nacht hier draußen im Nirgendwo zu verbringen, solltest du jetzt aussteigen und deinem Bruder beim Schieben helfen, junge Dame", wandte sie sich erneut an Kim.

Die Aussicht auf eine Nacht unter freiem Himmel schien zu wirken. Die Vierzehnjährige zögerte kurz und wog die Alternativen gegeneinander ab. Schlussendlich kam sie dabei anscheinend zu dem Ergebnis, dass es das kleinere Übel war, der Bitte ihrer Mutter Folge zu leisten. Auch wenn das natürlich nicht ohne weiteres Maulen und Nörgeln vonstattenging.

„Seid ihr so weit?"

Kim und Will standen vor dem Wagen, die Hände auf die Motorhaube gestützt. „Alles klar, Mom", rief Will. „Versuch mal, ein bisschen Gas zu geben."

Ein Lächeln huschte über Shellys Gesicht. Obwohl er erst neun Jahre alt war, schien Will ganz automatisch die Männerrolle in der Familie übernommen zu haben. Er redete genauso wie sein Dad früher, damals, in glücklicheren Zeiten …

Rasch verscheuchte sie den Gedanken an Adrian. Er war nicht mehr Teil ihres Lebens, und er würde es nie wieder sein. Sie wäre niemals in der Lage, mit einem Verbrecher zusammenzuleben.

Ja, ein Verbrecher – nichts anderes war er. Als sie die Wahrheit durch einen dummen Zufall aufgedeckt hatte, war es ein schrecklicher Schock für sie gewesen. Sie hatte sich nicht leicht mit der Entscheidung getan, ihren Ehemann – den Vater ihrer Kinder – bei der Polizei anzuzeigen. Doch am Ende war ihr klar geworden, dass ihr gar keine Wahl blieb …

Sie atmete noch einmal tief durch, legte den Rückwärtsgang ein und drückte vorsichtig das Gaspedal herunter, während ihre rechte Hand über der Handbremse schwebte, jederzeit bereit, sie im Notfall anzuziehen.

Doch ihre Befürchtung, der Wagen könnte ins Rutschen geraten und ihre Kinder überrollen, erwies sich als völlig unbegründet. Obwohl Kim und Will mit aller Kraft schoben, rührte sich das Fahrzeug keinen Millimeter. Und je mehr Gas Shelly gab, desto tiefer schienen sich die Räder in den weichen Grasboden zu graben.

Es war zum Verzweifeln.

„Das hat keinen Sinn“, verkündete sie nach dem dritten erfolglosen Versuch schließlich, machte den Motor aus und stieg aus dem Wagen. „Auf diese Weise kommen wir nie hier raus. Wir müssen uns etwas anderes einfallen lassen.“

Wütend funkelte Kim sie an. „Wirklich toll, Mom! Ich könnte jetzt mit meinen Freunden im Hancock Park in der Sonne sitzen und …“

„Es reicht jetzt, junge Dame!“, fiel Shelly ihr ins Wort. „Ich habe deine ständigen Nörgeleien endgültig satt. Du bist meine Tochter, und deshalb wirst du gefälligst genau das tun, was ich dir sage, verstanden?“

Sprachlos starrte Kim sie an, doch ihre Überraschung währte nicht lange. Schon holte sie Luft, um zu einem wütenden Protest anzusetzen, als Will, der inzwischen die Böschung hinaufgeklettert war, plötzlich rief: „Leute, hört auf zu streiten! Da kommt ein Wagen!"

„Vielen Dank, Mister", sagte Shelly, als ihr Mietwagen knapp eine halbe Stunde später wieder auf der Straße stand. „Ich wüsste wirklich nicht, was wir ohne Ihre Hilfe gemacht hätten."

„Ach was, das war doch nicht der Rede wert." Der Mann – Shelly schätzte ihn auf Mitte bis Ende fünfzig – löste das Abschleppseil von der Stoßstange seines Pick-ups, mit dem er den Mietwagen aus dem Graben gezogen hatte, und warf es auf die Ladefläche. Mit seinen verwaschenen Jeans, dem karierten Baumwollhemd und seinem grau melierten Bart sah er genauso aus, wie Shelly sich immer einen neuseeländischen Schaffarmer vorgestellt hatte. Jetzt hakte er den Daumen unter seine Hosenträger und musterte Shelly neugierig.

„Sie sind nicht von hier."

„O Gott, merkt man das so deutlich?", erwiderte Shelly lächelnd. „Aber Sie haben natürlich recht, wir sind gerade vor ein paar Stunden aus dem Flieger gestiegen. Wir kommen aus den USA."

„Sind sicher ganz schön kaputt, Ihre beiden." Er nickte in Richtung Kim und Will, die ausnahmsweise einmal still und friedlich neben dem Mietwagen standen.

Shelly war überrascht gewesen, dass ihre Tochter den klaren und direkten Anweisungen eines völlig Fremden ohne jeden Protest gefolgt war. Die ganze Zeit war nicht ein Wort der Klage über ihre Lippen gekommen. Shelly erschien es beinahe wie ein Wunder.

„Ja, wir sind alle ziemlich am Ende, daher sollten wir wohl besser zusehen, dass wir weiterkommen." Sie zückte ihre Geldbörse. „Was bekommen Sie für Ihre Hilfe, Mister?"

Man konnte förmlich mit ansehen, wie sich die Miene ihres

Helfers verfinsterte, und Shelly wurde klar, dass sie einen Fehler begangen hatte. „Ich weiß nicht, wie das bei Ihnen in den Staaten ist“, bemerkte der Mann kühl. „Aber hier bei uns hilft man sich gegenseitig, wenn jemand in Schwierigkeiten ist.“

Shelly spürte, wie ihr das Blut ins Gesicht schoss. „Entschuldigen Sie bitte, ich wollte Ihnen keineswegs zu nahe treten. Vielen Dank noch einmal für Ihre Hilfe. Sie waren wirklich unser rettender Engel.“

„Wohin geht es denn von hier aus?“, fragte ihr Helfer, der wieder ein wenig besänftigt wirkte. „Bis nach Invercargill ist es noch ein ganzes Stück, und …“

„Nein, nein, wir sind schon fast am Ziel. Ich habe die Schaffarm meines Großvaters geerbt. Ach, wie unhöflich von mir, ich habe mich ja gar nicht vorgestellt: Mein Name ist Shelly Makepeace, und das sind meine Tochter Kim und mein Sohn Will.“

„Bob Reardon.“ Der Schaffarmer hob eine Braue. „Sagten Sie Makepeace? Wie Ben Makepeace?“

Shelly nickte mit einem traurigen Lächeln. „Ja, Ben Makepeace war mein Großvater. Er hat Neuseeland vor vielen Jahren verlassen, seine Farm aber wohl nie verkauft.“ Sie zuckte mit den Schultern. „Tja, und nun gehört sie mir.“

War das Skepsis, die sich in Reardons Miene abzeichnete? Wenn dem so war, dann hatte er sich sehr schnell wieder im Griff.

„Und was ist mit dem Vater der Kinder? Kommt der später nach?“

Rasch schüttelte Shelly den Kopf. „Nein, nein, ich … Wir haben uns getrennt. Er wird nicht hier bei uns leben.“

Nicht zum ersten Mal, seit diese unselige Geschichte ihren Lauf genommen hatte, war Shelly froh darüber, ihren Mädchennamen bei der Hochzeit mit Adrian beibehalten zu haben. Seinen Nachnamen – Shelley – anzunehmen, war für sie aufgrund der Ähnlichkeit zu ihrem Vornamen nie infrage gekommen, daher hatte sich Adrian für einen Doppelnamen – Shelley-Makepeace – entschieden. Kim und Will führten offiziell den Familiennamen ihrer Mutter. Somit würde man sie in Aorakau vermutlich automatisch für eine Alleinerziehende halten und keine allzu neugierigen Fragen nach dem Vater der Kinder stellen.

Auch Mr Reardon gab sich mit ihrer Antwort zufrieden. „Na, dann wünsche ich Ihnen alles Gute." Er tippte mit dem Zeigefinger an den Schirm seiner Baseballkappe. „Man sieht sich."

Er stieg in seinen Wagen, winkte den Kindern noch einmal knapp zu und fuhr dann in Richtung Aorakau weiter.

Shelly blickte ihm noch eine Weile nach und klatschte schließlich in die Hände. „So, Herrschaften, es kann weitergehen. Steigt ein, wenn wir uns beeilen, können wir in zwanzig Minuten am Ziel sein."

„Und wenn ich nicht will?" Reardon war kaum fort, schon kam Kims rebellische Ader wieder zum Vorschein.

Shelly schüttelte den Kopf. „Kim, bitte, ich …" In diesem Moment wurde ihr klar, wo der Unterschied zwischen dem Schaffarmer und ihr lag, und sie korrigierte sich. „Deine Entscheidung", sagte sie nüchtern. „Aber wer nicht in zwei Minuten im Wagen sitzt, muss den Rest der Strecke wohl zu Fuß zurücklegen."

Ihre Tochter starrte sie ungläubig an. „Das würdest du nicht tun!"

„Ich würde mein Glück an deiner Stelle nicht herausfordern …"

Keine fünf Minuten später saßen sie alle wieder auf ihren Plätzen, und die Fahrt konnte weitergehen. Kim schmollte zwar, beschwerte sich aber nicht mehr.

Shelly schämte sich fast ein bisschen dafür, aber sie musste zugeben, dass sie das Schweigen ihrer Tochter zur Abwechslung einmal recht erholsam fand.

Das Farmhaus sah vollkommen anders aus, als Shelly es sich vorgestellt hatte. Um das imposante Natursteingebäude eines Schafbarons, wie man es hin und wieder in romantischen Fernsehfilmen gezeigt bekam, handelte es sich definitiv nicht. Aber auch von dem anderen Extrem – einem schäbigen Wellblechverschlag – war es weit entfernt.

Eingebettet in sanfte grüne Hügel und beschattet von der weiten Krone eines Ratabaumes wirkte das zweistöckige Gebäude mit dem hellblauen Anstrich wie eine Oase der Ruhe. Auf der großzügigen Veranda wippte ein Schaukelstuhl im lauen Wind vor und zurück.

Doch der friedliche erste Eindruck ließ sich nicht lange aufrechterhalten. Sah man nämlich genauer hin, bemerkte man schnell, dass die Farbe der Fassade an vielen Stellen abblätterte. Am Geländer der Veranda fehlten einige Sprossen, was es ein wenig wie ein unvollständiges Gebiss aussehen ließ, das Ziegeldach wies zahlreiche Lücken auf, sodass es vermutlich hineinregnete, und ein zerbrochenes Fenster war nur notdürftig mit einer Plastikfolie abgedichtet worden.

Das war es also, dachte Shelly. Das Haus, in dem ihr Großvater geboren und aufgewachsen war. Fast rechnete sie damit, dass jeden Moment ein junger Ben Makepeace auf die Veranda treten würde. Als die Tür tatsächlich aufgestoßen wurde, atmete sie scharf ein. Doch es war kein schlaksiger blonder Junge mit eisblauen Augen, der da aus dem Haus kam, sondern eine ältere Frau mit grau durchwirktem Haar, die über einem schlichten weißen Baumwollkleid eine dunkelblaue Küchenschürze trug. Als sie den fremden Wagen erblickte, schirmte sie mit einer Hand die Sonne von den Augen ab, sodass sie besser sehen konnte.

„Wer ist das?“, fragte Will. Kim schwieg nach wie vor trotzig – sie hatte sich offenbar entschieden, ihre Mutter mit Nichtachtung zu strafen. Shelly zog es vor, sie vorerst nicht darüber aufzuklären, wie wenig Erfolg versprechend diese Strategie war. Sie würde sich auch so noch früh genug mit den Launen ihrer Ältesten herumschlagen müssen.

„Dein Urgroßvater hat die Farm verpachtet, als er Neuseeland verließ“, erklärte sie. „Mrs Jenkins ist die Witwe des letzten Pächters.“ Shelly hatte vor ihrer Abreise kurz mit der älteren Frau telefoniert, um ihre baldige Ankunft anzukündigen. Am Telefon war es ihr nicht gelungen, das Eis zu brechen – umso mehr setzte sie nun auf die erste persönliche Begegnung. Emily Jenkins kannte die Gegend und die Menschen von Aorakau. Sie konnte ihr und den Kindern eine große Hilfe sein – aber nur, wenn es Shelly gelang, ihr Vertrauen zu gewinnen. Von ihrem Großvater wusste sie, dass Emily und ihr verstorbener Mann Jim die Farm über vierzig Jahre lang gemeinsam bewirtschaftet hatten.

Diese Frau hatte den größten Teil ihres Lebens hier verbracht!

„Kommt“, sagte Shelly und parkte den Wagen im Schatten des Rata. „Wir wollen uns vorstellen.“

„Mrs Jenkins?“, fragte sie, als sie kurz darauf auf die ältere Frau zuging. Die Angesprochene nickte, wirkte aber auf der Hut – auch als Shelly ihr zur Begrüßung die Hand reichte. „Ich bin Shelly Makepeace, wir haben vor ein paar Tagen telefoniert. Das hier sind meine Kinder Will und Kim.“

„Die Urenkel vom alten Ben.“ Emily Jenkins' Haut war tief von der Sonne gebräunt, ihr Gesicht von Falten überzogen. Wettergegerbt war der Begriff, der Shelly als Erstes einfiel, als sie die ältere Frau sah, die nun fast ein wenig ungläubig den Kopf schüttelte. „Unfassbar, wie schnell die Zeit doch vergeht.“ Sie schenkte Will ein vorsichtiges Lächeln. „Du siehst ganz genauso aus wie dein Urgroßvater, als er in deinem Alter war, junger Mann.“

„Sie kannten Gramps, als er ein Junge war?“ Überrascht schaute Will Emily Jenkins an.

Die lachte auf. Es war erstaunlich, was für eine Veränderung das auslöste. Sie wirkte plötzlich um viele Jahre jünger. „Nein, natürlich nicht! Ich war damals noch gar nicht geboren. Aber im Haus sind eine Menge alter Gegenstände von eurer Familie zurückgeblieben, als Ben und seine Eltern Neuseeland verließen. Darunter auch eine Hutschachtel mit alten Fotos. Wenn du willst, können wir sie uns gemeinsam ansehen.“

„Ehrlich? Das würde ich furchtbar gern machen!“ Will war deutlich anzusehen, dass ihn die Neugier gepackt hatte. Ganz im Gegensatz zu Kim, die ein finsteres Gesicht zog und sich keinerlei Mühe gab, ihre schlechte Laune zu verbergen.

„Wegen dieser Bruchbude sind wir aus L. A. weggegangen? Das ist hoffentlich nicht dein Ernst, Mom!“

Shelly brachte ihre Tochter mit einem strengen Blick zum Schweigen und nahm sich vor, später ein ernstes Wörtchen mit ihr zu reden. Für Emily war „diese Bruchbude“ seit vielen Jahren ihr Zuhause. Nur weil Kim wütend über ihre eigene Situation war, gab ihr das noch lange nicht das Recht, so unhöflich zu sein.

„Vielleicht sollten wir erst einmal ins Haus gehen“, schlug Emily vor und ging einfach über Kims Bemerkung hinweg, als hätte sie sie nicht gehört. „Sie haben eine anstrengende Reise hinter sich und sind sicher sehr erschöpft. Alles Weitere können wir bei einer schönen Tasse Tee miteinander besprechen. Kommen Sie doch herein.“

Eine halbe Stunde hielten sich die beiden Frauen zusammen in der Küche des Farmhauses auf. Will und Kim waren auf der Couch im Wohnzimmer eingeschlafen. Kims Kopf ruhte auf der Schulter ihres kleinen Bruders. Ein seltenes Bild der Eintracht, das Shelly tief berührte.

Sie seufzte. Warum musste das Leben nur immer so schrecklich kompliziert sein? Sie wollte doch nur das Richtige tun – doch irgendwie schien alles, was sie in letzter Zeit anfasste, komplett schiefzugehen. Es war, als würde ein Fluch auf ihr liegen.

Unwillkürlich musste sie an das denken, was Adrian ihr bei seiner Festnahme im Vorübergehen zugezischt hatte: „Das wirst du noch bereuen, Shelly. Bis dass der Tod uns scheidet – vergiss das niemals! Ich werde dich finden, ganz egal, wo du dich auch verkriechst! Lauf ruhig weg, aber du wirst keine ruhige Minute finden, solange du weißt, ich bin hinter dir her …“

Schockiert hatte Shelly dem Streifenwagen nachgeschaut, in den Adrian verfrachtet worden war. Ihr war ein eisiger Schauer den Rücken hinuntergerieselt. Sie kannte ihren Ehemann gut genug, um zu wissen, dass er keine leeren Versprechungen machte.

In diesem Moment war ihr klar geworden, dass sie auf keinen Fall mit den Kindern in Los Angeles bleiben konnte. Die Entscheidung, nach Aorakau Valley zu gehen, wo sie kurz zuvor die Farm ihres verstorbenen Großvaters geerbt hatte, war nur naheliegend gewesen. Die knapp 7 000 Meilen Pazifischer Ozean, die zwischen der Westküste der Vereinigten Staaten und Neuseeland lagen, erschienen ihr als halbwegs ausreichender Sicherheitsabstand zwischen Adrian und ihrer Familie. Doch Shelly war klug genug, um zu wissen, dass die Entfernung ihren zukünftigen Exmann nicht davon abhalten konnte, Rache zu üben.

Wenn es sein musste, würde er dafür auch bis ans andere Ende der Welt fahren.

„Sie sehen nachdenklich aus, Shelly", riss Emily Jenkins' Stimme sie aus ihren düsteren Grübeleien. Die ältere Frau stellte eine Tasse mit dampfendem Earl Grey vor ihr auf den Tisch. Dann öffnete sie einen Schrank und holte ein Kännchen mit Milch heraus. „Bitte halten Sie mich nicht für aufdringlich, aber ich habe das Gefühl, dass Sie etwas bedrückt, Mrs Makepeace, und …"

„Ich bin geschieden", korrigierte Shelly rasch, denn sie konnte es nicht mehr ertragen, irgendwie mit Adrian in Zusammenhang gebracht zu werden. „Und ich würde mich freuen, wenn Sie mich einfach Shelly nennen. Wir werden schließlich demnächst viel Zeit miteinander verbringen, da sind solche Formalitäten doch unangebracht, finden Sie nicht?"

„Also gut, Shelly." Zum ersten Mal wirkte das Lächeln der Farmerswitwe ihr gegenüber nicht gezwungen. „Ich bin Emily. Und ehrlich gesagt bin ich heilfroh über Ihre offenen Worte. Ich fürchtete schon … nun ja …" Sie zuckte mit den Schultern und stellte das Milchkännchen auf dem Tisch ab. „Möchten Sie Zucker zu Ihrem Tee? Oder vielleicht etwas Milch?"

„Nein, vielen Dank. Was fürchteten Sie?", hakte Shelly nach.

„Können Sie sich das wirklich nicht vorstellen?" Emily nahm auf dem Stuhl Shelly gegenüber Platz, gab etwas Milch in ihren Earl Grey und rührte sorgfältig um, ehe sie weitersprach. „Ich habe dieses Stück Land mehr als fünfunddreißig Jahre lang mit meinem Mann – Gott hab ihn selig – bearbeitet. Dieses Haus ist in mehr als einer Hinsicht zu meinem Zuhause geworden. Ich hatte vor, hier meinen Lebensabend zu verbringen, und Ben – Ihr Großvater – war so freundlich, mir diese Gelegenheit zu geben, auch wenn ich nach Jims Tod …" Sie atmete tief durch. „Ich will ehrlich sein, ich bin schon seit Jahren nicht mehr in der Lage, die vereinbarte Pacht zu zahlen. Die Schafzucht ist für eine alleinstehende Frau ohne Hilfe nicht zu bewältigen, und Arbeiter kosten Geld. Geld, das ich nicht habe."

„Sie fürchten also, dass ich Sie von hier vertreiben werde?"

„Nun, dass Sie nach Aorakau gekommen sind, legt den Schluss nahe, dass Sie etwas mit dem Besitz Ihres Großvaters vorhaben. Entweder wollen Sie die Farm selbst betreiben, was ich mir allerdings nicht vorstellen kann, oder Sie suchen nach einem Käufer. Eine alte Frau wie ich dürfte in keinen dieser Pläne passen, daher dachte ich …"

Shelly schüttelte den Kopf. „Keine Angst, Emily. Es stimmt, ich habe nicht vor, die Farm zu behalten. Das Leben hier draußen wäre auf Dauer nichts für die Kinder und mich, wir sind einfach Stadtmenschen. Wer weiß, vielleicht werden wir nach Christchurch gehen oder nach Auckland, mal sehen. Mir ist es eigentlich egal, wo wir uns etwas Neues aufbauen. Hauptsache, ich finde einen Job. Und zwar einen, der genug einbringt, um meine Kinder zu ernähren."

„Was haben Sie denn gelernt?", erkundigte Emily sich interessiert.

„Ich bin Tierärztin." Shelly schüttelte den Kopf. „Aber eigentlich möchte ich gar nicht so gern in meinen alten Beruf zurück."

„Hat Ihnen die Arbeit mit Tieren denn keinen Spaß gemacht?"

„Doch natürlich, ich …" Sie zuckte mit den Schultern. „Es ist nur, ich möchte nicht mein ganzes Leben lang immer nur ein und dieselbe Sache machen." Natürlich war das nicht der wahre Grund. Aber wie sollte sie Emily auf die Schnelle erklären, dass die Arbeit als Tierärztin sie einfach zu sehr an ihre Vergangenheit in Los Angeles erinnern würde? Und vor allem an Adrian …

Sie zwang sich zu einem Lächeln. „Wie auch immer – wenn ich wirklich einen Käufer für die Farm finden will, der bereit ist, einen angemessenen Preis zu zahlen, muss hier vorher alles auf Vordermann gebracht werden. Und dazu brauche ich jede Unterstützung, die ich bekommen kann. Sie kennen das Land, Sie kennen die Menschen hier. Irgendwie würde es mir wohl auch ohne Sie gelingen, Arbeiter für die Renovierung zu finden – aber es würde mich ganz sicher sehr viel mehr Zeit und Geld kosten als mit Ihrer Hilfe. Und wenn ich erst einmal einen Interessenten gefunden habe, verspreche ich Ihnen, dass ich für Sie tun werde, was immer ich kann. Nun, was sagen Sie?"

Obwohl Shelly ihr keinerlei Garantie hatte geben können, wirkte Emily erleichtert, ja, sie atmete regelrecht auf. „Was ich dazu sage? Nun, ich werde Ihnen natürlich helfen, wo ich kann. Allerdings …"

„Ja?"

„Nun ja, Sie waren ehrlich zu mir, deshalb will ich auch ganz offen zu Ihnen sein: Es gibt jemanden, der bereit wäre, Ihnen Bens Land auf der Stelle abzukaufen, ohne dass Sie dafür auch nur einen Handschlag rühren müssten."

„Und wer wäre dieser geheimnisvolle Kaufinteressent?"

„Die Familie Wood", erwiderte Emily. „Sie sind angesehene …"

„Nein", fiel Shelly ihr energisch ins Wort. Sie hatte bereits vor ein paar Wochen ein großzügiges Kaufangebot für die Farm erhalten, von einer gewissen Geraldine Wood. Doch darauf einzugehen kam für sie schlichtweg nicht infrage. Sie hatte ihrem Großvater am Sterbebett versprechen müssen, dass sie das Land seiner Familie niemals in die Hände der Woods fallen lassen würde. Und ganz gleich, warum ihm das so wichtig gewesen sein mochte, war ihr dieses Versprechen heilig.

Als sie Emilys erstaunten Blick bemerkte, lächelte sie entschuldigend. „Tut mir leid, meine Reaktion war wohl ein wenig heftig. Aber ich werde keinesfalls an die Woods verkaufen. Mein Großvater hätte das nicht gewollt, und das werde ich respektieren."

„Ja, ja." Emily seufzte. „Die alte Fehde …"

Sofort horchte Shelly auf. „Wissen Sie mehr darüber?"

„Nur das, was alle hier wissen."

„Und das wäre?", hakte Shelly neugierig nach. Ihr Großvater war zwar keineswegs ein verschlossener Mann gewesen, doch über seine Vergangenheit in Neuseeland hatte er nur selten gesprochen. Und wenn, dann war es in seinen Erzählungen meist um die bezaubernde Schönheit der Natur und die raue Herzlichkeit der Menschen gegangen. Von seiner Kindheit und der Arbeit auf der Farm hatte er sehr wohl erzählt – aber nie über die Zeit, kurz bevor seine Familie in die Vereinigten Staaten ausgewandert war.

„Die Sache liegt schon mehr als sechzig Jahre zurück", sagte Emily, „doch wie man heute sieht, ist die alte Feindschaft noch so lebendig wie eh und je. Dabei sollen die Woods und die Makepeace – damals die einflussreichsten Schaffarmer der gesamten Region – einmal eng miteinander befreundet gewesen sein. Aber dann geschah etwas, das zu einem endgültigen Bruch führte. Es hatte irgendwie mit einer Frau zu tun, Genaueres weiß ich auch nicht."

Shelly war enttäuscht – sie hatte sich mehr von Emily erhofft. Und irgendwie wurde sie das Gefühl nicht los, dass die ältere Frau ihr nicht die ganze Wahrheit sagte. Doch sie spürte auch, dass es keinen Sinn hatte, weiter in sie zu dringen. Emily würde sich ihr erst dann vollkommen öffnen, wenn sie dazu selbst bereit war.

„Ich habe die Nachricht, dass Sie mit Ihren Kindern nach Aorakau kommen, übrigens vorerst für mich behalten", erklärte die ältere Frau. „Ich wollte nicht, dass Geraldine Wood Sie gleich mit einem Begrüßungskomitee empfängt."

„Dann glauben Sie, diese Frau könnte mir Schwierigkeiten bereiten?"

„Glauben?" Emily hob eine Braue. „Es würde einem Wunder gleichkommen, wenn sie es nicht zumindest versuchte. Nein, nein, das hat nichts mit Glauben zu tun. Sie können sich darauf verlassen, dass Geraldine Wood Himmel und Hölle in Bewegung setzen wird, um dafür zu sorgen, dass Ihnen gar nichts anderes übrig bleibt, als die Farm an sie zu verkaufen – und dass sie erst dann Ruhe geben wird, wenn sie ihr Ziel erreicht hat."

Lesen Sie auch von Danielle Stevens:

Band-Nr. 25644
8,99 € (D)
ISBN: 978-3-86278-499-8
eBook: 978-3-86278-571-1
432 Seiten

Danielle Stevens
Das Geheimnis der Maori-Frau

Auf der Flucht vor der Vergangenheit zieht die Tierärztin Shelly Makepeace mit ihren beiden Kindern nach Neuseeland, wo sie hofft ein neues Leben anfangen zu können. Doch weder ihre Tochter noch ihr Sohn sind glücklich über den Wegzug aus den USA. Außerdem ist ihr auch in der neuen Heimat nicht jeder wohl gesonnen: Zwischen ihrer Familie und der Nachbarfamilie scheint seit Jahrzehnten ein mysteriöser Streit zu bestehen; die Ursache kennt sie nicht. Einzig der Farmer Josh Wood bleibt ihr zugetan. Wird sie es, allen Widerständen zum Trotz, doch noch schaffen, in der neuen Heimat Fuß zu fassen?

Robyn Carr
Hand in Hand in Virgin River

Als Souschefin bleibt Kelly keine Zeit für ein Privatleben oder eine Beziehung. Erst nach einem schweren Zusammenbruch hält sie inne. Will sie wirklich so weitermachen? Um diese Frage zu beantworten, zieht Kelly zu ihrer Schwester Jill nach Virgin River …

Band-Nr. 25726
7,99 € (D)
ISBN: 978-3-86278-863-7
eBook: 978-3-86278-935-1
336 Seiten

Susan Wiggs
Für dich mein Glück

Sanft tanzen Wellen auf dem See, schlagen leise rauschend ans Ufer – doch Sonnet hat keinen Blick für diese Idylle. Ihre Gedanken kreisen um den erschütternden Anruf ihrer Mutter, der sie zurück an den Willow Lake gebracht hat …

Band-Nr. 25725
8,99 € (D)
ISBN: 978-3-86278-862-0
eBook: 978-3-86278-906-1
320 Seiten

Deutsche Erstveröffentlichung

Shannon Stacey
Ganz oder Kowalski

Sean Kowalskis Beziehung zu Emma fängt geschäftlich an und wird minütlich persönlicher. Emmas Grandma soll nämlich glauben, daß sie verlobt sind. Aber falsch verlobt wird am Ende doch nicht richtig sein?!?

Band-Nr. 25713
8,99 € (D)
ISBN: 978-3-86278-844-6
eBook: 978-3-86278-902-3
304 Seiten

Lisa Kleypas
Der gute Stern von Friday Harbor

Ich lasse mir meine Träume nicht nehmen, hat Zoë an jenem Tag beschlossen, als ihre Liebe zerbrach. Und zumindest beruflich läuft jetzt alles perfek. Aber privat bringt der Bauunternehmer Alex Nolan sie an die Grenzen ihrer Geduld …

Band-Nr. 25711
7,99 € (D)
ISBN: 978-3-86278-842-2
336 Seiten

Deutsche Erstveröffentlichung